VOYAGE
AVEC LES MORTS

BARBARA HAMBLY

VOYAGE
AVEC LES MORTS

Titre original :
TRAVELLING WITH THE DEAD

Traduit par Anne Crichton

Le Code de la propriété intellectuelle n'autorisant, aux termes de l'article L. 122-5 (2° et 3° a), d'une part, que les « copies ou reproductions strictement réservées à l'usage privé du copiste et non destinées à une utilisation collective » et, d'autre part, que les analyses et les courtes citations dans un but d'exemple et d'illustration, « toute représentation ou reproduction intégrale ou partielle faite sans le consentement de l'auteur ou de ses ayants droit ou ayants cause est illicite » (art. L. 122-4).
Cette représentation ou reproduction, par quelque procédé que ce soit, constituerait donc une contrefaçon sanctionnée par les articles L. 335-2 et suivants du Code de la propriété intellectuelle.

© 1995 by Barbara Hambly
© 1996, Pocket pour la traduction française
ISBN 2-266-07234-X

PROLOGUE

L'antique demeure était de celles qu'on ne remarque pas malgré leur taille. Ce qui était bizarre, se disait Lydia Ashar. Debout sur le perron, elle tendait le cou vers les cinq étages de la façade sombre et entièrement close. La bâtisse semblait là depuis très longtemps, et plus bizarre était ses colombages apparents malgré les siècles de suie et de ternissures, les ouvertures en œil-de-bœuf de ses rares fenêtres dépourvues de volets, l'usure qui avait creusé en leur milieu ses marches de pierre.

Prise d'un frisson, Lydia resserra autour d'elle les pans du manteau qu'elle avait emprunté à sa cuisinière — car le plus ordinaire de sa collection personnelle aurait été cent fois trop élégant dans ces ruelles étroites et ces passages sordides qui se pressent derrière la portion des quais comprise entre Blackfriars Bridge et Southwark. *Il ne peut pas me faire de mal*, pensa-t-elle en portant la main à sa gorge. Sous le col montant de son corsage sans prétention, à même la peau, elle sentait le poids de ses six chaînes d'argent.

Pas de mal ? Était-ce si sûr ?

Il lui avait fallu presque une heure pour trouver la ruelle, qui comme par un malicieux effet du hasard ne figurait sur aucune carte moderne de cette partie de Londres. Tout le quartier était noyé dans un brouillard couleur de cendres, et à cette heure du jour — trois coups sonnaient au clocher noir d'une église décrépite, adossée à la vieille demeure — la faible lumière qui s'obstinait encore était perdue. Lydia était passée trois fois devant la maison sans la voir vraiment. Quelque chose lui disait que, même par temps clair, l'endroit devait rester difficile à examiner. Et elle avait le sentiment absurde que, de nuit, ni lanternes ni réverbères ne sauraient empêcher qu'il devienne tout à fait invisible.

En outre, il y régnait une odeur très marquée, un relent assez effroyable qu'elle ne parvenait pas à identifier.

Elle demeura longtemps au pied des marches.

Il ne peut pas me faire de mal, se répéta-t-elle, tout en se demandant si c'était bien vrai.

Son cœur battait à grands coups. Malgré ses gants de cuir doublés de fourrure et les deux paires de bas de soie qu'elle portait sous ses fines bottines à talons hauts, ses extrémités étaient gelées. Des chaussures plus robustes auraient quelque peu remédié à la situation, en admettant qu'il existe des chaussures robustes qui ne donnent pas à celle qui les porte l'allure d'une blanchisseuse — s'il en existait, Lydia n'en avait jamais vu. Au demeurant, la décharge d'adrénaline qui courait dans ses veines l'informa que cette sensation de froid était probablement due à une violente émotion.

C'était une chose que de spéculer sur la physiologie du propriétaire des lieux dans la sécurité du bureau qu'elle occupait à Oxford, ou avec James bien armé auprès d'elle.

C'était assurément tout autre chose que de gravir ces marches et de frapper à la porte de Don Simon Ysidro.

De Upper Thames Street lui parvenaient des sons qu'étouffait le brouillard, claquement de sabots, tintement de harnais, grondement de corne des autobus. Un autre coup de corne, plus grave, monta d'un bateau voguant sur le fleuve. Le cliquetis de ses talons sur les marches noircies lui parut résonner comme des coups de marteau, le bruissement de ses jupons comme le grincement de la scie.

Contrairement à la porte, la serrure était relativement récente, une grosse serrure américaine à goupille, curieusement dissimulée derrière ce qui devait être le palastre d'origine, d'époque élisabéthaine. Elle céda facilement au crochet que Lydia avait trouvé au fond du tiroir à mouchoirs de son mari. Ses mains tremblaient un peu en la forçant comme il le lui avait appris, à cause de la peur véritable que lui inspirait son acte, et aussi parce que, respectueuse des lois et disciplinée par essence, elle s'attendait qu'apparaisse dans son dos un membre de la police municipale qui lui crie : *Hep! là-bas, cherchez quelque chose ?*

Hypothèse absurde, se dit-elle. Il était absolument évident qu'aucun représentant de la loi n'avait posé le pied dans la propriété depuis des années.

D'un geste décidé elle rajusta sur son nez ses lunettes aux verres épais — *Infraction à la loi*, tonna le policier imaginaire, *et en plus, elle est pas belle et binoclarde !* —, remit le passe-partout dans son sac et franchit la porte.

Il ne ferait pas totalement nuit avant cinq heures. Elle ne risquait rien.

L'entrée, beaucoup plus sombre qu'elle ne l'aurait cru, avait de chaque côté de grandes portes de chêne, fermées. Un ample escalier à balustrade ajourée, sans tapis, menait vers un espace aveugle, en haut. Le passage conduisant à l'arrière de la maison lui parut un caveau béant.

Naturellement, il n'y avait pas de lampe.

Non sans se gourmander un peu pour n'avoir pas prévu cette éventualité (*naturellement qu'il n'y aurait pas de lampe !*), Lydia poussa l'une des portes. La lumière blême et cendreuse qui entra lui révéla une clef posée sur la table de l'entrée. Elle se retourna pour fermer la porte de la maison et resta un moment indécise : fallait-il qu'elle s'enferme à double tour ? Elle eut le temps d'observer les effets délétères d'une dose massive d'adrénaline sur sa faculté de concentration...

Comment s'y prendre pour établir une courbe de panique avec incapacité décisionnelle ? L'hôpital ne me laisserait sûrement pas traiter le sujet en situation effective de danger de mort.

Elle se décida enfin à actionner la clef mais la laissa dans la serrure. La porte franchie avec circonspection, elle se trouva dans ce qui avait dû être une salle à manger, une pièce aussi vaste que la salle de bal de sa tante à Mayfair. Elle était tapissée de livres de bas en haut : on avait empilé des casiers au-dessus des rayonnages d'origine, prolongé les étagères au-dessus des portes et des fenêtres, si bien que plus un seul centimètre carré de lambris n'était visible, les dernières rangées de livres frôlant le plafond à caissons. Des romans d'aventures de Conan Doyle et de Clifford Ashdown côtoyaient des Vies de saints aux reliures de vélin craquelé ; des livres de chimie très anciens, des textes de Carlyle, Gibbon, Sade, Balzac voisinaient avec des éditions bon marché d'Eschyle et de Platon ou des auteurs modernes comme Galsworthy, Wilde, Shaw. Face à la cheminée absolument nette, l'unique meuble de la pièce, un coffre massif de chêne sanglé de cuir, supportait une lampe à pétrole d'un modèle américain courant en acier et verre transparent, munie de sa mèche baignant dans un réservoir à moitié plein. Lydia sortit des allumettes de sa poche et alluma la lampe. A sa lumière incertaine, elle put lire les titres de quelques ouvrages neufs posés là, encore à demi enveloppés de leur papier d'emballage.

Un texte français de mathématiques. Un livre allemand de physique, par un certain Einstein. *Le Vent dans les saules*.

Combien de temps restait-il ?

Non sans difficultés, Lydia produisit de dessous son manteau un curieux appareil. C'était un simple pulvérisateur en cuivre dont l'embout était soigneusement encapuchonné de sparadrap, doté d'une bandoulière improvisée faite de deux écharpes aux couleurs de l'année passée. Elle ôta le capuchon, glissa la bandoulière sur son manteau et, prenant la lampe, poursuivit son exploration.

Au premier étage, la pièce de façade contenait plus de livres encore. La chambre de derrière, également saturée de livres, comportait aussi des meubles. Une lourde table jonchée de calculs mathématiques et d'instruments divers, bouliers, astrolabes, sphères armillaires, machine à tabulation allemande de marque Brunsviga et ce qu'elle reconnut vaguement comme une série ancienne de jetons à calculer en ivoire. A l'autre bout de la pièce se dessinait une machine de la taille d'un piano droit, une chose sinistre de verre et de métal offrant des rangées de ce qui ressemblait à des cadrans d'horloge, dont Lydia ne parvenait absolument pas à deviner l'usage. Tout près, un très ancien secrétaire allemand, qui devait valoir une fortune, en bois noir profondément sculpté d'arbres et de divinités parmi lesquels se cachaient les serrures de cuivre terni des tiroirs à secrets.

Devant la cheminée où la fumée avait presque totalement noirci les carreaux d'émail jaune et bleu, se trouvait un fauteuil bergère à oreillettes habillé d'un velours pourpre râpé par l'usure, aux bras couverts de poils de chat. Un journal américain était abandonné sur son siège. A ce moment un mouvement attira l'œil de Lydia qui tressaillit ; mais ce n'était que son reflet dans un miroir jauni, en grande partie masqué d'un immense châle noir au point dentelle du XVIIIe siècle, suspendu à la glace constituée de plusieurs panneaux.

Lydia posa la lampe pour écarter le châle. Son reflet la fixa dans la glace, mince et plutôt fragile : poitrine plate, et tournure d'écolière malgré ses vingt-six ans, pensa-t-elle avec désespoir ; en dépit de ses efforts de maquillage — mais la poudre de riz, le crayon khôl et un soupçon de rouge étaient bien tout ce que pouvait s'autoriser une dame bien élevée — on ne voyait surtout de son visage que des lunettes sur un nez. Pendant son enfance et son adolescence on l'avait traitée de « binoclarde », quand ce n'était pas de « sac d'os » ou de « rat de bibliothèque » ; aujourd'hui, si sa vie n'avait pas directement dépendu de sa rapidité à voir le danger, jamais elle ne serait sortie avec ses lunettes de l'appartement qu'elle louait à Bloomsbury.

Sa vie, et celle de James aussi.

Elle laissa retomber la dentelle pour toucher encore

une fois l'argent qu'elle portait autour du cou, et autour des poignets également, où elle avait enroulé plusieurs chaînes sous ses manchettes et ses gants.

Pourquoi un miroir ? C'était un objet qu'on ne s'attendait pas à trouver en un tel lieu. Cela signifiait-il que ce qu'on racontait était faux ?

Elle reprit la lampe en souhaitant que ses informations sur le sujet comportent au moins une part de vérité. C'était une honte, oui, une honte, qu'on n'ait pas réuni au fil des années de données plus scientifiques. Il faudrait sans aucun doute qu'elle écrive un article à ce sujet pour le *Journal de pathologie médicale,* ou peut-être l'une des publications folkloriques de James.

Si elle était encore là pour le faire, se dit-elle, et une autre bouffée de panique l'envahit. Si elle était encore là.

Et à supposer qu'elle s'y prenne mal ?

Elle visita encore un étage aux pièces très hautes de plafond, coiffé de mansardes toutes remplies de livres ou de revues. Elle connaissait personnellement la tendance à proliférer des vieux numéros du *Lancet* et de ses concurrents anglais, européens et américains, et cette expérience l'incitait vivement à la sympathie ; l'évaluation envieuse de la longueur des rayonnages suffit presque à apaiser provisoirement sa peur. La revue *Lancet* remontait à 1823, et elle ne doutait pas de pouvoir en retrouver ici le premier numéro. Une seule petite chambre du haut contenait des vêtements, coûteux et relativement neufs.

Dès le début, elle avait su d'instinct qu'il fallait chercher en bas, et non en haut.

La cuisine et l'office se trouvaient au rez-de-chaussée, à l'arrière de la maison, au fond du boyau noir qu'elle avait déjà vu. Un escalier en colimaçon s'enfonçait encore plus bas. La cuisine contenait une glacière moderne. Lydia l'ouvrit et trouva un pain de glace de deux jours environ, une bouteille de crème et un petit tas de croquettes de viande de cheval dans du papier. Quatre ou cinq récipients — dont une soucoupe de Sèvres Louis-XV — étaient posés à même le sol dans un coin. Pour la première fois, Lydia sourit.

Elle découvrit un cellier, un garde-manger, une réserve à bottines sous les marches, et une série de pièces plus petites, basses de plafond, d'où émanaient des odeurs de terre et de grande vétusté. La lumière de la lampe projetait son ombre tremblotante sur des poutres, des enduits décolorés, des assemblages de maçonnerie qui révélaient une construction plus ancienne à cet emplacement même. Dans son exploration de la maison — dont toute mention avait disparu des Archives publiques après l'incendie de 1666 —, Lydia passa trois ou quatre fois par la pièce qui contenait la trappe menant à la cave sans déceler cette entrée qu'elle savait devoir exister. Ce n'est qu'en étudiant la composition même des murs qu'elle limita ses recherches à la petite réserve dont un mur de pierre humide pouvait faire penser qu'il avait jadis porté un escalier.

Au-dehors, le jour devait céder peu à peu. Après avoir ôté ses gants en s'efforçant de maîtriser le tremblement de ses mains, dû à présent autant à la peur qu'au froid, Lydia passa les doigts autour des plinthes et des épaisses moulures encadrant les deux portes. Vers le bas de celle ouvrant sur le cellier, elle sentit bien malgré elle le déclic d'un levier. Dans la terne lumière jaunâtre, elle vit s'élargir une brèche entre deux panneaux.

Il y avait un loquet à l'intérieur du panneau amovible, qui pouvait donc s'ouvrir d'en dessous, et une échelle vétuste pour descendre.

Comme Lydia l'avait supposé, elle donnait accès à une pièce basse qui avait l'aspect d'une crypte, celle de l'église adossée à la maison — et située sur une place portant le nom singulier de « cour de l'Espagnol » — ou celle d'un édifice antérieur oublié. Peints en noir sur les voûtes d'arêtes, à peine visibles, figuraient les mots : *Salvum me fac, Deus, quoniam intraverunt aquae usque ad animam meam* — Garde-moi sain et sauf, mon Dieu, car les eaux vont me pénétrer jusqu'à l'âme.

Lydia n'avait pas été élevée dans la religion catholique — ses tantes allaient jusqu'à considérer l'introduction de cierges sur l'autel paroissial comme un sujet de plainte auprès de l'évêque — mais le souvenir de son internat à Saint Bartholomew lui permit de reconnaître les paroles de la messe pour la Délivrance des morts.

Un sarcophage de granit occupait tout le fond de la chambre, pareil à un sinistre autel, et cachait presque entièrement une porte basse, fermée. Levant haut sa lampe, Lydia s'attarda un moment à examiner sa masse imposante et à tenter d'évaluer le poids de son couvercle. Puis, à genoux, elle étudia le sol.

Il était net de poussière.

Une laborieuse inspection des craquelures de la pierre grise lui révéla la trappe. C'était une recherche épuisante pour les yeux, à la lueur orangée de la lampe. Elle renonça très vite à la mener proprement, sans salir sa jupe ni la chiffonner. Il était également impossible d'éviter que les baleines de son corset ne s'enfoncent dans ses côtes et que le pulvérisateur à pompe ne vienne taper son coude avec insistance. Elle passa encore une demi-heure difficile à s'abîmer les yeux avant de découvrir la gâchette actionnant la trappe derrière le chambranle de pierre en saillie de la porte intérieure.

Comme elle en avait l'intuition, le sarcophage ne jouait aucun rôle dans l'affaire. Il était trop en vue, tout simplement.

Les marches étaient courtes, et si profondément creusées en leur milieu qu'elle dut s'appuyer de l'épaule contre un mur, puis se recevoir sur le mur opposé pour garder son équilibre. Il devait faire tout à fait nuit dehors. La peur qui grandissait en elle — certitude angoissée de son incompétence totale à gérer l'affrontement qui allait se produire — ne l'empêchait pas de s'interroger sur le degré d'obscurité précisément requis. Elle résista à l'envie pressante de consulter sa montre et de prendre des notes.

La lampe était impuissante à sonder l'obscurité du

fond. Il montait des ténèbres des odeurs de terre humide, de pierre froide, et de rouille. Mais aucune odeur de rats, elle le nota avec intérêt.

La lumière glissa sur une grille de barreaux métalliques. Pressée contre cette grille, Lydia fit passer la lampe au travers, haut levée pour éclairer ce qui se trouvait au-delà. Les barreaux anciens étaient munis d'une serrure neuve d'un modèle fort cher, qu'aucun passe ne saurait crocheter. Le faisceau lumineux ne couvrait qu'en partie la catacombe ; suffisamment toutefois pour révéler des niches dans les murs, vides pour la plupart, ou occupées par des objets suggérant le macabre : cendres, crânes, touffes de cheveux.

Dans le mur de droite s'ouvrait une niche que l'ombre ne parvenait pas à masquer complètement ; et l'éclairage de la lampe était insuffisant pour en explorer l'intérieur.

Mais, accrochée au rebord, semblable à de l'ivoire contre la pierre funèbre, apparaissait une main d'homme, une main fine aux longs doigts portant une bague d'or. L'obscurité ne permettait pas d'en voir davantage. Bien que cette main blanche si parfaite fût digne d'un tableau de Rubens ou de Holbein, Lydia savait que celui auquel elle appartenait était mort depuis fort longtemps.

C'est donc vrai, se dit-elle, et l'effroi fit battre son cœur à grands coups. Elle se reprocha aussitôt sa sottise : elle le *savait* déjà, que c'était vrai... que tout était vrai. Elle avait rencontré cet homme, et aperçu de loin quelques personnes de son espèce.

Mais le fait de savoir, elle l'avait compris aujourd'hui, diffère radicalement du fait de constater *de visu*. Elle se sentait seule dans ces ténèbres, désemparée, assaillie de doutes.

Je ne fais pas ce qu'il faut.

Elle s'assit sur une marche. Dans le rond de lumière son haleine formait un petit nuage de couleur abricot. Elle posa son arme en travers de ses genoux, repoussa ses lunettes de l'index et se prépara à l'attente.

I

Pluie ininterrompue en ce Jour des Morts, et froid piquant qui transperçait les vêtements pour transir la chair jusqu'aux os. Dimanche soir à la gare de Charing Cross, dans le vacarme des voix résonnant sous les voûtes de verre et de fer forgé comme des billes de métal dans un tambour d'acier. James Asher n'avait qu'une envie : rentrer chez lui.

Une journée et une nuit consacrées aux funérailles de son cousin — et aux chamailleries de la veuve de son cousin, de sa mère et de ses deux fils à propos des biens dont il était l'exécuteur testamentaire — lui avaient remis précisément en mémoire la raison pour laquelle lui-même, dès son entrée à Oxford vingt-trois ans auparavant, n'avait jamais plus entretenu de relations avec la tante qui l'avait élevé depuis l'âge de treize ans. La nuit venait de tomber. Asher resserra son pardessus en suivant à grands pas le long du quai l'interminable passage de briques pour les piétons, au coude à coude avec ses compagnons de voyage, au milieu des relents de vapeur et de laine mouillée. Il méditait sur l'expérience meurtrière de la culpabilité familiale. A l'extérieur de la gare, les rues seraient glissantes et terriblement glacées.

Asher méditait là-dessus — et sur les quatre-vingt-dix minutes qui séparaient l'arrivée à Charing Cross de l'express en provenance de Tunbridge Wells du départ à Paddington de l'omnibus pour Oxford — quand il vit les deux hommes. Plus tard, il devait souhaiter donner tout ce qu'il possédait pour ne pas les avoir vus.

Ils se tenaient sous l'horloge centrale, au milieu de cette caverne sonore qu'était la gare. Asher avait eu l'œil attiré dans leur direction à cause du geste du plus grand d'ôter son chapeau pour en secouer les gouttes, avec un mouvement de sa main gantée vers la structure métallique où on insérait les cartons indiquant les heures de départ. Asher, qui n'avait pas perdu l'habitude d'enregistrer certains détails après tant d'années passées dans les services secrets de son pays, avait déjà remarqué le pardessus de l'homme : les basques évasées, le col et les manchettes d'astrakan, la nuance d'un fauve très doux et les soutaches des manches, tout évoquait Vienne avec force. Plus précisément, un membre de la noblesse de Vienne, magyare, plutôt qu'allemande, car celle-ci se vêt avec moins d'extravagance. Un Parisien aurait porté un vêtement aussi fluide et bien coupé, mais probablement pas de cette couleur et certainement pas soutaché ; quant au manteau qu'arborent ordinairement les Berlinois, il offrait en général une ressemblance frappante avec la couverture d'un cheval, quel que soit le rang social de l'homme.

Vienne, pensa Asher, avec une toute petite pointe de nostalgie. C'est alors qu'il vit le visage de l'homme.

Mon Dieu!

Il marqua un arrêt en haut des marches du quai, avec l'impression que son sang s'était figé dans ses veines. Mais avant même que son esprit ait pu formuler les mots : *Ignace Karolyi en Angleterre...*, il vit le visage de l'autre.

Mon Dieu! Non.

C'était tout ce qui lui venait à l'esprit. *Non, pas ça.*

Plus tard il se dit qu'il n'aurait pas vu le plus petit des deux hommes si son œil n'avait pas été arrêté, d'abord par le pardessus de Karolyi, ensuite par la figure du Hongrois. C'était là un des aspects les plus effrayants de ce qu'il voyait à présent. Durant les quelques secondes que dura leur dialogue — quelques secondes vraiment, le temps d'échanger des journaux, vieille ruse qu'il avait lui-même utilisée des centaines de fois pendant ses années de travail avec l'Intelligence Service, Asher enregistra les détails qu'il aurait dû noter déjà : la coupe redingote du pardessus noir élimé que portait le petit homme, la forme en fuseau de ses pantalons de couleur chamois, sans pli, maintenus par des pattes sous le pied. Son chapeau de castor à forme peu profonde laissait voir ses cheveux coupés court. En parlant à son interlocuteur il restait parfaitement immobile, sans changer du tout de position ni esquisser un geste, même pour déplacer insensiblement ses doigts gantés croisés sur le pommeau de sa canne. Cela seul, à défaut d'autre chose, aurait dû éclairer Asher.

Trois femmes passèrent, coiffées de volumineux chapeaux dont les plumes s'affaissaient sous l'effet de l'humidité. Quand elles cessèrent de faire écran, Asher vit Karolyi marcher à grands pas décidés dans la direction du ferry pour Paris.

L'autre avait disparu.

Karolyi allait à Paris.

Ils allaient tous les deux à Paris.

Comment il le savait, Asher aurait été bien en peine de le dire. Il fallait croire que son flair, affûté par des années d'expérience, au service de l'Intelligence, ne s'était pas émoussé durant les huit années qui avaient suivi son départ, huit années paisibles passées à enseigner à Oxford. Le cœur battant si fort qu'il en avait presque la nausée, il se dirigea sans hâte apparente vers les guichets. Le petit sac de voyage contenant son linge de rechange et un nécessaire à raser qu'il tenait à la main passait presque inaperçu. Il était cinq heures et demie du soir à la grande horloge, et le panneau de départ annonçait pour six heures et quart le train de Douvres. Le billet vers Paris coûtait une livre quatorze shillings et huit pence en deuxième classe ; Asher n'avait guère plus de cinq livres en poche, mais paya sans hésiter. Le billet de troisième classe lui aurait fait économiser douze shillings, soit plusieurs nuits d'hébergement à Paris si on cherche bien, mais son ulster brun distingué et son chapeau à fond rigide auraient détonné parmi les vêtements grossiers des ouvriers et les tenues pauvres des femmes dans les wagons de troisième classe.

C'était uniquement la nécessité absolue de ne pas attirer l'attention sur lui qui le faisait écarter la troisième classe ce soir, se dit-il en achetant son billet, sachant bien qu'il se mentait à lui-même.

Sur le quai, des femmes en jupe de popeline bon marché emmenaient vers les voitures leur chargement d'enfants exténués en s'interpellant bruyamment dans le parler heurté et relâché de Paris, ou avec l'accent du Midi, en roulant les *r*. Les hommes restaient en groupe, ils ne portaient pas de manteaux, mais seulement des vestes et des écharpes pour se protéger du froid. Asher suivait le quai au milieu de la foule, et s'efforçait de faire taire son cœur qui lui disait que cette nuit, en troisième classe, quelqu'un allait mourir.

Il toucha le bras d'un porteur qui passait. « Voulez-vous être assez aimable pour jeter un coup d'œil au fourgon à bagages et me dire s'il y a là une boîte, ou une malle, d'au moins un mètre cinquante de long ? Ce pourrait être aussi une bière, mais c'est probablement une malle. »

L'homme loucha sur la pièce d'une demi-couronne que tenait Asher avant de poser sur son visage le regard vif de ses yeux bruns. « J'peux vous dire ça tout d' suite, monsieur. »

Asher identifia automatiquement l'accent d'un Irlandais de Liverpool, et s'interrogea sur sa capacité personnelle à traiter certains points de philologie quand sa vie était en danger. L'homme toucha sa casquette. « Ce truc, j'me suis presque tué à le faire rentrer dans le fourgon ! Pas commode pour le pauvre Joe !

— C'était lourd ? »

Si c'était lourd, ce n'était pas la bonne malle.

« Encore assez je dirais, mais pas autant que d'autres fois. Trente-cinq kilos, pas plus.

— Pourriez-vous me donner l'adresse écrite sur

l'étiquette ? C'est simplement, ajouta-t-il en voyant les yeux bruns se plisser avec méfiance, pour pouvoir prévenir la femme de l'homme en question.

— Il a foutu le camp, pas vrai ? Le salaud ! »

Asher se mit en devoir de comparer l'heure de sa montre à celle de l'horloge, au bout du quai, sans perdre de vue un instant les gens qui montaient dans le train. La foule qui se raréfiait autour de lui le rendait à chaque seconde plus visible, et plus exposé à succomber à un coup de poignard. La locomotive exhalait sa vapeur ; un homme corpulent vêtu de tweed campagnard, dont le manteau battait au vent dans son sillage comme une cape, descendit le quai au pas de course avant de se hisser péniblement en première classe, poursuivi par un valet étique, accablé de valises et de cartons à chapeaux, qu'il ne cessait de harceler.

Il faudrait qu'il télégraphie à Lydia de Paris, songea Asher avec un élancement de regret. Il l'imagina dans son fauteuil, occupée à l'attendre, jusqu'à ce qu'elle tombe endormie devant la cheminée au milieu de tasses à thé, de dentelles et de revues médicales, belle comme une sylphide qui serait savante. Voici deux nuits qu'il attendait avec impatience de retrouver sa place à ses côtés. Voyant ce temps épouvantable, elle supposerait que le train avait pris du retard, tout simplement. Lydia n'était pas de nature inquiète.

Le porteur n'était toujours pas revenu.

Il essaya de se rappeler qui était à la tête de la section de Paris, actuellement.

Mais surtout, surtout, qu'allait-il leur dire à propos de Charles Farren, ancien comte d'Ernchester ?

Il porta presque inconsciemment la main à son col, pour palper l'épaisseur rassurante de la chaîne d'argent qu'il dissimulait. Ce n'était pas là une parure usuelle chez un homme, protestant de surcroît. Il n'y avait guère pensé, à cela près que, depuis un an maintenant, il n'avait pas osé l'enlever. L'objet avait pris insensiblement sa place comme d'autres habitudes acquises « à l'étranger », comme disent ceux du Service : celle par exemple de noter la disposition de tout endroit où il séjournait de façon à pouvoir s'y déplacer dans l'obscurité, ou de mémoriser les physionomies pour le cas où il les reverrait dans un autre contexte, ou de transporter un couteau dans son soulier droit. Les autres membres de New College, plongés qu'ils étaient dans leurs travaux et leurs thés universitaires, ne s'étaient jamais avisés que leur collègue si effacé, professeur d'étymologie, de philologie et de folklore, pouvait identifier même leurs domestiques, et connaissait pour chaque collège chaque sortie discrète vers cette ville verte noyée de brume.

C'est qu'il s'agissait d'éléments dont sa vie avait autrefois dépendu, et pourrait bien dépendre à nouveau.

L'été dernier, alors qu'ils étaient allés canoter ensemble, ses étudiants avaient émis quelques commentaires sur la double chaîne d'argent massif qu'il portait à chaque poignet; il avait prétendu que c'était un présent d'une tante superstitieuse. Personne n'avait insisté, ni paru associer ces chaînes aux vilaines cicatrices rouges qui marquaient irrégulièrement sa gorge de l'oreille à la clavicule, et suivaient les veines de son bras.

Le porteur réapparut et lui glissa négligemment un bout de papier dans la main. Asher lui donna une autre demi-couronne, ce dont il aurait pu se passer avec la perspective de son billet de retour à assurer, mais il tenait aux convenances. Il ne jeta pas les yeux sur le papier qu'il se contenta d'empocher en flânant sur le quai jusqu'à ce qu'enfin retentissent les cris de : « En voiture ! Tout le monde en voiture ! »

Il n'aperçut pas l'homme de petite taille pour autant. Il savait pourtant qu'Ernchester monterait au dernier moment, tout comme lui.

Il savait aussi qu'il serait impossible de le voir.

Huit ans auparavant, vers la fin de la guerre sud-africaine, James Asher habitait chez une famille de Boers, dans la banlieue de Prétoria. Même si, comme beaucoup de Boers, ils envoyaient des renseignements aux Allemands, ces gens ne manquaient ni de cœur ni de courage, et croyaient que ce qu'ils faisaient servait la cause de leur pays. Ils l'avaient accueilli chez eux dans l'illusion qu'il était un inoffensif professeur de linguistique à Heidelberg séjournant en Afrique pour étudier le langage des Bantous. « On n'est pas des sauvages, avait dit Mrs. van der Platz. Ce n'est pas parce qu'un homme ne peut pas produire de documents sur ceci ou cela qu'il est forcément un espion. »

Mais Asher *était* un espion, assurément. Et quand Jan van der Platz, seize ans, son compagnon fidèle et loyal depuis des semaines, avait appris qu'il n'était pas allemand mais anglais et l'avait accusé en pleurant, Asher l'avait abattu. Il l'avait fait pour protéger ses contacts dans la ville, les Cafres qui le renseignaient en secret et auraient péri en représailles de manière atroce, les troupes britanniques sur le terrain qui seraient massacrées par les commandos si on le forçait à parler. Asher était rentré à Londres, avait démissionné de sa fonction auprès du Foreign Office, et épousé une jeune fille de dix-huit ans dont il n'aurait jamais pensé avoir la moindre chance de conquérir le cœur, à l'horreur absolue de la famille de celle-ci.

A l'époque, il était convaincu qu'il ne remettrait jamais plus ses talents au service du Roi et de son pays.

Et voici qu'il était en route pour Paris avec seulement quelques livres en poche, dans un wagon de deuxième classe sur le toit duquel tambourinait la pluie, parce qu'il avait vu Ignace Karolyi, des services de renseignements autrichiens, parler à un homme qu'on ne pouvait en aucun cas laisser passer à la solde de l'Autriche.

Asher vivait dans la crainte de cette éventualité depuis un an, depuis qu'il avait appris qui étaient Charles Farren et ceux de son espèce, et à quoi ils s'adonnaient.

En longeant le couloir pour passer d'une voiture à l'autre, Asher aperçut Karolyi par la vitre d'un compartiment de première classe. Il lisait un journal, seul.

La beauté à la Dorian Gray de ses traits n'avait changé en rien depuis treize ans qu'Asher ne l'avait vu. Bien qu'il ne fût sans doute pas loin d'avoir quarante ans à présent, pas un fil d'argent ne déparait sa chevelure noire et lisse, ni sa fine moustache, comme esquissée à la plume sur une lèvre supérieure courte, pas une ride ne flétrissait le coin de ses yeux sombres, grands ouverts comme ceux des enfants.

« Mon sang tressaille à la pensée d'obéir, quel que soit l'ordre que me donne l'Empereur. » Asher le revoyait se lever d'un bond au Café Versailles du Graben, dans la lumière gaie et légèrement voilée des lampes à gaz qui faisait briller les franges dorées de son uniforme écarlate des Gardes ; il revoyait l'expression extatique d'idéalisme imbécile de son visage renversé en arrière. « Je combattrai sur tous les champs de bataille où Il lui plaira de m'envoyer. » On percevait la majuscule du *il* qui désignait l'Empereur ; les élégants sabreurs de la Garde Impériale qui l'accompagnaient avaient éclaté en applaudissements et hurlements de joie — joie plus bruyante encore quand l'un d'eux lança en manière de plaisanterie : « C'est épatant, Igni... mais qui va t'indiquer la direction où se trouve l'ennemi ? »

Mais il était devenu évident que son personnage de jeune noble écervelé plus préoccupé de valser aux bals du grand monde que de manœuvrer avec son régiment relevait de la comédie, et Karolyi avait traqué Asher avec ses chiens dans les Alpes dinariques — après avoir torturé à mort le contact local qui lui servait de guide. Malgré cela, c'était le souvenir du jeune bravache au Café Versailles qui restait le plus vif dans la mémoire d'Asher.

Ils ne s'étaient jamais trouvés face à face durant cette semaine cauchemardesque de cache-cache au milieu des gorges et torrents, et Asher ignorait si Karolyi connaissait l'identité de sa proie. Pour l'heure, alors qu'il longeait le couloir en jetant un regard très rapide à travers la vitre, il se rappelait le corps de son guide, et se sentait peu enclin à courir le risque.

Au demeurant, ce n'était pas Karolyi qu'il redoutait le plus.

En troisième classe, le wagon était plus bruyant qu'en seconde, surpeuplé et envahi d'odeurs de laine non lavée et de linge douteux. Un enfant criait sans discontinuer à la façon d'une sirène d'usine. Des hommes mal rasés levèrent les yeux du *Figaro* ou de l'*Illustrated London News* au passage d'Asher entre les banquettes de bois à haut dossier. La lumière d'un jaune cru sautillait sur des chapeaux de mauvais feutre, des fleurs en papier humides, des épingles de fer sans ornement. « Tais-toi, Béatrice, tais-toi maintenant », dit une femme d'une voix qui exprimait peu d'espoir que Béatrice se taise avant la gare du Nord.

Asher garda le col de son manteau relevé, car il savait que Farren le reconnaîtrait. L'idée déroutante lui était venue que l'homme pouvait se trouver dans ce wagon sans que lui-même ait la moindre chance de l'entrevoir. Il n'aimait pas penser à ce qu'il adviendrait de lui dans ce cas.

L'extrémité du wagon était occupée par un compartiment à bagages voué aux bicyclettes, aux chiens en cage et à un énorme fauteuil roulant de rotin. L'endroit n'était pas éclairé mais, à la faible lumière venue de la troisième classe, Asher vit fuser à travers les fenêtres des gouttes de pluie brillant comme des diamants. Il entra et le froid le saisit dès qu'il eut refermé la porte : toutes les fenêtres étaient ouvertes et cliquetaient bruyamment. La pluie éclaboussait le compartiment.

A ses pieds un chien geignait de peur dans sa cage.

Le souffle de cette nuit de pluie ne parvenait pas à couvrir ni à dissiper l'odeur si forte de la mort.

Agenouillé pour ne pas être dans le champ de la fenêtre, Asher jeta un regard rapide autour de lui. La clarté qui filtrait pauvrement par la lucarne de la porte était insuffisante ; il tira de la boîte qu'il avait en poche une allumette, l'alluma d'un coup d'ongle.

Le corps de l'homme était totalement replié, les genoux écrasés contre la poitrine, les bras serrés de chaque côté, misérable ballot qu'on avait tassé dans un coin derrière un étui de contrebasse.

Asher souffla l'allumette, en gratta une autre et s'approcha de l'homme en rampant. Il était jeune, très brun, pas rasé; il avait des mains calleuses d'ouvrier et un fichu noué à la va-vite autour du cou en guise de cravate. Une odeur de gin médiocre et de tabac encore plus médiocre imprégnait ses vêtements. L'une de ses chaussures était percée. Le sang n'avait formé qu'une petite tache sur son mouchoir de cou; Asher l'écarta du doigt et vit la profonde et barbare déchirure : la veine jugulaire avait été tranchée net. Les bords de la blessure, décolorés, bouffis, étaient déchiquetés comme si on les avait mastiqués et sucés. Asher avait une cicatrice de cette taille à l'endroit où la chaîne d'argent entourait son cou.

Une troisième allumette lui révéla les lèvres bleuies, le teint crayeux du mort sur lequel les sourcils et le début de barbe ressortaient de façon frappante. D'après l'examen des pupilles pourtant, il devait être mort depuis moins d'une demi-heure. Sous le revers effrangé du pantalon, la cheville sans chaussette n'était pas encore devenue livide. Asher se dit avec une étrange colère froide qu'elle ne le deviendrait probablement jamais vraiment.

Il souffla l'allumette, en fit disparaître le bout dans sa poche, avec ce qui restait des deux autres, et se faufila entre le fauteuil d'infirme et l'étui de la contrebasse. En descendant le couloir tout à l'heure, il avait dépassé le chef de train dans le wagon de deuxième classe. Était-ce la proximité du responsable qui avait retenu le meurtrier de jeter le corps dans la nuit, ou Ernchester attendait-il d'être plus loin de Londres? Asher quitta prestement le compartiment en s'époussetant les mains sur les basques de son manteau et grommelant tout bas comme un homme qui n'a pas trouvé ce qu'il cherchait. En troisième classe personne ne lui accorda un regard.

Il avait le sentiment que le corps serait escamoté avant que le train n'atteigne Douvres. Attirer maintenant l'attention sur sa découverte ne ferait inévitablement qu'attirer l'attention sur lui. Il n'était pas assez naïf pour croire que dans ce cas il arriverait en vie à Paris.

Dans le compartiment de deuxième classe miteux où il avait laissé son sac, une famille turbulente de Parisiens qui rentraient chez eux avait pris ses aises. On s'y passait du pain et du fromage, que la brave ménagère lui proposa de partager tandis que son mari parcourait avec difficulté un exemplaire défraîchi de *L'Aurore*. Elle lui offrit aussi une orange sanguine ; Asher refusa poliment et extirpa de son sac un numéro du *Times* qu'il avait déjà lu en grande partie lors de son trajet depuis Tunbridge Wells. Et il s'interrogea derechef sur ce qu'il allait raconter au responsable en poste à Paris ces temps-ci.

La nuit promettait d'être longue, il le savait. Il n'osa pas s'endormir, de crainte que Farren ne perçoive sa présence à travers ses rêves.

2 NOVEMBRE 1908 — 6 H   PARIS/GARE DU NORD
ERNCHESTER PARTI POUR PARIS AVEC IGNACE KAROLYI CÔTÉ AUTRICHIEN STOP LES SUIS STOP PASSERAI RELAIS POUR REVENIR CE SOIR JAMES.

Ernchester. A ce nom le cœur de Lydia se mit à battre plus vite. Elle posa devant elle, sur le secrétaire à dorures, la mince feuille de papier jaune. *Parti pour Paris avec quelqu'un du « côté autrichien ».*

Il lui fallut un moment pour saisir le sens de ces mots. C'est que Lydia, si elle était capable de distinguer au premier coup d'œil une parathyroïde d'un parathymus, ne pouvait se rappeler immédiatement si les Autrichiens étaient alliés aux Allemands ou aux Anglais. Ce temps de réflexion passé, elle frémit à ce qu'impliquait la situation.

« C'est du maître, madame ? »

Elle leva les yeux. Ellen, qui lui avait apporté le télégramme en même temps que son thé, s'attardait sur le seuil du bureau, ses grosses mains rouges sous son tablier. L'averse torrentielle de la nuit avait faibli ; ce matin, une pluie calme tombait régulièrement d'un ciel plombé. Par les hautes fenêtres, Holywell Street offrait un paysage de flaques et de pavés luisants, estompé par la myopie de Lydia en une palette impressionniste aux tons très doux de sépia et d'argent. De l'autre côté de la rue, le grand mur brun de New College était presque noir d'humidité. De temps à autre un étudiant passait, ou un professeur, fantômes sans visage mais néanmoins identifiables par la silhouette et la démarche : Lydia n'aurait su, par exemple, confondre le doyen de Brasenose, à l'allure de petit coq qui se pavane d'importance, avec le tout aussi minuscule mais très réservé Dr. Vyrdon, de Christ Church.

Elle prit une profonde inspiration en écarquillant ses immenses yeux bruns vers le carré sombre de la porte. Elle venait de s'apercevoir qu'elle avait grand faim, pour la première fois ce matin.

« Oui, c'est lui, dit-elle. Il a été appelé à Paris à l'improviste.

— Si c'est pas malheureux! s'indigna Ellen. Et par un temps pareil! Qu'est-ce qu'il y a de si important à Paris pour qu'il ne soit pas rentré hier soir, et que vous vous fassiez tant de souci ? »

Comme Lydia pouvait difficilement répondre. *Probablement un accord qui se trame avec l'Allemagne pour la conquête de l'Angleterre, et nous mènera Dieu sait où*, elle ne souffla mot.

« Comme je disais, il ne faut pas vous tourmenter pour Mr. James, madame! poursuivit Ellen avec entrain. Avec toute cette pluie, il tombe sous le sens qu'il a été retardé. Faut dire que je n'ai jamais pensé trop de bien de Paris, personnellement. C'est une question d'investissements, probable. »

Ellen avait passé quelques années au service du père de Lydia, et tenait pour un fait acquis que si le maître doit quitter la maison soudainement, c'est pour une question d'investissements. « Vous me direz que je ne sais pas, ajouta-t-elle dans un de ses accès de sagesse occasionnels, si le maître en a, des investissements.

— Quelques-uns. Des petits », répondit honnêtement Lydia.

Elle plia le télégramme, ouvrit l'un des tiroirs du secrétaire sur lequel elle travaillait. Son contenu se libéra en une montagne débordante de comptes domestiques et de notes de pathologie. Lydia considéra ce beau désordre d'un air consterné, comme si le bureau tout entier n'était pas bourré de schémas de dissection, notes concernant le système endocrinien, correspondance avec d'autres chercheurs sur le sujet des glandes endocrines, factures de modistes, menus, échantillons de soie, exemplaires du *Lancet*, brouillons de son article sur les sécrétions pancréatiques destiné au numéro de janvier du *British Medical Journal*, auquel elle travaillait quand Ellen était entrée. Rejetant en arrière le volant de dentelle de sa manche qui lui frôlait la main, elle s'employa résolument à faire rentrer la masse des papiers dans le tiroir qu'elle ferma en forçant. Après deux tentatives infructueuses avec deux autres tiroirs, elle fourra finalement le télégramme sur le côté du meuble, au milieu d'une liasse de notes consacrées à l'effet électro-stimulant de la production d'adrénaline.

Son amie Josetta Beyerly la taquinait toujours parce qu'elle ne lisait pas assez les journaux pour savoir qui était le Premier ministre. Comme si les Premiers ministres — et d'ailleurs les rois des Balkans — ne cessaient pas d'aller et de venir selon le gré de leur électorat ! La lecture des journaux était pour Lydia une simple incitation à se demander si Lord Balfour et le Kaiser ne souffraient pas d'hyperthyroïdie ou de carence vitaminique, et de quelle façon elle pourrait bien le découvrir ; elle s'était aperçue que ces spéculations journalistiques la distrayaient de son travail.

« Il dit qu'il sera de retour aujourd'hui. » C'était déraisonnable pour elle, elle le savait, d'en éprouver du soulagement. Jamie était parfaitement capable de se défendre, elle l'avait compris cette nuit alors que, éveillée, elle manipulait les anneaux d'argent massif de la chaîne qu'elle portait au cou. Elle avait vu en rêve un visage d'une blancheur cadavérique sous le réverbère d'une ruelle écartée de Londres, un visage renversé aux yeux reflétant étrangement la lumière, à la bouche qui se retroussait sur l'éclair de canines démesurées. Réveillée alors, elle était restée étendue jusqu'au matin, à écouter la pluie sur le lierre de la façade.

Jusqu'ici, elle n'avait eu aucune raison d'avoir peur.

Passer le relais, disait le télégramme.

Elle n'avait pas de raison d'avoir peur maintenant.

Quelque chose dans ce télégramme lui titillait l'esprit sans qu'elle puisse dire quoi, et c'était agaçant comme une petite peau qui s'accroche à un tissu de soie.

« Ce serait quand même trop dommage, poursuivit-elle pensivement, qu'il ne trouve pas au moins un moment à Paris pour s'acheter ne serait-ce qu'une chemise convenable et une boîte de bonbons. Il n'a emporté que son nécessaire de voyage, vous savez, pour les funérailles de son cousin. »

Passer le relais.

Pour quelle raison croyait-elle avoir déjà entendu le nom d'Ignace Karolyi ?

Et comment allait-il expliquer aux représentants du Foreign Office à Paris le cas du comte d'Ernchester ?

« Je me demande si vous pourriez m'apporter l'un des toasts que je n'ai pas mangés au petit déjeuner, Ellen ? demanda Lydia au bout d'un moment.

— Mais bien sûr, madame, tout de suite. »

Le sentiment de satisfaction de la gouvernante était perceptible dans son intonation, dans le relâchement de ses épaules comme elle se détournait de la porte. Ellen et Mrs. Grimes la trouvaient toutes les deux trop maigre, bien qu'elle eût déjoué leurs menaces de jadis — du temps où elle était une écolière godiche et forte en thème, une sorte d'oisillon à lunettes — selon lesquelles une fille qui avait toujours le nez dans un livre et ne mangeait pas de quoi maintenir un canari en vie ne trouverait jamais de mari. Malgré le rappel journalier de son manque de séduction, Lydia avait toujours su qu'en tant qu'unique héritière de la fortune des Willoughby, elle serait submergée de demandes en mariage dès l'instant où elle relèverait ses cheveux.

Jamie lui avait dit qu'elle était belle. Il était le seul homme en qui elle avait toujours eu vraiment confiance.

Avait-il déjà prononcé devant elle le nom d'Ignace Karolyi ?

Non, elle ne le pensait pas. Elle revoyait ce grand garçon discret, ce professeur qui s'asseyait à ses côtés lors des garden-parties de son père, lui parlait de choux et de rois et lui racontait la médecine en Chine et lui expliquait comment procéder pour poursuivre ses études sans que son père le sache. Cet homme doux et compétent qui n'exigeait jamais rien d'elle, qui devinait une personnalité toute différente derrière son masque de jeune fille appliquée, et l'acceptait exactement comme elle était. Il s'était toujours montré très discret, mais encore écolière elle avait soupçonné bien autre chose derrière cette apparence rêveuse. James ne s'était jamais départi de sa réserve ; après sept années de mariage, les histoires qu'il lui racontait, comme celles de Mark Twain, mettaient habituellement en scène des hommes et des femmes tous nommés Fergusson.

C'était ce qui la troublait en cet instant. Ce nom de Karolyi, elle l'avait entendu ou lu dans un autre contexte. Lu plutôt qu'entendu, à la réflexion... Car elle hésitait sur la prononciation du *yi* final, ce qui signifiait qu'elle ne l'avait pas entendu dans la bouche de Jamie.

Sortant ses lunettes de derrière une pile de documents — les cacher quand quelqu'un entrait était une habitude de toujours — elle se leva dans un bruissement de dentelles et traversa la pièce pour venir s'asseoir à même le plancher devant la bibliothèque, ses longs cheveux roux flottant dans le dos. Ses projets pour l'après-midi d'aller travailler dans les salles de dissection de l'hôpital Radcliffe étaient reportés. Tandis qu'Ellen réapparaissait avec un plateau de sandwiches et une soupe à l'oignon — car il était midi largement passé —, Lydia seé rappela à quel moment et dans quel contexte elle avait croisé le nom de Karolyi, ce qui lui rendit un peu de son calme. Deux heures plus tard, elle montait dans sa chambre sans avoir touché au plateau, pour continuer ses recherches dans les vieux numéros du *Lancet* et de *Medical Findings* entreposés sous le lit.

Elle n'aurait pas su dire si l'Allemagne avait actuellement un Parlement, ni différencier un bolchevik d'un menchevik, mais elle se rappelait la date de découverte de la sécrétine au mois près, ou encore l'adresse du laboratoire de Marie Curie à Paris.

Elle était toujours plongée dans sa lecture à l'heure du thé, quand Ellen monta avec un autre plateau et l'obligea à manger la moitié d'un œuf et un morceau de scone tandis qu'elle préparait du feu dans la cheminée et allumait les lampes. Lydia avait fini par retrouver la référence, qui l'avait renvoyée à un autre nom ; de façon presque inconsciente, elle avait commencé le décompte des heures qui la séparaient de minuit, heure à laquelle, selon ses supputations les plus optimistes, James devait rentrer à la maison.

A moins qu'il n'ait choisi de rester un jour de plus à Paris.

Ou que quelque chose ait mal tourné.

Ou qu'Ernchester ne l'ait vu...

Elle étala distraitement sur un scone un peu de crème fraîche du Devonshire et de confiture, puis le posa sur l'assiette pour contempler les fenêtres où le jour déclinait. *S'il reste à Paris, il me télégraphiera. Il me préviendra.*

Et s'il ne le faisait pas ?

Elle se demanda si elle pourrait le joindre par le consulat, ou les services du Foreign Office — ou était-ce le ministère de la Guerre qui s'occupait des services secrets ? Et d'abord, où se trouvait le ministère des Affaires étrangères à Paris ? Comme la plupart des jeunes filles de bonne famille, elle n'avait de la Ville des Lumières qu'une expérience très limitée, rigoureusement circonscrite par ses précepteurs aux Champs-Élysées et à la rue de la Paix. Et si elle téléphonait aux Affaires étrangères à Londres — était-ce à

Whitehall? Au Parlement? Ou à Scotland Yard? — on ne lui raconterait que des mensonges.

La situation l'effrayait et la prenait au dépourvu. Elle ne savait que faire, parce que, à la différence de la recherche médicale, rien ne l'y avait jamais préparée.

Il faisait nuit au-delà des rideaux, elle s'en aperçut enfin. De toute façon, pensa-t-elle, ils seraient tous rentrés chez eux à cette heure. Comme pour confirmer sa supposition, la pendule posée sur la cheminée du petit salon égrena d'en bas ses cinq notes cristallines.

Elle ne pouvait donc rien faire d'autre qu'attendre.

Le sommeil la surprit peu après minuit, allongée en travers de son lit dans sa vaporeuse robe d'après-midi, au milieu d'une marée de revues médicales qui s'étendait jusqu'à la porte de la chambre. Elle rêva de demeures croulantes au cœur d'antiques cités, dont les pierres étaient enduites de sang noir et de toiles d'araignée ; puis de formes à peine entrevues, chuchotant dans l'ombre au plus profond des siècles.

Au matin, James n'était pas revenu. Mais elle attendit d'avoir reçu son deuxième télégramme pour se décider à monter à Londres et aller voir de ses propres yeux une semblable demeure.

II

« Le comte d'Ernchester est un vampire. »

Streatham — personnage tatillon au menton fuyant qu'Asher n'avait jamais trouvé sympathique — le considéra un instant avec surprise et une certaine suspicion au fond de ses yeux bleu clair, comme s'il se demandait quel intérêt avait Asher à répandre cette fable, et si cela constituait une menace pour la position qu'il occupait à la tête de l'antenne parisienne du service. Asher avait passé une bonne partie de sa nuit d'insomnie dans le ferry de Douvres puis le train de Boulogne à essayer de formuler un argument qui convaincrait les responsables d'arrêter Karolyi à Paris — hypothèse peu probable, puisque Karolyi ne se rendait jamais nulle part sans lettres de créance — ou de mettre un homme à ses trousses, pour voir au moins où allaient le mener ses pas.

Le manque de sommeil, la faim et l'exaspération de trouver close à neuf heures cinq la porte verte de la maison située rue de la Ville-l'Evêque avaient fait leur effet. Face à la Madeleine, assis sur un banc placé à l'abri d'arbres dénudés, à guetter un signe de vie dans la demeure, alors que la pluie menaçait de tomber, il finit, au terme d'une attente de vingt minutes complètement gelé, par décider : *Et puis zut. Je leur dirai la vérité.*

Streatham risqua un petit gloussement, comme un agent offre un journal déjà lu dans le métro à l'employé subalterne d'une légation étrangère, histoire de tâter le terrain.

« Vous plaisantez.

— Ernchester, qui se fait parfois appeler Farren, ou encore Wanthope, ne plaisante pas du tout, je vous l'affirme, répondit Asher qui revoyait l'ouvrier mort dans le train. Qu'il mente ou non quand il prétend que boire le sang humain lui a permis de vivre deux cents ans, je sais de par mon expérience que l'homme possède des talents pour lesquels une puissance étrangère payerait le prix fort. Il esquive toute surveillance. Je ne sais pas comment, mais c'est un fait. Il a quasiment un don de fakir pour apparaître et disparaître. Et il peut exercer sur les esprits une influence absolument incroyable. Je l'ai vu à l'œuvre. »

En réalité, réfléchit Asher qui suivait facilement le cours de pensées évidentes dans les yeux sans mystère du directeur, en réalité il n'avait pas vu Ernchester accomplir une seule des actions qu'il venait de décrire. De tous les vampires qui l'avaient entouré cet automne dans la nuit brumeuse de Londres, Charles Farren, jadis comte d'Ernchester, était l'un de ceux qui n'avaient à aucun degré utilisé les sinistres pouvoirs du cerveau d'un vampire pour le poursuivre, le piéger ou prendre barre sur lui.

La nuit dernière, en regardant disparaître dans le brouillard les minuscules lumières jaunes du port de Douvres à la poupe du *Lord Warden*, Asher avait songé que, dans toute cette affaire, l'un des aspects les plus étranges était le choix, qu'avait fait le Hongrois, du comte d'Ernchester.

Car enfin, il y avait à Londres des vampires autrement plus dangereux. Alors pourquoi pas l'un de ceux-là ?

Les lèvres de Streatham grimacèrent ce qui se voulait probablement un sourire. « Vraiment, docteur Asher. Le département apprécie à sa juste valeur votre sollicitude, étant donné surtout les circonstances dans lesquelles vous l'avez quittée... »

La pointe était gratuite. Asher se sentit piqué au vif.

« Je ne renie rien de ce que j'ai éprouvé ni de ce que j'ai dit à propos de cette maison quand je suis parti. »

Il posa la tasse de thé qu'il tenait en main. Au moins ils lui avaient offert du thé, ce qu'il aurait obtenu difficilement ailleurs à Paris. « Si le département devait être dynamité à la minute, je ne crois pas que je traverserais la rue pour débrancher le détonateur. » La voix égale d'Asher vibra soudain d'une ancienne colère qui renaissait de ses cendres. « Mais ce n'est pas du Service que je suis venu vous parler. C'est de notre pays. *Vous ne pouvez pas laisser les Habsbourg louer les services du comte d'Ernchester.*

— Ne croyez-vous pas que vous exagérez quelque peu ? Ce n'est pas parce que les Autrichiens courtisent une sorte d'hypnotiseur que...

— C'est bien plus que de l'hypnose ! interrompit Asher, qui savait que s'il perdait patience face à cet homme, il perdrait aussi tout espoir d'obtenir son aide. Je ne sais pas ce que c'est. Je sais seulement que ça marche. »

Il prit une profonde inspiration. Comme il était difficile de décrire le pouvoir d'un vampire ! Même pour un auditoire disposé à le croire, il n'était pas sûr de pouvoir définir ce curieux passage à vide que les vampires faisaient subir au cerveau de leurs victimes, qui de ce fait ne les voyaient pas se déplacer ; ou ce don qu'ils avaient, même à l'extérieur d'une demeure ou dans la rue voisine ou à un kilomètre, de pénétrer silencieusement les rêves de qui ils voulaient.

Ils étaient des espions-nés.

Et bien sûr Karolyi, nourri depuis l'enfance de légendes des Carpates, ne demanderait qu'à croire en ce pouvoir.

Je suis prêt à faire n'importe quoi pourvu que mon Empereur me le demande... Même s'il imitait la bravoure exaltée des autres jeunes imbéciles du corps des officiers, Asher savait que Karolyi avait dit la pure vérité. Le tout était de s'accorder sur le sens qu'on donnait au mot *n'importe quoi*.

Rien n'avait tellement changé, au fond. Il ne savait

pas combien de fois il était allé dans cette petite maison discrète, à quelques pas de l'ambassade, durant les années où il avait parcouru l'Europe, ne la quittant que pour ostensiblement poursuivre sa recherche de formes verbales désuètes et autres traditions d'expression féerique ou héroïque : mais il revenait avec les plans d'un cuirassé allemand ou la liste des compagnies vendant des fusils aux Grecs !

Ces années-là lui paraissaient affreusement loin de lui, comme si c'était quelqu'un d'autre qui avait risqué sa vie et vendu son âme pour des affaires qui seraient dépassées dans l'année même.

Streatham joignit ses mains, aussi blanches et douces que celles d'une femme.

« Évidemment, prononça-t-il avec une sorte de délectation perverse, ne faisant plus partie du service, vous ne sauriez être au fait de sa réorganisation depuis la fin de la guerre des Boers et la mort de la reine Victoria. Après l'Afrique du Sud les budgets ont été sévèrement réduits, vous savez. Nous devons maintenant partager cette maison-ci avec le service des passeports et l'attaché aux affaires financières. Nous ne pouvons en aucun cas demander aux autorités françaises d'ordonner l'arrestation d'un citoyen autrichien sur la seule foi de vos affirmations — membre de la noblesse de son pays qui plus est, et du corps diplomatique pour couronner le tout. Nous ne pouvons pas non plus nous priver d'un homme pour faire suivre Karolyi dans Paris, encore moins le pister jusqu'à Vienne ou Budapest ou partout ailleurs.

— Karolyi n'est que le moyen de parvenir à une fin, répliqua calmement Asher. C'est Ernchester seul qu'il s'agit de traquer...

— Cessez donc de l'appeler Ernchester ! coupa sèchement Streatham qui aligna le bord d'un dossier sur le bord de son bureau puis posa l'encrier dessus, en le centrant au millimètre. Il se trouve que le comte d'Ernchester est l'un de mes bons amis — le *vrai* comte d'Ernchester, Lucius Wanthope. Nous étions condisciples à la Maison », expliqua-t-il d'un ton suffisant.

Asher comprit que la « Maison » désignait le collège de Christ Church d'Oxford. Ce Lucius Wanthope n'avait-il pas été l'un des prétendants de Lydia, huit ou neuf ans plus tôt? Streatham prononçait son nom *Wantp'* en avalant le milieu du mot, selon la mode en vigueur à Oxford. « Si votre imposteur se mêle de s'approprier ce titre, poursuivait-il, le moins que vous puissiez faire est de ne pas souscrire à la tromperie.

— Peu importe, dit Asher avec lassitude, qu'il se nomme Albert de Saxe-Cobourg-Gotha s'il veut. Quant à la réorganisation et le budget, j'en suis parfaitement informé. Faites-le suivre. Voici l'adresse qui figurait sur son bagage. Ce n'est qu'un lieu de transit, mais votre homme peut suivre sa trace par la compagnie d'acheminement locale. Dans la journée il va faire transporter une grosse malle quelque part, peut-être à la gare de l'Est pour la destination de Vienne, plus probablement dans une maison de Paris où ils peuvent monter leurs opérations. Trouvez quelles sont ses relations...

— Et ensuite, gloussa Streatham avec délice, il faut lui planter un pieu dans le cœur?

— Si c'est nécessaire. »

Streatham plissa derechef les yeux — trop rapprochés et affligés de poches flasques évoquant le ventre du poisson — afin de mieux étudier son interlocuteur. Asher s'était lavé et rasé dans une toilette publique de la gare du Nord après avoir télégraphié à Lydia, mais il avait conscience que, pour l'heure, il ressemblait moins au professeur d'Oxford qu'il était qu'à un employé dans une mauvaise passe après une nuit de goguette.

Le directeur s'apprêtait à parler, mais Asher prit les devants.

« Si c'est nécessaire, je suis prêt à télégraphier au colonel Gleichen, à Whitehall. Il s'agit d'une affaire avec laquelle nous ne pouvons absolument pas prendre de risques. J'ai dépensé mes derniers shillings pour les suivre jusqu'ici, et pour vous avertir. La menace est grave, bien plus grave, d'après mes années d'expérience, que tout ce à quoi est confronté notre département actuellement. Croyez-moi, je n'aurais pas agi ainsi si j'avais estimé qu'Ernchester n'est qu'un hypnotiseur d'opérette au numéro bien rôdé; je n'aurais pas agi ainsi si j'avais estimé qu'il existe une quelconque alternative au danger que nous encourrons s'il se met effectivement à collaborer avec les services secrets autrichiens. Tout ce que Vienne apprend est destiné à aboutir à Berlin. Vous savez cela. Et Gleichen le sait aussi. »

Dès qu'il avait entendu le nom du haut responsable du département n° 2, Streatham s'était empourpré lentement. A la fin, il poussa un soupir à fendre l'âme. « Cela va mettre tout le service de la documentation en retard de plusieurs jours mais, soit, je vais enlever Cramer à l'Information et le mettre sur le coup. Êtes-vous content comme cela? »

Asher fouilla sa mémoire et ne trouva rien.

« Il n'est pas de votre époque, précisa Streatham avec une jovialité mauvaise. Il donne satisfaction dans son travail.

— Qui est?
— L'information.
— Vous voulez dire qu'il découpe des articles dans les journaux? »

Asher se leva, prit son chapeau. Par les hautes croisées, il vit que la pluie avait recommencé. La pensée qu'il fallait marcher plus d'un kilomètre jusqu'à la banque Barclay's sur le boulevard Haussmann lui mit au fond de la poitrine une sensation analogue au grincement d'un harnais non huilé.

« Chacun ici doit assurer plusieurs secteurs d'activité ces temps-ci, rétorqua Streatham dont la voix exprimait à présent une franche hostilité. Je suis navré du dérangement que vous avez eu à subir, et que nos budgets ne nous permettent pas de vous défrayer de votre billet de retour. Bien entendu, c'est avec plaisir que nous mettrons un lit à votre disposition dans l'une de nos salles...

— Merci. Je compte aller à ma banque de ce pas. »

Ce Cramer est réellement employé à découper des articles dans les journaux, pensa-t-il.

« Alors je m'en voudrais de vous retenir », dit Streatham.

Il y avait eu un temps, songea Asher en descendant les petites marches de grès du perron, où il adorait Paris.

Et en vérité, il adorait toujours cette ville. Contre le ciel lourd et le pavé couleur de cendre, le blanc et le jaune des platanes dénudés, l'or pâle des immeubles de pierre avaient un éclat étrange. Les fenêtres avaient des volets derrière leurs balcons de fer forgé ; les stores rouge et bleu des boutiques fleurissaient partout. Sur le boulevard la circulation était dense : fiacres aux toits luisants de pluie, tramways électriques de couleurs vives klaxonnant pour passer ; landaus élégants, tirés par des chevaux dont les narines soufflaient de la vapeur au contact du froid humide, tels des dragons ; et des hommes et des femmes qui vaquaient à leurs occupations quotidiennes, vêtus dans tous les tons de bistre et de bordeaux.

Ville magique, se dit Asher. Même au temps où il travaillait pour l'Intelligence Service, quand il avait frayé pour les besoins du travail avec ses voyous, perceurs de coffre, faussaires et escrocs en tout genre, il avait toujours trouvé cette ville magique.

Il était pourtant pressé d'en finir avec les courses qu'il avait à faire, et il comprit pourquoi : il ne voulait à aucun prix demeurer dans cette ville quand le soleil serait couché.

Il y avait quelque part dans le Marais un ancien hôtel particulier appartenant à une femme nommée Élysée. On l'y avait emmené une nuit, les yeux bandés. Depuis cette nuit où il avait vu ces créatures aux yeux étranges, si blanches et si belles, jouer aux cartes dans son salon brillamment éclairé, il avait cessé de se sentir en sécurité dans cette ville. Il n'était pas certain de vouloir y passer une nuit de plus.

A la banque Barclay's, il retira vingt livres après

avoir décliné son identité — cinq cents francs, beaucoup plus que ce qu'il lui fallait pour déjeuner au Palais-Royal et prendre son billet de retour, mais les inconforts de la nuit précédente l'avaient dissuadé de s'en remettre encore au destin. Midi avait sonné depuis longtemps, mais au Grand Véfour on lui servit un petit déjeuner copieux. Il s'installa dans un angle avec un exemplaire du *Petit Journal* pour déguster son omelette accompagnée d'épinards frais, de pain beurré qui n'avait rien à voir avec l'ersatz anglais du même nom, et de café. Le prochain train-ferry partait à quatre heures. Il n'avait pas tout à fait le temps de rendre une visite au Louvre, mais il flânerait sur les quais pour voir les bouquinistes et s'accorderait un moment dans le silence méditatif de Notre-Dame.

La nuit commencerait à tomber quand le train quitterait la gare du Nord, mais ce serait suffisant.

Comme il feuilletait le journal, son esprit exercé faisait le tri dans le fatras des dernières nouvelles : les exigences serbes concernant leur indépendance vis-à-vis de l'Autriche, les exigences russes concernant la justice dans la cause serbe, le nouveau massacre d'Arméniens perpétré par le récent gouvernement turc, les complots du sultan pour retrouver son pouvoir, les efforts du Kaiser pour améliorer la vitesse de sa flotte et la puissance de son artillerie ; mais dans le même temps qu'il lisait, sa pensée s'appliquait à déchiffrer derrière les lignes quel usage ferait l'Empereur d'Autriche — ou le tsar, ou le Kaiser — d'un vampire.

Dans quelque direction qu'il regarde, les possibilités apparaissaient terrifiantes.

L'Europe était au bord du cataclysme, il s'en rendait fort bien compte. L'Empereur d'Allemagne implorait publiquement et au sens propre une excuse pour se servir de ses armées ; les Français brûlaient d'orgueil et de colère au souvenir des anciennes blessures de l'Alsace-Lorraine. L'empire d'Autriche tentait de retenir ses minorités slaves tandis que les Russes clamaient leur soutien au droit de ces minorités au « panslavisme ». Asher avait été bien placé pour savoir quelles armes ils se dépêchaient tous d'acheter, quelles voies ferrées ils construisaient pour transporter les troupes sur les champs de bataille ; en Afrique du Sud, il avait eu l'occasion de voir ce que pouvaient ces armes.

Est-ce que des hommes qui envisageaient d'envoyer d'autres hommes sous le feu des mitrailleuses, ou de pointer des mitrailleuses sur des soldats uniquement armés de fusils, craindraient de livrer quelques prisonniers politiques par semaine à une personne capable de se glisser sans être vue dans les ateliers, consulats et autres ministères de la Marine et de l'Armée ?

Il tourna une page et revit un instant leur image. Grippen, rude et puissant. Ysidro, énigmatique dans son dédain. Bully Joe Davis, la belle Céleste. Et le comte d'Ernchester.

Pourquoi lui ? se demanda-t-il encore.

Pourquoi lui, le plus faible de tous, le novice étonnamment fragile de Grippen, sous l'emprise totale de l'esprit du maître vampire ? Grippen savait-il que le petit aristocrate avait quitté Londres ? Et s'il avait conclu un pacte avec une puissance étrangère ? Aurait-on approché Grippen en premier lieu, puis renoncé ?

Nul vampire, avait dit Élysée de Montadour comme la lumière des lampes jouait étrangement dans ses yeux verts, *ne mettra jamais en danger d'autres vampires en révélant aux humains leurs repaires, leurs habitudes ou même leur existence.* Cette femme très belle aux cheveux ornés de plumes d'autruche qui ondulaient au moindre de ses gestes portait une robe de soie d'un vert très sombre, d'une élégance parfaitement actuelle. Qui eût soupçonné qu'elle était née à l'époque des robes à paniers et des coiffures d'une hauteur démesurée ? Il se rappelait comme ses mains étaient froides, et quelle force avaient ses ongles griffus lorsqu'ils avaient déchiré les veines de son bras afin qu'elle s'y désaltère.

Pourquoi Karolyi n'avait-il pas contacté Élysée ? Ou alors les vampires de Vienne ? Dans cette cité, comme partout où se rencontraient des pauvres dont on pouvait se nourrir, il était certainement possible de débusquer les chasseurs de la nuit.

Il feuilleta le journal à la recherche de l'entrefilet annonçant la mort d'un ouvrier insignifiant dont on avait découvert le corps vidé de son sang dans le train-ferry. Il n'y avait rien de ce genre.

« Docteur Asher ? »

L'entrée dans le restaurant du grand jeune homme qui se dirigeait vers sa table ne lui avait pas échappé ; la coupe de son costume et son visage lisse à la mâchoire carrée lui avaient fait penser qu'il était anglais. La main tendue, le jeune homme considéra Asher d'un regard brun direct sous une mèche de cheveux blonds comme les blés.

« Je suis Edmund Cramer.

— Ah ! fit Asher en serrant la main du garçon, gantée de solide cuir d'York. Celui dont l'absence aux Archives va mettre en péril la défense du royaume contre les Français ! »

Cramer prit en riant la chaise qu'Asher poussait légèrement du pied vers lui. Le serveur réapparut avec un autre café et une bouteille de cognac qu'Asher refusa d'un geste.

« C'est vrai que les temps ne sont pas à l'abondance dans notre équipe, admit Cramer, mais Streats aurait quand même pu se fendre d'un billet de train, sans parler d'un déjeuner. J'espère que vous avez pu voir ça avec votre banque ? »

Asher désigna les assiettes vides d'un geste large.

« Vous voyez la récompense de mes efforts ! Vous m'avez suivi ? » s'étonna-t-il en tendant deux francs au serveur qui apportait un supplément de café noir.

« J'ai pensé que je vous trouverais dans un de ces cafés du Palais-Royal. Streats a dit que vous aviez votre banque chez Barclay's, et comme c'est juste au coin... Moi je vais à l'hôtel Terminus. Là je pense qu'on m'en dira plus sur ce drôle d'oiseau d'Ernchester et son copain hongrois. » Le jeune homme tira de sa poche de poitrine le papier sur lequel Asher avait noté l'adresse de l'hôtel Terminus, près de la gare Saint-

Lazare. « Le chef a l'air de penser que ce Karolyi est un gros gibier. »

Un gros gibier. Asher plongea le regard dans les yeux lumineux de son interlocuteur et le cœur lui manqua. Le garçon était à peine plus âgé que les étudiants auxquels il était censé donner un cours le jour même à New College — et il pria en passant que Pargeter eût assuré son cours à sa place, comme ils en avaient convenu s'il était retardé à Wells. Il ne pouvait pas laisser ce novice imberbe affronter un homme tel que Karolyi, et encore moins Ernchester.

« Karolyi est mortellement dangereux, dit-il. Ne vous laissez pas voir de lui, ne le laissez pas s'approcher à moins d'un mètre si vous pouvez l'éviter. Qu'il ne sache pas que vous êtes sur ses traces. On jurerait qu'il n'a jamais rien fait qu'essayer des uniformes et lisser ses moustaches, je le sais, mais ce n'est pas le cas. »

Cramer acquiesça. Les paroles de son aîné l'avaient rendu grave. Asher se demanda ce que Streatham lui avait dit sur son compte.

« Et Ernchester ?

— Vous ne verrez pas Ernchester. C'est justement là son habileté », ajouta Asher devant l'air perplexe du jeune homme.

Il se leva, laissa sur la table une pièce d'argent de cinq francs pour le serveur, et se dirigea vers la sortie. « C'est pourquoi nous devons nous concentrer sur la piste de Karolyi. De combien d'argent disposez-vous ? »

Les yeux de Cramer pétillèrent. « Assez pour prendre un billet de train à la dernière minute et ne pas mourir de faim pendant la nuit.

— Alors ça va. »

La pluie recommençait à tomber comme ils franchissaient les hautes portes du Grand Véfour, qui donnaient sur la galerie du Palais-Royal. L'endroit était assez animé malgré le temps ; on y voyait des messieurs en chapeaux haut de forme et pardessus de prix, des dames dont les jupes tulipe mettaient des fleurs éclatantes sur le gris des haies et des arbres, et la terre d'hiver des jardins centraux. A mi-chemin sous la galerie, Asher trouva ce qu'il cherchait : une boutique à l'enseigne de Dubraque et Fils, Joailliers. Cramer le regarda sans comprendre faire l'emplette de trois chaînes, longues d'au moins quarante centimètres chacune, dont le joaillier lui affirma qu'elles étaient d'argent massif. En sortant, il en tendit une à Cramer.

« Mettez celle-ci autour de votre cou. »

Plusieurs boutiques avaient déjà allumé le gaz. Un rai de lumière fit briller l'objet que Cramer essayait d'ouvrir sans ôter ses gants. Asher lui enroula deux fois une autre chaîne autour du poignet. « Ernchester est tout à fait persuadé d'être un vampire, expliqua-t-il. Porter de l'argent peut vous sauver la vie, tout simplement.

— Il perd complètement la boule, non ? »

Asher leva les yeux de la chaîne et rencontra le regard du jeune homme. Après un temps d'arrêt, il revint à la fermeture.

« Ne le sous-estimez pas », dit-il simplement. La chaîne allait tout juste ; Cramer était un jeune homme bien en chair. « Ne relâchez pas un seul instant votre vigilance dès que la nuit tombe. Il est fou, d'accord, mais cela ne veut pas dire qu'il n'est pas capable de vous tuer en quelques secondes.

— Dites, il faudrait peut-être s'arrêter vers Notre-Dame pour acheter un crucifix ? » plaisanta Cramer dont le sourire n'était pas tout à fait rassuré.

Asher se rappela le lieutenant qu'il avait connu sur le Veldt — Pynchon ? Prudhomme ? L'homme avait un coup de glotte typique de l'East Anglia. Il le revoyait dans le silence infini et la chaleur, campé mains aux hanches, devant le paysage fauve de la lande et lançant : *Ce n'est rien qu'un tas de fermiers après tout, hein ?*

« C'est l'argent qui les tient à l'écart », dit-il.

Cramer parut ne savoir que répondre.

Même au Palais-Royal, il était difficile de trouver un fiacre libre par temps de pluie. Ils finirent par prendre le métro jusqu'à la gare Saint-Lazare. Comme ils traversaient la place en direction de l'hôtel Terminus, Cramer désigna la file de voitures à deux roues stationnées le long des grilles, les chevaux tête basse portant des couvertures, les cochers en groupe sous les arbres, enveloppés dans ce qu'ils avaient pu trouver d'un peu chaud. « Si nous demandions à la station de fiacres ?

— Non, il aura fait appel à une compagnie de transport. C'est une grosse malle, une quatre-roues de Londres pourrait à peine l'emporter ; les fiacres parisiens sont trop légers. Contentons-nous de vérifier ici... »

Il grimpa les marches de granit gris de l'hôtel Terminus, traversa le hall recouvert de tapis turcs foncés. Cramer le suivait de près comme un chien bien élevé et très encombrant.

A la réception, Asher adopta le maintien germanique, les épaules placées comme il l'avait vu faire dans le Sud aux officiers allemands, mais sans la raideur prussienne qui ne lui aurait pas valu beaucoup de sympathie dans cette ville à la mémoire fidèle. « Pardon, dit-il à l'employé avec l'accent d'outre-Rhin, j'essaie ma sœur Agnes de trouver ; elle était dans le train de Dieppe ce matin arrivée, et aucune nouvelle d'elle je n'ai eu. Le problème est que je ne sais pas si elle voyage sous son propre nom ou celui de son premier mari qui a été tué au Kenya ou celui de son second mari... »

En retraversant la place de la gare, Asher évita un tramway rouge vif et une automobile de luxe avec chauffeur. Il prit la rue de Rome, et tourna rue d'Isly.

« Jusqu'ici ça va, dit-il, Karolyi est bien là. Son nom figure sur le registre, en tout cas l'un de ses titres mineurs. Venons-en maintenant à l'aspect fastidieux et abrutissant de notre affaire...

— Je refuse de croire, dit gaiement Cramer qui releva le col de son manteau, qu'il existe une activité plus fastidieuse et abrutissante que d'éplucher cent cinquante journaux français par jour — et ce n'est que la presse politique, hein, et parisienne en plus — à la recherche d'articles "présentant un intérêt" pour le ministère de la Guerre. Essayez pour voir. »

Avec un large sourire, Asher ouvrit la marche vers le modeste hôtel d'Isly, dont l'entrée était prise entre un débit de tabac et un estaminet populaire. « Voilà qui est d'un brave cœur et d'un véritable agent ! » s'écria-t-il. Il avait presque oublié la camaraderie légère des serviteurs secrets du Roi. Ce garçon promettait. Dommage qu'il n'ait pour le moment que Streatham comme professeur.

Le hall de réception exigu se trouvait en haut d'un escalier. Reprenant les postures et le parler d'un Allemand de Strasbourg, Asher servit à l'employé une autre histoire, non plus d'une sœur perdue, mais d'une malle perdue. Une malle de cuir brun d'un mètre et demi de long, avec des courroies métalliques, perdue à la gare du Nord à la suite d'une confusion d'étiquettes... Cela ne lui disait-il rien ? Non, cela ne lui disait rien. Peut-être le *gnädige Herr* pourrait-il lui conseiller une société de transport du quartier qui ait pu dépêcher un homme à la gare ? Acheter un répertoire d'adresses serait une bonne idée, mais...

« Le Bottin ? Pffui ! Pensez-vous, monsieur ! Tenez, c'est la liste qu'on utilise ici quand il y a un client avec une malle comme ça. Ils ont pas tous le téléphone, comprenez, mais pour ceux qui l'ont, vous avez la cabine...

— *Wunderschoen !* Trop aimable, *mein Herr*, vraiment. Bien sûr les appels seront remboursés. Veuillez accepter ceci... »

Le réceptionniste retourné à son comptoir, les deux hommes se trouvèrent seuls devant la cabine téléphonique en bois, qui évoquait un confessionnal.

« A vous de jouer maintenant, Cramer, dit Asher à voix basse. Il va falloir que vous alliez à pied voir les sociétés qui n'ont pas le téléphone, celles qui sont assez près pour qu'on y envoie un billet. Je retourne au Terminus pour surveiller Karolyi. Il y a un café rue d'Amsterdam au coin de la place du Havre, et un deuxième de l'autre côté de la rue de Rome ; l'un et l'autre ont vue sur la station de fiacres. Je serai dans l'un des deux, ou sous la galerie de la gare. Si je n'y suis pas — si Karolyi revient et repart et que je décide de le suivre — attendez-moi là-bas. Le dernier train pour Londres quitte Saint-Lazare à neuf heures ce soir. Je vous rejoindrai avant huit heures et demie. D'accord ?

— D'accord. C'est rudement gentil de me baliser le chemin...

— Non, non, ce n'est rien, dit Asher qui sortit ses gants de sa poche. Qu'ils ne s'aperçoivent ni l'un ni l'autre que vous êtes sur leur piste, mais ne les perdez pas. C'est plus important que vous ne croyez.

— Je ne peux que faire de mon mieux », répondit Cramer avec un sourire gamin.

Asher ramassa le sac de cuir brun très patiné qui l'avait accompagné toute la journée.

« C'est vrai. C'est d'ailleurs tout ce que chacun de nous peut faire. »

Il s'arrêta en haut de l'escalier, se retourna vers la grande silhouette robuste perchée sur un tabouret dans la cabine téléphonique, la liste du réceptionniste étalée sur les genoux. *Pas d'argent pour nous payer mieux que ce garçon*, songea-t-il avec une sorte de désespoir. Paris n'était pas un endroit à problèmes. Les hommes d'expérience du service étaient en Irlande, ou à la frontière indienne.

Il faillit revenir sur ses pas.

Et après ? se dit-il. *Me porter volontaire pour traquer Karolyi ? Me laisser reprendre par le Service et faire ce qu'ils m'ordonnent, comme autrefois ?*

Mais cette fois c'était différent.

C'est toujours différent, pensa-t-il amèrement en poursuivant son chemin. La seule chose qui ne change jamais, c'est ce qu'ils exigent de vous — et ce qui en résulte en vous.

Il ressentit un élancement, comme au réveil d'une ancienne blessure lorsque menace l'orage.

Asher se mit en faction à la buvette qui faisait le

coin de la rue d'Amsterdam, où il commanda un café. Incapable de lire le journal, il demanda au serveur une plume et du papier et, sans cesser sa surveillance, s'amusa à observer le va-et-vient des voyageurs autour de la gare Saint-Lazare. C'était un jeu que de déduire de certains détails du vêtement, du langage, du comportement, les liens familiaux des passants, leurs occupations, leur environnement financier. Asher s'y livrait avec moins de méthode que le Sherlock Holmes de Conan Doyle, mais avec l'habileté d'un agent rompu à cet exercice. L'endroit y était très favorable : il entendit parler trois formes d'allemand, cinq dialectes italiens, le hongrois, le néerlandais, et une demi-douzaine de variantes du français. Un couple passa qui s'entretenait en grec — le frère et la sœur, s'il en jugeait par la familiarité de leurs propos et leur ressemblance physique. Puis ce fut une petite famille de Japonais, et il se dit qu'un jour il faudrait qu'il étudie cette langue. S'il était encore là.

L'horloge de la Trinité sonna quatre coups. Il avait raté le train-paquebot de l'après-midi.

Toujours aucun signe de vie de Cramer, ni de Karolyi.

Les serveurs renouvelaient régulièrement sa consommation, mais semblaient le laisser rester volontiers. Il savait que des hommes passaient l'après-midi et la soirée au café, à lire, à faire leur courrier, à boire du café et des liqueurs en jouant tranquillement aux cartes, aux dominos, aux échecs. Des voyageurs entraient prendre un café, attendre des amis. Le ciel avait pris la teinte de la suie ; tout autour de la place brilla la lumière blanche de lampes électriques. Les conducteurs de fiacres remplacèrent leurs chevaux de la journée par les pauvres rosses battues dont ils se servaient après le coucher du soleil — car pourquoi exposer leurs bons éléments aux rigueurs du travail de nuit ? — et allumèrent les lampes jaunes qui étaient leur marque distinctive dans le quartier de Montmartre.

Il n'était pas loin de six heures quand il vit Karolyi. L'homme se hâtait, et il avait la souplesse implacable qu'aurait un guépard travesti en chat domestique. Son ample manteau hongrois tournoyant autour de ses bottes, il grimpa comme une flèche les marches de l'hôtel Terminus en lançant des regards rapides autour de lui ; la lumière des lampes à arc soulignait son menton lisse et volontaire, sa bouche bien dessinée, mais laissait ses yeux dans l'ombre de son chapeau. Cette façon particulière qu'il avait de se déplacer quand il ne se croyait pas observé, c'était ce qui avait incité Asher à s'interroger sur son compte autrefois, à Vienne. Cela, et le fait qu'il était manifestement trop intelligent pour se satisfaire de ses occupations officielles.

Asher paya sa note en pestant contre le Service, réunit ses affaires et traversa la place sans se presser, de façon à flâner dans l'ombre dense des arbres, tout à côté des fiacres en attente, quand le Hongrois repasserait les portes du Terminus, ce qui ne tarda pas. Il l'entendit parler à l'un des cochers auquel il donnait une adresse rue du Bac. Comme il était possible qu'il change de voiture en route, Asher dit simplement à son propre cocher de suivre le fiacre sans se laisser voir. Le conducteur, un petit bonhomme de Parisien grincheux vêtu d'un manteau de l'armée décoloré et d'un cache-nez, acquiesça d'un clin d'œil entendu avant de faire partir d'un coup de fouet son vieux canasson lamentable.

Ils traversèrent la Seine au pont Royal, où les lumières du Louvre jouaient sur l'eau noire. Près du quai d'Orsay, Karolyi quitta son fiacre ; Asher le suivit à pied le long des rues fréquentées de la rive gauche. Sous les arbres du boulevard Saint-Germain, Karolyi ramassa l'une de ces femmes aux vêtements voyants et à la coiffure négligée qu'Asher avait vues sortir de l'ombre, un peu à la manière des vampires, dès que les lampes avaient été allumées. Il en ressentit du dégoût, pour celui qu'il poursuivait aussi bien que pour lui-même, et continua néanmoins sa besogne, restant juste assez loin derrière pour ne pas perdre de vue l'homme et sa nouvelle compagne. Ils quittèrent le boulevard pour les ruelles sombres dont les pâtés de maisons anciennes avaient fait le quartier bien avant les améliorations du roi-citoyen, et s'arrêtèrent dans un débit de boissons. Dans la pénombre, Asher entendit sonner la demie d'une heure à Sainte-Clotilde. Une porte s'ouvrit, libérant une bouffée de musique, la plainte des violons et des concertinos ; à la lumière de lampes colorées, il vit tournoyer des jupons criards dans la fumée des cigarettes.

Le train de nuit partait à neuf heures. Avait-il encore le temps de l'attraper après avoir laissé un mot à Cramer, ou devrait-il passer une nuit à Paris en fin de compte ? L'idée ne le réjouissait guère. Un bruit derrière lui le fit virevolter, le cœur battant la chamade, croyant voir des yeux luisant étrangement dans la froideur de visages blancs, ceux du maître-vampire de Paris et de ses disciples...

Non, ce n'était qu'un chat.

Si ç'avait été Élysée de Montadour, il n'aurait rien entendu, évidemment.

Quand Karolyi et la fille émergèrent du café, elle s'accrochait à son bras, la tête dodelinante, la grande toison rousse de ses cheveux dénouée. Karolyi, Asher s'en souvenait, s'était toujours montré très circonspect avec les jeunes filles de son rang, ou les héritières des nouveaux riches de Vienne ; il préférait s'en prendre incognito aux vendeuses des faubourgs, ou gagner des auberges de campagne et séduire les jeunes travailleuses des vignobles.

Leurs pas résonnaient sur le pavé mouillé. Comme ils approchaient de la ruelle où était posté Asher, un homme portant un maillot rayé et une veste de marin sortit d'une porte.

« Z'auriez quelques sous, m'sieu dame, pour un honnête homme qu'a pas eu de chance ?

— Va te faire foutre ! » répondit Karolyi, l'accent impeccablement glacial.

L'homme devint agressif et lui barra le passage. Pas aussi grand que le Hongrois, il était plus costaud ; il se tenait trop près, l'épaule menaçante, les mains prêtes à entrer en action.

« Hé, y'aurait pas moyen de... » D'une secousse Karolyi dégagea son bras de l'étreinte de la fille, qui tomba en arrière contre le mur noir de suie, puis il retourna avec légèreté la canne qu'il tenait en main. Avant que le mendiant ait pu proférer un son, la canne exécuta un moulinet et vint frapper son crâne. D'où il était, Asher entendit le craquement. L'homme s'effondra, et Karolyi continua à lui assener de toute sa force des grands coups méthodiques, comme s'il battait un tapis, sans se presser.

Le coin n'était guère fréquenté par les gardiens de la paix. La fille, vacillante, le poing sur la bouche, regardait la scène en écarquillant les yeux d'horreur stupéfaite. Elle n'esquissa aucun geste pour s'enfuir, et Asher se demanda si elle était en état de le faire. Sa besogne achevée, Karolyi revint à elle, la prit par le devant de sa veste et l'attira contre lui. Elle s'affala contre son épaule, comme ivre ou droguée. Un rai de lumière provenant du café montra à Asher le sang du mendiant, d'un noir d'encre sur le pavé inégal. Les efforts qu'il faisait pour respirer produisaient un ronflement sifflant.

Il lui faut du secours, se dit Asher, et puis : *Si je rentre dans le café pour en chercher, je perds Karolyi.*

Le couple s'éloigna et Asher partit à leur suite, silencieux comme un maigre chat brun dans l'ombre. Il se rappelait la raison qui l'avait fait quitter le Service. Une fois admise la nécessité d'une action — *quoi que me demande mon pays* — il arrive qu'on se haïsse, mais on continue.

La maison, située dans une allée étroite, était l'une de ces anonymes demeures parisiennes à façade en stuc dont le caractère n'avait pas changé depuis l'époque du Roi-Soleil. Les portes et les fenêtres avaient de solides volets. Pendant que Karolyi ouvrait avec une clef un atelier au rez-de-chaussée, Asher emprunta un passage qui le mena quelques maisons plus loin ; il compta les cheminées, observa les toits, et se glissa dans une cour resserrée envahie de mauvaises herbes. La lumière qui brillait derrière les volets à l'étage dispensait une lueur qui lui permit de voir l'appentis défoncé qui servait jadis de cuisine, au milieu d'un fouillis innommable de tonneaux d'eau de pluie, vieilles planches, boîtes cassées. Tout autour, des fenêtres aux volets fermés laissaient filtrer des rais de lumière cuivrée. Ses bottines s'enfonçaient dans la boue. L'air était empesté de l'odeur lourde et suffocante des cabinets et d'une chair morte depuis peu de temps.

Laissant son sac contre un tonneau, il escalada avec d'infinies précautions le toit de l'appentis. L'une des lames du volet était cassée. Il put voir Karolyi ligoter la fille à une chaise bancale. Elle riait en renversant la tête.

« Alors c'est ça qui te plaît, mon gars ? Tu veux que je me débatte un peu ? »

Karolyi avait ôté ses gants pour mener sa tâche à bien, et jeté son chapeau sur le lit au matelas sale et affaissé. Il avait le visage paisible et charmant d'une statue, les épaules détendues, comme s'il se libérait de tout avec la certitude que ce qu'il faisait au nom de son pays était acceptable et pardonné.

« Débats-toi, ma petite colombe, dit-il sur un ton de franche plaisanterie. On va voir si cela change quelque chose ! »

Asher vit qu'une énorme malle occupait tout un côté de la pièce derrière eux : une malle de cuir aux coins et aux courroies en cuivre, posée debout, ouverte. La lueur trop faible de la lampe à huile, si elle faisait briller les ferrures, portait une ombre à l'intérieur ; Asher y distingua pourtant une seconde malle, à peine plus petite, glissée dans la première. Cette seconde malle aurait aisément suffi à contenir un homme.

Un bruit tout proche dans la cour lui donna la plus vive émotion, un bruit de bagarre accompagné d'un sifflement. Il s'appuya au mur de brique glacé. Des rats qui se battaient, comprit-il. Il se rappela l'odeur de viande morte non loin de l'appentis.

Le temps qu'il revienne à la scène de la chambre, Ernchester y était.

« Vous êtes en retard, fit observer Karolyi sur un ton qui pouvait laisser croire qu'il parlait d'un rendez-vous pour le thé. Le train quitte la gare de l'Est à sept heures trente. Nous avons à peine le temps de disposer de cette petite friandise avant que n'arrivent les charretiers. »

Il s'approcha de la fille qui riait sottement, saisit la dentelle sale de son col et déchira sa robe jusqu'à la taille. Elle portait un corset mais pas de chemise ; ses seins pareils à des pains de pâte molle étaient en équilibre précaire sur le bord de la toile renforcée de baleines. Ils avaient des mamelons larges comme des pièces de petite monnaie. Une chaîne dorée de pacotille brillait autour du cou. Elle adressa un clin d'œil à Ernchester, et d'un coup de genou retroussa très haut sa jupe. Elle ne portait pas non plus de pantalons.

« Tu as le temps avant ton train, chéri », roucoula-t-elle. Elle lui envoya des baisers de sa bouche peinte en renversant la tête, puis gloussa de plus belle.

Ernchester la toisa d'un regard totalement dénué d'expression. Il paraissait à Asher plus petit que dans son souvenir, maigre et insignifiant dans ses vêtements désuets. S'il n'avait jamais rencontré de vampire qui semblât physiquement avoir dépassé les trente-cinq ans, Ernchester cependant lui parut avoir pris de l'âge, même depuis l'année précédente. Cela ne tenait ni à son maintien ni à sa physionomie — ses cheveux blonds coupés court ne grisonnaient pas. Mais il donnait à Asher le sentiment de contempler une enveloppe vide, sèche et recouverte d'une épaisse poussière.

« J'ai dîné, répondit Ernchester à la fille, en se détournant.

— Et alors, petit, s'esclaffa-t-elle, tu n'aimes pas les desserts ? »

Tout en maugréant contre ce retard et les risques inutiles, Karolyi tira de sa poche une fine écharpe de soie. Avec des gestes d'une inexorable délicatesse, il y fit une boucle et la passa autour du cou de la fille. La respiration coupée, le corps agité de soubresauts, elle hoqueta et poussa des cris étranglés, lançant ses jambes gainées de bas de tous côtés ; dans cette lutte contre la mort l'une de ses chaussures alla frapper le mur avec un bruit sec.

Asher détourna la tête, pressa sa joue sur la brique froide. Le cœur lui manquait, mais il savait qu'il était un homme mort s'il tentait la moindre chose pour arrêter la scène qui se déroulait sous ses yeux. Il se rendait compte qu'il la savait condamnée à mourir dès le moment où Karolyi l'avait emmenée.

Il savait aussi que les bruits de la chambre — le raclement et les secousses de la chaise, les glapissements de la malheureuse, ses gargouillis et ses haut-le-cœur obscènes tandis que la vie quittait son corps par saccades — couvriraient celui de son départ, et qu'il pourrait arriver gare de l'Est avant eux pour voir quel train partait à sept heures trente.

Il était resté trop longtemps dans le Service, se dit-il en descendant souplement le long de la gouttière. Il savait qu'il n'y avait rien à tenter pour sauver cette fille. Essayer lui coûterait la vie et coûterait peut-être à l'Angleterre un nombre incalculable de vies, si le Kaiser obtenait la guerre qu'il voulait...

Il se traita pourtant de lâche, de pleutre et de poltron. On leur répétait toujours que le principal était de rentrer avec l'information, quoi qu'il doive leur en coûter et en coûter aux autres. L'honneur était aussi un luxe que le Service ne pouvait pas se permettre.

L'horloge qui sonna sept heures lui rappela que le temps était court. Il heurta un tas de planches près du mur de la cuisine. Les rats se dispersèrent dans une hideuse débandade d'ombres en mouvement, et le relent de mort revint plus fort encore.

Asher alla ramasser son sac, mais quelque chose le fit revenir sur ses pas. A l'endroit où les planches étaient tombées, il distinguait une main d'homme qu'éclairait un filet de lumière venue d'en haut. La paume en était retournée.

J'ai dîné, avait dit Ernchester.

Asher se courba et déplaça une planche.

Le visage de l'homme qu'on avait camouflé sous le

tas avait déjà été rongé. Dans l'ombre dense, de toute façon, il aurait été impossible de dire qui il était. Mais autour du poignet robuste, il y avait une chaîne d'argent.

III

« J'ai de longue date déploré les manières d'une société aujourd'hui si naïve sur son propre compte. »

Lydia sursauta, le souffle coupé, comme réveillée par une douche glacée. L'homme pâle prit d'une main le pulvérisateur qu'elle serrait contre elle, et de l'autre la fit se relever, lui empoignant le coude avec une telle force qu'elle le sentit d'instinct capable, s'il le voulait, de lui casser l'os sous la chair. Elle vit que derrière lui la grille était restée ouverte, bien qu'elle n'ait perçu aucun mouvement de la part du mort dans la niche.

Elle s'aperçut même, avec un accès de frayeur, que durant quelques instants elle n'avait plus rien perçu du tout.

Il se tenait à ses côtés, mince, froid et totalement correct dans sa longue tunique blanche. Ses yeux, qui se trouvaient au niveau des siens, car il n'était pas grand, étaient d'un jaune clair léger, moucheté de ce gris-brun que prend le bois quand il se dessèche avec l'âge.

Il la poussa contre le mur, et elle vit luire ses canines dans la lumière de la lampe qui l'éclairait curieusement par-dessous.

« Encore que des manières convenables, celles d'une société authentique, il n'y en ait plus dans ce pays depuis le départ pour la France du dernier de ses rois véritables et l'avènement de cette populace de

Germains hérétiques mangeurs de saucisses et de leur suite. »

Sa voix n'avait aucune colère, son visage aucune expression, mais sa poigne sur le bras de Lydia interdisait à celle-ci de bouger. Ses mains avaient l'apparence du marbre — comme celles d'un mort.

« On a toujours considéré, poursuivit-il, qu'une femme qui rend visite à un homme dans sa chambre, durant son sommeil, le fait à ses risques et périls. »

James était en danger. Plus tard Lydia comprit que c'était cela seul qui lui avait donné le courage de parler. Son unique rencontre avec Ysidro avait eu lieu en des circonstances encore plus périlleuses, où elle savait à quoi s'en tenir. Mais cette fois, c'était différent.

« Il fallait que je vous parle. Je suis venue de jour pour que les autres n'en sachent rien. »

Il lui lâcha le bras, mais dans l'espace confiné de l'étroit escalier, ils restaient extrêmement proches. Elle remarqua qu'aucune chaleur n'émanait de son corps, et si l'on exceptait l'infime relent de vieux sang prisonnier des plis de son suaire, aucune odeur. Sauf quand il parlait, son corps n'émettait aucun bruit non plus, aucun son lié à la respiration ou au mouvement. Elle observait avec intérêt toutes ces données, consciente pourtant que leur analyse ne pourrait donner qu'une description approximative du personnage.

Elle remonta ses lunettes sur son nez. « Lord Ysidro — Don Simon — je crois que mon mari est en difficulté. J'ai besoin de vos conseils.

— Votre mari, madame, a reçu de ma part la plus belle faveur que je pouvais lui faire, et plus encore : à savoir le souffle de la vie qui continue de franchir ses lèvres. » Les yeux couleur de soufre la regardaient, lointains, glacés. Des yeux qui n'étaient pas ceux d'un chat, ni d'un serpent, ni d'aucun animal, mais pas des yeux humains non plus. Même ses cils étaient blancs, comme ses cheveux. « Et je remplirai une seconde fois ses mains d'un trésor immérité si je vous laisse sortir de cette maison.

— Le comte d'Ernchester est sur le point de vendre ses services à une puissance étrangère. »

Don Simon Ysidro resta parfaitement impassible. Il est vrai que son visage semblable à la statue d'ivoire d'un dieu oublié n'avait exprimé ni colère ni mépris, immobile comme si les années avaient placé une fois pour toutes sa chair au repos sur l'ossature délicate de son crâne; de même qu'il n'avait pas haussé le ton de sa voix douce, presque monocorde, et non moins terrifiante pour autant. Don Simon Xavier Christian Morado de la Cadena-Ysidro était le seul vampire qu'ait rencontré Lydia. Elle se demanda si les autres lui ressemblaient.

« Venez, montons. »

Il lui rendit son arme — le vaporisateur — et passa devant, en levant sa lampe pour éclairer la pierre humide des marches. Sous le bord de sa tunique de laine pareille à un linceul, ses pieds étaient nus. Si la respiration de Lydia formait de petits nuages dorés dans la lumière jaune de la lampe, le maître de cette maison sans nom semblait ne rien sentir du froid.

Quatre chats s'étaient en quelque sorte matérialisés. Ils miaulaient pour réclamer leur nourriture mais sans s'avancer à moins d'un mètre du vampire, remarqua Lydia. Ysidro posa la lampe sur la table et approcha de la flamme un tortillon de papier. Il était extrêmement difficile de saisir la continuité de ses mouvements; Lydia en retirait des impressions, des images figées comme celles qu'on garde des rêves : mains blanches en coupe au-dessus de la cheminée de verre, mains transportant la flamme jusqu'au bec de gaz du fourneau; halo doré cernant un profil au nez légèrement busqué, au menton en saillie, trace d'ombre au coin de la bouche. Il ouvrit la glacière, s'adressa aux chats en langue espagnole et mit du lait et de la viande dans leurs soucoupes posées à terre. Puis il s'en écarta, et ce ne fut qu'à ce moment que les chats vinrent manger.

« Alors, d'où tenez-vous cette nouvelle ? » demanda-t-il enfin à Lydia en lui tenant sa chaise. Lui-même se jucha de biais sur un coin de la table. Il parlait un anglais irréprochable, à l'exception de l'infime zézaiement castillan et par moments d'une inflexion curieuse, dont elle savait qu'ils auraient inspiré des volumes à James. Le port de tête d'Ysidro, sa façon de placer ses épaules évoquaient le souvenir lointain du pourpoint et de la fraise empesée.

Elle lui tendit le télégramme qu'elle avait reçu lundi matin en provenance de la gare du Nord. « Ignace Karolyi est...

— Je sais qui est Ignace Karolyi. »

Le ton n'exprimait toujours pas grand intérêt, comme si l'usure du temps avait depuis longtemps étouffé en lui toute émotion. Son calme absolu donnait à Lydia l'étrange impression qu'il était assis sur le coin de cette table depuis des années, des siècles peut-être.

Le vampire retourna la feuille entre ses doigts d'ivoire, l'éleva jusqu'à ses narines puis la toucha très délicatement, de la pommette d'abord, ensuite de la lèvre inférieure. « C'est un boyard hongrois qui, comme ce fut le cas pour votre mari à une certaine époque, met l'honneur de servir son empire au-dessus de son honneur personnel — mais peut-être les Hongrois en règle générale n'ont-ils pas la même conception de la vérité et de la loyauté que les Anglais. L'homme est un diplomate, et un espion.

— Moi je ne savais rien de Karolyi », expliqua Lydia. Sa frayeur se dissipait un peu — au moins, il semblait disposé à écouter ce qu'elle disait. « Je veux dire, je ne savais que ce que disait James dans son télégramme. Mais j'ai reconnu son nom. Je l'ai retrouvé dans l'une des listes que j'ai établies il y a un an, quand je cherchais à localiser des médecins que je soupçonnais de contacts avec des vampires. Je prenais note de tous les noms que je trouvais dans n'importe quel article. Celui-là figurait dans un article consacré au docteur Bedford Fairport. »

Il inclina légèrement la tête, ce qui lui donnait l'air d'un oiseau albinos.

« Celui qui ambitionne de faire vivre les hommes éternellement.

— Vous avez entendu parler de lui, alors. »

En parcourant de longues séries d'articles la nuit

précédente, elle n'avait pas vu sous cet angle les travaux de Fairport concernant les modifications qu'apporte le temps au cerveau et au sang et à la chimie glandulaire — elle doutait d'ailleurs que Fairport en personne en ait pareille vision. Mais elle comprit brusquement qu'Ysidro avait raison.

« L'article en question était l'un de ses premiers écrits, poursuivit-elle lentement. Il remonte aux années 86 ou 87, quand il s'est rendu pour la première fois en Autriche afin d'étudier ces paysans styriens qui vivaient jusqu'à cent dix ans. Fairport précise que le sanatorium privé dont on lui a confié la responsabilité appartient à la famille Karolyi, et que c'est Ignace Karolyi qui a tout organisé. Dans son article suivant il cite Karolyi comme étant un donateur grâce à qui sa recherche fut possible. Ensuite le nom de Karolyi disparaît. En fait, toute référence au financement de Fairport disparaît. On n'en retrouve jamais la mention par la suite, je l'ai vérifié.

— Je suis stupéfait que cela m'ait échappé, déclara Ysidro sur un ton où n'entrait nulle stupéfaction. Je suis abonné à bon nombre de journaux, comme j'imagine que vous l'avez constaté. »

Lydia rougit. Ce qui lui avait paru sur le moment une exploration nécessaire du repaire d'un vampire devenait intrusion dans la demeure d'un gentilhomme.

« Je vous fais toutes mes excuses », balbutia-t-elle.

Il ne daigna pas répondre, se contentant de désigner le pulvérisateur : « Et qu'est-ce que cet objet ?

— Ça ? Heu... » Lydia prit dans sa poche le sparadrap et le recolla sur l'embout. « C'est plein d'une solution de nitrate d'argent. On en trouve chez beaucoup de marchands. Je... enfin, James a dit un jour que les vampires étaient parfois plusieurs à dormir dans une maison. Je ne savais pas qui j'allais trouver, vous comprenez, et... »

Elle craignait qu'il ne se moque d'elle car, à la réflexion, il devait être bien difficile de se servir de cette arme avec assez de rapidité pour qu'elle soit efficace. Elle avait appris à s'accommoder de la moquerie dès son plus jeune âge comme durant ses études médicales, mais cette affaire était de celles qu'elle ne pouvait pas simplement ignorer.

« Ingénieux », dit seulement le vampire, qui toucha du bout des doigts le réservoir de la pompe, puis les retira vivement. Lydia vit qu'il avait eu jadis les oreilles percées pour porter des anneaux, comme un bohémien. « Si je comprends bien, ce Fairport est appointé par Karolyi ?

— Je le pense. » Lydia lui tendit un autre télégramme, qu'elle avait reçu le matin de Munich. Celui-là même qui l'avait décidée à faire ses malles, concocter une histoire plus ou moins plausible à l'usage de ses domestiques, et prendre le train de Londres pour y rechercher l'homme dans la cuisine duquel elle se trouvait maintenant assise, avec le plus petit de ses chats, un souple matou gris qui s'enroulait autour de ses chevilles.

Ysidro prit le deuxième feuillet.

QUITTE PARIS STOP HABITE EPPLER CARNET ADRESSES JAMES

« Il est devenu prudent depuis son premier télégramme, fit observer le vampire qui toucha derechef le papier de sa lèvre inférieure. Vous avez étudié le livre dont il parle ?

— Une fois que j'ai eu décodé le message, oui. »

Elle se pencha machinalement pour caresser le chat, sans quitter des yeux Ysidro assis sur la table, mains croisées sur un genou. Ses ongles dépassaient d'un bon centimètre le bout de ses doigts, étrangement lustrés, bien plus épais que des ongles humains. Maladie de la kératine ? Il serait sans doute mal élevé d'en demander un échantillon.

« Ce sont les mots "carnet d'adresses" qui donnent la solution, expliqua-t-elle. Le code est simple : on commence par la fin en allant à reculons, et A veut dire B, B veut dire C, etc. Il conserve un double de son carnet d'adresses. A la lettre E, Eppler vient en avant-dernière position. Mrs. Eppler est la mère d'un de ses anciens élèves. Elle habite Botley, à une quinzaine de kilomètres d'Oxford, il est donc absurde qu'il s'y rende depuis Paris. Le deuxième nom de la rubrique F est Fairport, à Vienne. Comme vous le voyez, le télégramme est parti de Munich, à une heure quarante, mardi après-midi.

— Et moi, vous a-t-il été aussi facile de me trouver ? »

Lydia hésita. Fallait-il mentir ? Elle n'éprouvait plus la même frayeur qu'au début, mais ne se cachait pas pour autant qu'elle courait toujours un grand danger. Car enfin, si Ysidro n'avait pas eu le don de faire cesser la peur qu'on avait de lui, il serait mort de faim depuis des siècles.

Mais bien plus terrifiant encore était ce qui l'attendait, ce vaste territoire inexploré d'actions qu'elle ne savait comment mener. Elle se décida enfin à répondre :

« J'ai su que cette maison existait il y a un an. En théorie, car je ne l'ai pas cherchée. Mais j'ai inventorié les repaires possibles de vampires pour James, alors qu'il... travaillait pour vous. »

Un pli très mince marqua fugitivement le coin des lèvres d'Ysidro, un rien de contrariété fit imperceptiblement frémir ses narines. Sans autre commentaire, il reprit :

« Apparemment le service de Vienne n'a pas mieux repéré que moi les articles évoquant la contribution de Karolyi aux recherches de Fairport, et s'imagine que ce Fairport est de leur côté. Ce qui n'est guère surprenant, étant donné la rareté des agents en la période troublée que vivaient cette année-là les Balkans et la France. On peut supposer que, par la suite, Fairport s'est bien gardé de rendre public le nom de celui qui l'emploie.

— Ce qui signifie, dit Lydia tout bas, que James va tomber dans un piège. »

Le télégramme entre ses doigts, Ysidro demeura un long moment immobile, mais dans ses yeux pailletés de jaune Lydia voyait défiler réflexions et souvenirs, aussi vite que les cartes d'un jeu qu'on est en train de battre. Se remémorait-il les articles que Fairport avait consacrés aux centenaires hongrois et roumains, sa préoccupation du prolongement de la vie, son travail dans un coin du monde que James lui avait décrit comme le berceau de la tradition des vampires ? Enfin il releva la tête et dit : « Attendez-moi. »

Et Lydia se retrouva seule sans l'avoir vu partir.

Elle regarda sa montre, cherchant à évaluer quel laps de temps impliquait cet « Attendez-moi ». Si elle se pressait terriblement, elle-même pouvait parvenir à se laver, s'habiller, boucler et relever ses cheveux, et appliquer sur son visage une quantité minime, mais soigneusement dosée, de poudre de riz, de khôl, de rouge et d'eau de Cologne en un peu moins de deux heures et demie, ce que son mari, comme tous les hommes, semblait trouver déraisonnablement long. Mais elle au moins *savait* combien de temps il lui fallait pour se rendre présentable et elle en tenait compte, à la différence des dandies de sa connaissance qui vivaient dans l'illusion naïve de pouvoir réunir les composantes de leur façade en « un instant seulement, chère Mrs. Asher ». Elle revoyait les vêtements suspendus dans la garde-robe à l'étage, coupés par les meilleurs tailleurs de Saville Row. Elle savait, grâce aux avertissements de James et à l'expérience terrifiante qu'elle venait de vivre, avec quelle vitesse peuvent se déplacer les vampires, mais elle connaissait aussi la tendance de l'espèce mâle à traîner, remuer sans fin des cravates et transvaser d'une poche à l'autre de la monnaie, des carnets et des billets de théâtre, comme si les hommes craignaient de perdre l'équilibre à cause d'une mauvaise répartition des charges. Elle se demanda si la mort modifiait ces dispositions naturelles.

Trente-cinq minutes, paria-t-elle avec elle-même. Il s'en fallut de trois minutes pour qu'elle découvre en tournant la tête qu'Ysidro était revenu à ses côtés. Dans son costume gris cendré, le teint aussi blanc que son linge, il lui apparut plus fantomatique encore que dans sa robe blanche, comme si son vêtement mettait entre eux une barrière, une certaine distance.

« Venez », dit-il.

Par des ruelles et des passages infects, peuplés d'une vie furtive, l'itinéraire qu'il lui fit prendre n'était sans doute pas le plus direct ; elle ne pouvait pas l'affirmer cependant, car il lui avait pris ses lunettes dès qu'ils eurent descendu les marches du perron. Qui plus est, elle se rendit compte à deux ou trois reprises pendant le quart d'heure que dura leur marche que son esprit se vidait pour flotter dans cette rêverie absente que les vampires semblaient pouvoir provoquer. Elle avait chaque fois l'impression de s'éveiller d'un rêve pour se trouver dans une nouvelle rue, une autre venelle. Elle avançait en clignant des yeux au milieu d'ombres indistinctes plus ou moins intenses, toujours émaillées d'éclats de lumière colorée provenant des lampes des pubs, ou de leur reflet. Partout, sur le seuil des portes ou autour des braseros des marchands de marrons, s'agglutinaient des petits groupes d'hommes barbus, d'aspect misérable, d'où s'élevaient des criailleries en yiddish, en russe, en allemand. Ces hommes se rangeaient machinalement pour laisser Ysidro passer, sans le regarder, comme s'ils entraient eux aussi dans son rêve d'invisibilité ; leurs vêtements étaient imprégnés d'odeurs qui disaient le dur travail, le régime pauvre et le manque d'eau chaude pour se laver.

Toutes les semaines Lydia prenait le train de Londres pour aller travailler dans les salles de dissection de l'hôpital St Luke. Des hommes comme ceux-là, aux dents brunes et cassées, aux mains calleuses et sales, couverts de piqûres de puces, les camionnettes de l'hospice en apportaient beaucoup, qui sentaient l'acide phénique et le formol, morts de tumeurs non traitées, de pneumonie, de consomption et d'autres maladies de la pauvreté ; livrés au scalpel, le sien et celui de ses collègues, qui allaient étudier la beauté complexe de leurs muscles et de leurs nerfs.

C'était la première fois de sa vie de chercheuse qu'elle côtoyait ces hommes en vie. Son esprit fourmillait de questions qu'elle aurait voulu leur poser, concernant leur nourriture et les conditions de travail qui avaient contribué à leurs pathologies; mais, d'un autre côté, elle se sentait très contente de la protection d'Ysidro.

Ils traversèrent un pont de bois qui enjambait une eau presque invisible sous le brouillard bas, longèrent une très ancienne église au toit sombre à demi en ruine. Après une venelle sordide derrière un pub proche de la rivière, ils aboutirent à une courette en contrebas de la rue, encombrée d'ordures et empestant le chat. Bien que ses yeux se soient accoutumés à l'obscurité, Lydia ne vit que le ballet de deux mains pâles avant d'entendre le déclic d'une serrure qui cédait. Les charnières grincèrent. Ysidro répéta « Venez » et entra dans l'obscurité totale.

Bruit d'une allumette qu'on craque. Le visage étroit d'Ysidro apparut, nimbé d'un halo couleur de safran. « Ne vous préoccupez pas outre mesure de la présence des rats. »

Il alluma les bougies d'un chandelier à deux branches portant des coulures de cire. Le plâtre des murs, noir d'humidité, révélait la brique par endroits.

« Les rats, expliqua-t-il, comme les chats, savent d'instinct qui nous sommes, et que si nous avons besoin de la mort des humains pour nourrir notre esprit, nous pouvons aussi tirer notre subsistance du sang de n'importe quelle créature vivante. »

Il leva le chandelier. Les deux flammes donnèrent naissance à deux fantômes d'ombre qui se poursuivaient en une danse étrange tandis qu'il la menait vers l'escalier du fond.

« Anthea et Ernchester dorment rarement dans la maison de Savoy Walk ces temps-ci. Il vaut mieux ne pas déranger les souvenirs. Elle ne chasse presque jamais à une heure aussi peu avancée de la nuit, mais elle peut aussi avoir rendu visite à sa couturière. »

Lydia regarda une nouvelle fois sa montre alors qu'ils traversaient une entrée aux tentures de soie effilochées, dont les portes étaient entrebâillées sur le noir. « Comme nous approchons de Noël, je suppose qu'elle en trouvera une ouverte...

— Avec de l'argent, madame, sachez qu'on trouve toujours des gens prêts à vendre leur temps de sommeil et de loisir. Il m'arrive d'aller voir mon bottier à minuit ; je le trouve toujours dans les meilleures dispositions, littéralement ravi.

— Mais que lui dites-vous ? »

Pouvait-elle imaginer sa tante Harriet, qui était modiste, garder sa maison ouverte passé sept heures pour la reine Alexandra en personne ?

Ysidro posa sur elle ses yeux jaunes que la lumière orangée teintait d'ambre. « Ce que je lui dis ? Mais que je ne veux à aucun prix de cette sottise de chaussures bicolores, ni de boutons sur le côté. » Il pénétra dans la première pièce qui se trouvait en haut de l'escalier. « Voyons un peu. »

Comme chez Ysidro, les meubles étaient rares, et anciens. Un lit à baldaquin au pied incurvé était appuyé contre un mur aux lambris pourrissants, avec son couvre-lit fané comme le papier de soie de l'étage inférieur ; en face, une armoire de bois noir salie et écornée, mouchetée de taches d'humidité, et dont les sculptures étaient recouvertes d'une épaisse couche de poussière. Les portes en étaient ouvertes. Jupons, bas et corsets gisaient sur le lit, séparés par un espace suffisamment large pour une grande malle-penderie de deux robes que Lydia reconnut immédiatement comme inadéquates au voyage, l'une à cause de ses manches gigot à présent démodées, l'autre parce qu'elle était blanche et qu'aucune femme sensée, morte ou pas, ne songerait à prendre le train vêtue de blanc.

« Elle est partie après lui », dit Lydia en ouvrant grande l'armoire. Les seules robes actuelles qu'elle contenait étaient de soie, décolletées, ou de somptueux velours. Des robes du soir. Pas de corsages, aucune jupe — Lydia scruta de ses yeux myopes le dernier tiroir et Ysidro lui rendit ses lunettes — pas de chaussures de marche. « Elle a fait ses valises en toute hâte... »

A présent qu'elle y voyait bien, elle s'arrêta, sourcil froncé, en constatant que le dessus des tiroirs était en désordre : on y avait pris à la va-vite écharpes, manchettes et mouchoirs avant de les refermer n'importe comment.

« La maison a été fouillée », annonça Ysidro revenu de la pièce voisine où il avait disparu un instant, remuant la tête comme pour capter une odeur. Des vivants sont venus il y a quelques jours, avant qu'elle ne parte, je pense. L'air est encore faiblement imprégné de leur tabac et de leur sang. »

Il alla jusqu'au lit, examina les vêtements jetés là. Les couleurs de cette garde-robe, autant que Lydia pouvait l'affirmer dans la lueur ambrée des chandelles, étaient de celles qui conviennent à une femme très brune. Les tissus témoignaient de la plus haute qualité, coton suisse, laine de Melton, soie italienne. Ils étaient coupés pour une personne de la stature de Lydia, avec une taille de guêpe et des seins épanouis.

« Ce sont ses vêtements à *elle*, observa Ysidro en retournant une chemise de sa main gantée de gris. Il n'y a rien à lui. » Il laissa retomber dans un souffle l'étoffe de soie. « Je n'aime pas cela, Mrs. Asher. Depuis de très nombreuses années, c'est uniquement pour l'amour d'elle qu'il est demeuré sur cette terre. C'est elle qui a la force. Lui chasse dans son ombre, fragile comme un verre antique. »

Lydia se détourna de la coiffeuse où un socle en ivoire et des ciseaux à poignées d'ivoire témoignaient que le reste du nécessaire de toilette avait disparu, brosses, peigne et miroir. Une boîte à gants était restée ouverte ; les gants de toutes les couleurs, éparpillés, avaient un peu l'air d'araignées vidées de leur substance. « Selon vous, dit la jeune femme, leur relation pourrait-elle être une raison suffisante ? »

Ysidro leva un sourcil interrogateur.

« Oui, poursuivit-elle en hésitant, se pourrait-il qu'il veuille la fuir ?

— Pour gagner le refuge que lui offrirait l'Empire d'Autriche ? »

Il contourna le lit, toucha l'empreinte qu'avait laissée la malle sur le couvre-lit poussiéreux, dilata encore les narines pour déterminer l'origine des odeurs étrangères que portait l'atmosphère. « Pour ma part, je n'en jurerais pas. Elle l'aime et veille sur lui ; elle est tout pour lui. »

Il se tut un long moment. Son visage qu'elle voyait de profil était aussi inexpressif que sa voix douce et monocorde. « Il est vrai qu'on peut haïr une personne qui représente tout pour vous dans le même temps qu'on l'aime d'amour. C'est cet aspect de la question... » Il observa une seconde pause, puis enchaîna : « C'est cet aspect de la question que je n'ai jamais pu comprendre quand j'étais en vie. »

Elle rencontra son regard dénué d'expression, et ne sut que répondre.

Après un silence, il dit : « La malle de Calais part de Charing Cross le soir à neuf heures. Je doute que nous menions nos préparatifs avec assez de rapidité pour pouvoir la prendre aujourd'hui. Retrouvez-moi demain soir à huit heures sur le quai, vous et votre femme de chambre. J'aurai pris mes dispositions au préalable en télégraphiant à Paris. Je peux...

— Mais je n'emmène pas de femme de chambre ! » s'exclama Lydia.

Il haussa une fois encore ses sourcils, blancs sur son visage blanc. « Naturellement, nous ne dévoilerons rien de ma personne ; je ne serai qu'un compagnon rencontré par hasard dans le train.

— Non.

— Mrs. Asher...

— Ceci ne souffre pas de discussion, Don Simon. »

Si effrayée qu'elle fût à l'idée de se rendre à Vienne, et d'y rencontrer un vampire ou peut-être même plusieurs, la perspective de voyager en compagnie de l'un d'eux la troublait plus encore. Quant à faire courir un danger similaire à Ellen ou à toute autre personne...

« Je suis venue jusqu'à vous, Don Simon, pour vous demander conseil sur la façon de s'y prendre avec les vampires, spécialement avec Lord Ernchester. Il n'y a pas beaucoup d'informations dignes de confiance sur le sujet, vous savez. »

Derrière le masque impassible du vampire, elle vit dans ses yeux un éclair d'exaspération pure et simple. Mais elle constata avec surprise que cela ne lui causait plus la même frayeur.

« Non, je ne mettrai *personne* — et surtout pas une femme qui a été une amie autant qu'une domestique depuis presque quinze ans — dans une situation pareille sans lui expliquer à quel danger elle peut être confrontée. Et comme c'est apparemment impossible...

— Une femme de votre condition ne voyage pas seule.

— Ne dites pas de sottises. Mon amie Josetta Beyerly voyage seule tout le temps. Et je connais aussi...

— Mais *vous*, vous ne le ferez pas. » Il n'avait pas forcé la voix, et son expression était restée la même, mais Lydia percevait son irritation, comme une onde de froid provenant d'un bloc de glace. « De mon temps, aucune femme ne voyageait seule, à part les paysannes et les filles des rues.

— Nous verrons bien. Si je rencontre une bande de soldats mercenaires vagabonds entre ici et Calais, je regretterai certainement de ne pas vous avoir écouté.

— Vous parlez comme une écervelée. Vous pourrez suivre la trace de Karolyi, mais vous ne parviendrez jamais à approcher Ernchester ; c'est avec Ernchester que je dois m'entretenir de cette affaire.

— Mais c'est vous qui dites des absurdités ! protesta Lydia qui savait pourtant qu'il avait raison. Nous sommes au XXe siècle, pas au XVIe. J'apprécierai sans aucun doute tous les conseils que vous pourrez me donner...

— Les conseils vous seront de peu d'utilité contre des gens tels que Karolyi ou Ernchester. Si vous souhaitez avertir votre mari du danger qu'il court, vous *devez* voyager avec moi — en ce qui me concerne, je *dois* entreprendre ce voyage pour dissuader Charles d'agir comme il le fait, quels que soient ses motifs. »

Lydia garda le silence, trop déroutée par l'idée de ce voyage pour pouvoir parler. Mais elle se rappela à quel point elle était peu préparée à rencontrer le vampire dans la crypte. Elle revit aussi les visages si blancs de son rêve, avec leurs crocs... « Si vous le devez, répondit-elle lentement, je vous en remercie... Mais je refuse de mettre ma femme de chambre dans la situation qu'elle aura à affronter si nous rencontrons Ernchester, comme de l'exposer au risque de faire sur votre compte des découvertes inopportunes. Ce qu'elle ne manquerait pas de faire, car Ellen a une propension à la curiosité, et elle est plus astucieuse qu'elle n'en a l'air. Non, je ne l'emmènerai pas.

— Alors prenez une bonne pour le voyage.

— Pour que vous l'exécutiez le voyage fini ? Et moi aussi, tant que vous y êtes ? » se récria-t-elle, s'avisant soudain de l'extrême danger de voyager avec le mort. Elle en savait déjà trop. Elle avait même avoué connaître l'emplacement de ses repaires, ce qui constituait une violation des lignes si soigneusement établies quand James et Ysidro s'étaient séparés dans la maison en flammes de Harley Street, un an auparavant.

Il a besoin, réfléchit-elle, d'une compagnie humaine pour l'assister dans sa recherche d'Ernchester, quelqu'un qui puisse régler certains problèmes susceptibles de le dépasser, au moment où le jour va se lever par exemple ; une personne qui connaisse assez bien James pour deviner ses faits et gestes et le suivre à la trace, ainsi qu'à travers lui Karolyi et Ernchester.

Elle avait raconté à Ellen et à Mrs. Grimes qu'elle rendait visite à ses cousins, à Maida Vale. Il faudrait des semaines pour qu'elles s'inquiètent de son absence.

Elle soutint le regard d'Ysidro, certaine qu'elle avait surtout l'air d'un lapin myope essayant de faire baisser les yeux à un dragon.

« Vous n'avez nul besoin de me craindre, madame, dit le vampire avec lenteur, ni vous ni votre domestique, aussi longtemps qu'elle se garde de poser des questions sur ce qui ne la concerne pas.

— C'est non. »

James lui avait expliqué la faculté qu'avaient les

vampires de se mettre en contact avec l'esprit des vivants, et d'exercer sur eux une emprise froide qui donnait l'impression effroyable d'une volonté inflexible. Le pouvoir d'étouffer la pensée, de l'annihiler, de détourner l'attention... mais non celui de modifier une décision. Le pouvoir du fugitif, espion et prédateur, mais incapable de négocier avec les humains. Elle vit au regard d'Ysidro qu'il le savait aussi, et au pli de contrariété qui lui pinçait les lèvres.

« Si nous devons nous associer dans cette entreprise, dit-il, je ne veux pas vous voir voyager seule comme une fille de mauvaise vie. Je pense que votre mari serait d'accord avec moi sur ce point.

— Ce que pense mon mari ne regarde que lui, et aucunement vous ou moi. Et je préfère passer pour une fille de mauvaise vie que trahir une femme qui dépend de moi. »

Ysidro s'inclina et lui baisa la main. Ses lèvres avaient le toucher d'une soie oubliée au-dehors par une nuit sèche de gel intense. « Alors *bon voyage*, madame. Et *bonne chance* dans vos relations avec les morts vivants. »

Avec l'impression de s'éveiller, elle s'aperçut qu'elle était seule.

En fait, il n'était pas si affreusement tard pour se trouver abandonnée dans une partie de Londres complètement inconnue. Malgré le brouillard qui s'était épaissi et le froid qui montait, il y avait encore beaucoup de monde dans les rues, des travailleurs étrangers venant des ateliers très nombreux dans le voisinage et des marins enclins à partager la présomption dépassée d'Ysidro selon laquelle une femme sortant seule était une fille de mauvaise vie, si elle en croyait leurs allusions salaces dont elle avait peine à comprendre la formulation idiomatique. A l'évidence, la doctrine suffragiste de Josetta n'avait pas encore pénétré aussi loin. Lydia rédigea en pensée une note qui l'en informerait.

Comme elle l'avait supposé, le fleuve n'était pas

loin. Sur la voie large, bien éclairée à l'électricité, de l'Embankment, elle n'eut aucun mal à trouver un fiacre qui la ramena au petit hôtel proche du Museum où elle avait laissé ses bagages.

A tout prendre, se dit-elle en enlevant ses gants et l'insignifiant chapeau de la cuisinière, elle était plus satisfaite que navrée qu'Ysidro ne l'accompagne pas à Vienne. Les gens voyageaient seuls, c'était bien évident, et elle ne voyait aucune raison de renoncer à le faire, en dépit des idées surannées d'Ysidro. Le monde regorgeait de policiers à qui faire appel, de porteurs qui attendaient un pourboire, de fiacres, guides, bureaux de voyage, hôtels de qualité aux directeurs obligeants, et de boutiques où faire emplette de ce qu'elle aurait oublié d'emporter. L'absence de sa chambrière poserait certains problèmes, naturellement, mais les hôtels avaient des femmes de chambre pour y remédier.

Il était peu probable qu'elle puisse joindre James avant qu'il atteigne Vienne, mais avec de la chance sa prudence naturelle le garderait d'un péril immédiat, le temps qu'elle arrive pour le prévenir qu'il avait affaire à un agent double. Et si les choses tournaient au pire, elle pouvait informer la personne responsable du service de Vienne que le sanatorium du docteur Fairport situé dans les environs boisés de la ville était l'endroit tout désigné pour rechercher James.

A moins que la personne responsable ne perçoive elle aussi de l'argent autrichien.

D'après ce que James lui en avait dit, ce n'était pas à exclure. Mais comment diable pourrait-elle le savoir ?

Pour ne pas céder à l'affolement, elle passa en revue celui de ses bagages qu'elle avait ouvert pour la nuit : un peignoir, deux paires de mules — la plus jolie et nettement moins confortable pour le cas où un employé de l'hôtel entrerait — de l'eau de rose et de la glycérine pour ses mains, de l'eau distillée à l'ananas vert pour atténuer les rides naissantes dont tante Harriet lui avait toujours assuré que trop de lecture hâtait l'apparition, une brosse à cheveux à monture d'argent, un peigne, une brosse à dents, une lime à ongles, des fers à boucler et à friser, des épingles à cheveux, plusieurs sous-vêtements, corsets, jupons, un ensemble de couteaux de table aussi affûtés que pouvait le permettre leur lame d'argent, et un pistolet de calibre 38 contenant les balles d'argent qu'elle avait confectionnées l'année précédente.

Lydia s'était crue l'héroïne d'un roman à sensation en plaçant ces deux derniers objets dans sa valise avec le talc, la poudre de riz, le rouge, les lotions, et les parfums.

Il y avait aussi le panier qu'elle avait acheté à Covent Garden l'après-midi même, rempli de gros chapelets d'ail tressé, de pochettes d'aconit et d'aubépine, de branches d'églantier. Elle en disposa sur son oreiller, en suspendit à l'unique fenêtre de sa petite chambre sur cour non chauffée. Puis elle se déshabilla et se délaça elle-même — descendre dans un hôtel où elle ne risquait pas de rencontrer quelqu'un de connaissance, d'elle ou de sa famille, avait ses inconvénients — tout en réfléchissant à ses différents choix.

Se confier à l'une de ses amies et lui demander de l'accompagner ? Josetta s'y entendait en politique et n'avait peur de rien, mais elle n'avait pas le sens des réalités, Lydia le savait d'expérience : elle semblait toujours outrée d'être arrêtée pour activités de suffragette, qui, quoique nécessaires sans doute dans la stratégie générale de ce mouvement, transgressaient quand même la loi de façon flagrante. Son autre amie intime, Anne Gresholm, plus modérée et plus intelligente, devait assurer des cours auprès de ses étudiants, et ne jouissait pas d'une très bonne santé. De toute façon, le danger restait le même. Lydia avait conscience aussi de bénéficier d'une certaine tolérance de la part d'Ysidro, aussi longtemps qu'elle ne révélait à personne l'existence de vampires. Qu'elle en divulgue le secret, ou qu'Anne ou Josetta le devinent — ce qui se produirait immanquablement — et elle ne pourrait répondre de leur sécurité ni de la sienne pendant leur voyage de retour.

Aller vers Ysidro en ce cas, et lui demander de l'accompagner, tout bien pesé ? Cela ne ferait que ranimer la question de la femme de chambre. Elle n'exposerait pas Ellen, et une étrangère dont elle louerait les services au hasard courrait le même danger, pourrait se montrer plus indiscrète et moins fiable de surcroît.

Avec un soupir, Lydia plaça le pistolet sous l'unique et maigre oreiller et finit par glisser dans le sommeil au milieu des couvertures jonchées d'aconit, d'horaires de chemins de fer et de guides consacrés aux étendues orientales de la terre autrichienne.

Ce doit être l'odeur de l'ail, se dit-elle, sachant qu'elle rêvait mais aussi que son rêve était bien plus vivant — et même saisissant — que tous ceux qu'elle avait faits chez elle. *L'ail, ou cette maison dans le brouillard...*

Elle était sur la terrasse d'un vaste manoir, bijou de pierre ornementale à colombages, entre le jardin en labyrinthe baigné de clair de lune et les fenêtres à petits carreaux éclairées. A travers les vitres, elle voyait à l'intérieur des courtisans portant les velours raides et les perles chatoyantes en vogue sous le règne d'Elizabeth. Ils dansaient sur une musique dont elle entendait le rythme rapide et complexe, qui nouait leurs mains et faisait voler leurs atours. Les hommes portaient tous la petite barbe en pointe shakespearienne, et avaient l'air niais au possible dans leurs collants, hauts-de-chausses et pourpoints rembourrés ; les femmes avaient des jupes cerclées larges comme des tables et des collerettes de dentelle maintenues droites par les armatures.

Une femme se tenait près de la fenêtre, que Lydia remarqua à cause de son vêtement moderne, une simple robe de serge brune pas très bien ajustée qui certainement ne l'avantageait guère. Une femme de taille moyenne, le visage au menton légèrement fuyant assez banal, la silhouette plutôt piriforme sans être empâtée, aux épaules étroites recouvertes d'une masse de cheveux noirs bouclés. Si Lydia la quittait des yeux, elle la retrouvait l'instant suivant vêtue d'une tenue élisabéthaine de couleur sourde, avec une broderie en haut du col montant. La tenue d'une servante, ou d'une parente pauvre. Ses mains petites tripotaient les boutons de jais de ses manches.

C'est alors qu'Ysidro se mit à parler, très doucement.

« Vous attendiez peut-être, pour ce mode de danse, qu'ils soient vêtus d'une manière plus adaptée à l'exercice, n'est-ce pas ? »

La voix était si basse que Lydia se demandait comment elle pouvait l'entendre à travers la vitre, et pardessus la musique. Elle le vit alors, debout aux côtés de la femme brune, en pourpoint de velours noir et haut-de-chausses coupé au genou. Ses hautes bottes souples étaient d'une époque un peu plus tardive, juste assez pour éviter le ridicule de la tenue élisabéthaine masculine sans paraître anachronique. La lumière des flambeaux donnait à ses cheveux sans couleur un ton plus chaud et plus soutenu, proche de celui du miel. La jeune fille formula une réponse inaudible qui fit rire Ysidro, comme s'il jouait le rôle de quelqu'un d'autre. *Comment ne le voyait-elle pas ?* se demandait Lydia terrifiée. *Comment ne voit-elle pas ce qu'il est ?*

Ils restèrent un moment épaule contre épaule à observer les danseurs dans leurs costumes de conte de fées, le vampire et la jeune fille.

Le rêve s'évanouit, changea de cours. Elle les revit ensuite, dans un autre jardin aux larges parterres taillés au cordeau ; il lui apprenait à valser au clair de lune, sous l'œil vide des divinités de marbre. Plus tard encore, elle les retrouva en train de s'embrasser sous les gargouilles d'un porche, au milieu de maisons d'habitation construites sur un pont ; dans la lumière des flambeaux et des lampes qui tombait des fenêtres, les yeux d'Ysidro scintillaient d'éclats cuivrés. Par une autre fenêtre — et même deux fenêtres, puisque Lydia se trouvait dans une pièce sombre de l'autre côté d'une ruelle qui plongeait vingt mètres plus bas dans un gouffre de nuit — elle vit Ysidro blessé gisant sur le lit défait de la jeune fille. Penchée vers lui dans un costume d'autrefois, elle pansait une plaie provoquée par un coup d'épée dans la poitrine et qui aurait tué un homme en vie. Ysidro remua un peu la main, et elle se courba davantage pour venir presser ses lèvres sur les siennes.

« Vous êtes différente de toutes les autres », l'entendit-elle murmurer dans l'embrasure ornée de rideaux d'un palais, où le son des violons, comme un parfum délicat, disparaissait parfois dans la rumeur des conversations et les rires des danseurs. Il devait s'agir du palais de Versailles, estima Lydia au vu de l'habit de soie prune qu'arborait Ysidro. « Mon aversion pour elles n'a cessé de grandir depuis une éternité. Je n'espérais pas trouver une femme telle que vous. » Il porta à ses lèvres la main de la jeune fille.

« Nous nous sommes connus et nous nous sommes aimés tout au long d'un temps infini. » Il enveloppait sa compagne dans le velours épais de sa cape. Ils étaient dans un bois cerné par l'hiver, la lune brillait sur la neige posée comme une meringue au-delà des ombres du boqueteau. Elle avait les cheveux en désordre, la robe déchirée ; Lydia savait qu'Ysidro avait sauvé la jeune fille de quelque péril, et que des cadavres gisaient hors de vue au fond de la ravine, près du cours d'eau rendu au silence de l'hiver. Elle-même avait les pieds froids dans ses souliers pleins de neige fondue, derrière l'arbre qui la cachait. Le poids de sa jupe mouillée collait à ses chevilles. « Vous vous rappelez ? » disait-il.

La jeune fille en brun — la même robe brune qu'elle lui avait déjà vue, aux manches bouffantes et au grand col en vogue une dizaine d'années auparavant — répondait dans un murmure : « Je me rappelle, Simon. Je me rappelle... tout. » Et leurs bouches s'unissaient dans le rayon de lune que zébrait l'ombre des arbres.

Non ! cria Lydia, mais si son souffle se condensait en une volute nacrée, elle ne pouvait émettre le moindre son. *Il vous ment ! Il va vous tuer !* Horrifiée, elle mit toutes ses forces à s'élancer vers eux, mais des rameaux d'épine noire s'accrochèrent à sa jupe, l'empêchant d'avancer. Elle lutta pour se libérer, les branches craquèrent sous ses doigts comme des insectes secs. Elle s'éveilla alors, les mains crispées sur les fragments piquants des brindilles d'aubépine éparses sur son oreiller.

Lydia prit le train de deux heures pour Paris. L'étrange fantasmagorie de son rêve, faite d'intermèdes romantiques au clair de lune, même après s'être effacée, l'avait tenue éveillée avec l'impression glaçante qu'une ombre mince aux yeux jaunes l'attendait juste derrière sa porte. Quand elle fut tout à fait réveillée, le temps de prendre un bain, se lacer, s'habiller, ranger ses affaires, se poudrer, parfumer, maquiller et attacher ses cheveux — ce qui n'était pas une petite affaire sans femme de chambre —, le temps enfin qu'elle s'estime présentable en public, elle avait manqué les deux trains du matin. Jamais plus, se promit-elle, je ne descendrai dans un hôtel discret rien que pour éviter les questions de ma famille. Elle atteignit Paris peu après neuf heures le même soir. Le train de Vienne était parti depuis une heure et demie — de toute façon, c'était d'une autre gare. Fatiguée, courbatue, elle alla s'inscrire sur le registre de l'hôtel Saint-Pétersbourg, que Thomas Cook et Fils avait obligeamment contacté la veille de sa part.

Paris, elle l'avait connu dans le temps où, débutante, elle faisait ses emplettes et du tourisme éducatif ; et plus tard, à l'occasion de conférences médicales. Elle parlait un français correct, et savait comment se conduire dans ce milieu. Après tout, ce voyage serait peut-être plus facile qu'elle ne le craignait si elle en prenait chaque péripétie avec méthode, pas à pas, comme une dissection compliquée ou une série d'analyses de sécrétions inconnues.

De nouveau elle dormit mal, d'un sommeil hanté par la jeune fille en robe brune et Don Simon Ysidro se sauvant réciproquement des gardes du Cardinal et échangeant des baisers sur les sables baignés de lune du désert marocain. L'édredon tiré jusqu'au menton, elle passa le reste de la nuit à fixer les fentes des volets qui laissaient filtrer la lumière de la rue et à écouter les voix qui montaient du café voisin, en se demandant où était James, et s'il allait bien. Les voitures de laitier faisaient entendre leur grincement quand elle se rendormit enfin. L'express de Vienne ne partait pas avant sept heures et demie ce soir : elle avait tout le temps, non seulement de refaire ses bagages et demander une femme de chambre qui la coifferait et l'habillerait convenablement, mais aussi de s'accorder une visite aux magasins du Printemps, juste en bas de la rue.

Occupée à beurrer un croissant dans la salle à manger pratiquement vide, elle se livrait à quelques spéculations sur la pathologie des ongles de Don Simon Ysidro — manifestement il s'était produit un changement organique, donc, sur le plan physique, le syndrome du vampire n'entraînait pas de stase cellulaire complète — quand elle entendit l'unique serveur murmurer : « Bonjour, mam'zelle » et leva les yeux vers la femme qui venait d'entrer. Même à cette distance et sans ses lunettes, elle comprit que cette femme était inoffensive. Moyennement grande, un peu voûtée, elle se déplaçait à la manière hésitante de qui se sent à moitié étranger dans son propre pays, *a fortiori* dans un pays dont il ne parle pas la langue.

Presque aussitôt, elle fronça les sourcils. Pourquoi croyait-elle la reconnaître ? Cette femme avait quelque chose de familier. Comme elle s'approchait et que sa physionomie se précisait, Lydia comprit ce que c'était.

Elle portait une robe brune avec les manches bouffantes et le grand col qui étaient à la mode dans les années 90. Lydia reposa brusquement sa tasse de café.

« Mrs. Asher ? » Elle s'était arrêtée devant sa table, et triturait ses mains recouvertes de gants reprisés, avec une expression anxieuse dans ses yeux bleus. Elle avait environ vingt-trois ans, et beaucoup moins d'assurance que dans ses rêves ; comme Lydia quand elle savait que personne ne la verrait, elle portait des lunettes. « Don Simon m'a dit que je vous trouverais ici. »

IV

Durant l'année où Asher vivait à Vienne et hors de Vienne, une valse du *Casse-Noisette* de Tchaïkovski y avait connu la popularité. S'il fermait les yeux, bercé par le roulement du train, Asher croyait l'entendre encore. Dans son sillage coloré lui revenait l'éclat des lampes à gaz du café New York à la saison du Carnaval, le scintillement de la neige sur les pavés, le brassage de français, d'italien et d'allemand viennois qui résonnait alentour. S'y mêlaient potins de cour et psychanalyse, musique et politique, histoires de tromperies féminines. Treize ans après, tout était resté aussi net que la veille.

Jeunes mères de famille masquées et costumées, à la recherche inquiète d'une excitation ambiguë. Officiers très gais en uniforme, avec épée, éperons et galons.

Et Françoise.

Elle le lui' avait dit la nuit où ils avaient marché jusqu'au café après le bal de la Saint-Valentin qu'avait donné son frère : « Rien ici n'est comme il le paraît. » Cela était au moins vrai de lui.

Elle avait le visage mince, mais la même taille que lui, et le même âge. Mais on a toujours considéré qu'avoir trente-cinq ans, un mètre quatre-vingts et les traits accusés n'était séduisant que chez un homme. Son frère était l'un des directeurs de la plus grosse banque de Vienne. Il possédait des fermes, des vignobles, des immeubles dans le meilleur quartier. Il avait épousé la seconde fille d'un baron, qui essayait depuis des années de marier Françoise dans les cercles diplomatiques.

Asher se demandait si elle l'était maintenant. Si elle avait pu faire confiance à un autre homme.

« Les gens passent la journée dans des cafés comme celui-ci, à boire du café, lire les feuilletons, et regarder le monde qui passe. » Elle haussait une épaule d'un geste gracieux, avec un sourire de regret un peu triste. Elle avait le teint doré, mais les émeraudes qu'elle portait aux oreilles étaient comme une réplique de ses yeux pétillants. « Les étrangers trouvent ce mode de vie très délassant, très *gemütlich*; la vérité, c'est que la plupart des gens vivent dans des appartements d'une seule pièce avec leur famille et qu'ils supportent mal les odeurs de cuisine, les couches sales et les disputes de leurs enfants. Alors ils viennent ici. Ils paraissent oisifs et insouciants parce que c'est précisément ce qu'ils ne sont pas.

« Ici à Vienne, outre une centaine d'échelons différents de noblesse et de bureaucratie, des titres, des ordres, des règles et de l'ordonnance, nous avons les Serbes, Slovènes, Tchèques, Moldaviens, musulmans, qui tous réclament à grands cris leur nation, leurs écoles, leurs langues, leur couronne. Ils posent des bombes, ils tirent et fomentent des émeutes et ils complotent avec les Russes et les Anglais et n'importe qui d'autre dont ils pensent qu'il les aidera à se libérer.

Ses grandes mains prisonnières de longs gants de chevreau ivoire s'élançaient dans l'espace comme pour y dessiner des formes invisibles qui illustreraient son propos. Asher l'avait rencontrée une première fois dans un bal où il figurait en tant que professeur de folklore. On avait toujours adoré le folklore à Vienne, et de préférence le plus bizarre. En échange d'informations sur les mystères des loups-garous japonais et des laiterons des fées chinoises, Asher avait rencontré beaucoup des susdits Serbes, Tchèques et Moldaviens et commençait à découvrir ce qu'ils complotaient en matière d'émeutes, de bombes et de libération de la domination autrichienne.

Il n'était pas vraiment nécessaire qu'il cherche à rencontrer Françoise une deuxième fois. Il l'avait fait pourtant.

« Quand nous nous plaignons, poursuivait-elle, ce n'est pas vraiment une plainte. Quand nous pleurons, ce n'est pas forcément de douleur, et quand nous dansons, ce n'est pas toujours de joie. Oui ne veut pas vraiment dire oui, et non est rarement non ; les palais que vous voyez ne sont pas vraiment des palais pour la plupart, et chacun parle de tout, sauf de ce qui occupe vraiment sa pensée. »

Elle l'examinait de ses magnifiques yeux verts à demi voilés par de longues paupières brunes, et restait à la lisière de questions auxquelles elle n'était pas sûre de vouloir qu'il réponde, si même elle avait voulu les formuler.

« Nous ne savons pas toujours si ce que nous voyons est la réalité, ou seulement un masque. »

Le regard d'Asher avait rencontré le sien. Il n'avait su que répondre.

La semaine dernière j'ai eu une conversation avec vous dans le but de découvrir lequel de vos jeunes amis officiers est le plus endetté.

Je suis ici pour obtenir des informations de nature à provoquer la défaite de vos armées, le déshonneur de votre pays, la mort de vos amis et de vos neveux.

Je crois que je vous aime.

Il ne se rappelait plus exactement quand cela lui était arrivé la dernière fois.

L'espace d'un instant, ils s'étaient regardés sans masque. Aujourd'hui qu'il se retournait depuis les rivages de son rêve, Asher ne savait toujours pas ce qu'il aurait répondu si elle avait posé certaine question.

Mais elle avait repris son masque dans un sourire, et tendu la main. « C'est la *Valse des fleurs*. Vous dansez ? »

Il n'était jamais retourné à Vienne.

Il s'arracha brutalement aux prémices du sommeil. Il était trop tôt pour dormir. Le train venait de laisser derrière lui les lumières de Paris ; Saint-Denis, Gagny,

Vaires-sur-Marne mettaient des éclats de lucioles dans l'indigo foncé de la nuit. Asher but une gorgée du café qu'il avait demandé au garçon de couloir de lui apporter dans son compartiment — un compartiment privé qu'il avait réussi à obtenir au dernier moment, ce qui ne lui laissait une fois de plus que cinq livres en poche, songea-t-il avec humeur.

Mais sur l'express Paris-Vienne, il était impératif qu'il voyage en première classe s'il voulait accéder à la voiture de Karolyi et d'Ernchester. Et il se savait incapable de passer encore une nuit sans dormir en deuxième classe. Il serait plus en sécurité en première classe, moins exposé à ce qu'Ernchester ou Karolyi le voient.

Karolyi. *Rien ici n'est comme il le paraît.*

Le même soir de Carnaval, il avait vu Karolyi interrompre sa danse avec la plus séduisante héritière de Vienne cette saison-là, sortir et arrêter le geste d'un charretier qui fouettait son cheval. « Il exagère un peu, non ? » avait commenté Françoise avant d'ajouter devant l'œil interrogateur d'Asher : « Vous avez dû remarquer qu'il ne se livre à de tels actes que lorsque les autres le voient. » Asher l'avait remarqué en effet, mais personne d'autre ne l'avait fait à sa connaissance, excepté Françoise.

Il n'avait pas eu le temps de télégraphier à Lydia. Ni à Streatham, pour l'avertir que Cramer était mort.

Streatham aurait de toute façon quitté son bureau à six heures, se dit-il sardoniquement, et n'y reviendrait pas avant neuf heures vingt le lendemain matin. Était-il possible que tout n'ait commencé que le matin même ?

En fermant les yeux, il voyait la prostituée rousse affalée sur sa chaise, le dos cambré comme un arc, et ses jambes qui lançaient des coups de pied au moment où la vie la quittait. Il revoyait aussi briller le sang de Cramer, là où les rats lui avaient rongé la figure.

Il redoutait de rêver, et sombra néanmoins dans le rêve comme on tombe la nuit dans une eau qui coule à flots.

Il pensa : *Je suis déjà entré dans cette pièce. Mais*

quand ? La pluie ruisselait lourdement derrière les fenêtres voilées. Si l'endroit avait contenu des meubles, on les avait tous enlevés, à l'exception d'une table à une extrémité. Entourés de larmes de cire, des restes de chandelles brûlaient dans de hauts bougeoirs, deux à la tête, deux au pied ; leur lumière mettait des reflets jaunes dans l'étoffe de velours drapée comme un jeté-de-lit sur une partie de la table, faisait scintiller les feuilles en pierreries d'une couronne posée au milieu du linge noir. Le rêve évoquait un souvenir très ancien, dont Asher savait qu'il se situait au plus profond de la nuit.

Une femme gisait sur le sol de marbre jaune, devant la table, pareille à un autre drap funéraire qu'aurait laissé là un serviteur négligent, corsetée, encombrée de vertugadins et d'étranges ornements de rubans. La lueur des bougies touchait de lumière mordorée ses cheveux noirs, les volutes et les bouillonnés de sa coiffure, comme ceux de sa robe, étaient en grand désordre.

« Anthea. » Une autre femme traversait la pièce, frôlait Asher ou, à défaut, l'endroit qu'il aurait occupé si tout cela avait été réel. « Anthea, il faut que tu viennes te coucher. » Bien qu'abruti de sommeil, Asher identifia l'accentuation plus forte des voyelles, l'étirement de la diphtongue *ou*, et traduisit immédiatement : *fin du XVIIe siècle*. L'autre femme était elle aussi vêtue de noir. Son visage encadré de dentelles cascadant du haut de grands peignes paraissait sans vie, les yeux rouges et gonflés. Elle s'agenouilla dans le bruissement des étoffes de ses jupes superposées, toucha le bras de la femme prostrée. « Il est passé minuit depuis longtemps, les parents, les amis sont rentrés chez eux.

— Comment peut-il être mort ? »

La voix était grave pour une femme, basse mais très claire, non brouillée par les larmes. Elle exprimait une fatigue remplie d'étonnement, et voulait vraiment savoir. Le plus étrange était qu'Asher la reconnaissait, mais il se rappelait une prononciation moderne très différente de celle qu'il entendait à présent.

« Je ne... Je n'ai pas l'impression qu'il soit mort. Si je monte l'escalier, ne sera-t-il pas là à m'attendre en haut ? »

Une fontange enrubannée accrochée à ses cheveux pencha quand elle leva la tête, puis glissa au sol sans qu'elle y prête attention. Même s'il se trouvait à plus de six mètres d'elle, Asher savait que ses yeux avaient la teinte des dernières feuilles de chêne en automne, qui se mêlent au fond d'un bassin.

« J'ai ressenti la même chose quand mon Andrew est mort », dit l'autre femme en entourant la taille d'Anthea pour la soutenir. Chancelante, celle-ci se releva, grande et magnifiquement belle malgré le dérangement que sa station sur le sol avait occasionné à son vêtement. Son corsage ajusté faisait saillir la chair crémeuse de ses seins. Des ombres légères marquaient la ligne plus claire de ses clavicules, les rondeurs de ses joues bien dessinées. « Crois-moi, ma chérie, reprit l'amie, il est bien mort. »

Lentement, comme une très vieille femme, Anthea avança d'un pas et tendit la main pour toucher le drap de velours à l'endroit où, Asher venait de le comprendre, on avait posé le cercueil. Elle dit d'une toute petite voix, comme une enfant : « Je ne comprends pas ce qu'ils veulent que je fasse sans lui. »

Et se détournant, elle traversa la pièce dans sa plus grande longueur comme si elle ne voyait pas son amie qui la suivait. Elle ne vit certainement pas Asher, dont elle frôla pourtant la pointe des bottines avec ses jupes noires. Lui perçut l'arôme musqué d'ambre gris, d'encens et de féminité qui s'exhalait de ses vêtements. La haute coiffe de dentelle resta sur le sol là où elle était tombée, comme une rose noire cassée.

« Steffi, mon ange, te rends-tu compte comme tu es *assommant* quand tu es jaloux ? »

Asher s'éveilla en sursaut. Il avait le soleil dans les yeux, le cou ankylosé et ressentait toujours jusqu'à la moindre de ses fibres le rythme doux et obstiné du train. Il se réinstalla bien au fond de son siège et écouta

Steffi — puisque Steffi il y avait — marmonner sa réponse dans l'allemand âpre de Berlin tandis qu'il longeait le couloir avec sa petite amie viennoise à l'intonation de bébé, probablement en direction du wagon-restaurant. Asher tendit la main pour éteindre la lampe électrique restée allumée au-dessus de son fauteuil, et pressa le bouton de porcelaine pour le préposé à la voiture. Il lui donna un pourboire sans en avoir les moyens, lui demanda de l'eau pour se raser et l'heure.

« Il est dix heures cinq du matin à Vienne, monsieur, dit l'homme dans un français teinté d'accent italien. Neuf heures dix à Paris. Je dois remettre l'horloge à l'heure à dix heures et quart. »

Asher, qui avait réglé sa montre à Paris mais n'avait pas eu la force de le refaire cette nuit, bougea encore ses aiguilles. « Est-ce que le service du petit déjeuner est terminé ?

— Il va être fini quand Monsieur se sera rasé, mais je pourrais apporter un petit quelque chose à Monsieur », répondit le garçon en touchant sa casquette. Vénitien, estima Asher. Très brun, mais doté de cette beauté extraordinairement sensuelle que même les vieillards décrépits de l'ancienne République recevaient comme un droit en partage à la naissance.

Asher lui donna une autre pièce d'argent de deux francs — car sur l'express de Vienne, les garçons de couloir empochaient certainement n'importe quelle monnaie, des dollars aux piastres. « Sauriez-vous par hasard si le gentleman hongrois qui voyage avec l'Anglais se trouve encore dans le wagon-restaurant ? Étant bien entendu, ajouta Asher en levant la main, qu'il n'est nullement nécessaire de leur signaler cette affaire, à l'un ou à l'autre. »

Les yeux sombres de l'Italien brillèrent d'intérêt. Asher lui glissa encore un franc. « Affaire d'argent de famille. »

Le garçon hocha la tête d'un air entendu. « Le Hongrois et l'Anglais, leur lumière a brûlé toute la nuit. A cause des rideaux je n'ai pas pu voir ce qui se passait dans le compartiment, naturellement. Mais je sais qu'ils ne m'ont pas appelé pour installer les couchettes, et ce matin quand j'ai été ranger le compartiment, j'ai vu qu'ils n'avaient pas dormi dedans. » Il leva un regard lourd de sens sur la couchette intacte d'Asher. Celui-ci avait fermé le compartiment à clef après y être entré la veille. Si cet homme avait frappé, il ne l'avait pas entendu.

Le garçon de couloir — qui lui dit s'appeler Giuseppe ne tarda pas à revenir avec de l'eau chaude, un plateau de petit déjeuner et du café. Il apportait aussi l'information que le Hongrois Herr Feketelo n'était plus dans la voiture du restaurant. Après son petit déjeuner, Asher passa discrètement dans le couloir, comptant sur le fait que Karolyi, comme son compagnon de voyage, dormirait pendant la journée. Son compartiment était presque en tête de voiture, près du passage en accordéon menant au wagon-restaurant. Celui de Karolyi et de Ernchester, d'après Giuseppe, se trouvait pratiquement en queue. La voiture suivante, il s'en était assuré, était le fourgon à bagages.

Il était scellé, mais Asher avait manipulé assez de copies de sceaux et de clefs — et vu assez d'exemples de la force et de l'agilité surnaturelles des vampires — pour savoir que cela ne constituerait pas une difficulté pour Ernchester.

Pour le déjeuner, Asher s'arrangea avec Giuseppe — il lui en coûta quelques francs supplémentaires sur sa réserve qui diminuait singulièrement —; il le lui porterait aussi sur un plateau. C'était à coup sûr une façon plus confortable de visiter l'Europe centrale que de battre en tous sens les Alpes dinariques quand on a la tête mise à prix, les chiens — et Karolyi — sur ses traces, les poches pleines de numéros de comptes en banque suisses compromettants et une balle dans l'épaule. Il gardait ses rideaux fermés mais prêtait l'oreille aux voix qui passaient dans le couloir, et regardait se déployer puis disparaître sur les hauteurs des Alpes souabes les arbres sombres et les villages pittoresques de Forêt-Noire, tandis qu'en toile de fond, bien plus haut, la lumière blanche des Alpes proprement dites se rapprochait à mesure que le train infléchissait sa course vers le sud. A Munich l'express s'arrêta une demi-heure pour s'adjoindre deux voitures de deuxième classe et un wagon-lit en provenance de Berlin. Asher se risqua à courir jusqu'au bureau du télégraphe situé dans la gare afin d'expédier deux câbles, l'un à Lydia pour lui faire part de la modification de ses plans, l'autre à Streatham pour l'informer de la mort de son agent.

A ce sujet il continuait d'éprouver la même colère, non pas tant contre Ernchester et Karolyi — ne jouaient-ils pas tous le même jeu après tout — que contre Streatham qui avait chargé le moins expérimenté de ses hommes d'un travail dont il aurait dû savoir qu'il était dangereux. Et contre lui-même, tout en sachant qu'il ne pouvait rien tenter d'autre.

Sous le jour gris et terne de sa verrière, Asher traversa l'immense gare en cherchant à se rappeler le nom du responsable à Vienne ces temps-ci. Aucun de ceux qu'il connaissait, peut-être. Streatham n'avait évidemment pas tort quand il parlait de réorganisation. Fairport, lui au moins, n'aurait pas bougé de Vienne, toujours occupé à gérer discrètement la maison de santé de son sanatorium dans le Weinerwald où il vendait du rajeunissement aux épouses de banquiers et d'agents de change; toujours en mauvaise santé, toujours tatillon et tremblant, avec ses gants de coton et cette lueur fanatique au fond de ses yeux pâles.

Asher sourit. Il se rappelait le voyage de trois jours qui l'avait mené vers un village tchèque reculé en compagnie de cet hypocondriaque d'opéra-comique. Fairport voulait rencontrer deux paysans, un frère et une sœur contemporains de ses arrière-grands-parents; Asher voulait étudier les variations locales du verbe *byti* (ou *biti*) et jeter un coup d'œil sur une route de forêt conduisant en Saxe, qu'on avait réparée et élargie sans raison, avec des fonds provenant de Berlin. Le vieillard n'avait pas ôté ses gants de tout le voyage, il avait apporté ses provisions personnelles, ses draps, son savon, et réchauffait l'eau des torrents parce que c'est meilleur pour le foie. Les paysans de l'endroit hochaient la tête et lui trouvaient des surnoms — « la blanchisseuse », « Grand-mère English ». L'aubergiste d'un village avait pris Asher à part pour lui demander gravement s'il était vrai qu'à la ville (c'est-à-dire Vienne) ils avaient des docteurs capables de guérir des gens aussi atteints. Asher avait eu toutes les peines à expliquer que Grand-mère English était précisément l'un de ces docteurs.

L'évocation de ce souvenir le mit en joie. Il retrouva son compartiment en ayant l'impression d'avoir évité avec succès les écueils d'un parcours d'obstacles compliqué. En plus d'avoir expédié les télégrammes, il avait fait l'acquisition du *Neue Frei Presse* et de deux jouets à ressort : un ours qui actionnait des cymbales quand on le remontait avec une clef, et un âne qui, bien équilibré, remuait si vite les quatre pattes qu'il marchait tant bien que mal. Il les essaya sur sa table, avec beaucoup de plaisir et un sérieux imperturbable.

D'autres passagers regagnaient le train, munis de nouveaux livres, journaux, revues, bonbons et gâteaux. Par la fenêtre il aperçut celui qui devait être Steffi le jaloux et sa fiancée viennoise pareille à une image, les bras chargés de fleurs. La capacité qu'ont les humains de croire ce qu'ils ont envie de croire le fit sourire.

Il y avait sur le quai une fort belle douairière dans un ensemble de Worth impeccable, suivie d'une femme de chambre à l'air de chien battu et de trois petits bouledogues français noirs ; un gentilhomme à barbe blanche et au visage de moine guerrier en compagnie d'un garçon qui pouvait être son petit-fils ou un valet se hâtant dans son sillage. Et Karolyi rasé et pomponné de frais, une rose à la boutonnière, qui arpentait le quai avec légèreté. Il s'arrêta devant une pauvre fille qui vendait des cacahuètes, ôta son chapeau. Asher vit au visage de la vendeuse qu'il l'avait largement surpayée ; il revit la prostituée aux cheveux cuivrés attachée à sa chaise. Il se demandait si la police avait déjà retrouvé le corps.

Pourquoi Ernchester ? La question revint le hanter comme le train se remit en mouvement.

Pourquoi un Anglais d'ailleurs ? Les vampires de Vienne auraient-ils refusé l'offre autrichienne ? Ce qui n'était pas aussi étrange qu'il y paraissait : d'après l'expérience d'Asher, les Viennois entraient en action à la suite d'un raisonnement très particulier, d'une frivolité personnelle qui pouvait englober toutes les bonnes raisons qu'avaient les ressortissants tchèques ou hongrois (ou serbes ou moldaviens ou vénétiens) de penser que l'empereur était un vieux gâteux qu'ils dédaignaient de servir.

Et de fait, quoi que promette un gouvernement, Asher comprenait bien que les vampires veuillent garder leur anonymat. Ses dix-sept années d'espionnage lui avaient trop bien appris qu'il ne fallait faire confiance à aucun gouvernement — y compris le sien — pour tenir ses promesses.

Cela n'expliquait pas davantage pourquoi un vampire anglais avait été approché, de préférence à un français ou un allemand.

Et s'ils avaient été pressentis tout de même ? Il suspendit son geste de démonter l'ours mécanique. Une vision grotesque s'imposait à son esprit, celle du fourgon scellé rempli de malles et de cercueils où sommeillaient les vampires de Paris ; il se voyait ensuite se rendre innocemment au wagon-restaurant et se trouver confronté, table après table, à des visages décharnés et crayeux, et à une foule de regards brûlants comme des rayons actiniques.

Il en vint alors à se demander ce qu'il allait bien faire quand il serait à Vienne. Essayer de passer le problème à un autre responsable peu enthousiaste et incompétent ? Laisser un autre débutant se faire tuer ?

Il déplia sa couchette, se déshabilla et dormit d'un sommeil agité. Il s'éveilla avec l'impression d'avoir eu un passage à vide. Il connaissait cette impression depuis qu'il avait côtoyé des vampires. Très vite et sans bruit, il se glissa hors de la couchette. Le compartiment ne recevait pas d'autre lumière que celle du couloir qui filtrait autour des rideaux. Il était vide, et d'ailleurs n'offrait aucune cachette dans cet espace à peine suffisant pour une seule personne. Il écarta de quelques millimètres le rideau de la porte, et colla son œil à la fente.

Karolyi et Ernchester remontaient le couloir, l'un avec de grands gestes de ses mains gantées de blanc, l'autre sans expression, très petit et maigre à côté de son compagnon.

« Cela ne se fait pas, vous comprenez, de passer la totalité du voyage dans son compartiment. En premier lieu, les employés bavardent.

— Je ne vois pas pour quelle raison les potins du service devraient nous préoccuper. »

La voix d'Ernchester était si basse qu'elle en devenait pratiquement inaudible. Asher se demanda pourquoi sa façon d'accentuer la syllabe *ou* lui paraissait si familière. Qui avait-il entendu parler récemment avec cette inflexion archaïque ? « Il n'y a rien dans ce train — il prononçait le mot comme un terme étranger — qui puisse m'intéresser. Si, comme vous le dites, nous passons quelques jours à Vienne... »

Ils s'éloignèrent, Asher ne les entendit plus. Il orienta sa montre vers la fente de lumière. Il était un peu plus de six heures trente à Vienne. Karolyi venait probablement de libérer Ernchester du fourgon à bagages, avant d'en remplacer le scellé par une réplique. C'était le contact subtil de l'esprit du vampire effleurant ceux du wagon qu'il avait perçu dans son sommeil. Dehors, les Alpes scintillaient d'un bleu irréel sous les étoiles.

Il s'habilla vivement et descendit le couloir comme un voleur, en guettant les voix provenant des autres compartiments. Le silence régnait. La plupart des passagers avait déjà dû prendre place dans la salle à manger, pour le dîner. La serrure du compartiment de Karolyi céda sans se faire prier aux outils confectionnés à partir des rouages internes de l'ours et de l'âne. Il fouilla prestement mais avec méthode, sachant pourtant que Karolyi n'était pas homme à laisser traîner une information. Pas d'agendas, aucune lettre ni adresse. Beaucoup d'argent dans la valise qu'ouvrit

Asher après en avoir soigneusement inspecté la serrure et le cadre à la recherche de cheveux, colle, éclats de bois ; il y prit deux cents florins en billets et aussi deux scellés sur la douzaine de répliques qu'elle comptait.

La valise avait un double fond sous lequel il trouva dix petites boîtes de cire qui contenaient des empreintes de clefs, celle du fourgon à bagages probablement, et peut-être celles de tous les fourgons à bagages utilisés sur la ligne. Asher les empocha. Le temps que Karolyi remarque leur absence, ils seraient sortis du train.

Il y avait encore bien pliées, deux séries, de petites annonces du *Times* de Londres, datées de deux jours consécutifs, mais il n'osa pas les emporter. Les minutes passaient vite, il n'avait pas le temps de parcourir ces pages dont il savait qu'elles ne comporteraient pas de marque. Il prit note des dates, replia les pages comme précédemment et replaça la valise au-dessus du siège de velours.

Un échiquier de voyage était posé sur la table, les pièces bien rangées pour une partie à venir. Accrochée près de la porte, la redingote démodée d'Ernchester côtoyait le grand pardessus de Karolyi ; Asher explora rapidement les poches, en se demandant où allait habiter le vampire quand ils seraient à Vienne.

De retour dans son compartiment, il sonna l'employé à qui il demanda de lui apporter son dîner. Il était indisposé, ajouta-t-il avec un clin d'œil et quelques francs. « Vous n'auriez pas, par hasard, le *Times* anglais à bord du train Giuseppe ?

— *Certamente*, monsieur, répondit Giuseppe qui bomba le torse avec indignation, nous avons tous les journaux à la disposition des passagers de première classe, et les plus récents.

— Vous pourriez me trouver l'édition de samedi dernier ? Et celle de vendredi aussi, si possible ?

— Hum. Ça, je ne sais pas, m'sieu. Je vais demander, et jeter un coup d'œil dans le local des collègues...

— Discrètement, s'il vous plaît. Inutile de m'apporter le tout, les petites annonces me suffisent », recommanda Asher, le sourcil levé, la tête penchée comme un conspirateur. Le garçon partit tout affairé, avec la mine de quelqu'un qui se prend pour un intrigant d'envergure internationale.

Et c'était peut-être le cas, se dit Asher, car dans sa position, les occasions ne manquaient pas. Quoi qu'il en soit, Giuseppe revint avec un exemplaire très défraîchi des petites annonces du samedi soir précédent, récupéré dans les toilettes du personnel. Asher passa la demi-heure qui suivit à y chercher le message à l'origine de la rencontre entre le vampire et le Hongrois.

> *Bey Olumsiz — marches*
> *façade British*
> *Museum, 7. — Umitsiz*

Asher dut lire deux fois le message avant de comprendre que c'était celui qu'il cherchait. *Olumsiz* était l'équivalent turc d'*immortel* — ou peut-être de *mort vivant*. *Umitsiz* voulait dire *sans espoir* (*hopeless*) ou se référait peut-être au nom britannique *Wanthope*, autre nom des comtes d'Ernchester, l'un de ceux que Charles Farren s'était approprié bien des années avant ?

Bizarre. Asher plia le papier et le glissa dans sa valise. Pourquoi l'emploi du turc ? *Olumsiz Bey, le Seigneur Immortel. Sans espoir. Veut espoir, Want-hope. Wanthope. Seigneur Immortel...*

De toute évidence, Ernchester et Karolyi voulaient dissimuler leurs transactions. C'était opportun, dans la mesure où les autres vampires de Londres — qui lisaient certainement les petites annonces, car les nuits sont longues pour les morts vivants — désapprouveraient cette alliance. Est-ce que Grippen, le maître vampire de Londres, savait le turc ? Ysidro le connaissait sans doute, pensa Asher, étrangement mal à l'aise au souvenir de cet hidalgo livide qui le premier avait sollicité son aide, contre la volonté de tous les autres vampires de Londres. L'empire ottoman avait été au XVIe siècle une formidable puissance. Il était concevable qu'Ysidro, courtisan et érudit à ses heures, ait quelque connaissance de sa langue ancienne. De même que le comte. Plus vraisemblable sûrement que du hongrois par exemple, qui à l'époque était une langue de barbares et de bergers, celle d'un peuple qui n'avait aucun pouvoir en Occident. N'importe lequel des autres vampires de Londres parlait sûrement l'allemand ou le français.

Un vampire viennois ou hongrois qui venait du XVIe ou du XVIIe siècle saurait très probablement la langue des armées qui avaient régulièrement envahi son pays.

Asher regarda encore l'en-tête du journal. Samedi 31 octobre — il n'avait pas d'exemplaire de la veille. Quelles étaient les injonctions, pour qu'Ernchester soit si anxieux de dissimuler ses déplacements aux autres vampires de Londres, y compris sa femme ?

Qui était celui qui se baptisait le Seigneur Immortel ?

Même à dix heures du soir, la gare de Vienne était le centre fourmillant des allées et venues d'un empire. Avant l'arrêt complet du train, sitôt le pied posé sur le quai où il se fondit dans la foule, Asher ressentit le coup au cœur de celui qui revient — la nostalgie, ou la douleur de se souvenir. Aucune ville au monde ne ressemblait tout à fait à Vienne.

Il y avait les juifs de l'arrière-pays en caftan noir, papillotes et châle de prière, qu'ignoraient résolument leurs coreligionnaires non orthodoxes d'obédience germaniste qui portaient redingote ; les Hongrois *csikos* en hautes bottes et pantalons bouffants, les Tsiganes vêtus de haillons de toutes les couleurs. Il y avait les habitants de Vienne eux-mêmes, les dames enveloppées de manteaux de voyage en lin et de voiles qui les protégeraient des escarbilles, les hommes en grand uniforme qui pouvaient être aussi bien lanciers qu'employés des postes, les enfants cramponnés aux gouvernantes en noir, les étudiants coiffés de casquettes de couleurs vives. Le français, l'italien, l'allemand chantant de Vienne, aussi différent que possible de la langue de

Berlin, se mêlaient au tchèque, au roumain, au yiddish, au russe, à l'ukrainien... L'air embaumait le café.

Vienne.

Il se dirigea vers la station où étaient alignés les fiacres — Ernchester et Karolyi s'y rendraient aussi, dès que la douane aurait inspecté leurs bagages — et, contre toute logique, se surprit à retenir sa respiration dans la crainte absurde de rencontrer Françoise, il ne savait comment.

Il l'avait vue en rêve dans son sommeil anxieux de l'après-midi. Sur fond musical de valse, elle marchait sur le Schottenring, longeait le marbre, le stuc et les dorures des grands immeubles dans la lumière cristalline d'un soir de printemps. Elle n'avait pas le même aspect que treize ans auparavant, mais celui qui devait être le sien aujourd'hui, les cheveux presque entièrement gris, mince comme certains chats quand ils prennent de l'âge; un chat qui aurait porté un costume de marche gris aux attaches de dentelle noire.

Je vous demande pardon, Françoise.

Tout en la regardant, il avait l'œil irrésistiblement attiré par les grilles de bronze ouvragé fermant les aventures pratiquées dans les murs au ras des trottoirs, que frôlait le taffetas couleur gris ardoise de sa jupe. Il le devinait, on remuait dans l'ombre, sous le pavé qu'elle foulait. Chuchotements au fond de l'obscurité, regards... On n'attendait que la venue de la nuit.

Ils étaient à Vienne eux aussi.

Françoise, ne restez pas là! voulut-il crier. *Rentrez chez vous, allumez les lampes, ne les laissez pas entrer! Ne leur parlez pas si vous les croisez sur le trottoir...*

Mais à cause de ce qu'il avait fait treize ans plus tôt, elle ne pouvait pas l'entendre, ou ne le voulait pas. Elle continuait à marcher, et il crut voir des vapeurs grises glisser à travers les grilles de bronze et haleter derrière elle le long de la rue.

Il se reprit. Il était peu vraisemblable qu'il la rencontre — elle pouvait aussi avoir quitté Vienne — et quoi qu'il advienne, leur amour appartenait au passé. Il n'échangerait pour rien au monde la perspective de vivre le reste de sa vie avec Lydia, sa nymphe rousse à lunettes.

Mais pourquoi, malgré tout, cet élancement au cœur quand il entendait la *Valse des fleurs* ?

« Herr Professor Doktor Asher ? »

Il se retourna, saisi. Il était à mi-chemin de la rangée des fiacres, et sa première pensée fut : PAS MAINTENANT ! Karolyi et Ernchester seraient là dans quelques secondes...

Les deux policiers viennois en uniforme brun étaient derrière lui. Tous les deux le saluèrent.

« Vous êtes Herr Professor Doktor Asher qui venez à l'instant d'arriver de l'express Paris-Vienne ?

— C'est bien moi, Herr Oberhaupt. » La vieille habitude viennoise de donner du titre à tout le monde lui était revenue instantanément, ainsi que l'accent chantant de Vienne, qui avait quelque chose d'italien. « Il y a un problème, messieurs ? J'ai présenté mon passeport et...

— Non, aucun problème concernant le passeport, dit le policier. Nous sommes au grand regret de vous faire savoir que vous êtes recherché pour interrogatoire ayant trait à un meurtre commis à Paris sur la personne de Mr. Edmund Cramer. Voulez-vous être assez aimable de nous accompagner à l'Hôtel de ville ? »

Sous le coup de la surprise, Asher perdit un instant l'usage de la parole. Puis une kyrielle de jurons tchèques frappa son oreille ; il chercha autour de lui et eut le temps de voir un couple de porteurs charger une énorme malle aux coins de cuivre dans un fourgon de marchandises, sous la surveillance de Karolyi et du comte d'Ernchester. Le hasard voulut que Karolyi choisisse ce moment pour détourner la tête, et rencontre un instant le regard d'Asher.

Il porta la main à son chapeau à large bord et sourit. La dernière vision qu'eut Asher alors que les gendarmes l'escortaient hors de la gare fut celle de l'espion et du vampire qui se dirigeaient tranquillement vers la rangée des fiacres.

V

« Nous nous sommes connus dans une vie antérieure, vous comprenez. » Miss Margaret Potton leva les yeux du bouton de sa manche gauche. Un fil en dépassait sur lequel elle s'acharnait. Derrière ses verres aussi épais que ceux de Lydia — mais que Lydia n'aurait jamais portés en un lieu aussi public que la salle à manger de l'hôtel Saint-Pétersbourg — ses yeux bleus exprimaient un défi circonspect. « Je devrais dire plusieurs vies antérieures. C'est comme si je l'avais toujours su, toute ma vie. Toute ma vie j'ai dû faire ces rêves, pour les oublier complètement au matin.

— Vous "avez dû" ? releva Lydia qui essayait de ne pas trahir la colère qu'elle éprouvait envers Ysidro. Mais à quel moment ? Si vous les oubliez aussi complètement, comment savez-vous que vous les avez faits "toute votre vie" ? En toute honnêteté, vous rappelez-vous un précédent à la nuit dernière ? »

La petite bouche prit un pli obstiné. « Oui. Oui, je m'en souviens. A présent, je m'en souviens. »

Lydia ne dit rien. *Quel mufle !* était tout ce qui lui venait à l'esprit. *Il existe sûrement un terme plus descriptif*, se dit-elle. *James est un linguiste, il faudra que je lui demande.*

Miss Potton reprit en pointant son menton étroit : « C'est-à-dire... je savais que j'avais rêvé de choses importantes. J'ai toujours su que je rêvais de quelque chose... quelque chose de beau et de crucial, qui changerait ma vie. Seulement je ne m'en souvenais jamais, jusqu'à la nuit dernière.

— Je n'ai jamais rien entendu de si bête ! » s'écria Lydia qui revoyait les images de ses rêves de pacotille, amour, sauvetage, valse au clair de lune, elle pleine d'esprit et lui déposant son cœur réticent à ses pieds. « La nuit dernière, il voulait vous *faire croire* que vous vous souveniez. Parce que cela l'arrangeait...

— Non, dit Miss Potton dont les joues maigres se marbrèrent de rouge. Enfin si, en un sens. Parce qu'il avait besoin de moi. » Elle recommença à triturer son bouton. « Quand il est venu me voir hier — je me suis éveillée au clair de lune, et je l'ai vu au pied de mon lit —, il a dit que jamais il n'aurait croisé ma vie de nouveau, qu'il se serait obligé à rester loin de moi pour mon bien, s'il n'avait pas eu besoin de moi, besoin de mon aide. Vous ne le comprenez pas.

— Et vous, vous le comprenez ?

— Oui. » Elle ne leva pas les yeux.

Lydia prit une inspiration. Elle sentait confusément que, si elle se laissait aller à ses sentiments véritables, elle se mettrait à hurler et que, de toute évidence, cela ne se faisait pas dans la salle à manger de l'hôtel Saint-Pétersbourg. Elle était en fureur contre Ysidro, une fureur qui occultait sa peur, de lui, d'Ernchester, du vaste monde inexploré qui s'étendait au-delà des limites de la recherche universitaire.

Elle trouva le mot qu'elle cherchait : *vampire*.

« Je comprends que les êtres comme lui ont besoin de personnes à qui ils puissent faire confiance, poursuivit Miss Potton. Il m'a expliqué qu'ils cherchaient depuis des années un être humain assez large d'esprit pour les accepter comme ils sont, entre les mains duquel ils oseraient mettre leurs vies. J'étais... lui et moi étions... C'était ainsi entre nous depuis... depuis bien des vies passées. Il m'a dit qu'il avait toujours su où j'étais, mais qu'il n'avait jamais cherché à me joindre en cette vie, parce que dans une vie antérieure je... j'ai été tuée à son service.

— C'est la chose la plus ridicule...

— Vous ne savez rien dire d'autre ! » Miss Potton posa sur elle son regard pâle, d'une franchise exaltée. « Mais je m'en souviens. Je m'en suis souvenue toute ma vie dans mes rêves. Simplement, ce souvenir n'était pas venu à ma conscience jusqu'à la nuit dernière. Et il a besoin de moi de nouveau, il a besoin de quelqu'un pour un voyage à Vienne...

— Il a besoin d'une duègne pour me surveiller à mi-temps ! cria Lydia accablée. Je ne sais pas quel est le pire, ces vieilleries absurdes du passé ou bien ce qu'il a fait...

— C'est un gentilhomme d'un autre temps, dit calmement Miss Potton.

— C'est un tueur ! Doublé d'un catholique bigot outrageusement snob en matière de cuir pour les souliers. Vous êtes une sotte si vous croyez...

— Il n'est pas bigot ! »

Le serveur apporta à la nouvelle venue un café-crème grand comme un bol de soupe. Miss Potton leva sur lui un regard anxieux, comme si elle craignait qu'il ne lui en demande le paiement sur-le-champ. C'est seulement lorsqu'il fut parti sans un mot qu'elle se tourna de nouveau vers Lydia, le visage illuminé d'une ferveur intense.

« A l'époque du massacre de la Saint-Barthélemy, durant les guerres de religion en France, Don Simon avait un valet huguenot qui sacrifia sa vie pour lui éviter d'être brûlé vif. Plus tard, lui et moi avons sauvé la famille de ce serviteur, que nous avons embarquée pour les Amériques... »

Lydia la regardait fixement, incapable de trouver une réplique. Même à travers la seule largeur de la table, Miss Potton avait une silhouette floue dans sa robe de laine brune faite pour quelqu'un d'autre et très remaniée. Son chapeau de velours noir informe — étonnamment semblable à celui que Lydia avait emprunté à sa cuisinière — était passé de mode depuis des années. Les lunettes n'étaient pas apparues dans les rêves.

« Je *sais* que j'ai vu toute la scène en rêve déjà,

poursuivait-elle. La course sur la plage, les minutes qui précèdent la première et fatale lueur de l'aube ; Don Simon qui se retourne, l'épée brandie pour tenir en respect les hommes du Cardinal pendant que j'aide les enfants de Pascalou à monter dans le bateau. L'odeur de la mer, le cri des mouettes... »

Récit sorti tout droit de Dumas. Impardonnable. Lydia essaya de tourner son café, et y renonça. Sa main tremblait trop. Dans son apprentissage scrupuleux des subtilités sociales, amourettes à la mode et conversations de dîners, elle avait toujours regardé la majorité de l'humanité comme une espèce légèrement étrangère, possédant des systèmes circulatoire et endocrinien fascinants mais, à part quelques exceptions comme James et Josetta et Anne et Ellen, très loin d'elle et de ses préoccupations et largement incompréhensible. Elle n'avait littéralement pas la moindre idée sur la façon de s'y prendre pour avertir cette pauvre jeune sotte, lui parler, l'atteindre à travers la séduction vampirique des rêves.

« Miss Potton, dit-elle enfin d'une voix qui ne devait son assurance qu'à des années de cours de maintien, je vous prie de remercier Don Simon pour moi et de lui dire que je suis une femme adulte et tout à fait prête à voyager seule. Je n'ai pas besoin d'une dame d'honneur, comme il semble le croire. Et je n'ai pas besoin de lui. Mais si vous en croyez mon conseil... »

Elle vit Miss Potton se raidir à ce mot, et comprit avec désespoir que ce n'était pas celui qu'il fallait. Mais elle ne trouva rien d'autre à dire. « Si vous en croyez mon conseil, rentrez à Londres. » Ces propos ne réussissaient qu'à la faire paraître condescendante, songea-t-elle. « N'ayez plus aucun contact avec Don Simon. Si vous rêvez encore de lui, n'y prêtez pas attention. Si vous le voyez en personne...

— Je ne peux pas rentrer. » La petite bouche serrée arborait un mince sourire de triomphe. « J'ai donné ma démission à Mrs. Wendell hier matin au petit déjeuner. Je m'étais levée à trois heures pour faire mes valises, puisque Don Simon est venu me parler dans ma chambre et m'a arrachée à toutes ces années de rêves. Je lui ai dit de trouver quelqu'un d'autre pour surveiller ses vilains enfants, parce que moi j'en avais terminé pour toujours avec de pareilles tâches. »

Lydia pouvait à peine imaginer de quelle façon sa tante Harriet aurait accueilli la nouvelle de la part de Nana, un matin pluvieux entre son thé de Chine et son toast légèrement beurré... Mais Nana ne se serait pas conduite de façon aussi irrégulière. La pauvre fille n'aurait jamais retrouvé de travail. Terminé pour toujours avec de pareilles tâches, voyez-vous ça !

« Je n'ai pas de famille, poursuivit Miss Potton avec la même fierté sous-jacente. J'ai mis ma personne et mon destin entre les mains de Don Simon, comme il s'est mis entre mes mains. Et je sens que j'ai eu raison, que je suis dans le vrai... Tout est bien.

— N'importe qui vous aurait fait le même effet, après des années — combien au juste ? — passées à surveiller les enfants de Mrs. Wendell. »

La bouche de la jeune femme frémit, elle détourna des yeux où Lydia surprit l'éclat des larmes. La première colère passée, celle-ci voyait à présent que cette fille maladroite n'avait que quelques années de moins qu'elle, et aussi peu d'aisance qu'elle-même autrefois ; mais Miss Potton n'avait jamais appris à se servir de la mode et de certains artifices pour y remédier, ou n'avait jamais eu d'argent pour le faire.

Quoi d'étonnant si Ysidro avait trouvé en elle une cible facile, dans sa quête nocturne d'un sujet dont il pourrait envahir les rêves ?

« Oh ! je... excusez-moi, je n'aurais pas dû dire ça... », bredouilla Lydia, sachant que le mal était fait.

Miss Potton secoua la tête et prit une gorgée de café pour retrouver son calme. « Non, vous avez raison, répondit-elle d'une voix qui avait perdu de ses accents mélodramatiques. Voici des années que je voulais m'en aller, trouver quelque chose d'autre. David et Julia sont des gamins de la pire espèce. Mais cela ne signifie pas que ce que m'a dit Don Simon soit vrai. Je pense que je cherchais ma voie parce que je *savais* qu'il existait une autre possibilité. Comme si le souvenir d'autres époques, d'autres vies, même si je ne pouvais pas me les rappeler, vivait en moi et me parlait d'autre chose, une autre réalité.

— *Vous n'aviez pas ce souvenir.* » Lydia avait le sentiment d'être un monstre qui le matin de Noël arrache des mains d'un enfant sa nouvelle poupée bien-aimée et la casse à coups de marteau sous ses grands yeux bleus incrédules.

Mais il y avait un scorpion dans cette poupée, une mante blanche, mince comme une tige et d'une immobilité surnaturelle, qui épiait dans l'ombre avec des yeux effroyables.

« Voilà un an, Ysidro a expliqué à mon mari que les vampires pouvaient déchiffrer les rêves des vivants, reprit lentement Lydia. Ysidro est un très vieux vampire, un des plus anciens encore en activité, en Europe en tout cas, et il est très habile. Manifestement, son pouvoir dépasse la simple lecture des rêves. Pour la... tâche que je dois accomplir à Vienne, j'ai besoin de son assistance, et ce qui est en jeu lui importe assez pour qu'il veuille m'accompagner, mais il refuse de le faire si je ne me conforme pas à ses critères médiévaux en matière de conduite féminine. Je suis surprise qu'il n'insiste pas pour que j'emmène aussi un aumônier et une brodeuse ? Pourquoi vous avoir choisie ? Parce qu'il pensait que du jour au lendemain vous laisseriez tout derrière vous pour le suivre — et m'accompagner. »

Pour toute réponse, Miss Potton, les yeux baissés, se mit à triturer une petite reprise à un doigt de son gant.

« Rentrez à Londres, lui dit Lydia. Expliquez à Mrs. Wendell que vous deviez régler les affaires d'un frère bon à rien ou d'un père alcoolique, et même si elle a trouvé une autre gouvernante, elle consentira sans doute à vous fournir une recommandation pour votre prochain poste. *Ne vous lancez pas dans cette entreprise*. Ne laissez pas Ysidro s'emparer ainsi de vous. »

Miss Potton demeura muette. Une automobile passa

sur le boulevard de la Madeleine, crachotant et pétaradant comme une troupe de cow-boys déchaînés. Quelque part résonna la corne d'un tramway.

« Cette histoire n'a aucun intérêt pour vous. Dites à Ysidro qu'il est le... le bienvenu s'il veut me rejoindre, mais qu'*en aucun cas* je ne mêlerai une tierce personne à ce voyage, qu'elle soit de mon choix ou du sien... Mais j'imagine que vous ne savez même pas où il habite, je me trompe ? »

Elle dut deviner le « non » de Miss Potton au mouvement de ses lèvres.

« Non. » Lydia revit les trappes dissimulées, les serrures neuves, la maison, la place qui ne figurait plus sur aucune carte de Londres. Elle prit son sac à main et en sortit un petit rouleau de billets de banque. « Tenez, prenez ceci et rentrez en Angleterre cet après-midi même. »

Miss Potton se leva en redressant son dos qui avait pris depuis longtemps l'aspect voûté des timides opprimés. « Je n'ai pas besoin de votre argent, dit-elle tout bas. Je fais confiance à Don Simon pour prendre soin de moi. »

Et elle quitta la pièce dans un bruissement de jupons plein de dignité.

Lydia arriva gare de l'Est à sept heures. Profondément mal à l'aise, elle n'avait pas eu le cœur de visiter les grands magasins qui faisaient la réputation de Paris, mais s'était tout de même obligée à descendre la rue Saint-Denis jusqu'aux Halles centrales, le grand marché du centre de la ville, pour y acheter de l'ail, de l'aconit et de l'églantier. En suivant le quai de l'express de Vienne devant les deux porteurs chargés de malles et de cartons à chapeaux, elle pensait à Margaret Potton. Quel courage stupéfiant il lui avait fallu pour renoncer à son travail de gouvernante, empaqueter ses quelques affaires et traverser la Manche pour gagner un pays où elle n'était probablement jamais allée, dont elle n'avait de la langue que des notions scolaires ; et pour entrer dans la salle à manger d'un hôtel étranger, pour aller se présenter à une personne totalement étrangère et lui annoncer : « Je sais tout du voyage que vous faites, et un vampire m'a envoyée vous accompagner. »

Elle-même, aurait-elle eu la force d'agir ainsi ? Elle n'en était pas sûre.

Et pour sauver Jamie ? N'était-ce pas ce qu'elle avait entrepris, plus ou moins ?

Lydia prit une profonde inspiration.

En des circonstances ordinaires, sa réaction à la révélation de Miss Potton aurait été d'incrédulité stupéfaite. Ce que pouvaient faire et croire les gens était extraordinaire ! Voilà pourquoi elle se sentait tellement plus à l'aise dans son travail de chercheur. Mais elle se considérait responsable de cette fille, et des pièges mortels d'Ysidro ; c'était décourageant de s'apercevoir qu'elle pouvait décrire en détail le fonctionnement glandulaire de cette pauvre enfant, et n'avait pas la moindre idée sur la façon de la ramener à la raison.

Il lui vint à l'esprit, trop tard, que la meilleure manière d'agir aurait peut-être été de prendre un air ahuri en affectant de ne pas comprendre les propos de Miss Potton.

Il lui restait à espérer qu'elle retournerait à Londres. Mais pour y trouver quoi ? Et Ysidro la laisserait-il même repartir ?

Celui-là ! fulmina-t-elle intérieurement, dans un nouvel accès de fureur qui balaya son sentiment d'impuissance, *s'il lui fait du mal, s'il* OSE *lui faire du mal...*

Que feras-tu ? objectait encore la petite voix intérieure.

Miss Potton avait fait son choix. Et elle aussi. Elle allait à Vienne affronter le comte vampire et Dieu sait quels autres vampires, sans parler des intrigues déloyales du ministère des Affaires étrangères — et elle y allait seule.

Il fallait procéder pas à pas.

Si Jamie lui avait télégraphié lundi de Munich, il devait avoir atteint Vienne lundi dans la nuit. On était vendredi. La veille au soir elle avait appelé Mrs. Grimes de la gare de Charing Cross pour s'assurer qu'il n'avait pas envoyé d'autres nouvelles. Quatre jours. Quatre jours avec le docteur Fairport, traître potentiel en quête d'immortalité ; quatre jours de danger dans le voisinage d'Ernchester et d'Ignace Karolyi, et de qui d'autre encore ?

Après avoir hissé ses bagages dans le fourgon qui resterait scellé jusqu'à Vienne, les porteurs installèrent la moins grosse des valises, deux cartons à chapeaux et une mallette dans le compartiment que Mr. Cook et Cie avait retenu pour elle, dont elle aurait pu vérifier le numéro si elle avait consenti à loucher quelque peu. Après son entrevue avec Miss Potton elle avait étudié l'indicateur des chemins de fer de l'hôtel, et cherché un train pour Vienne qui parte avant le coucher du soleil ; mais s'il existait une quantité de trains qui pouvaient l'y emmener via Zurich ou Lyon ou Strasbourg, aucun n'était aussi rapide que l'express. Or la vitesse s'imposait. James était en danger à vouloir travailler avec un outil piégé, qui pouvait se retourner contre lui à tout moment.

Il était peut-être déjà prisonnier. Ou alors...

Elle repoussa la pensée loin d'elle.

Le compartiment était confortable, tapissé de velours et rehaussé de panneaux en bois de rose, avec des lampes électriques en forme de lis givrés. Quand elle fut seule, Lydia détacha les épingles de son chapeau fantaisie vert jade et aubergine et s'installa dans son siège. Le quai était un parterre impressionniste de couleurs, d'ombres et de lumières où elle s'aperçut qu'elle cherchait une vigoureuse tache brune et une démarche gauche, celle de Margaret Potton. Au bout d'un moment elle ouvrit son sac et en extirpa ses lunettes. La précision des visages, le dessin des lettres sur les panneaux la surprenaient toujours. Une brochure posée sur la tablette indiquait que le dîner serait servi à huit heures trente dans le salon ; mais entre l'anxiété qu'elle éprouvait pour James et la crainte obscure de rencontrer Ysidro malgré tout, elle doutait d'avoir grand appétit. Elle avait mal à la tête, et se souvint que son dernier repas remontait au petit déjeuner dans la salle à manger de l'hôtel, où elle avait mangé les trois quarts d'un croissant avant que Margaret Potton n'apparaisse.

Elle regarda par la fenêtre jusqu'au moment où le train s'ébranla. Alors seulement elle se laissa aller dans son fauteuil, ferma les yeux avec un soupir.

Jamie...

« Si je puis me permettre, madame, murmura une voix douce comme une caresse de soie sur une peau qui ne s'y attend pas, vous ne simplifiez pas la tâche de veiller sur vous. Si j'étais votre mari, je vous inciterais à la discipline. »

Lydia crut défaillir. Elle se retourna vivement, partagée entre la peur, la colère et, bien malgré elle, une bouffée de soulagement à la pensée qu'elle aurait une forme de recours, un conseil. Ce soulagement excita encore sa colère, et elle répliqua aigrement en cachant ses lunettes sous son chapeau : « Si vous étiez mon mari, j'exigerais un statut de séparation. »

Il était à la porte, tout d'ombre et d'ivoire. Comme dans sa tombe, seules ses mains fines et sa bague d'or captaient la lumière. Derrière lui, des verres de lunettes brillèrent un instant.

« Vous voici donc », dit-il avec un petit geste qui englobait le bois de rose, le velours, le verre givré des lampes en forme de lys. Il entra.

Il s'était nourri. Elle le voyait à la touche de couleur qui animait son teint blanc et sa bouche serrée. Dans la lumière vive, il paraissait plus humain.

La pensée qu'elle avait éprouvé un soulagement lui souleva le cœur. Comment avait-elle pu demander assistance ou conseil à un être de cette sorte ?

« Miss Potton a pris un compartiment à l'autre bout de la voiture, l'informa Ysidro. Nous serions enchantés si vous vouliez bien nous y rejoindre pour une partie de cartes. »

Lydia se leva, mince et droite dans son costume de voyage où scintillaient le jais et l'ambre. « Renvoyez-la chez elle.

— Je vous ai déjà dit que je n'ai pas... », commença Miss Potton.

Ysidro leva l'index. « Ce n'est pas possible.

— Et après notre retour de Vienne, est-ce que ce sera possible ? s'écria Lydia dont le visage était presque aussi pâle que celui du vampire. Allez-vous la tuer quand vous vous retrouverez en sécurité à Londres ? Et me tuer aussi, et James, pour préserver les secrets que vous espérez empêcher Ernchester d'aller raconter aux Autrichiens ? »

Il ne changea pas d'expression, seuls ses yeux de cristal couleur de soufre indiquaient qu'il réfléchissait. Aux différents choix qui s'offraient à lui ? se demanda-t-elle. Ou à la teneur de l'histoire qu'elle avait le plus de chances de croire ?

« Vous avez admirablement su garder les secrets que vous avez appris il y a un an, dit-il enfin. Ils ne sont pas plus faciles à croire qu'ils ne l'étaient alors. Et je crois Miss Potton aussi capable de les tenir que vous-même. »

Le train fut secoué en passant sur les aiguillages. A la fenêtre les lumières défilaient dans la nuit. Un petit chien aboya furieusement dans le couloir, et une femme roucoula : « *Là, là, tais-toi donc, p'tit malin*[1] *!* »

« Je crois savoir que le dîner est servi à huit heures et demie », dit Ysidro en indiquant la plaquette sur la table, mais sans la toucher. Dans tout ce qu'il faisait, il employait le geste minimal, comme si tant d'années l'avaient lassé de tout au point de lui faire simplifier à l'extrême ce qui avait été sa gestuelle humaine, son expression humaine, son discours humain. Lydia revit soudain les pierres usées disposées en cercle dans le pré de Willoughby Close, sa résidence d'été quand elle était enfant. Elles évoquaient des chicots blancs sortant du gazon vert olive.

« Je suggère que vous preniez part à ce dîner, mesdames, poursuivait Ysidro, et que vous gagniez ensuite le compartiment de Miss Potton. Jouez-vous au piquet,

---

1. En français dans le texte. *(N.d.T.)*

madame ? C'est le meilleur jeu qui soit, la représentation en petit de toutes les affaires humaines. Je vous donne ma parole, ajouta-t-il en la regardant droit dans les yeux, que ni vous ni Miss Potton n'avez rigoureusement rien à craindre de ma part.

— Je n'ai jamais eu aucune crainte », dit Margaret depuis la porte.

Ysidro ne daigna pas lui accorder un regard.

« Je ne vous crois pas », dit Lydia.

Le vampire s'inclina.

« Cette nouvelle me brise le cœur. »

Et il disparut. Margaret, pas plus que Lydia, ne l'avait vu partir ; un instant saisie, elle se précipita dans le couloir sans même un mot, et Lydia resta seule.

Miss Potton revint une demi-heure plus tard et tapa doucement au carreau de la porte. Lydia, qui dans l'intervalle n'avait pas remis ses lunettes ni sorti de sa valise le numéro du *Journal des études physico-chimiques* qu'elle avait emporté pour se distraire, se détourna de sa contemplation un peu absente des lumières de la nuit et lui dit d'entrer.

La gouvernante obéit, mais resta la main appuyée sur le chambranle, comme si elle craignait une réprimande. Elle avait ôté son déplorable chapeau. Ses cheveux serrés en chignon sur le haut de sa tête étaient le seul élément qui correspondait réellement à l'image du rêve, lourds, épais, soyeux, et noirs comme la nuit.

Je l'ai traitée de sotte, se souvint Lydia en voyant l'hésitation dans ses yeux.

Mais c'est une sotte !

Le lui redire ? Cela ne romprait pas l'emprise qu'avait Ysidro sur elle. Après une profonde inspiration, Lydia se leva, main tendue vers elle. « Je vous fais mes excuses, dit-elle. Je ne lui fais pas confiance, mais ce n'est pas une raison pour... pour être fâchée contre vous. »

Miss Potton lui sourit timidement. Elle avait envisagé, Lydia le comprit, de faire ce voyage en compagnie glaciale et hostile, raison suffisante pour avoir l'air malheureux.

« Vous pouvez lui faire confiance, vous savez, dit-elle, les yeux bleus agrandis d'exaltation, c'est un vrai gentilhomme. »

Et un assassin multiple qui n'est plus humain depuis au moins quatre cents ans.

« Je n'en ai jamais douté, dit-elle. Est-il là, dans votre compartiment ? »

Margaret hocha affirmativement la tête.

« Dans ce cas, voulez-vous m'attendre ici ? demanda Lydia. J'ai quelque chose à lui dire en particulier. »

Il faisait une réussite. Sur la table, à côté des quatre jeux de cartes, étaient posés un petit boulier et un carnet. Aucune lampe ne brûlait, mais la lumière du couloir faisait de ses yeux des miroirs pâles.

« Vous avez fait venir cette jeune femme pour moi, parce que aucune dame ne voyage seule, c'est bien cela ? »

La tête blême s'inclina. Dans la demi-obscurité, elle lui donnait l'impression d'un crâne entouré de longues mèches de cheveux semblables à des fils d'araignée.

« Mais alors, le corollaire voudrait qu'aucune dame ne voyage en compagnie d'un tueur reconnu ?

— Depuis sept années vous vous étendez chaque nuit auprès de l'un d'eux, madame, répondit la voix presque dénuée de timbre. A mon époque les dames voyageaient régulièrement avec eux, de manière tout à fait judicieuse ajouterais-je, pour leur protection. » Une main blanche presque désincarnée posa carte sur carte et déplaça une colonne, fit glisser une boule de l'abaque et écrivit une note.

« A votre époque, s'obstina Lydia, les gentilshommes n'avaient-ils pas pour habitude de respecter les souhaits des dames avec lesquelles ils voyageaient ?

— Si, à condition qu'ils soient raisonnables. »

Il retourna une carte, prit encore une note.

« Je ne veux pas que vous commettiez de meurtre pendant le temps que nous voyagerons ensemble. »

Une autre carte fut retournée, dont on ne pouvait pas voir la couleur dans cette pénombre. Sans la regarder, il murmura :

« A moins que ce ne soit pour votre convenance, sans doute ? »

Lydia s'attarda un instant. Sa respiration s'était accélérée. Puis elle tourna les talons et reprit le couloir en direction du wagon-restaurant. Il resta seul à retourner ses cartes dans le noir.

VI

« Quelle méprise, mon cher Asher... quelle terrible méprise ! »

Le docteur Bedford Fairport, qui triturait ses gants de coton gris, tressaillit à l'entrée, dans la salle de garde du commissariat, d'un corpulent policier blond traînant derrière lui un ivrogne porté sur la musique. La réputation de Vienne d'être la « ville de la musique » n'était plus à faire ; était-ce ce que ses fervents avaient en tête ? Les ivrognes avec lesquels il avait partagé sa cellule la nuit précédente chantaient tous les deux, mais malheureusement pas toujours les mêmes chants. L'un était wagnérien, l'autre disciple de Richard Strauss. La nuit avait été fort longue.

« Une méprise ? Allons donc ! » fit Asher après avoir vérifié que le contenu de sa valise — y compris les empreintes de clefs et les faux scellés cachés dans la poche secrète — était intact. Un préposé en uniforme lui fit signer un ordre d'élargissement, puis un papier destiné à Fairport. « Karolyi a dû me voir à Munich, quand je suis allé télégraphier à Streatham. Je suppose que je dois me réjouir que ce ne soit pas pire. »

« L'honorable professeur habitera-t-il chez Herr Professor Doktor Fairport ? »

Asher hésita. Fairport dit : « Oui, oui, bien sûr. »

Ils traversèrent la salle dallée de marbre noir et débouchèrent dans la lumière fraîche et brumeuse du Ring.

« Ce n'est pas une punition du tout, mon cher Asher, reprit Fairport. En fait, depuis que j'ai accepté de répondre de votre conduite, je suis sûr que la police n'aurait pas toléré que cela se passe autrement. Ce sera tout à fait comme au bon vieux temps. »

Asher eut un sourire un peu désabusé à l'évocation de la petite chambre si nette au-dessus des anciennes écuries de Fruhlingzeit, le sanatorium caché dans les paisibles collines de la forêt de Vienne.

« Vous avez dû passer une nuit effroyable ! s'émut Fairport. C'est atrocement irresponsable ! J'écrirai à la *Neue Frei Presse* au sujet de l'affreuse incurie de la police qui met un simple témoin qu'elle veut interroger dans une cellule commune ! Vous auriez pu attraper n'importe quoi dans cette cellule, la tuberculose, la variole, le choléra ! »

Le vieillard toussa, et Asher se souvint que Fairport avait eu la tuberculose — et la variole — étant enfant. Sa peau laiteuse en portait encore des traces, semblables à d'anciennes morsures de souris.

Il ne semblait pas se porter très bien. Mais Fairport n'avait jamais eu l'air de se porter tout à fait bien. Lors de leur première rencontre, treize ans auparavant, Asher avait été surpris d'entendre Maxwell, alors responsable du Service à Vienne, lui dire que le docteur n'avait que cinquante-quatre ans. Prématurément voûté, prématurément ridé, prématurément blanchi, il avait presque l'allure d'un invalide — piètre publicité pour son sanatorium, songeait Asher.

Mais apparemment, les Viennois l'entendaient autrement. Ils affluaient dans sa villa isolée où ils versaient des sommes considérables pour des « cures de repos et de jouvence » menées au moyen de substances chimiques, d'électricité, et de bains ésotériques. A regarder le petit homme voûté qui marchait à côté de lui — mais même droit, il ne lui aurait guère dépassé l'épaule — Asher se demandait si cette obsession de renverser les effets de l'âge tenait à la fureur qu'il éprouvait devant la dégradation progressive de son propre corps.

Fairport devait approcher les soixante-dix ans maintenant, calcula Asher qui s'obligea à ne pas lui offrir son bras tandis que le vieil homme clopinait sur le pavé. Il avait le visage épuisé et amenuisé par les années, et ses mains, couvertes comme toujours de gants de coton gris qu'il lavait après les avoir portés une fois et jetait toutes les semaines, tremblaient de façon incontrôlable. Il aurait fait un excellent sujet de diagnostic pour Lydia, se surprit-il à penser.

Même sous les nuages, Vienne avait cet éclat dont il avait gardé le souvenir, avec ses labyrinthes d'immeubles immenses de couleur crème, ou or, ou brune, ornés de guirlandes en faux marbre, de masques tragi-comiques grimaçants, de dorures en fer forgé ; et aussi ses balcons minuscules, et ses grands portails sombres ouvrant sur des cours dallées.

Un peu plus loin, vint se ranger près d'eux un élégant coupé à la caisse vernie d'un noir luisant, aux accessoires de cuivre poli brillant comme de l'or. Un homme massif, la figure renfrognée sous des sourcils simiesques, était assis sur le siège, enveloppé d'un grand manteau de cocher et d'un cache-col. Un valet de pied, grand lui aussi, jaillit de la plate-forme arrière pour ouvrir la porte. Asher se dit que le sanatorium devait être prospère, puisque le vieil homme avait de tels moyens.

Fairport écarta le bras tendu de son valet de pied en agitant sa canne. « Merci, Lukas... J'imagine, mon cher, que vous aimerez prendre un bain et vous reposer. J'ai téléphoné à Halliwell — il dirige le Service à Vienne en ce moment, vous vous souvenez de lui ? — pour l'informer que vous êtes en ville, mais ce soir, si vous vous sentez disposé à le voir, sera bien assez tôt. »

Asher réfléchit. En ce milieu de matinée, les brumes venues du canal se diffusaient à peine dans l'air vif. Au seuil de l'hiver, le froid n'était pas aussi cru qu'à Londres ou à Paris, l'humidité pas aussi pénétrante. L'atmosphère avait une douceur de pétale de rose. Dans le Volksgarten, quelques intrépides avaient pris place derrière l'alignement de chaînes et d'arbres en pot qui délimitaient la terrasse d'un petit café. D'un coup, Asher se rappela le vrai café viennois, la sensation de plaisir intense, et coupable, de la crème Schnitten. Isolé au milieu des bois et des vignes, le sanatorium Fruhlingzeit était un lieu de repos et de silence, mais il fallait une heure de voiture depuis les faubourgs de la ville pour y arriver.

« Si cela ne vous contrarie pas, dit lentement Asher, j'ai des choses à faire ici. Il faut que je retrouve de toute urgence la trace de quelqu'un.

— Karolyi ? s'enquit Fairport qui leva haut dans la chair blanchâtre de son front ses sourcils blancs presque dépourvus de poils. Ses adresses ne sont pas un mystère : un hôtel particulier à Döbling et un appartement sur la Kärtnerstrasse... Je suppose que vous ne vous intéressez pas au château ancestral de Feketelo, dans les Carpates...

— Non. Non, c'est quelqu'un d'autre, dont je ne connais pas le nom. Et trouver les archives à l'Hôtel de Ville pourrait me demander un certain temps. »

Sachant que ce travail devait être fait, il calcula en pensée combien d'heures il lui faudrait pour le mener à bien, et à quel moment se couchait le soleil. Il conclut qu'il aurait le temps de faire cette recherche sans prendre de risques, mais presque inconsciemment, sous son gant et sa chemise, chercha à son poignet la chaîne d'argent qui le protégeait.

« Si je puis abuser de votre hospitalité, annonça-t-il, voici ce que je crois le plus urgent : d'abord trouver des bains publics et y procéder à des ablutions, ensuite entreprendre mes recherches aux archives. Jusqu'à quelle heure puis-je me présenter au Frulingzeit sans déranger outre mesure ? »

Fairport eut un drôle de petit sourire qui relevait les coins de sa bouche. « Mon cher Asher, nous sommes à Vienne ! Mon équipe reste en activité jusqu'à onze heures du soir ou presque, quant à moi je suis fréquemment au travail dans mon laboratoire jusqu'à minuit. Pour le moment personne n'habite le sanatorium —

nous avons eu des ennuis avec l'électricité en début de semaine — aussi vous ne dérangerez personne. »

Il fouilla la poche de sa redingote à l'ancienne mode, et produisit une clef. « Si vous ne voyez pas de lumière dans mon bureau ou dans le laboratoire, entrez tout simplement. Je vais faire préparer la vieille chambre pour vous, celle qui donne sur le jardin à l'arrière, vous vous souvenez?

— Je me souviens », sourit Asher.

Son sourire s'effaça tandis que Fairport grimpait dans le coupé avec l'aide de son valet de pied Lukas et s'engageait dans la circulation du Ring, avec ses cuivres jetant des feux comme un héliographe.

Il se souvenait.

Il se revoyait assis depuis des heures à la fenêtre de cette chambre toute blanche, au-dessus de la cour envahie d'herbes dont le haut mur n'opposait qu'une barrière symbolique au murmure de la forêt de plein été. Il relisait indéfiniment les trois télégrammes qu'il avait trouvés à son retour de la montagne. Il se souvenait qu'il ne voulait pas comprendre ce qu'ils lui disaient.

Tous trois étaient signés de Françoise, expédiés à trois dates consécutives. Tous trois demandaient une réponse immédiate. Pourtant, nanti d'une bonne dose des stimulants de Fairport dans les veines et l'épaule bandée serré, il avait vu Françoise plus tôt ce même jour, au café New York. Elle avait mentionné les télégrammes en passant, pour dire que cela n'avait pas d'importance.

Cela signifiait qu'elle avait surveillé ses faits et gestes pendant le laps de temps où il était censé être malade, et non pas parti au loin.

Cela signifiait qu'elle le soupçonnait de mener une double vie.

Cela signifiait qu'il était à deux doigts d'être grillé. Avec le retour de Karolyi à Vienne sous quelques jours, il savait à quoi s'attendre.

Elle avait été assez perspicace pour déceler chez Karolyi son imitation d'un jeune benêt inoffensif.

Pourquoi avoir cru qu'elle serait dupe du rôle d'innocent érudit que lui-même jouait ?

Il était resté assis près de la fenêtre jusqu'à ce que décline ce long après-midi d'été, et que les roses blanches ne soient plus qu'une masse laiteuse sur le mur du jardin. Jusqu'à ce qu'il ne puisse plus lire le texte imprimé sur les formulaires de télégramme d'un jaune sans mystère, même s'il était gravé dans sa mémoire. Il savait ce que signifiaient ces trois télégrammes. Il savait aussi ce qu'il avait à faire.

Il repoussa loin de lui ce souvenir. L'évocation du café viennois et de la crème Schnitten lui avait rappelé automatiquement le café New York. Il devinait que Françoise n'y était plus entrée non plus depuis l'été 1895. Il chercherait à retrouver ailleurs ces petits plaisirs-là

Françoise avait vu juste à propos des cafés de Vienne, et ses propos pouvaient s'appliquer aussi bien aux bains publics. Quoique moins omniprésents que les cafés, ils étaient tout de même très nombreux, et appréciés pour les mêmes raisons. Dans cette ville surpeuplée, beaucoup d'appartements n'avaient pas d'eau chaude ; des milliers de familles n'avaient encore qu'une pompe collective dans le vestibule, des toilettes communes dans la cour. Mais les Viennois étaient un peuple propre, plus propre d'après l'expérience d'Asher que les Parisiens, malgré la prétention fanatique des Français à garder leurs vitres immaculées. La cellule qu'il avait occupée la nuit précédente était assurément bien loin d'être le trou infect qu'imaginait Fairport.

Le Heiligesteffanbaden était un véritable bazar de la propreté, très fréquenté pour un mardi matin. Ouvriers, étudiants, bourgeois barbus et directeurs imperturbables se savonnaient consciencieusement dans ses tubs de marbre rose sous l'œil plein de sollicitude de la foule habituelle des anges de marbre et de mosaïque ; et encadrés par la hiérarchie ordinaire à Vienne des surveillants-chefs, surveillants et du garçon qui ramassait les serviettes. Après une visite au barbier qui avait son échoppe à la porte voisine, Asher enfila le linge et la chemise qu'il avait achetés en venant de la préfecture de police, passa chez un homme qu'il avait connu en 95, et qui était très habile à tailler des clefs, et se sentit beaucoup mieux. Pourtant les employés de l'Hôtel de Ville regardèrent d'un œil soupçonneux sa veste froissée quand il demanda à examiner les legs et les titres de propriété des plus anciennes demeures de la vieille ville. Il espérait avoir le temps nécessaire, sinon avant la nuit, du moins avant que la foule ne se raréfie dans les rues.

Dans sa carrière d'espion aussi bien que de professeur, Asher avait appris depuis longtemps que les êtres humains révèlent les vrais ressorts de leur âme quand ils portent leur attention vers un objet qui les captive, et annule leur désir habituel de faire impression sur autrui : et cet objet est ordinairement la propriété. Il avait lui-même été le témoin récemment d'un exemple particulièrement peu ragoûtant de ce phénomène à la suite des funérailles de son cousin le week-end précédent. Dans leur préoccupation de savoir qui va obtenir quoi, les individus se découvrent sans le vouloir : relevés de banque, legs, homologations, baux, livres comptables peuvent fournir une quantité stupéfiante d'informations à qui dispose de beaucoup de temps et de tolérance.

Asher commença par les plus vieux palais de la ville, ces chefs-d'œuvre à la décoration exubérante de stuc blanc dont les façades baroques sont difficiles à voir en raison de l'étroitesse des ruelles anciennes. Il compara les actes de propriété aux legs, les legs aux annonces de décès et, plus important encore, aux annonces de naissances ; il remplit d'observations toutes les pages de son carnet et les marges des petites annonces du *Times*, qui étaient le seul papier en sa possession. Il s'aperçut que Lydia lui manquait terriblement, non à cause de considérations romantiques mais parce qu'elle excellait dans la recherche et aurait pris à celle-ci un plaisir extrême.

Il sortit vers deux heures pour s'acheter un sandwich, mais ce fut seulement quand l'un des jeunes employés à lunettes s'approcha de sa table dans la salle de lecture pour lui dire sur un ton d'excuse que l'on fermait qu'il se rendit compte que les fenêtres étaient complètement noires et les lampes électriques allumées depuis presque une heure et demie.

Rendez-vous avait été pris avec Artemus Halliwell qui l'attendait au café Donizetti. Le responsable du service de Vienne avait environ trente-cinq ans. Il portait barbe et lunettes, avait un aspect peu soigné, et était atteint d'obésité. Asher se souvenait de l'avoir connu au service des statistiques de Londres. Derrière de petits verres ovales ses yeux ressemblaient à des cabochons de péridots tandis qu'il écoutait Asher lui relater son voyage. Le comte d'Ernchester était un homme dangereux, capable d'entrer dans un immeuble et d'en sortir avec une facilité effrayante, un espion-né qui se prenait pour un vampire, et Asher avait des raisons de penser que les services secrets autrichiens avaient fait appel à lui.

« Ainsi ce Farren croit qu'il est un vampire, c'est ça ? » Halliwell découpa avec précision un morceau de son *backhendl* et le mit dans sa bouche qui évoquait de façon incongrue un bouton de rose. « Je suppose que c'est ce qui l'a d'abord fait tourner autour de vous, hein ? »

Asher acquiesça de la tête. En un sens, c'était effectivement vrai.

« Ce sont des histoires qui courent à Vienne, mais pas autant qu'à Budapest. Quand je suis allé dans les montagnes de l'Ouest, pas plus tard que l'année dernière, il y avait tout un tintamarre dans un village au sujet d'un homme qu'on supposait s'être changé en loup. Je me suis laissé dire que dans certaines parties de la Forêt-Noire personne ne vous adressait la parole, ne vous indiquait une direction ou ne vous vendait quoi que ce soit si vous tuiez un lièvre. »

Il se tamponna les lèvres de sa serviette et le garçon omniprésent apparut. Mains croisées, il demanda si tout allait bien.

« Je pense qu'il faut que vous sachiez, reprit Halliwell quand le garçon se fut effacé, qu'il y a eu du grabuge.

— Ah bon ? » s'étonna Asher qui sentit sa nuque se hérisser. Il avait fréquenté assez longtemps le Service pour reconnaître ce ton soigneusement neutre.

« Oui, à cause de Streatham. » Il eut un geste dédaigneux. « Naturellement. Il a toujours été un imbécile fini. Il a fait un tas d'embarras avec les autorités françaises à propos de la mort de ce jeune Cramer, clamant haut et fort sa qualité de citoyen britannique et les droits que donnent les traités — comme si nos services n'étaient pas en violation flagrante de tout ce que disent de bonne foi les traités ! Le résultat, c'est que les Français se sont lavés les mains de toute cette affaire, ont contacté la police de Vienne et exigé votre retour sous escorte par le premier train. Je les ai fait patienter une journée en disant que je n'avais aucune idée de l'endroit où vous vous trouviez, ajouta-t-il en levant la main pour prévenir les protestations d'Asher, mais quoi que vous ayez appris aujourd'hui à l'Hôtel de Ville, vous feriez probablement mieux de me le transmettre.

— Quel idiot », dit Asher sans émotion, tout en pensant à la suite. Il était près de huit heures. Les rues resteraient assez animées pour le protéger jusqu'à dix heures au moins, peut-être plus tard. Au demeurant, il doutait que des vampires puissent détecter une curiosité indiscrète pour leurs repaires dans l'unique passage d'un observateur de hasard.

Mais lui pouvait tirer beaucoup d'informations d'un unique passage, surtout de celle des maisons de sa liste qui avait les plus grandes chances d'être hantées. Assez d'informations, en tout cas, pour que celui qui prendrait la relève n'aille pas se lancer dans ce travail sans défense, comme Cramer.

Halliwell coupait avec une technique chirurgicale un autre morceau de poulet. « Mais dites-moi, Asher, quel est le sujet qui vous a poussé à faire des recherches aujourd'hui à l'Hôtel de Ville ? »

Après un temps de réflexion, Asher répondit tranquillement : « Les vampires. »

Le responsable haussa ses sourcils touffus.

« Y a-t-il des gens ici pour croire qu'ils existent ? insista Asher.

— Oh ! on murmure toujours des choses chez les Tsiganes. Le serveur de mon café jure qu'il a vu un vampire sur une vieille tour d'enceinte jouxtant une maison dans la Bieberstrasse, qui faisait partie des remparts. » Il secoua la tête. « *Mon café !* Voilà que je parle comme un Viennois. Me suis surpris à dire *mon restaurant* de cet endroit l'autre jour, comme si je parlais de mon club chez moi.

— Je me demande... », dit rêveusement Asher que berçaient l'atmosphère du lieu, le côté un peu décati des lambris de chêne, le vacillement très doux de la lumière du gaz et l'odeur pénétrante du goulasch. Il gratta le coin de sa moustache.

« Y a-t-il un café ici qui ressemble un peu à un club de Londres ?

— Vous voulez rire ! Dans un club vous votez pour décider qui entre ou pas. Ici n'importe qui peut entrer — et entre d'ailleurs. » Il fusilla du regard un groupe tapageur de jeunes sous-officiers portant le manteau bleu ciel des uhlans de l'Empire. « Le vin est atroce et si j'entends une valse de plus, ou une opérette ou un concerto de Mozart, je crois bien que je vais ouvrir des négociations avec les Turcs pour qu'ils réenvahissent le coin, et cette fois je m'arrangerai pour qu'ils gagnent, je vous le jure ! Dites-moi, est-ce que Farren est déjà venu à Vienne ?

— Je n'ai pas pu le déterminer. Pas sous son nom, en tout cas. » Ce pouvait être vrai ou pas, mais c'était assez vraisemblable pour le siècle présent. « J'ai idée qu'il se cache dans une maison réputée hantée, ou associée d'une façon ou d'une autre à... d'étranges rumeurs. »

Halliwell hocha la tête d'un air méditatif. Le garçon revint, escorté du maître d'hôtel, pour ramasser les reliefs parfaitement nettoyés du *backhendl* de Halliwell et les restes du *tafelspitz* d'Asher. Après quoi, il s'employa à éveiller l'intérêt de Halliwell pour un dessert, avec sollicitude et la mine de quelqu'un qui craint que son client ne meure d'inanition s'il n'est pas servi. Le client donna ses instructions pour la composition d'un *idianer* avec un luxe de détails qui sembla ravir l'âme du maître d'hôtel. Les deux serveurs firent la courbette et prirent congé.

« On m'a dit que les Japonais le faisaient pendant la guerre de Chine, dit Halliwell. Qu'ils installaient leurs quartiers généraux dans des maisons hantées à Pékin.

— J'y étais. C'est vrai, ils le faisaient; avec des effets de miroirs sortis tout droit de l'Opéra de Paris. Ce serait peut-être plus difficile à réussir ici...

— Pas si difficile que vous ne le croyez. »

Un vacarme se fit entendre, causé par deux jeunes officiers, très beaux avec leurs galons dorés, qui venaient d'entrer en compagnie de jeunes élégantes; et tout le cercle chahuteur de leurs semblables de les accueillir à grand bruit. Asher vit les yeux globuleux de son interlocuteur se poser brièvement dans cette direction, discrètement mais de façon perçante, pour s'assurer que le tapage ne présentait pas de danger potentiel — réaction inattendue de la part d'un gourmand joufflu ostensiblement accaparé par sa pâtisserie.

Ses yeux revinrent à Asher. « Il y a à Vienne beaucoup de gens de la campagne, des fermes de l'Est : des Tchèques, des Hongrois, des Roumains et je ne sais qui encore, qui viennent travailler dans les ateliers ici. Pratiquement, on peut dire qu'ils ont vécu la première partie de leur vie au XVIe siècle. Les habitants de la vieille ville ne se mêlent de rien quand un vieux palais reste fermé des jours et des jours, cela fait partie de leur voisinage et personne ne voudrait risquer de mécontenter un baron. Ce sont les nouveaux venus étrangers à la ville qui posent des questions.

— De quel vieux palais parlez-vous ? »

Occupé à ôter méticuleusement un grain de sucre en poudre de l'un de ses favoris, Halliwell sourit. « Il y en a trois ou quatre. L'un est situé sur le Haarlof, un autre sur la Bakkersgasse, du xviie siècle, où les gens prétendent avoir vu des lumières. Tous les serveurs hongrois de la ville jurent que le palais baroque construit sur les ruines de la vieille église Saint-Roch à Steindelgasse est habité par des vampires — il appartient actuellement à une branche collatérale des Batthyany. Près des vieux remparts, à Vorlautstrasse, on trouve une maison dont on dit que quatre ou cinq personnes y ont disparu ces dix dernières années. Soit dit en passant tous ont d'excellents antécédents, ce sont les palais d'hiver de familles de propriétaires terriens qui ont des résidences plus vastes à la campagne.

— L'un d'entre eux appartient-il à Karolyi ?

— Je pense que le palais de Bakkersgasse appartient à la branche pragoise de la famille, et non à notre bonhomme. C'est un clan énorme. » Les yeux pâles dansèrent derrière les lunettes, comme ravis d'avoir anticipé la pensée d'Asher. « Aurez-vous besoin d'être secondé ? »

Asher hésita. Il revoyait la bouillie sanglante du visage de Cramer, qui luisait horriblement dans le rai de lumière. Engluée de sang, la chaîne d'argent barrait les profondes blessures de la gorge. Le boutiquier du Palais-Royal avait juré qu'elle était en argent massif. C'était plus vraisemblablement de la camelote pour touristes, de l'étain ou du plomb recouvert d'une fine pellicule d'argent. Le pauvre garçon n'avait sans doute même pas entendu approcher Ernchester.

« Je n'ai pas grand monde à vous envoyer, poursuivait Halliwell. Streatham est un âne, mais il disait vrai à ce propos. Les crédits ont été coupés depuis la fin de la guerre. Mais enfin, si vous avez besoin d'un homme... »

Au-delà des fenêtres à dorures de chez Donizetti, les passants se hâtaient le long du trottoir, en tenant serrés leurs pardessus. La brume s'était levée du canal du Danube. Elle brouillait les contours des immeubles dont les escaliers grandioses menaient à des mansardes sordides que se partageaient des cordonniers, des brodeuses, des garçons et des garçons en chef avec leurs femmes et leurs enfants, leur vieille mère ou leur vieil oncle... Entre les immeubles, l'ombre dense marquait les étroits passages menant au cœur de l'ancienne cité, là où le soleil ne pénétrait qu'à midi.

Sur la liste très incomplète d'Asher concernant les demeures suspectes figurait celle de la Steindelgasse. Il avait écrit : *réputée construite sur la crypte de l'ancien Saint-Roch.*

« Non, dit Asher doucement, non, je crois que je m'en sortirai très bien tout seul. »

Le palais de la Steindelgasse était caractéristique des grands hôtels particuliers de la noblesse dans la partie ancienne de la ville : cinq étages de murs gris massifs, coincés entre un immeuble de rapport ancien et le palais d'un comte de Montenuovo, illuminé pour un bal comme un sapin de Noël. Les hautes croisées des salons du premier étage resplendissaient d'une lumière qui éclairait en partie la rue étroite ; on voyait ses lustres de cristal et une fraction du plafond baroque orné de divinités.

Le palais Batthyany, lui, était plongé dans l'obscurité.

C'était déjà curieux en soi, se dit Asher devant l'imposant porche voûté de l'entrée. Bien des familles d'ancienne noblesse arrondissaient leurs revenus en louant le rez-de-chaussée de leurs palais à des commerces, et le dernier ou les deux derniers étages sous les toits en appartements. A coup sûr, certaines personnes franchissant les immenses grilles du palais Montenuovo n'étaient pas de l'aristocratie. Les deux autres édifices qu'Asher était allé voir en quittant Halliwell, sur le Haarhof et la Bakkersgasse, étaient également privés de lumière, même de lumière spectrale, et ils avaient le même aspect légèrement délabré. Les inévitables atlantes de marbre qui soutenaient le porche peu profond et les chambranles des fenêtres entièrement sculptés étaient sales. Asher nota pourtant avec intérêt que les charnières et les ferronneries de la porte n'avaient pas de rouille.

La bâtisse était manifestement la plus ancienne de la rue.

Bras croisés pour se réchauffer, Asher passa lentement devant l'énorme porte. L'heure qu'il s'était fixée comme limite pour rester dehors était dépassée, il entendit sonner onze heures au Domkirche, à quelques rues de là. Le brouillard et le froid qui s'intensifiaient raréfiaient les passants. Il remarqua que les fenêtres avaient des volets derrière leurs barreaux, que le dallage devant les portes ne montrait pas de traces récentes d'allées et venues. Se retournant pour graver dans son esprit la forme irrégulière de la ruelle, il chercha à s'orienter dans le dédale de petites rues entre la cathédrale et la vieille place des Juifs. Les grilles du palais devaient ouvrir sur un grand corridor, ou peut-être une sorte de porche à colonnes, qui débouchait dans la cour centrale. Celle-ci n'était pas large, à en juger par la façade, mais l'édifice pouvait être plus long que large.

Il continua son chemin, cherchant le moyen de contourner le pâté de maisons. Dès qu'il eut quitté les lumières du palais Montenuovo, son vieil instinct du danger lui hérissa la nuque; mais s'il devait être rapatrié vers Paris au matin, il lui fallait au moins munir son successeur de quelque information sur ce qu'il allait devoir entreprendre. Il s'engagea dans une courte ruelle où ses bottines firent gicler quelques flaques, à la seule lumière, faible à cause du brouillard, des petites lampes brûlant haut sur les murs. Cette partie de l'ancienne cité était aussi sinistre que les quais de Londres, se dit-il, et même pire à certains égards, parce qu'on se sentait prisonnier comme dans un canyon de ces hauts murs uniformes qui bouchaient même la vue des flèches et des cheminées utilisables comme repères. Aux alentours, personne. *En finir et rentrer*, pensa-t-il. Il tourna encore dans une autre venelle et crut reconnaître le dos du palais Batthyany dans une simple élévation de maçonnerie plus ancienne que les autres, calée entre deux immeubles de rapport selon un angle bizarre. Dans le mur s'ouvrait une poterne dont il se garda bien de toucher à la poignée de fer.

Un bruit d'éclaboussure, juste derrière lui. Asher se jeta dos au mur et envoya son poing vers la silhouette sombre qui allait le saisir. Le poing heurta une mâchoire et l'homme chancela en reculant. Un autre arrivait, haletant. Asher pivota comme il lui attrapait le bras, agrippa les cheveux de l'homme de sa main libre et lui claqua la tête contre la pierre du mur. En se dégageant il enregistra l'odeur de tabac, de sueur et de vêtements malpropres, le bruit de la respiration, la chaleur des mains qui le tenaillaient. Il fit un croche-pied, arracha les mains qui lui empoignaient la gorge, écrasa son poing sur un nez.

Une douleur lui transperça le côté.

Il les voyait à peine dans l'obscurité qui régnait entre les immeubles, mais il fonça tête baissée là où il estima que le passage était libre. Quelqu'un s'accrocha aux basques de son manteau, sans pouvoir le retenir. Il s'enfuit en trébuchant, se meurtrit l'épaule sur une pierre d'angle, se prit le pied dans une fondrière et tomba ; il se reçut contre un mur, et la douleur cuisante qu'il ressentit de nouveau au flanc lui fit comprendre que l'un des deux hommes devait avoir un couteau.

Il s'engagea dans ce qu'il crut être une ruelle derrière la Seitzergasse, mais la lueur glauque tombant d'une fenêtre à sa droite lui montra un mur aveugle. Il se pressa alors dans un coin encore plus sombre, se baissa pour sortir prestement le couteau qu'il avait dans sa bottine... Des pas précipités, des halètements se rapprochaient. Il distingua la tache plus claire de visages, le tranchant luisant de l'acier...

C'est alors qu'une main pareille aux mâchoires mécaniques d'un piège se referma au-dessus de son coude, tandis qu'une autre main d'une froideur de cadavre et forte comme la mort se plaquait sur sa bouche. Il se sentit tiré en arrière, entraîné vers le bas, dans un froid humide où s'exhalaient des odeurs de pierre mouillée, de terre et de rats. La porte refermée d'un coup de pied au fond de la voûte, il se trouva dans l'obscurité totale.

Le parfum de Patou lui emplit les narines d'effluves qui couvraient un relent de sang putréfié.

Une voix de femme lui dit à l'oreille : « Ne criez pas. »

Asher ne broncha pas. L'argent protégeait les grosses veines de sa gorge et de ses poignets, mais un vampire pouvait aussi bien lui rompre le cou. Il savait qui il côtoyait dans le noir.

Les mains lui lâchèrent le bras et quittèrent son visage. Il écoutait. Combien étaient-ils ?

Aucun bruit de respiration, bien sûr. Au bout d'un moment un bruissement se fit entendre, argentin comme le son de lamelles de métal extrêmement minces frottant les unes contre les autres. Le jupon de taffetas d'une femme.

Il pensa : *Elle a parlé anglais*.

On craqua une allumette.

Il cligna des paupières. La lumière dorée, brillante, dessina une main blême, un visage d'une blancheur de papier, mit des reflets cannelle dans la masse des cheveux noirs. Des yeux bruns croisèrent les siens, les yeux de miroir du vampire, mais ceux-là avaient gardé la couleur des feuilles d'automne oubliées au fond d'un bassin.

C'était Anthea Farren, comtesse d'Ernchester.

« Je n'en comprends pas la raison », dit Ysidro.

Il avait ôté ses gants pour distribuer les cartes qu'il tenait maintenant dans sa main fine et blanche aux longs doigts pareils aux fuseaux des dentellières. Lydia observa encore la quasi-onychogryphose de ses ongles. Intéressant aussi, la musculature ne présentait pas de développement anormal, même si elle l'avait vu arracher des barreaux de fer.

« Selon ma théorie c'est un virus, ou plus probablement un complexe de plusieurs virus », dit Lydia qui classait ses cartes : as, roi, dix, huit et sept de cœur ; reine, valet, sept et dix de pique. Presque pas de trèfles — un neuf —, reine et valet de carreau. Le train traversait la nuit. Autour d'eux, le wagon de première classe avait lentement glissé dans le silence.

« Voulez-vous dire que les cellules mêmes ont subi une altération ? » demanda Ysidro.

Lydia marqua une pause, un peu surprise que le vampire sache ce qu'était un virus, puis se rappela la masse des revues médicales empilées chez lui. Peu à peu, les cartes et la conversation avaient amoindri la peur qu'il lui inspirait. Était-ce pour ce motif qu'il avait voulu l'initier à un nouveau jeu, ou tout simplement, comme sa tante Lavinia, désirait-il un partenaire pour le voyage ?

« Nous n'avons aucun moyen d'expliquer l'extrême sensibilité de la chair à des substances telles que l'argent et certaines herbes, dit-elle au bout d'un moment. Sans compter la photo-combustion.

— Est-ce qu'il nous faut vraiment parler de ces choses ? » se plaignit Margaret qui ne semblait pas à son aise, les yeux rivés à son ouvrage. Son crochet voletait au-dessus des lacis floconneux débordant du panier qu'elle avait sur les genoux. Après deux ou trois tentatives d'apprentissage du piquet, elle s'était retranchée derrière son ouvrage, et luttait à la fois pour rester éveillée et ne pas perdre pied dans la discussion, même si elle avait peu à y apporter. Après les voyages en chemin de fer et les plus beaux points au piquet, la conversation avait porté sur les implications mathématiques des jeux de cartes et la structure de la musique — dont Ysidro avait une connaissance bien supérieure à celle de Lydia. Margaret y avait placé une remarque de temps à autre, sur le fait qu'elle n'avait jamais quitté l'Angleterre, ou qu'elle avait lu quelque chose sur tel ou tel monument ou site remarquable dans un livre de voyage ou les mémoires de Lord Byron.

Elle avait essayé à deux ou trois reprises de détourner le propos de la condition physique du vampirisme ; mais quand elle prenait la parole désormais, c'était à voix basse, comme pour exprimer une récrimination qu'elle ne souhaitait pas réellement qu'on entende. Sottise, se dit Lydia, étant donné qu'Ysidro était capable de distinguer les individus les uns des autres à leur seule respiration.

Le vampire déplaçait deux cartes qu'il avait en main, en enlevait trois qu'il retournait près du talon et les reprenait avec trois autres. « Cela peut paraître curieux, mais à ce jour je n'ai pas encore compris ce qui est arrivé à ma chair la nuit où je fus pris, dans un cimetière proche du fleuve, alors que je rentrais de chez ma maîtresse... J'avais toujours une maîtresse à cette époque. Des filles du sud du fleuve, qui se souciaient peu que je sois un Espagnol de l'entourage de la Cour. »

Il prit deux autres cartes de son jeu et les replaça dans le talon sans changer d'expression.

« Je crois, reprit-il, que notre condition tient à deux données bien différentes : celle de la chair, qui conserve le corps, non comme il est au moment de la mort, mais comme il est en esprit, rendant même à ceux qui sont pris vieux l'apparence qu'ils avaient à la fleur de l'âge ; et celle de l'esprit, qui aiguise et fortifie la volonté et les sens, et nous donne pouvoir sur la volonté et les sens des vivants. »

Lydia se débarrassa de son trèfle et des deux carreaux, ramena un autre trèfle — le huit —, l'as de pique et la reine de cœur. Après quatre ou cinq parties où elle s'était fait battre systématiquement par Ysidro, elle commençait à avoir une certaine habileté à ce jeu. Il s'agissait d'une manipulation compliquée de points dont elle pouvait presque toujours déduire, plus ou moins, ce qu'Ysidro avait en main, même si jusqu'à présent l'information ne l'avait guère avancée. Dans son rôle de professeur, Ysidro avait une patience infinie, et une gentillesse où il n'entrait pas une once de bonté. Il avait traité l'absence totale du sens des cartes que manifestait Margaret, et son incapacité à suivre ou à retenir les règles, avec un pragmatisme qui avait, bizarrement, mis la gouvernante au bord des larmes.

« C'est le sang qui nourrit la chair, poursuivait-il. Nous pouvons — et nous le faisons, en cas de besoin — vivre du sang des animaux ou du sang prélevé sur les vivants sans qu'ils soient nécessairement mis à mort. Mais c'est la mort qui nourrit les pouvoirs de notre esprit. Si nous ne tuons pas, nous voyons nos dons régresser, le voile de l'illusion que nous entretenons montrer sa trame, et se détériorer notre talent à agir sur l'esprit des vivants. Privés de ce talent, nous ne pouvons plus plonger l'esprit humain dans le sommeil, ni faire voir aux vivants ce qu'ils ne voient pas en réalité, ni les amener à emprunter des rues où ils ne s'engageraient pas en temps ordinaire, en des moments où il leur semble avoir l'esprit absent. »

Margaret ne dit rien, mais son aiguille s'enfonçait précipitamment dans les fleurs ajourées de son ouvrage.

Il rassembla ses cartes. « Ce sont d'ailleurs nos seuls pouvoirs, si l'on écarte les intéressantes spéculations de Mr. Stoker. Personnellement, je me suis toujours demandé comment on *pouvait* se transformer en chauve-souris ou en rat. Je suis certes plus léger qu'un homme vivant, mais encore beaucoup plus volumineux que de telles créatures. En revanche, j'ai trouvé dans les spéculations de cet Einstein une nourriture très substantielle pour l'esprit.

— Vous reflétez-vous dans les miroirs ? » demanda Lydia.

En entrant dans le compartiment, elle avait remarqué le foulard — propriété de Margaret sans doute, bleu et imprimé d'énormes roses rouges et jaunes — jeté sur le petit miroir, et les rideaux bien tirés sur les vitres obscures. Elle se rappelait aussi sa propre image dans l'immense miroir vénitien d'Ysidro, drapé de dentelle noire.

« Mais oui, répondit Ysidro. Les lois de la physique ne se transforment pas à notre avantage ou à notre désavantage. Beaucoup d'entre nous évitent les miroirs, simplement à cause de la concentration d'argent de leur tain. Même à distance, elle peut occasionner des démangeaisons. Mais surtout, les miroirs nous montrent ce que nous sommes réellement, une fois dépouillés de l'illusion que nous mettons dans les yeux des vivants. C'est pourquoi nous les évitons, car même si nous pouvons encore exercer notre séduction sur l'esprit de la victime qui verra notre reflet, elle sera habituellement troublée — de façon inexplicable, selon elle — par ce qu'elle voit ou croit voir. Nous-mêmes ne goûtons pas outre mesure l'expérience. Quatre points pour une quarte en pique. »

Ils jouèrent jusqu'à bien après minuit, après avoir passé les lumières de Nancy, puis les Vosges empanachées de nuages. Toujours fascinée mais dodelinant de fatigue, Lydia finit par regagner son compartiment mais, comme elle le craignait, ne put trouver le sommeil. Un rai de lumière filtrait à travers le rideau du couloir, réconfortant comme la veilleuse en forme d'éléphant qui brûlait dans sa chambre quand elle était petite. Une fois, une ombre passa devant cette lumière ; allongée, les yeux grands ouverts, elle imagina Ysidro glissant le long du train, spectre muet prélevant les rêves de la dame au petit chien, des deux frères qui au restaurant avaient demandé à partager la table qu'elle occupait avec Margaret, du chef de train sur son siège, des marmitons dans leurs couchettes, tel un connaisseur goûtant les différents millésimes d'un vin. Elle se demanda ce que Margaret et Ysidro pouvaient bien se dire tout au long de la nuit.

VII

« L'avez-vous vu ?

Lady Ernchester inclina le morceau de chandelle. Quelques gouttes de cire tombèrent sur le rebord de pierre de la niche pratiquée à hauteur de buste, où elle colla la bougie. Une fois stabilisée, la flamme s'agrandit, caressa d'abord son visage de sa chaleur trompeuse, puis dans la niche les traits figés de tristesse d'une statuette de la Vierge, souillée de crottes de rats et de traînées de limaces. La lumière révéla enfin une sorte de vestibule au pied de l'escalier oblique qu'Anthea lui avait fait descendre. Les murs et les voûtes de pierre et de brique avaient en grande partie perdu leur enduit, et du sol de terre battue montait une puissante exhalaison d'humidité. Face à eux une porte avait été murée de briques, mais non les hautes fenêtres qui l'encadraient. Asher y jeta un coup d'œil. Elles ouvraient sur une pièce beaucoup plus profonde et haute que celle où il se trouvait, et remplie d'ossements humains.

Il s'appuya au mur, pris d'une soudaine faiblesse. Cette douleur au côté... Il tâta l'endroit sous son manteau. Sa veste était imbibée d'un liquide chaud. Du sang.

« Vous êtes blessé... » Elle fit un pas en avant, lui prit le bras mais retira aussitôt sa main. Effaré, il comprit qu'elle avait effleuré par hasard les chaînes d'argent qu'il portait autour du poignet. Un instant, ils restèrent immobiles à se dévisager dans la lumière vacillante de la bougie.

« Attendez-moi ici », dit-elle. Il entendit le froufrou de ses jupons, mais ne la vit pas partir.

Penché contre les barreaux rouillés, il s'affaissa sur l'appui de la fenêtre. La tête lui tournait, mais il n'était pas question de se laisser aller à perdre connaissance. Derrière la fenêtre, les ossements recouvraient entièrement le sol et se perdaient dans le noir complet, en formant des tas successifs. Un grattement, un faible cliquetis : un mouvement se fit dans une pile de crânes, et deux yeux minuscules brillèrent.

Une crypte de pestiférés, se dit-il. Aussi vaste que celle de la cathédrale, et probablement plus profonde. A la lueur de la chandelle, les os paraissaient bruns et luisaient comme des galets.

Va jusqu'à la chambre de ma bien-aimée, se récita Asher dans un vertige. *Dis-lui que malgré tous ses fards, à cette fin elle en viendra...*

A moins, bien sûr, qu'elle choisisse de ne pas mourir.

Il ne sut pourquoi il pensait à Lydia. Il ferma les yeux. *A cette fin elle en viendra...*

« Me voici. » Une main lui toucha l'épaule, et se retira aussi vite. Elle était revenue, munie du sac de voyage qu'il avait oublié. « Otez votre manteau. »

Le poignard avait fendu l'épais tissu de laine, le tweed plus léger de la veste et le gilet qu'il portait dessous. La chemise et le gilet avaient absorbé presque tout le sang ; mais sans son pardessus, il est probable qu'il aurait été tué. Heureusement la blessure, quoique douloureuse, n'était pas très profonde. Il pouvait bouger le bras — pour l'instant, car il savait qu'il allait se raidir — et sa respiration n'était pas affectée. Il se dévêtit jusqu'à la taille, au prix d'un effort qui le laissa tout étourdi. L'air froid sur sa peau lui était pénible. Il resta assis dans l'embrasure tandis qu'elle s'écartait jusqu'au mur opposé, sous la niche de la Vierge, pour déchirer sa chemise ensanglantée en morceaux aussi nets que si elle maniait du papier à cigarettes au lieu de lin solide. Ce faisant, elle parlait sur le ton rapide et saccadé qu'on adopte pour se préserver de ce que le silence pourrait entraîner.

« L'avez-vous vu ? questionna-t-elle pour la seconde fois.

— Je l'ai vu à la gare de Charing Cross. Il parlait avec un homme dont je sais qu'il travaille pour le *Kundschafts Stelle*, le service secret autrichien. »

Elle lui lança un regard aigu, écarquillé par la surprise. Ses yeux couleur acajou n'étaient pas plus humains que ceux d'un oiseau rapace. Dans la faible lumière mordorée, ses lèvres avaient la même pâleur que son teint, pâleur atténuée — ou provoquée — par ses vêtements de deuil. Ses cheveux relevés semblaient jaillir de sa robe comme un flot noir, où les têtes de grenat des épingles brillaient comme des gouttelettes de sang.

« Il parlait *avec* quelqu'un ?
— Cela vous surprend tellement ?
— J'aurais pensé que... » Elle hésita, lui jeta un coup d'œil rapide, comme si elle n'osait pas s'attarder sur le sang sombre qui luisait à son flanc, et ses yeux inhumains revinrent à sa tâche. « Notre maison a été fouillée, voyez-vous. Mise à sac par des hommes qui ont profité de mon absence. » Elle tira du réticule pendu à sa ceinture un carré de papier jaune, plié en quatre, traversa la pièce pour le lui tendre avec des doigts tachés de sang, et recula très vite. « J'ai trouvé ceci sur le plancher à mon retour. »

Asher déplia la feuille. C'était un horaire de chemin de fer. On avait entouré celui du train-paquebot de sept heures trente le dimanche soir, et une solide main européenne avait ajouté dans la marge : *Express de Vienne*.

« Il était parti quand je suis revenue cette nuit-là », dit Anthea en sortant de la valise un petit flacon de whisky. Elle versa l'alcool sur l'un des fragments de chemise qui n'avait pas reçu de sang, rassembla imperceptiblement ses forces avant de venir à lui. Asher leva les bras contre la fenêtre, pour qu'elle ne risque pas de toucher de ses mains dégantées l'argent de ses poignets. Le whisky dans la plaie avait un contact froid et cuisant à la fois. Son odeur masquait presque l'âcre fumet du sang.

« En hiver, quand la nuit tombe vers quatre heures, je vais souvent faire des courses, acheter des journaux ou des livres. J'ai une couturière qui reste ouverte pour moi. Ernchester passe parfois toute la nuit à son bureau, à lire, même les nuits où je sors plus tard... »

Elle se retint visiblement d'ajouter... *pour chasser*. Mais Asher le lut dans ses yeux qui s'étaient détournés. Elle avait les mains glacées contre sa chair nue; elle pansait la plaie rapidement et maintenait le bandage en place au moyen de petits morceaux du sparadrap qu'il mettait toujours dans sa valise pour les cas d'urgence. Du sang barbouillait ses doigts, aussi incongru que de la peinture sur de l'ivoire. Venu des ossements de la crypte, un souffle froid passant sur ses côtes le transit plus encore.

Elle reprit en parlant trop vite, comme fait une femme en présence d'un homme dont elle craint qu'il ne la séduise: « Il allait fréquemment marcher. Je m'en suis tenue à cette explication, et je suis ressortie. Et à mon retour, j'ai trouvé la maison sens dessus dessous, empestant le tabac et la sueur humaine, et ce papier sur le plancher. J'ai cru... j'ai cru qu'il avait été enlevé. »

Elle fixait le dernier pansement, les sourcils noirs froncés.

« Si... si quelque chose lui était arrivé, je l'aurais su. »

Asher se souvint de son rêve. *Comment peut-il être mort?* demandait-elle.

A ce moment-là aussi, elle savait.

« Et vous n'êtes pas allée voir Grippen?

— Non, dit-elle. Depuis l'an dernier — depuis cette brouille entre nous à votre sujet, à cause de ce que vous saviez de nous —, il y a un malaise parmi les morts vivants de Londres. Grippen a pris d'autres novices pour remplacer ceux qui avaient été tués; il a fait venir en ville des recrues plus âgées. Quant à moi, il ne m'a jamais fait confiance. A vrai dire, je... jusqu'à ce que vous parliez de l'Autrichien, je n'étais pas sûre que tout ceci n'était pas l'œuvre de Grippen. C'est pour cette raison que je n'ai pas osé m'adresser à Ysidro non plus. »

Elle lui tendit l'une des chemises qu'il avait achetées, prit le flacon de whisky et s'écarta vivement. Puis elle versa la liqueur sur ses mains et à plusieurs reprises, méticuleusement, presque obsessionnellement, en essuya toute trace de sang. Pendant ce temps il revêtit sa chemise, noua sa cravate, enfila sa veste, son manteau. Il procédait lentement, car sa vision se voilait brusquement par moments, mais elle ne lui proposa pas de l'aider. Dans la pénombre de la crypte, les ombres des rats jouaient parmi les ossements.

« A une certaine distance, je sens l'esprit de mon mari. Je sens sa présence. Je n'ai pas... pas osé attendre, dit-elle en levant les yeux sur lui. Se peut-il qu'il soit parti avec cet Autrichien pour fuir le Maître de Londres ?

— C'est possible, mais j'ai le sentiment que Grippen n'a rien à y voir. Venez. » Il ramassa sa valise. « Voulez-vous que nous allions boire un café ensemble ? »

Ils allèrent au café La Stanza sur le canal, tout illuminé et rutilant des tenues pastel de ses danseurs. Anthea avait passé sur ses doigts blancs glacés des mitaines de veuve en dentelle noire, et sorti d'un coin du vestibule un chapeau à plumet drapé de voiles qui dissimulaient — et rehaussaient par contraste — la blancheur de son teint. Elle avait dû le laisser là, pensa Asher, quand elle était venue l'enlever à ses agresseurs dans la ruelle. La senteur de ses cheveux imprégnant la soie avait manifestement suffi à dissuader les rats d'approcher.

« Voici des années que j'ai peur pour Charles, dit-elle après que le garçon eut pris leur commande. Peur causée en partie par la disparition de Danny, notre serviteur depuis l'époque du dernier roi George. Désintégré à la lumière du soleil. Certains diraient que c'est une fin convenable pour des êtres comme nous. »

Elle jeta à Asher un regard de défi, mais il ne dit rien.

« L'autre cause de mon angoisse, c'est la mort de la ville qu'il connaissait. Non pas une mort brutale, comme quand le feu la dévora, mais une mort progressive, une construction qu'on démolit ici, une rue qu'on détruit là pour que le métro puisse passer. Un mot ou une expression qui tombent en désuétude, un compositeur qui meurt, dont il adorait l'œuvre. Il allait au concert chaque nuit, il prenait grand plaisir à écouter les nouveautés, ces airs légers comme des fleurs de coucou qui se poursuivent dans la force et dans la passion... »

Un serveur apporta le café : « noir avec peau » pour elle — il faut être précis quand on commande un café à Vienne — et pour lui un *einspanner*, café noir et crème fouettée.

« Est-ce démodé maintenant, la valse ? » demanda-t-elle.

Elle repoussa ses voiles et porta la tasse à ses lèvres, mais, au lieu de boire, elle huma profondément les vapeurs douces-amères qui s'en exhalaient puissamment. Sur la piste de danse les femmes flottaient en apesanteur aux accents d'une valse dans leurs robes pareilles à des corolles de fleurs. Les habits noirs des hommes mettaient une note sombre dans les roses, les jaunes et les verts tendres, et les uniformes des officiers étincelaient comme des joyaux.

« Démodé ? Je pense que oui. » Il se revit dansant avec Françoise. Elle n'était pas gracieuse à regarder, mais ne manquait jamais un pas, avec une légèreté de libellule. « Enfin, pas pour les gens de mon âge, mais les jeunes et les dandys dansent des choses comme le fox-trot et le tango.

— Tango, répéta-t-elle, savourant ce mot inconnu. On dirait un fruit du Nouveau Monde. Un fruit dont le jus coulerait sur le menton. Il faudra que j'apprenne, un jour. » Ses yeux revinrent aux danseurs, très vite, comme pour repousser une pensée. « La valse était scandaleuse quand j'ai appris à la danser. Et moi aussi je la trouvais scandaleuse, précisa-t-elle en riant un peu. Ernchester aimait encore danser en ce temps-là. Grippen se moquait de nous. Nous allions dans les salles des fêtes d'Almack, ou aux grands bals pendant la saison. Il... il n'a pas toujours été comme vous l'avez vu.

— Est-ce que quelque chose l'a changé ? »

Il parlait à voix basse, mais elle entendit malgré la musique. De nouveau elle croisa un instant son regard derrière ses voiles, puis détourna les yeux. « Le temps l'a changé », répondit-elle. Elle suivit du doigt le contour en forme d'oreille de l'anse de sa tasse. Lydia avait ce même geste quand quelque chose la tourmentait. « Si seulement vous aviez pu le connaître comme il était, soupira-t-elle sans le regarder. Si seulement vous aviez pu nous connaître tous les deux. »

Ils restèrent un moment silencieux dans les accents de la musique, le froissement de la soie et le glissement du cuir.

« Lisez-vous les petites annonces ? » demanda tout à coup Asher.

Elle avait sursauté, tirée de sa rêverie. Il voulut atteindre son sac posé à terre entre leurs chaises, mais la morsure de la douleur l'en empêcha ; il montra à sa compagne le journal visible dans la poche ouverte.

« Plus précisément, votre mari les lit-il ?

— Nous les lisons tous. » Elle se pencha et prit les pages pliées. « Nous suivons les noms, les familles, le voisinage pendant des années, des décennies parfois. Pour nous, les événements s'enchaînent comme dans la vie des personnages de Balzac, ou de Dickens. Les nuits sont longues. »

Asher déplia la partie concernée, mit le doigt sur l'annonce.

« Édition de samedi, dit-il. Son départ était arrangé à l'avance. *Umitsiz* est l'équivalent turc de *hopeless*, sans espoir — variante, à mon avis, de *Want-hope*. Ernchester connaît-il le turc ?

— Il faisait partie de la délégation que le roi Charles envoya à Constantinople, avant notre mariage.

Il est resté absent trois ans. Cela m'a paru une éternité. »

Un sourire désabusé effleura ses lèvres. Elle ajouta un peu timidement : « Quelle ironie, n'est-ce pas ? Mais cela me paraît encore une éternité, vous savez, quand je regarde en arrière. »

Sourcils froncés, elle plaça l'horaire des chemins de fer en regard des quelques courtes lignes imprimées, comme pour les comparer.

« Mais pourquoi ? demanda-t-elle enfin. Qu'ont-ils pu lui dire — ce Bey Olumsiz — pour le faire venir jusqu'ici sans un mot pour moi ? Même sans le soutien de Grippen, nous avons la richesse, et une maison où nous sommes en sécurité. Des hommes ont fouillé la maison, soit, mais de nuit. Ils n'auraient pas pu le maîtriser, même s'il les avait surpris en revenant. La nuit, il est facile d'échapper aux hommes. Charles connaît chaque cave de Londres, chaque abri. Même s'il connaissait déjà Vienne, les cités changent avec le temps, et les changements représentent un péril pour ceux dont le soleil détruit la chair. Que peut-on lui avoir proposé ?

— J'ai idée que ces hommes ne faisaient qu'agir pour le compte de quelqu'un. » Asher plia ensemble le journal et l'horaire. « Ysidro m'a dit un jour qu'habituellement les morts vivants savent que quelqu'un les cherche. Vous ne savez rien ou n'avez rien deviné des hommes qui ont fouillé votre maison ?

— Non, je n'ai pas remarqué... Pas de visages inconnus qu'on voit trop souvent, ni de bruits de pas là où il ne doit pas y en avoir.

— Ce qui signifie qu'on les avait renseignés sur la maison. »

La valse était finie. Sur l'estrade l'orchestre posait ses instruments. Une femme aux cheveux gris, petite et ronde, riait avec son ami, un monsieur à barbe blanche qui l'enveloppait théâtralement d'une cape extravagante de fourrure dorée. Anthea tourna la tête pour regarder le couple, et Asher vit dans ses yeux une expression de plaisir presque sensuel, une sorte d'abandon, comme si elle avait bu du vin.

Karolyi ? se demanda-t-il. Avait-il voulu s'assurer que l'épouse du comte ne l'empêcherait pas de venir ? Mais Karolyi avait-il connaissance de la lutte pour le pouvoir que se livraient Anthea et Grippen, qui les priverait du soutien du maître vampire ?

C'étaient les sbires de Karolyi qui l'avaient attaqué cette nuit, sans aucun doute. Ils l'avaient probablement suivi toute la journée, en attendant leur chance. Et il avait certainement intérêt à choisir le cocher le plus robuste qu'il pourrait trouver et à l'avertir d'ennuis possibles dès qu'ils seraient sur les chemins isolés et parmi les vignobles de la forêt viennoise.

Le garçon apparut, tenant sur son bras la cape noire de Lady Ernchester. Le geste de la mettre sur ses épaules procura à Asher un élancement de douleur atroce. Elle se tourna vivement vers lui.

« Vous avez mal. » Ses doigts qu'elle avait réchauffés sur la tasse restaient pourtant froids. « Je suis navrée, je n'ai pas pensé...

— Cela m'a pris par surprise. Je vais vous raccompagner. »

Voilés de brouillard, les réverbères du quai ne donnaient plus qu'un faible halo de lumière, les statues des façades perdaient de leur netteté. Ici et là une fenêtre était encore éclairée : la femme de chambre, après avoir délacé sa maîtresse, lui brossait les cheveux et lui donnait sa chemise de nuit, son livre de prières. A moins qu'elle ne brosse les chaussons ou ne prépare les feux du lendemain, avant d'aller se glisser dans son lit froid. L'air était glacial, les branches dénudées des arbres dessinaient des runes indéchiffrables, seules passaient quelques ombres pressées de rentrer.

« Docteur Asher. »

Il s'arrêta. Elle avait détourné à demi son visage où il lut de nouveau la confusion.

« Je sais que nulle femme honnête ne demande à un homme de la raccompagner jusque dans sa chambre et d'y passer la nuit en sa compagnie. » Elle tripotait les boutons de la manche d'Asher. « Je suis consciente aussi que le souci de telles conventions est assez ridicule de ma part. Les vieilles habitudes ont la vie plus dure qu'on ne croit. Néanmoins... accepterez-vous ? »

Elle leva les yeux sur lui à ce dernier mot. Étrangement, Asher n'avait pas la prescience d'un danger. Il se rappelait le soin avec lequel elle avait essuyé ses doigts ensanglantés, ses bégaiements de nervosité alors qu'elle se hâtait de combler les silences dans la crypte obscure. Il lui vint à l'esprit qu'elle n'avait inhalé si profondément les effluves du café que pour se protéger de l'odeur de son sang.

Il n'avait aucunement l'impression d'être sous influence, captivé par la séduction du vampire qui rend la victime aveugle au danger qu'elle court. Ce qui pouvait simplement signifier, se dit-il, qu'elle était extrêmement habile à ce jeu.

Il hésitait pourtant.

Elle poursuivit : « A une seule exception près, prendre seule ce train fut la chose la plus terrifiante que j'aie jamais faite. »

Ils se remirent à marcher le long de la large rue, silhouettes isolées dans la brume qui s'épaississait. La colonne des Pestiférés s'élevait toute proche, toute blanche de la lumière du gaz, dans une débauche ahurissante de chérubins, de nuages et de saints.

« A Paris, je suis arrivée à l'hôtel juste à temps. J'étais terrifiée à l'idée que le sommeil — l'infrangible sommeil des morts-vivants — me saisisse dans la rue. Ils ont dû me prendre pour une démente, à presser ainsi les porteurs de monter mes malles dans la chambre, pour les pousser dehors tout de suite après et m'enfermer à double tour ! Et même quand je fus seule, mon angoisse ne céda presque pas. Car comment savoir si je m'éveillerais bien au coucher du soleil, et non pas dans les hurlements, brûlée par la lumière à cause d'une femme de chambre curieuse ou cupide ? »

Elle avait accéléré le pas et, à l'évocation de la terreur qu'elle avait éprouvée, lui serrait le bras d'une poigne de fer.

« Et ce fut pire ensuite, après le transport de la malle la nuit suivante. Expédiée comme un paquet, je suis tombée endormie au rythme cahotant du train, en m'en remettant au destin. Est-ce que je me réveillerais jamais ? On dit que nous ne nous éveillons pas, même si le soleil vient violer nos ténèbres — que nous nous désintégrons dans notre sommeil. Mais qui sait ? » Elle resserra sa cape autour d'elle, comme si sa chair sentait le froid. Ses traits restaient calmes sous ses voiles, mais la voix s'était fêlée. « Aucun de nous n'a jamais assisté au phénomène. Même dans le noir complet, le soleil submerge notre esprit. Il nous arrive de percevoir ce qui se passe autour de nous, mais nous ne nous éveillons pas. »

Ils atteignaient le seuil de son hôtel, splendide demeure dont les premiers étages constituaient la résidence grandiose de quelque famille fortunée. Mais l'escalier de marbre menait au hall beaucoup plus modeste d'un étage supérieur.

Anthea s'arrêta devant l'entrée à colonnes.

« Il y a un an Ysidro vous a pris à son service — sous la contrainte. Il vous a engagé pour faire à sa place de jour ce que lui-même ne pouvait pas assumer. Et vous vous en êtes acquitté fort honorablement.

— Je n'avais pas le choix », dit-il. Sa respiration produisait une fumée blanche qui se mêlait au brouillard environnant. Rien de tel chez Anthea.

« Nous avons tous le choix, répliqua-t-elle en le regardant droit dans les yeux à la lueur du lustre de cristal de l'entrée. Je ne peux que formuler ma demande. Restez avec moi dans la chambre jusqu'au prochain coucher du soleil, je vous en prie. »

Lydia avait calculé un jour combien d'êtres humains tuent le vampire moyen en un siècle. S'il était resté l'homme qu'il était jadis, se dit-il, il aurait accepté puis ouvert la malle et laissé le soleil réduire en poussière cette meurtrière.

Ou bien, parce qu'elle lui avait sauvé la vie peut-être, se serait-il contenté de refuser.

L'horloge de Saint-Étienne sonna deux coups, et tels des courtisans qui vont répétant une plaisanterie de leur souverain, dans toute la vieille ville les clochers des églises et des monastères reprirent en écho son carillon. Il resterait en tête à tête avec cette femme pendant des heures avant de veiller sur son sommeil. Elle devrait s'en remettre à lui comme il s'en remettrait à elle.

A moins qu'il ne soit victime d'une machination destinée à l'amener en un lieu où il ne pourrait pas appeler au secours.

Il voulut se convaincre qu'il agissait par nécessité de trouver Ernchester, chose impossible sans l'aide d'un vampire. Mais il savait que ce n'était pas la vérité.

« Allons-y », dit-il.

« Il a cessé de s'intéresser aux choses il y a une cinquantaine d'années, une soixantaine peut-être », expliquait Anthea en enlevant son chapeau. Malgré le regain de douleur que cela lui occasionnait, Asher l'aida à ôter sa cape et sa veste. Elle portait une robe en soie de Norwich, aux ruchés brodés de paillettes de jais. « La musique, l'observation des autres — non pas en tant que proie mais par curiosité pour leur mode de vie —, tout lui est devenu de plus en plus indifférent. Un conte de fées paru il y a quelques années racontait l'histoire d'un homme dont, par l'effet d'un ensorcellement, les membres sont progressivement remplacés par des prothèses en fer-blanc. Jusqu'au jour où il s'avise brusquement qu'il n'a plus de cœur, qu'il n'est plus un homme. »

Elle passa sa main gantée sur ses yeux, dont les paupières lisses s'étaient plissées sous l'effet du chagrin.

« Vous pensez sans doute que durant ces cinquante ou soixante années où sa vie avait de moins en moins d'attrait pour lui, il l'a néanmoins prolongée en tuant deux et parfois trois personnes par semaine. C'est que certaines choses ne... ne peuvent pas s'expliquer. Il est plus facile qu'on ne croit de... de tomber dans les habitudes.

— Je ne pense rien. » Il revoyait le sang de Jan van der Platz sur le mur de la grange, le regard bouleversé du garçon juste avant qu'il ne presse la gâchette.

Elle alluma une lampe sur la lourde table. Il se demanda si elle savait ce qu'était l'agonie d'une prostituée aux cheveux roux. Mais peut-être avait-elle vu pire. Et fait pire.

La petite chambre ornée à profusion de plumes de paon et de fleurs séchées avait une vague odeur de tapis. Elle n'avait pas le gaz, encore moins l'électricité. La lumière dorée rendait plus humain le visage du vampire, mettait de la couleur à ses joues, un semblant de vie dans ses yeux et des reflets de cinabre dans ses cheveux. Asher la revit encore allongée sur le plancher dans cette maison dont il s'apercevait maintenant que c'était l'ancienne demeure des Ernchester dans Savoy Walk, celle où il avait déjà rencontré cette femme le jour où elle l'avait soustrait au courroux du Maître de Londres.

« Je suis désolé d'avoir provoqué cette brouille, s'excusa-t-il, et de vous avoir privée du genre de soutien que Grippen pouvait vous apporter.

— Oh ! cela se préparait depuis des décennies. Des siècles peut-être. Il voulait Charles — et les maisons et la terre qui lui procureraient un système de cachettes. Nous n'avions pas d'enfant vivant, et il existe des moyens de manipuler même des biens inaliénables, pour en conserver une bonne partie. Grippen avait beaucoup perdu dans le grand incendie de Londres, et ensuite, la ville s'était transformée. J'ai immobilisé nos biens par fidéicommis, de sorte que Grippen ne puisse pas s'en emparer. Mais pour qu'il arrive à ses fins avec Charles, ce n'est qu'une question de temps. Un vampire ne tue pas de vampires, et pourtant... J'ai idée qu'il ne m'aurait assistée en aucun cas. »

Elle ôta ses mitaines, et ses ongles longs luirent de façon étrange. « Qui est ce Karolyi dont vous parlez ? »

Tandis qu'elle enlevait de ses cheveux les épingles à tête de grenat, Asher lui raconta de quelle manière il avait rencontré Karolyi à Vienne jadis.

« Il a poursuivi sa carrière dans le corps diplomatique, à ce que je crois savoir. C'est ce que font certains jeunes gens de sa classe, avec un minimum de qualification. Je le tiens pour responsable de la mort d'au moins deux de nos agents ces dix dernières années, mais cela n'a jamais été prouvé. »

Anthea suspendit son geste de se brosser les cheveux.

« Et comment aurait-il appris que mon mari...? Il a beau être impitoyable, intelligent et dangereux, cela ne lui dit pas pour autant comment trouver un vampire de Londres. Seul un autre vampire a pu le lui indiquer. Et pourquoi aurait-il choisi un vampire de Londres pour... pour l'amener ici? Chez les morts vivants, les maîtres sont jaloux de leur territoire. Ils n'y tolèrent pas de vampires qui ne soient pas de leurs sujets, soumis à leur volonté. Ernchester ne l'ignore pas.

— Cela fait peut-être partie du plan de Karolyi », fit remarquer Asher qui s'employait avec raideur, maladroitement, à éponger le sang de son manteau au moyen d'eau froide.

« Je vais m'en occuper », dit-elle, et elle lui prit le vêtement des mains. A présent que l'état de choc se dissipait, il ressentait une grande fatigue. Les élancements de la plaie avaient régressé en une douleur sourde au côté. Il fut content de s'asseoir sans bouger sur le canapé de brocart bien rembourré de la chambre.

« Je ne saisis pas ce qu'il espère de votre mari, dit-il après un moment de silence. Il l'a peut-être approché justement parce qu'il n'est pas assujetti à un maître local, ici ou ailleurs, en Bulgarie ou en Grèce par exemple. C'est ce que je dois absolument découvrir. Karolyi souhaite peut-être se l'attacher? Mais quoi qu'il ait en tête, il lui fallait éloigner votre mari de Londres, à cause de Grippen.

— Oui, parce que Grippen l'apprendrait. »

Elle alla jusqu'au seuil de la chambre attenante. Une lueur vague y jouait sur les cuivres de la malle occupant tout l'espace laissé libre par le lit à colonnes. Ses mains parées d'un unique anneau d'or erraient sur la dentelle qui recouvrait sa gorge, semblables à des lis.

« Quand un maître vampire forme un disciple, dit-elle lentement, il... capte en lui-même l'esprit du novice, sa conscience et sa personnalité, pendant le temps que... que met à mourir le corps du novice. Quand la mort est complète, et que la... transformation qui aboutit à l'état de vampire est amorcée, le maître réinsuffle cet esprit, cette âme, dans le corps en évolution. Mais en partie seulement. Et ce qu'il en restitue n'est pas intact, mais légèrement... altéré. »

Il la voyait de profil, un profil de marbre, les yeux mordorés fixés rêveusement au loin. Elle reprit sans le regarder :

« Non, Karolyi ne pourrait pas se servir de Charles à Londres. Grippen sait tout, rien ne lui échappe. Il nous a surveillés. Peut-être attendait-il sa chance. Je le hais. »

Elle secoua la tête, remua les épaules comme pour se défaire d'une pensée. « Je l'ai haï dès la première nuit où Charles m'a amenée chez lui. Élysée de Montadour qui n'a ni l'ancienneté ni la puissance de Grippen aurait senti, à mon avis, la présence d'un vampire étranger à Paris. Mais enfin, ils auraient pu se rendre à Rouen ou à Orléans pour mettre leurs plans à exécution. Les vampires de ces villes-là ont péri dans les convulsions de la dernière guerre avec l'Allemagne. Un tel trajet aurait présenté beaucoup moins de risques, sans l'obligation de voyager de jour...

— Connaissez-vous les vampires de Vienne ?

— Non. Je les sens... Je sens leur présence, comme ils sentent la mienne sans voir immédiatement où je suis. Ils savent que je suis ici. »

Elle traversa la pièce, s'arrêta à la fenêtre dont elle ouvrit les rideaux de velours vert émeraude à la triple frange et aux pompons dorés. Ses doigts suivaient la frange, couraient sur le tissu, appréciaient les textures avec la même gourmandise qu'ils avaient eue pour la forme et le grain de la tasse de porcelaine. La lumière faible qui montait de la rue sculptait son visage en une symphonie de noir et d'or.

« Je ressens... tant de choses ! s'écria-t-elle. Cette nouvelle ville qui semble exsuder la musique par ses pierres mêmes... Quand j'ai vu ces hommes vous poursuivre, je marchais depuis près d'une heure au hasard des rues, simplement pour me rassasier de nouvelles saveurs, de nouvelles odeurs, de la voix d'un fleuve qui n'est pas la Tamise. Je m'imprégnais de tous ces rêves inconnus, ces pensées, ces sensations qui m'entouraient, qui m'appelaient. J'avais l'impression que chaque pavé cachait un diamant, j'avais envie de courir les rues à les ramasser comme une petite fille avide. »

Ses lèvres dessinaient un demi-sourire émerveillé. Asher la revoyait respirer l'arôme du café, écouter la valse, observer les danseurs.

« Je sais que je suis en danger, docteur Asher. J'ai peur, et je sais que je devrais avoir plus peur encore. Je peux mourir d'un instant à l'autre uniquement parce que je ne connais pas les bonnes cachettes ou que je ne tourne pas dans la bonne rue. Mais c'est si beau ! »

Elle s'était à demi enroulée dans le rideau dont la couleur intense faisait chanter son teint, pareille à une icône d'argent, à une peinture de Klimt.

« Tout ici est tellement nouveau pour moi, tellement merveilleux et étrange. C'est la première fois que je quitte l'Angleterre, vous comprenez. La première fois que je sors de Londres depuis... depuis que je suis devenue ce que je suis. Cela fait près de deux cents ans, docteur Asher. J'ai voyagé un peu après avoir cru qu'Ernchester était mort, pour rendre visite à une sœur dans le Nord. Mais dans mon deuil je n'y ai pas pris plaisir, je ne voulais que retourner à ce que je connaissais. Je l'ai pleuré très longtemps. »

Asher avait vu un portrait d'elle, peint au cours de sa vie de mortelle alors qu'elle avait plus de soixante ans. Elle avait pris du poids, ses cheveux grisonnaient, et ses yeux extasiés qui lançaient des éclairs cuivrés dans la lumière rose de la lampe étaient éteints, résignés, pleins d'un étonnement douloureux qui questionnait inlassablement : *Comment peut-il être mort ?* Sur ce tableau, elle portait le même large anneau d'or qui brillait aujourd'hui à son doigt.

« Un vampire en voyage est... horriblement vulnérable.

— Et pourtant vous êtes venue. »

Elle sourit d'un sourire humain. La plénitude de ses lèvres pâles dissimulait les crocs.

« Je l'aime, dit-elle. Je l'aimerai jusqu'à mon dernier souffle et je compte que cela durera bien plus que deux siècles. »

Lady Ernchester avait donné ses instructions à la direction de l'hôtel pour n'être pas dérangée par les femmes de chambre. Elle était actrice, avait-elle prétendu, et de ce fait passerait vraisemblablement la plus grande partie de la nuit dehors, et dormirait la journée. Au cours d'une discussion sur la prononciation des mots pendant sa petite enfance, elle raconta la scène à Asher tout en raccommodant les accrocs de sa veste et de son pardessus. Asher ferma un instant les yeux pour imaginer la réaction du concierge à une telle requête.

Au milieu de la matinée pourtant, lorsqu'il entendit les femmes de chambre bavarder dans le couloir en tchèque et en hongrois, aucune d'elles n'essaya d'entrer.

Asher s'était efforcé de rester éveillé toute la nuit en discutant philologie et folklore avec la comtesse vampire — l'imitation qu'elle avait faite du dialecte de Wessex que parlait sa nourrice était aussi désopilante que fascinante — mais la gêne de sa blessure, la quantité de sang perdue et l'épuisement avaient eu raison de lui. Les voix des femmes de chambre l'avaient éveillé ; il s'aperçut qu'un beau soleil filtrait par la fente des rideaux vert émeraude. Il se rallongea sur le canapé pour échafauder en pensée un article de phonétique sur la prononciation des voyelles à l'époque d'Anthea. Mais qui croirait qu'il avait obtenu un entretien d'une contemporaine des poètes écrivant sous Charles Ier ?

Un peu plus tard les voix des femmes de chambre s'éloignèrent, et l'étage du vieux palais redevint silencieux. Silence lourd, interrompu seulement par le cliquetis lointain d'un tramway sur le Schottenring, la rengaine assourdie d'un orgue de barbarie... La pensée d'Asher revint à celle qui dormait calfeutrée dans sa double malle, confiante en la parole qu'il lui avait donnée de rester auprès d'elle toute la journée pour veiller à ce qu'il ne lui arrive rien. Au long des siècles, elle avait tué... combien de personnes ?

. *Si seulement vous aviez pu nous connaître comme nous étions.*

Le vampirisme, était-ce le besoin forcené de retenir la douceur d'une jeunesse enfuie, le refus de voir les belles années, les années de rêve, sombrer dans le fleuve du temps ?

Je l'aime, disait-elle. *Je savais qu'il ne pouvait pas être mort.* Qui avait aimé les hommes, les femmes, les enfants dont elle s'était approprié la vie pour prolonger la sienne ?

Il soupira en se massant les tempes d'une main. A ressasser le problème en tous sens, il se faisait l'effet d'un poisson se tortillant au bout de l'hameçon. Elle lui faisait confiance. Et elle était maintenant son seul espoir de retrouver Ernchester, de l'empêcher de vendre ses services à l'empereur, si ce n'était déjà fait. Que lui avait offert Karolyi ? De le mettre à l'abri de Grippen ? Mais dans ce cas, pourquoi n'en avait-il pas parlé à Anthea ? Pourquoi ne l'avait-il pas emmenée à Vienne avec lui ?

Qui avait fouillé la maison, qui avait eu connaissance des projets de Karolyi, et que cherchaient ces gens ?

Et ce Bey Olumsiz, qui était-il ? Le Bey Olumsiz, le Seigneur Immortel. Paraphrase pour le Maître de Vienne ? Qui pouvait après tout être turc. Le pays avait été envahi à maintes reprises jusqu'au milieu du XVIIe siècle, il était donc concevable que dans la plus cosmopolite des cités, les morts vivants ne soient nullement autrichiens, ni même européens.

Et enfin, question essentielle, comment agirait-il quand il aurait effectivement retrouvé Ernchester ? Le tuerait-il ?

Il savait déjà qu'il ne dormirait plus jamais en paix s'il ne tuait pas Anthea avec lui.

Un petit déclic bien huilé. Une clef tournait dans la serrure.

Asher alla vers la porte. Il était encore bien las. Comment disait-on en hongrois : *Ne touchez pas à cette chambre s'il vous plaît* ? Le battant s'ouvrit sur Bedford Fairport.

« Asher ! » Les yeux papillotants de stupeur, le petit homme ajusta ses lunettes comme si l'image d'Asher était une illusion d'optique. « Mais comment diable... ? »

Télégramme d'expulsion, pensa machinalement Asher encore mal réveillé, puis aussitôt : *Comment ont-ils retrouvé ma trace ?* Il imaginait ce qu'il allait dire à Halliwell sur la configuration du palais Battyany quand Ignace Karolyi jaillit de la porte comme une panthère et lui mit un poignard sous la gorge.

La lame coupante comme du verre lui entailla la peau. « NON ! glapit Fairport. Pas ici ! »

Le cocher à faciès simiesque et deux autres brutes qu'il ne connaissait pas étaient entrés dans la pièce. La porte refermée, l'un d'eux saisit Asher par les coudes dans le dos et le poussa contre le mur, l'autre alla droit à la fenêtre et tira les rideaux. Karolyi regardait déjà ailleurs, mais maintenait la lame froide sur le cou d'Asher. La coupure qu'elle y avait faite saignait un peu et piquait.

« Trouvez-la. »

Asher voulut se retourner ; on le repoussa brutalement contre le mur. Par-dessus son épaule il vit le regard de stupéfaction atterrée que Fairport fixait sur lui ; l'un des sbires lui prit sa trousse médicale des mains, pour en sortir une feuille de sparadrap qu'il colla sur la bouche d'Asher. De sa main libre, Karolyi prit quelque chose dans la poche de son manteau, une écharpe de soie avec laquelle le comparse ligota les mains du prisonnier. Probablement la même, pensa ce dernier, que celle qui lui avait servi à étrangler la fille à Paris.

C'est seulement alors que Karolyi retira le couteau qu'il glissa dans une poche intérieure de sa veste.

L'homme qui maintenait les bras d'Asher lui donna derrière les genoux un coup violent qui le jeta au sol, théâtre d'opérations secondaire, tandis que les autres se ruaient dans la pièce adjacente. Asher tenta bien d'appeler, de crier, d'avertir, de protester. Il les voyait déjà avec horreur forcer les deux couvercles des malles...

Il comprit à ce moment précis qu'Anthea ne risquait rien.

C'était Karolyi qui avait fait fouiller sa maison, et lui probablement qui avait écrit *Express de Vienne* sur l'horaire.

Il l'avait fait suivre jusqu'ici depuis la gare.

« Ce doit être ça, entendit-il Fairport dire en allemand.

— Vous ne voulez pas qu'on vérifie ? » demanda le cocher.

Fairport poussa un petit cri aigu en guise de protestation.

« Laisse tomber, Lukas », conseilla Karolyi. Malgré le ton désinvolte, les deux hommes de main passèrent prestement dans la chambre. « Vous pensez qu'elle aurait refusé de nous suivre, Fairport ? questionna le Hongrois.

— Pour tout vous dire, je n'en sais rien. »

Asher tourna la tête contre l'épais tapis à l'odeur de poussière pour les voir tous les deux à la porte. Le vieil homme levait sur Karolyi des yeux de chien d'arrêt qui vient de ramener un faisan presque aussi gros que lui.

Fairport est un agent double. La proximité des deux hommes, la façon qu'avait Fairport d'incliner la tête étaient des indices hautement révélateurs aux yeux d'Asher. *C'est un agent double depuis des années.*

Logiquement il aurait dû se sentir outré, or, à la réflexion, ce n'était pas le cas. C'était un élément qui faisait partie du grand Jeu, comme la mort d'une malheureuse prostituée qu'on étrangle, ou celle d'un jeune homme abattu parce qu'il en sait trop.

« Dites-moi donc, docteur Asher, lança Karolyi avec une expression de dépit teinté d'amusement, si c'est par simple coïncidence qu'on vous a choisi pour me suivre ? Ou si Ernchester avait tort de croire que les Britanniques n'utilisent pas, comme nous, les services des morts vivants ?

Asher inclina affirmativement la tête. Car après tout, se dit-il, il n'était pas exclu que ce soit la vérité.

Karolyi se mit à rire. « Vous le faites ? Le moins possible, j'imagine. Vos services sont pleins d'universitaires anglicans très croyants, compétents, rationnels. Des gens civilisés, qui ont essayé de me civiliser toute ma vie. » Il vint s'asseoir sur ses talons près de l'épaule d'Asher, svelte et militaire d'allure jusque dans son costume brun impeccablement coupé. Un rayon de soleil jouait sur l'or et le rubis de son épingle de cravate et de ses boutons de manchettes.

« Mais être élevé dans la montagne marque profondément son homme. Je suppose que j'ai reçu de ma nourrice morave, à l'âge de cinq ans, ce que vous ont donné les années passées à comparer des légendes et à recueillir des faits bizarres qui n'entrent pas dans le cursus d'Oxford ou d'Innsbruck. Est-ce pour cette raison qu'ils vous ont désigné pour me suivre ? Ils n'ont quand même pas cru que j'oublierais un visage familier ? »

Incapable de répondre à cause de son bâillon de sparadrap, Asher ne put que le regarder dans les yeux. *Vous savez très bien qu'en aucun cas je ne répondrai à vos questions*, disait son regard. Les lèvres charnues et vermeilles du Hongrois se retroussèrent sur un sourire moqueur.

« Bon, j'admets qu'en 95 je n'avais pas compris que c'était vous — je ne l'ai fait qu'en vous voyant à la gare de Munich. A l'époque, notre bon docteur Fairport m'avait caché ce petit secret.

Karolyi se leva. Derrière lui, les deux hommes de main transportaient la malle d'Anthea vers la porte que le cocher Lukas maintenait ouverte. Fairport attendait ; ses yeux délavés allaient nerveusement de la malle à Asher et Karolyi.

« En confidence, reprit ce dernier, j'aurais cru que

vous ne seriez pas resté simple agent depuis tout ce temps. Il m'a toujours paru évident que vous étiez trop intelligent pour ça. Mais ce n'était peut-être qu'une question de chance. »

Il sortit ses gants de sa poche, fit mine de les enfiler; puis, après un autre coup d'œil à Asher, il les remit dans sa poche, petit geste qu'Asher interpréta immédiatement comme il convenait. Le chevreau blanc était cher, et les taches de sang n'en disparaîtraient pas.

« Rappelle-toi bien mes instructions, Lukas... *toutes* mes instructions, précisa-t-il avant de se tourner avec une admirable désinvolture vers le docteur. Docteur Fairport, il serait sans doute préférable que vous les accompagniez. »

Fairport approuva de la tête. Derrière ses grosses lunettes, ses yeux ne quittaient pas un instant la malle que les porteurs manœuvraient au passage de la porte.

« Naturellement, dit-il dans un souffle, ils ne peuvent pas se rendre compte... Klaus! Klaus, de grâce, un peu plus doucement...! »

Il a oublié ma présence, pensa Asher. Plus furieux qu'effrayé, il produisit un son étouffé qui pouvait bien être le nom de Fairport.

A la manière dont le vieillard tressaillit, Asher sut qu'il avait deviné juste. Absorbé, fasciné, obsédé par la perspective de capturer un vampire vivant, Fairport avait effectivement oublié. Oublié ce que faisait Karolyi de ceux qui le gênaient, s'il l'avait jamais su. Il se retourna, pas tout à fait assez vite pour voir le geste souple de Karolyi retirant prestement sa main de dessous son manteau.

Asher fixa Fairport dans les yeux, d'un regard qui lui intimait de se rappeler ce qui allait se passer à la minute où il quitterait la pièce. Les petits yeux pâles du vieillard, déformés derrière ses énormes verres, se détournèrent. *Sinistre lâche*, pensa Asher, *si vous êtes prêt à le laisser m'exécuter, ayez au moins l'honnêteté de le reconnaître...*

« Vous feriez mieux de les surveiller, dit Karolyi avec douceur, en désignant du menton les hommes qui sortaient. *Vous ne souhaitez pas réellement assister à ceci, n'est-ce pas ?* »

Les deux hommes se regardèrent. Karolyi fixait sur Fairport un regard appuyé. Asher saisit la signification de leur échange muet. *Si vous ne voulez pas pousser vos recherches sur les vampires, cela aussi peut s'arranger, bien sûr...*

Fairport regarda les trois porteurs d'un air égaré, comme si Karolyi avait insinué que seule son intervention pouvait les retenir de jeter la malle par la fenêtre ou de lui faire dévaler l'escalier.

Il se retourna néanmoins. « On... on aurait pu nous voir entrer, hésita-t-il. On aura sûrement vu le nom sur le fourgon. » Il baissa les yeux sur Asher, la mine contrite, en tordant ses mains gantées de coton gris de l'air d'un homme qui a fait de son mieux. Asher l'aurait battu.

Karolyi poussa un long soupir de souffrance. « Avez-vous du chloroforme dans votre sac, alors ? »

Fairport prit sa trousse, mais le tremblement de ses mains encore accentué par la nervosité lui fit renverser le produit qu'il tentait de mettre sur un tampon de coton. Karolyi vola à son aide, et Asher saisit ce moment pour tirer sur les nœuds trop vite faits de l'écharpe au moyen d'une torsion des poignets. La soie ne résiste pas comme la corde, avec ses fibres enchevêtrées ; l'un des nœuds se serra très fort tandis que l'autre glissait et se défaisait. Karolyi revenait, le coton imbibé de chloroforme dans la main. Asher le frappa aux chevilles de toute la force de ses jambes, libéra l'un de ses bras de l'écharpe puis roula sur lui-même, se releva et bondit vers la porte.

Projeté sur l'épaule de Fairport, Karolyi repoussa le fragile vieillard et s'élança à la poursuite d'Asher en criant : « ARRÊTEZ, AU VOLEUR ! »

Sans manteau, pas rasé, inconnu à l'hôtel et toujours muet pour cause de sparadrap sur la bouche, Asher n'avait pas d'autre choix que de redoubler de vitesse pour atteindre la porte d'entrée. Deux portiers solides en uniforme vert à boutons de cuivre grimpaient l'escalier quatre à quatre. Il franchit d'un élan la rampe, atterrit sur le palier du dessous. Un coup de pied dans une porte-fenêtre délabrée, et il se trouva sur un balcon qui courait autour du bâtiment en dominant la cour de deux côtés. Il dégringola le long d'une gouttière et prit pied dans la cour au moment où un fourgon rouge et blanc que conduisait Lukas s'engageait sur la voie d'accès à la rue. Le cocher arrêta aussitôt la voiture, l'un des hommes de main sauta de l'arrière ; Asher fit demi-tour, plongea à travers une porte donnant sur les cuisines, esquiva deux marmitons médusés et une fille de cuisine et déboucha dans une ruelle à l'extérieur, poursuivi par des pas précipités et les cris de « Au voleur ! » et « Au meurtre ! »

Le lacis de rues médiévales de la vieille ville semblait regorger de piétons. Certains s'écartaient de lui avec effroi, d'autres se joignaient à la poursuite. Il heurta quelqu'un, buta contre une marchande des quatre-saisons et un facteur chargé de colis, se faufila par une grille ouverte dans une autre cour puis une autre cuisine. Une demi-douzaine de jeunes officiers en uniforme bleu et jaune de la garde impériale des hussards quittèrent prestement une table de café pour se ruer joyeusement à ses trousses, main au fourreau, éperons cliquetant sur le pavé.

Il franchit une autre grille, grimpa d'un trait un escalier obscur. La meute des poursuivants, policiers, militaires et passants, s'engouffra dans la cour à la recherche d'une porte de service, d'un passage menant à une boutique. La porte trouvée, tout le monde s'y précipita bruyamment. Pendant ce temps Asher se débarrassait de son bâillon de sparadrap — non sans dommage pour sa moustache. Quand ils furent tous partis, il descendit les marches, reprit la Dortheergasse et s'éloigna sans courir.

Sa douleur au côté lui rendait la respiration difficile. Sous son bandage, il sentait le suintement chaud du sang. En manches de chemise, il ressentait vivement le froid de cet après-midi gris. Alors qu'il se hâtait de rejoindre la foule des quais, il dut lutter contre une sensation d'étourdissement. Il ne lui restait plus qu'à espérer que ses poches contenaient autre chose que son mouchoir.

Il avait de la chance. La nuit dernière il avait payé le café avec l'un des billets de dix florins de Karolyi, et en raison de sa blessure avait préféré mettre la monnaie dans son pantalon plutôt que dans la poche intérieure de sa veste. Cela suffirait peut-être à acheter une veste au marché aux puces de Stephanplatz, s'il n'était pas trop difficile, et un ticket de tram pour sortir du quartier, et aller se cacher quelque part.

VIII

Pour donner au tumulte le temps de s'apaiser, Asher resta dans le parc du Prater jusqu'aux environs de quatre heures.

Il déjeuna tard de saucisse tchèque et de *buchty* dans l'une des buvettes de campagne bordant les allées du Volksgarten, sans perdre de vue l'avenue de gravier menant du Luna Park avec sa grande roue, ses manèges et ses orgues de Barbarie, à l'opulence gris et roux de l'ancien parc de chasse impérial. Une fois il vit passer parmi les arbres jeunes les tuniques au bleu éclatant des officiers qui le poursuivaient, et entendit vaguement l'écho de leurs cris.

Quand la guerre viendra, l'Angleterre ne courra pas grand risque en tout cas sur le front autrichien, songea Asher amusé.

Il se rembrunit en évoquant Ernchester, qui désormais n'était plus tout à fait volontaire. Si le contrat qu'il avait passé avec Karolyi comportait certaines clauses, certaines restrictions par exemple concernant des actes qu'il ne voulait pas accomplir, les règles se trouvaient modifiées. Ou s'en trouveraient modifiées dès le moment où Karolyi lui annoncerait qu'il retenait Anthea prisonnière.

Asher frissonna dans son manteau de confection.

Depuis combien de temps Fairport était-il agent double ? D'après ce que disait Karolyi, cela remontait au temps de la panique sur les fusils russes de contrebande. Qu'à l'époque il n'ait pas livré Asher à Karolyi n'était pas aussi bizarre qu'aurait pu le croire un non-initié. Le fait de passer un renseignement de temps en temps aux services secrets autrichiens ne signifiait pas qu'il était exclusivement leur homme. Les agents doubles, spécialement les sujets comme Fairport, brillaient souvent par leur aveuglement, Asher en avait eu l'expérience. Ils retenaient toujours des informations en provenance de l'un et l'autre bord, parfois pour les raisons les plus fantasques et les plus absurdes. Il se rappelait ce missionnaire américain en Chine qui ne l'avait pas averti d'une attaque imminente des rebelles : il ne voulait pas que l'un des donateurs chinois de la mission apprenne que son propre fils avait une maîtresse dans le secteur de T'ien-tsin, d'où les rebelles étaient supposés venir.

Il était possible aussi que Karolyi n'ait rien demandé à Fairport, parce qu'il jugeait l'affaire trop minime pour lui faire perdre son temps à chercher une information qu'il pouvait se procurer autrement.

La pensée rétrospective qu'il avait été si près de périr de la même mort que son guide tchèque le fit néanmoins frémir.

Dans les années 90, les recherches que menait Fairport étaient déjà pour lui une obsession. Le matériel et les installations tous de haute qualité, les voyages d'investigation coûtaient cher, et Fairport n'avait pas de fortune. Les agents les plus fiables, à la réflexion, étaient ceux qui n'avaient pas de faiblesses susceptibles de donner une prise à l'ennemi.

Karolyi par exemple, le type même de ces hommes sans consistance ni aspérités pour lesquels le travail est tout.

Derrière lui, Asher avisa le kiosque faussement rustique où les serveuses cherchaient un abri contre le froid. Il se demandait s'il pouvait faire confiance à Halliwell.

Fairport n'était peut-être pas le seul agent à la solde de Karolyi. Il valait certainement mieux attendre jusqu'à six heures pour laisser un message au Donizetti et organiser un rendez-vous. A condition de pouvoir se dissimuler jusque-là...

Tandis que, après six heures, cela n'aurait plus d'importance. Vis-à-vis des services officiels, mais pas de Karolyi.

Asher alla sans se presser au kiosque où il acheta la dernière édition du *Neue Frei Presse*, sachant déjà ce qu'il allait y trouver. En dernière page, un titre modeste annonçait : LE CORPS D'UNE DENTELLIÈRE DANS LA FORÊT DE VIENNE.

Il parcourut l'entrefilet, où les mots « vidée de son sang » le retinrent. Le nom du vignoble près duquel on avait retrouvé la malheureuse lui était familier. L'endroit était à un quart d'heure de voiture de Fruhlingzeit.

Et voilà. Il fixa un regard absent sur le tableau coloré qu'offrait la fête foraine avec ses stands de tir, ses guignols et le panorama de cire représentant le meurtre du tzar, pour l'édification des écoliers. Le vent lui apporta quelques mesures d'un air de musique un peu déformé par les cornemuses et les carillons. C'était la *Valse des fleurs*.

Une dentellière. Comme la prostituée à Paris, une femme que personne ne réclamerait.

Il était évident que Karolyi enlèverait une femme.

Ernchester serait là-bas ce soir encore.

Il pouvait se débarrasser du problème de Fairport. Et même de ce qu'il savait du projet visant à utiliser des vampires. De toute façon, comme l'avait dit Karolyi, presque personne dans le service n'y croirait.

Restait la question d'Ernchester. Celle-là, il ne pouvait pas s'en dessaisir.

Il savait où se trouvait le comte aujourd'hui, en ce moment même, il devinait où trouver Anthea. Mais Fairport était grillé, ainsi que son sanatorium. Ils s'en iraient donc cette nuit et, en bons vampires, disparaîtraient dans le brouillard en ne laissant derrière eux qu'un peu de sang et quelques rumeurs.

Un fiacre s'engagea dans l'allée. Son cocher sifflait avec entrain. Le ciel s'était plombé, il faisait froid. Asher frissonna encore, et souffla sur ses mains.

Il lui restait toujours, évidemment, la possibilité de prendre le premier train pour Munich — en s'offrant une place gratuite dans le fourgon à bagages, ce qu'il avait déjà pratiqué par le passé. Si Burdon dirigeait toujours le service de Munich — en admettant qu'il *existe* toujours un service à Munich — il pourrait au moins obtenir de quoi rentrer en Angleterre. Leur révéler que Fairport était un traître, que Karolyi s'était associé avec... disons, un homme très dangereux, et se laver les mains de cette histoire. Rentrer chez lui, retrouver Lydia qui avait fort bien pu lui adresser un télégramme chez Fairport... En quoi cette affaire le concernait-elle, d'ailleurs ? Il avait fait tout ce qu'on pouvait attendre de lui.

Oui, mais agir ainsi, c'était laisser Anthea aux mains de Karolyi.

Et de plus, il savait où était Ernchester aujourd'hui. C'était là le nœud de l'affaire.

Il y avait un téléphone dans le kiosque. S'il appelait Halliwell, la police le repérerait sans aucun doute — il connaissait trop bien la politesse interminablement bavarde des téléphonistes de Vienne pour imaginer que l'opération ne tarderait guère. Et une nuit passée en prison signifierait perdre tout espoir de retrouver Ernchester — et Anthea.

Tout à l'heure, quand il avait pris place à cette table en partie masquée derrière une haie, il n'y avait autour de lui que quelques courageux qui buvaient leur café en contemplant les eaux grises du canal. Il était seul à présent. De l'autre côté du fleuve, le clocher de la cathédrale Saint-Étienne sonna trois heures.

Asher se leva à contrecœur, enfonça ses mains nues dans ses poches et, après s'être assuré que nul ne le poursuivait, redescendit l'allée en direction du rond-point du Prater, où ses derniers pfennigs lui permettraient peut-être de prendre un tramway jusqu'à mi-chemin au moins de la forêt de Vienne.

La nuit était tombée depuis peu de temps quand il s'aperçut qu'il était suivi.

Le tram l'avait emmené jusqu'à Dobling. Ensuite, il fallait grimper jusqu'à Grinzing par une route qui serpentait dans la forêt gris et roux. L'exercice lui évitait de se refroidir, mais sa blessure le faisait souffrir à chaque pas, et l'obligeait à s'arrêter régulièrement pour se reposer sur les murets de pierre qui séparaient de la route bois et vignobles. Il était assis sur l'un de ces murets et tentait de reprendre son souffle après une montée particulièrement raide quand il entendit carillonner cinq heures au clocher du village idyllique de Grinzing.

De temps en temps passait un chariot de ferme, mais il vit une seule automobile dont les passagers semblaient pressés de retrouver le calme pastoral. Avec le crépuscule qui s'installait sous les arbres, le peu de circulation se raréfia encore. Un vent modéré poussa les nuages. Le disque d'argent d'une lune presque pleine flottait dans un halo de glace. Avant six heures la nuit fut complète.

Cela n'avait pas trop de conséquences pour Asher, qui connaissait la route. Si la fatigue, la douleur et le manque de sommeil lui rendaient la montée difficile, il lui arrivait de se dire qu'il n'avait jamais quitté cet endroit. Il n'eut pas à chercher les piliers de pierre recouverts de lierre qui marquaient l'entrée de Fruhlingzeit. D'après la pente de la route, il savait exactement quelle distance lui restait à parcourir.

Il tendait l'oreille pour capter le signe d'une présence humaine, mais ne perçut rien de cet ordre.

Il n'aurait su dire précisément ce qu'il entendait, ou ressentait, qui lui donnait à penser qu'ils étaient dans la forêt, derrière lui. S'il n'avait été aussi près, à Paris, de périr de leur main ou de la main de leurs congénères, peut-être n'aurait-il pas décelé qu'il était épié.

Il n'avait pourtant aucun doute sur cette légère somnolence qui l'envahissait malgré les élancements de sa blessure et le vent qui transperçait son manteau, ce sentiment d'euphorie, l'impression qu'il était inutile d'examiner la forêt qui l'entourait. Un souffle d'air venu des ténèbres rôdant sous les arbres lui apporta alors le relent douceâtre du sang.

Il ne ralentit ni ne pressa l'allure pour ne pas leur montrer qu'il savait, mais ne s'interrogea pas moins sur la conduite à tenir. Il allait atteindre l'allée d'accès à Fruhlingzeit, que les hommes de Karolyi surveillaient certainement. Il lui faudrait donc quitter la route. L'argent qu'il portait à la gorge et aux poignets le protégerait quelques minutes, mais ne lui épargnerait pas d'avoir le cou cassé. Devant lui, la route était déserte.

Généralement ils se déplaçaient sans bruit, mais en cette fin d'automne les feuilles mortes accumulées sous les troncs clairs des hêtres, les fougères sèches et le lierre bruissaient et craquaient au passage de pas invisibles.

Il s'arrêta au bord de la route — il était resté dans l'ombre du fossé, pour le cas où Karolyi y aurait placé une patrouille —, sortit sa montre de sa poche et la tourna vers le rayon de lune, puis la ferma avec un claquement sonore et fit mine de la remettre en poche, ce qui lui permit de détacher le crochet qui la retenait à sa ceinture. La chaîne prestement enroulée autour de son majeur, il ressortit la main pour la placer sous son aisselle, comme pour chercher la chaleur. Dans sa paume, il tenait à l'abri des regards le boîtier rond en argent de sa montre.

Ce n'était pas grand-chose, mais cela pourrait lui servir.

Il sauta le fossé, escalada à moitié le talus. Est-ce qu'ils pouvaient entendre son cœur battre très fort soudain ? La forêt était clairsemée. Sous la voûte des frondaisons d'été, il n'aurait sans doute pas pu se diriger de nuit, mais pour l'heure les ramures dénudées des hêtres et des érables sycomores laissaient filtrer la lueur de la lune.

Il était impossible de dire combien d'hommes Karolyi avait postés au sanatorium. Il est vrai qu'il suffisait d'un seul pour donner l'alarme.

S'il restait en vie, il arriverait quelque part près du mur.

Que disait Anthea ? *Chez les morts vivants, les maîtres sont jaloux de leur territoire.* Il revit le pitoyable novice Bully Joe Davies à Londres, qui jetait des regards terrifiés par-dessus son épaule : *Ils vont me tuer, ils vont me tuer... Grippen veut qu'il y ait à Londres rien que sa progéniture à lui, ses esclaves...*

Avaient-ils, ceux qui le suivaient, lu aussi l'entrefilet du *Neue Frei Presse* sur le meurtre de la dentellière, et compris qu'un étranger chassait sur leur territoire, et tuait selon une technique qui éveillait les soupçons de ceux qui détiennent le pouvoir le jour ?

Ou alors, tout simplement, avaient-ils reconnu le rythme du cœur d'Asher, et l'odeur de son sang, comme étant ceux de l'intrus qui avait fureté autour de leurs palais la nuit dernière ?

Il marchait aussi vite qu'il l'osait, du pas ferme de celui qui sait où il va. Il entendit une fois un bruissement de feuilles, et ce qui pouvait être le froissement d'un jupon de taffetas. Mais il avait le sentiment très fort qu'ils étaient plusieurs à le suivre comme des requins qui glisseraient invisibles dans l'épaisseur de la forêt.

Devant lui, il distingua quelque chose de blanc. Les veines noires du lierre s'y dessinaient. Le mur de derrière de Fruhlingzeit. Au-dessus se dressait la masse des toits pentus sur des murs ornés de stuc à la nuance ocre, si caractéristique des maisons viennoises plutôt sales dans l'obscurité. Presque toutes les fenêtres donnant sur la forêt avaient leurs volets fermés, mais la lumière provenant de celles qui ouvraient sur la cour permettait d'apercevoir l'ancien bâtiment des écuries, transformé par la suite en laboratoire et salle de thérapie. Asher avait toujours soupçonné que les vieux chats et chiens — et hommes d'affaires viennois à l'occasion — sur lesquels Fairport menait ses expériences présentaient des améliorations de leur état à cause des massages, de la qualité du régime alimentaire, et des soins attentifs qui entouraient l'« induction magnétique ». Il y avait une sorte de crypte sous l'écurie, Asher s'en souvenait. Elle abritait la chaudière et le charbon, et les réserves de pétrole, de phénol et d'éther. Venant d'au-delà du mur flottait l'odeur d'une cigarette, celle que fumait un garde.

Les arbres cernaient les murs de la propriété. Caché derrière un chêne, il discerna la fenêtre où il était resté assis jadis tout un long après-midi, à faire des plans pour quitter Vienne en trahissant Françoise de la façon la plus éprouvante possible étant donné les circonstances.

Il tourna la tête. Une femme se tenait près de lui.

Sa nuque se hérissa. Il n'avait rigoureusement rien entendu.

Elle était belle, comme pétrie de clarté lunaire. Ses cheveux de lin relevés haut s'étaient accrochés aux brindilles, et des mèches bouclées auréolaient son visage d'un halo lumineux. Des yeux clairs transparents, gris ou bleus, nostalgiques, une robe de lune d'une nuance irisée impalpable, dont le satin des manches miroita comme elle levait les mains. Elle posait sur lui un regard langoureux où la tristesse se mêlait au désir.

L'esprit fermé à tout le reste, Asher sentit brûler du désir d'elle son cœur, sa pensée, ses entrailles. Sur ces lèvres de cire il voyait se dessiner l'ombre des canines, mais cela n'avait pas d'importance. Rien n'avait d'importance, que son désir. Il la désirait aussi désespérément qu'il avait désiré Lydia avant leur mariage, ou les jolies boutiquières d'Oxford au temps où s'éveillaient ses appétits charnels de jeune étudiant. Pris d'une sorte d'ivresse, il ne savait quelle force le poussait à lui tendre les bras, persuadé contre toute raison, et comme on pense en rêve, qu'il ne risquait rien à la toucher, à l'embrasser, que ce serait merveilleux.

Dans le même temps il se voyait à une distance vertigineuse ; son esprit protestait, mais ne pouvait raccorder ses idées à ses actes. Elle posa sur le visage d'Asher ses mains glacées dans leurs gants de chevreau nacré, passa sur les oreilles puis descendit le long du cou. Il lui entoura la taille d'une main qui lui parut rêche et froide sur le tissu ajusté de la robe chatoyante.

La bouche de cette créature lunaire se distordit alors sur un grondement féroce. Elle ouvrit démesurément les mâchoires, à la façon d'un chat en fureur. Mais ses mains lâchèrent prise brusquement : à travers l'épaisseur de ses gants et des vêtements d'Asher, elle avait senti l'argent la brûler. Le charme fut rompu ; Asher parut s'éveiller en cherchant sa respiration, il s'aperçut qu'une poigne de fer lui enserrait les bras, et qu'elle avait la bouche à quelques centimètres de sa gorge. Elle n'eut pas le temps d'esquisser un geste, il la gifla avec la montre d'argent qu'il tenait dans sa paume. Il se dégagea comme elle se mettait à crier de saisissement, de douleur et de rage, des cris perçants de panthère, de démon de l'enfer.

Il la repoussa avec force et se précipita vers le mur. Elle hurla de plus belle ; du coin de l'œil, il la vit s'affaisser sur les genoux en se tenant la joue, et se labourer la chair à grands cris déchirants. Quelque chose d'obscur s'élança d'entre les arbres, et une torpeur accabla son esprit, l'asphyxia dans un étau ouaté. Il s'arracha à cette étreinte, escalada le mur tant bien que mal et passa par-dessus. Des voix d'hommes s'interpellaient non loin ; il atterrit dans un massif de rosiers un instant avant que le premier des domestiques de Fairport ne jaillisse au coin de la maison. Il roula à terre, le visage masqué pour qu'on n'en voie pas la tache plus claire dans l'obscurité, pendant que le groupe traversait le jardin en courant en direction de la grille. Le dernier sorti, il franchit d'un bond la bande de gravier plantée d'arbustes épineux qui le séparait de la porte ouvrant sous un escalier.

D'autres individus se hélèrent dans le jardin. Il entendit appeler le nom de Lukas, et l'un d'eux cria quelque chose à propos de « Herr Capitan... » — le grade de Karolyi probablement.

Les hurlements avaient cessé. Mais ils allaient tous être occupés pendant quelque temps.

Il leur faudrait dix minutes, calcula-t-il en descendant le passage dallé menant à la cuisine, pour faire le tour des murs à toute allure, davantage s'ils étaient aussi peu nombreux qu'il le croyait, ou s'ils découvraient quelque chose. Il actionna le levier caché derrière le placard de l'arrière-cuisine, se glissa dans l'escalier étroit ainsi mis au jour. Combien de fois avait-il fait passer par là des nationalistes slaves ou des messagers russes, pour que les patients de Fairport ne les voient pas !

Quels hurlements avait poussés cette blonde ! Il en restait abasourdi.

Au marché aux puces, il avait acheté du fil de fer pour se confectionner un autre crochet ; ses mains tremblaient tandis qu'il manipulait la serrure, au bas de l'escalier. C'était un vieux modèle à gorge qu'il aurait pu crocheter en dormant. Il avait averti Fairport dix fois à ce sujet...

Dix-sept années passées dans les renseignements n'avaient pas anéanti en lui, il le notait avec intérêt, les anciens principes chevaleresques. Ses voix intérieures lui affirmaient avec indignation qu'il est des choses qu'un gentleman ne saurait faire, même pour défendre sa vie : frapper un homme à terre, donner ce qu'on appelle par euphémisme un « coup bas », tirer dans le dos d'un adversaire, mentir sous serment, contrefaire le nom d'un autre.

Tirer sur un garçon de seize ans qui vous fait confiance.

Dérober de l'argent à une femme qui vous aime.

Gifler une fille ravissante avec un produit dont on a toutes les raisons de penser qu'il agira sur elle comme du vitriol.

Qu'elle l'eût tué en quelques secondes s'il n'avait pas agi ainsi, ne comptait évidemment pas pour ces voix venues de son enfance : celle de son père médecin de campagne, de son oncle au visage sévère, de ses maîtres à Winchester et à Oxford. Il se sentait malgré tout le dernier des salauds.

En quoi cette femme différait-elle d'Anthea, selon lui ?

Les cliquets cédèrent. La porte ouverte, la lueur tombant de l'arrière-cuisine fit briller la serrure de façon singulière. Le pied calé dans l'ouverture pour empêcher le battant de se refermer — il se souvenait qu'il claquait facilement —, Asher craqua une allumette et regarda de plus près.

A l'intérieur, la serrure était en argent.

Une odeur de bois fraîchement scié lui emplit les narines. Puis vint, sous-jacente, l'odeur du sang.

Un frisson courut sur sa nuque. Il s'immobilisa, l'oreille tendue, osant à peine respirer. Ensuite, lentement, il tourna le loquet de la porte pour qu'elle ne se referme pas, et leva à bout de bras l'allumette enflammée.

La lumière du phosphore rencontra un objet métallique. La petite chambre en sous-sol qu'il avait connue, avec pour tout équipement un lit, une chaise et un vase de nuit, était coupée d'un mur à l'autre, à un mètre de la porte, par une grille flambant neuve aux barreaux d'acier plaqués d'argent. A leur base, le sol était jonché de copeaux de bois jaune tout frais.

Derrière les barreaux, des yeux reflétèrent la lumière, comme ceux d'un chat.

Asher souffla l'allumette qui lui brûlait les doigts. Il avait cru deviner la pâleur d'un visage et de mains qui s'approchaient de la grille, une cravate à l'ancienne sur un plastron de chemise blanc.

Une voix s'éleva dans l'obscurité. « Êtes-vous venu pour ma capitulation ? Je vous l'ai dit, je ferai tout ce que vous demandez. Ne vous suffit-il pas de m'avoir menti, de m'avoir trahi ? Était-il nécessaire d'ajouter à cela... ce que vous avez fait ? »

La voix se tut. Asher fixait l'obscurité sans comprendre. Les yeux étrangement luisants revinrent à lui.

« Docteur Asher, reprit la voix. Le distingué linguiste de Londres. Don Simon disait que vous aviez été agent secret. »

Asher saisit avec retard le sens de la question. « Ce n'est pas votre épouse que vous avez entendue crier », dit-il.

L'une des mains blanches se déplaça. Ernchester la pressa sur sa bouche et ferma les yeux, dans l'attitude d'un homme qui cherche à se reprendre.

« C'était un autre vampire, s'empressa d'ajouter Asher, une femme qui m'a attaqué derrière les murs de la propriété. Savez-vous où ils rangent la clef ?

— Non, pas du tout. Ah ! si, c'est Fairport qui la garde. » Comme Asher l'avait noté dans le train, il avait un accent beaucoup moins moderne que celui de sa femme, une façon de prononcer les voyelles presque américaine. « Où se trouve Anthea ? poursuivit-il. Ils disent qu'ils la retiennent prisonnière...

— Je ne sais pas où elle est.

— Trouvez-la, emmenez-la loin d'ici, je vous en supplie... »

Asher s'approcha de la porte pratiquée dans la grille. Elle avait une serrure Yale de type cylindrique, incrochetable avec un simple fil de fer. Au fond de la cage, il distingua une malle. Devant cette masse d'ombre, le comte semblait très petit dans son manteau élimé à la taille ajustée, son gilet rouge et jaune vif et ses pantalons à sous-pieds, fantôme pétri de poussière, momie que le soleil désintégrait.

« Je reviens », dit-il.

En partant, il vit sur un banc près de la porte les mitaines de dentelle que portait Anthea au café La Stanza et une perle noire de la taille d'un pois suspendue à un ruban rouge. Elle l'avait autour du cou dans la malle qui lui servait de cercueil de voyage. Ils avaient dû apporter ces objets pour prouver au comte qu'ils détenaient bel et bien sa femme.

Il emprunta l'escalier dérobé qui menait dans l'arrière-cuisine, remit en place les étagères derrière lui. En quoi consistait donc le marché initial ? Était-ce un piège destiné à mettre Ernchester à leur merci, le contraindre à des actes auxquels il n'aurait jamais consenti ? Quels actes ? C'était assurément de son propre gré qu'il avait pris le train à Charing Cross, et il était libre quand il avait tué Cramer. Asher se raidit très fort à l'évocation du large sourire si candide qui était celui du jeune homme. Ne fallait-il pas qu'il tue le meurtrier du garçon au lieu de risquer sa propre vie à vouloir le libérer ?

Dans l'escalier montant au bureau de Fairport — il grimpa prestement les marches, le long du mur pour éviter de les faire craquer — il se remémora les raisons qui l'avaient fait prendre en haine le Grand Jeu.

Une lampe brûlait dans la pièce — inopportunément, car l'un des rideaux était entrouvert. Cela l'obligea à des manœuvres délicates pour s'approcher du bureau sans être vu de l'extérieur, sur les mains et les genoux. Il n'avait entendu personne dans cette aile de la maison, mais ne disposerait que de quelques minutes avant qu'ils reviennent et ne fouillent toutes les pièces. Ernchester avait raison : il devait avant tout délivrer Anthea. Si Karolyi la séquestrait, il tenait du même coup le comte, que celui-ci soit réellement ou non en son pouvoir. La réaction d'Ernchester persuadé que les cris affreux qu'il entendait étaient ceux de sa femme racontait toute son histoire.

Ce sont des tueurs, se dit-il, furieux contre lui-même et déconcerté à la fois. *Au cours des siècles Anthea a exécuté des milliers d'hommes comme cette femme blonde a failli m'exécuter. Pourquoi me soucier de son sort ?*

Mais il ne voulait se rappeler que le visage de la femme aux cheveux gris du portrait, un peu forte et si lasse, qui pleurait un mari mort depuis trente ans. *Comment peut-il être mort... ?*

Parmi le fatras de papiers qui jonchait le bureau — Fairport avait une façon de tenir la maison presque aussi brouillonne que celle de Lydia — Asher reconnut l'exemplaire plié du *Times* du vendredi précédent. A côté, une enveloppe jaune contenant deux billets de train.

Paris-Constantinople, via Vienne.

Constantinople ?

Il lui vint une idée. *Ne vous suffit-il pas de m'avoir menti, de m'avoir trahi... ?*

Accroupi près du bureau, il décrocha le combiné du téléphone, actionna la manivelle pour obtenir le central de Vienne.

« Ici le central téléphonique de Vienne, répondit la

voix enjouée de la standardiste. Je vous souhaite le bonsoir, très honoré monsieur.

— Je vous souhaite également le bonsoir, très honorée madame, répondit Asher qui savait désastreux de vouloir brusquer une téléphoniste de Vienne. Voulez-vous avoir la grande amabilité de me mettre en communication avec le café Donizetti de la Herrengasse, et de leur demander si je peux dire un mot au maître d'hôtel, je vous prie ?

— Mais certainement, très honoré monsieur, avec le plus grand plaisir. »

Le plancher vibra. On avait claqué une porte quelque part. Des pas traversèrent à vive allure un hall du bas. Les secondes tombaient sur Asher comme les pelletées de terre emplissent une tombe.

Il entendit la voix atténuée de la téléphoniste s'engager dans des salutations protocolaires puis un bavardage mondain élaboré avec quelqu'un du Donizetti. Elle demanda enfin le très honoré maître d'hôtel pour un monsieur des plus honorables qui souhaitait lui parler si ses obligations lui en laissaient le temps ; plus proches, des voix s'interpellèrent à travers la cour : « ... pas trouvé... quelqu'un là-bas qui... »

Les minutes passaient. Ils avaient dû commencer à fouiller la maison.

« Ladislas Levkowitz à votre service, très honoré monsieur.

— Monsieur le maître d'hôtel, je mesure le dérangement considérable que je vous impose alors que vous êtes tellement occupé, mais votre client britannique Mr. Halliwell est-il déjà arrivé pour dîner ? Pourriez-vous avoir l'extrême amabilité de lui faire savoir que Mr. Asher désire l'entretenir d'une affaire assez urgente ? Je vous en remercie mille fois... »

En maintenant le combiné près de son visage, Asher se souleva sur les genoux pour inspecter rapidement le reste du bureau, après un bref coup d'œil vers la fenêtre. Quelques calepins à couverture verte où Fairport avait noté ses entretiens avec des octogénaires de la région de Vienne et de contrées beaucoup plus lointaines. Une grosse liasse de factures pour accessoires de verre et produits chimiques se rapportant aux examens du sang des patriarches, preuve manifeste que ses dépenses excédaient largement les bénéfices du sanatorium. Au fond d'un tiroir, il trouva un tas d'enveloppes ouvertes à l'en-tête de l'ambassade d'Autriche à Constantinople. Chacune contenait une fiche datée mentionnant des sommes importantes et signée « Karolyi ». Les dates remontaient à deux ans. Il y avait aussi une demi-douzaine de clefs, dont aucune ne s'adapterait au modèle de serrure de la cage argentée. Il fallait une pince-monseigneur. Il en trouverait une dans la crypte de la chaudière, s'il pouvait y accéder.

Bon sang, Halliwell, implora-t-il en pensée, *cessez de bavarder avec le maître d'hôtel et venez prendre le téléphone!*

« Remettez le récepteur à sa place, Asher. »

Il tourna la tête. Fairport était sur le seuil. Il tenait un pistolet dans sa main gantée de gris.

IX

Asher ne fit pas un geste.

« Je n'hésiterai pas à m'en servir », l'avertit Fairport.

Le pistolet pointé, il entra lentement dans la pièce, décrivit un cercle assez large pour rester hors d'atteinte et, dès qu'il fut suffisamment près, tendit sa main libre et appuya sur le support du téléphone de façon à couper la communication.

« Vous vous en servirez même contre un de vos compatriotes ? » insista Asher qui repassa de la position agenouillée à la position accroupie, jambes réunies sous lui, récepteur toujours en main. C'était employer le langage convenu du Grand Jeu, honneur au champ de bataille d'Eton et Dieu sauve le Roi. Mais Fairport pratiquait également ce jeu depuis des années, et peut-être existait-il une chance qu'il en ait conservé le mode de pensée. Asher était d'ailleurs curieux de savoir quel était le vrai fond de sa pensée.

« Cette affaire va bien au-delà des limites de la patrie, Asher, répliqua avec douceur Fairport en s'écartant encore. Vous ne pouvez pas voir plus loin, n'est-ce pas ? Tout comme cette brute aux manières doucereuses d'Ignace. Des sauvages, qui mettraient en pièces un volume de Platon pour boucher les fissures du toit en cas de pluie ! Ce que nous avons découvert constitue la révélation la plus importante de l'histoire des hommes, et il ne pense qu'à la façon dont il utilisera ce spécimen d'humanité en Macédoine et en Bulgarie contre les Russes ! Et vous, vous ne pensez qu'au moyen de supprimer un tel homme, pour que la balance du "Grand Jeu" ne penche pas en votre défaveur ! Vous ne comprenez pas. Vous refusez de comprendre.

— Je comprends à quel point un tel homme peut être nocif s'il passe un accord avec n'importe quel gouvernement. Je comprends également de quel prix un gouvernement le rétribuerait. »

Fairport le contempla d'abord d'un air parfaitement dérouté, puis son visage se marbra de plaques roses d'aspect maladif. « Vous voulez parler de... Ah ! oui. Je suis sûr qu'on peut remédier à cet état de fait par une recherche médicale adéquate... J'ai découvert les vertus étonnantes du yoghourt comme facteur de longévité, ainsi que celles du ginseng chinois. Ils ne seront pas éternellement des buveurs de sang humain...

— Je suis sûr que la dentellière qu'Ernchester a tuée la nuit dernière serait bien aise de l'apprendre, rétorqua Asher tout en se retenant de rire à la pensée de Lionel Grippen, maître vampire de Londres, dînant d'une assiette de yoghourt et d'une tisane de ginseng. Mais ne croyez-vous pas que chez certains vampires, le goût de la mort humaine est aussi puissant que celui du sang humain ?

— C'est le propos le plus révoltant que j'aie jamais entendu ! s'émut le vieillard dont la bouche eut un tic nerveux. Comment imaginer qu'ils puissent... Aucune personne sensée n'y penserait ! Ce sera pour eux une libération aussi bienvenue que celle de l'alcool pour n'importe quel buveur. En attendant, leur condition physique en fait des inadaptés sociaux...

— Vous voulez dire des traîtres ? »

Quelqu'un fit craquer un peu des branches d'arbustes en passant dans le massif sous la fenêtre. Sinon, la maison était silencieuse. S'il réussissait à le désarmer sans qu'un coup de feu soit tiré, il pouvait encore avoir sa chance.

Fairport se redressa. « Je ne suis pas un traître », prononça-t-il avec dignité.

Asher eut un soupir de vrai dégoût : « Je n'ai jamais connu d'agent double qui en soit un.

— Je n'ai *jamais* transmis au baron Karolyi une information qui puisse avoir des conséquences fâcheuses pour nos agents ou nos contacts...

— Qu'en savez-vous ? l'interrompit Asher avec lassitude. Vous n'entendez rien à la politique, vous lisez à peine les journaux, d'après ce que j'ai vu quand j'habitais ici. Imaginez que Karolyi passe un contrat avec des vampires, imaginez que par chantage il oblige Ernchester à faire des émules, d'autres vampires entièrement dévoués au gouvernement autrichien. Ne voyez-vous pas comment il pourrait utiliser ces individus contre nous, dans ce pays ou dans le nôtre ?

— C'est impossible ! cria Fairport. Je ne laisserai pas faire cela ! Asher, comprenez que Karolyi n'est qu'un moyen d'arriver à une fin. Vos petites histoires politiques, cette poignée de secrets militaires qui ne serviront plus à rien dans trois ans ? C'est un prix dérisoire à payer pour la connaissance, pour le savoir qui aboutira à libérer l'homme des servitudes de l'âge, de la faiblesse, de la mort ! »

Il brandit son poing minuscule en un geste d'enfant frustré. « Regardez-moi, Asher, regardez-moi bien ! J'ai été vieux dès l'âge de trente-cinq ans ! Edenté, myope, sans papilles... » Il secoua tristement la tête. « Et tous les jours depuis vingt ans, je me suis occupé de gens qui, comme moi, vivaient la froide mais affreuse terreur de savoir que leur corps les trahit. Ceux qui trébuchent en essayant de prendre la Camarde de vitesse. J'ai tout essayé, j'ai voyagé aux quatre coins du monde pour examiner ceux qui ont vaincu le vieillissement. Ah ! comprendre enfin la raison de cette trahison qui nous rend sourds, aveugles, infirmes, nous donne des flatulences et des cheveux blancs ! Découvrir pourquoi nous devenons impotents et fragiles ! »

Derrière leurs verres épais les yeux bleus flamboyèrent soudain, la voix se fit franchement venimeuse. « Pourquoi certains s'épuisent alors que d'autres continuent à se gaver, à danser et à forniquer à quatre-vingts ans passés, et que... »

D'une détente foudroyante, Asher lança ses longues jambes en direction de Fairport en même temps qu'il lui assenait un coup de poing au menton. Il y mit toute sa force, de façon à l'atteindre avant même qu'il ait pu réagir et tirer. L'impact fit sauter le pistolet des mains du petit homme, qui fut projeté en arrière et tomba sur le sol sans plus de résistance qu'un enfant. Mais l'heure n'était ni à la méditation ni au regret, Karolyi ou l'un de ses sbires pouvaient surgir à tout moment, ce qui serait l'arrêt de mort d'Asher. A la différence de Fairport, Karolyi n'était pas homme à s'expliquer ni à se justifier.

Il ramassa le revolver, fit passer le trousseau de clefs de la poche de Fairport dans la sienne, dénoua la cravate du vieil homme et s'en servit pour lui lier les poignets dans le dos, fourra enfin le mouchoir de Fairport dans la bouche de celui-ci en guise de bâillon. Toujours courbé pour éviter la rangée de fenêtres, il prit encore le temps de le traîner derrière le bureau. A la vérité, songea-t-il avec une pointe de regret, cet homme n'aurait jamais été à la hauteur...

C'est alors que lui parvint l'odeur de fumée.

Une fumée grise qui montait jusqu'en haut de la cage d'escalier.

Asher jura. Il serait certainement pris s'il essayait de tirer Fairport de là, mais tout de même... L'intervention timide du petit homme dans la chambre d'hôtel de Vienne, quelques heures auparavant, lui avait presque à coup sûr sauvé la vie. Il s'assura d'un coup d'œil aux fenêtres qu'il n'y avait personne dans les jardins, les ouvrit d'un coup de pied puis traîna le vieillard évanoui sur le balcon. L'air frais le ranimerait et il pourrait descendre tant bien que mal l'escalier extérieur. Asher replongea aussitôt à l'intérieur du bureau. Des reflets écarlates sur le massif d'arbustes montraient que certaines pièces du rez-de-chaussée étaient déjà en feu. Et dans le bâtiment des anciennes écuries, une lumière jaune flamboyait aux fenêtres obscures.

L'angoisse lui étreignit la gorge.

On a allumé l'incendie, Le feu est parti de deux endroits à la fois. Quel est le salaud qui...

Il dévala l'escalier le pistolet à la main. Déjà la fumée lui piquait les yeux, lui irritait les poumons. Sous le stuc, la vieille demeure était surtout faite de bois ; elle ne tarderait pas à flamber. En bas la fumée était plus épaisse. La chaleur qui l'assaillit dans le couloir lui fit tourner la tête. Tout en courant il réfléchissait. *Si c'est là l'œuvre de Karolyi, pourquoi laisse-t-il Fairport en liberté ? Ou bien serait-ce Anthea qui aurait...*

Le corps du cocher gisait à la porte de l'arrière-cuisine. Ses yeux écarquillés, sa bouche béante exprimaient le saisissement le plus total. Le col déchiré, la chemise ouverte révélaient son cou et sa poitrine velue. De l'oreille à la clavicule, la chair était trouée de boursouflures blanches aux bords effilochés, mais les plaies ne saignaient qu'à peine.

Asher eut l'impression que son cœur se contractait, devenait de glace dans sa poitrine.

Dans l'arrière-cuisine, par la porte donnant sur la cour, il crut distinguer la forme d'un autre corps sous l'escalier extérieur. La fumée l'oppressait, lui desséchait les narines. Il était incapable de déceler l'odeur du sang.

Ce n'était pas Anthea. Ni Ernchester.

C'étaient les autres. Les vampires de Vienne.

Ceux qui l'avaient suivi jusqu'ici.

Le visage ruisselant de sueur, il tira à lui l'étagère, descendit quatre à quatre l'escalier qui s'enfonçait dans les profondeurs plus fraîches de la cave. Il entra en trombe, craqua une allumette ; Ernchester arpentait comme un animal sa cage d'argent. Il virevolta, et la flamme minuscule fit étinceler ses yeux.

« Ils sont là, fit-il d'une voix rauque, je les sens. La maison... ils ont mis le feu à la maison... »

Il se glissa hors des barreaux à l'instant où Asher ouvrit la porte, en se contorsionnant pour ne pas la toucher.

« Anthea ! »

Il partit d'un élan puis se retourna et saisit Asher par le coude, avec une telle force qu'il aurait pu le lui briser.

« Vous l'avez trouvée ? Elle n'est pas dans cette maison, je le saurais, je l'aurais sentie, j'aurais lu ses rêves... »

Asher se souvint d'un propos que lui avait tenu Ysidro un jour, sur l'impossibilité de sentir la présence de personnes se trouvant au tréfonds d'une cave, sous la protection de la terre.

« Elle doit être dans la crypte, dit-il, sous les écuries. »

Dans l'escalier, la lueur de l'incendie mit un reflet sanglant sur le visage du comte, un visage fin qui n'avait rien de particulièrement aristocratique, mais un air d'ancienneté même si, comme celui d'Anthea, il présentait les traits d'une personne de trente-cinq ans au plus. Tandis qu'ils grimpaient l'escalier au pas de course et traversaient le brasier suffocant de la cuisine, Asher remarqua qu'aucune goutte de sueur ne perlait sur le front lisse du vampire.

Asher traversa la cour comme le vent, mais le comte le précédait encore ; il se déplaçait avec la vitesse et la légèreté d'un insecte, à grands bonds de gazelle. Il s'arrêta pourtant devant l'écurie en flammes, le regard chaviré d'horreur, pressant ses mains sur son visage.

« Par ici, lui cria Asher, à l'arrière le feu n'a pas pris ! » Ernchester le suivit sans discussion. D'un coup de talon il brisa la fenêtre d'une cave, et se glissa dans ce qui était une chaufferie. Une odeur de terre et de brique humide imprégnait l'endroit, et aussi, moins présent mais beaucoup plus inquiétant, le relent douceâtre du kérosène. Asher prit dans sa poche une autre allumette qu'il gratta sur le mur. Les barriques du produit en question étaient alignées contre le mur, à côté du monstre noir et bossu de la chaudière. Il entendit le comte murmurer « Mordieu ! » dans son dos, et se dirigea vers ce qui semblait être la porte d'un placard, presque invisible dans l'ombre près du coffre à charbon.

« Venez. Nous disposons de quelques minutes. Le feu commence tout juste. »

La porte était fermée à clef. Ernchester arracha du panneau de bois tout le dispositif — serrure, pêne et poignée — sans effort visible, et le jeta dans un bruit de ferraille sur le sol de brique. Puis il disparut comme un papillon de nuit dans les ténèbres.

Asher était allé maintes fois dans la crypte. De même que la cave sous l'arrière-cuisine, elle servait à Fairport de cachette pour des gens qui n'étaient pas censés se trouver à Vienne, ou devaient quitter précipitamment la ville. En raison de son isolement du corps principal de logis — et des patients qui y résidaient habituellement — on l'utilisait aussi comme salle de réunion, s'il fallait passer les instructions avec le minimum de risques d'être vu.

Il avait descendu à tâtons la moitié de l'escalier étroit quand apparut une lueur jaune tout en bas. Du seuil il vit Ernchester en contemplation devant la malle-cercueil qui occupait une bonne partie de la pièce. Il avait allumé une lampe qui était posée sur la table.

« Elle est là », dit avec douceur le comte. Il s'agenouilla, caressa le couvercle de cuir, y pressa sa joue. Il avait fermé les yeux, et ses paupières serrées se plissaient comme celles d'un vieillard. Puis il tourna la tête, regarda par-dessus son épaule Asher resté sur le seuil. « Pouvez-vous prendre l'autre bout ? »

Il ne fut pas facile de faire tourner la malle dans l'escalier. Durant les quelques minutes qu'ils avaient passées dans la crypte, la température avait beaucoup monté dans la chaufferie, où la fumée s'épaississait. L'écurie avait une structure de bois, comme la maison ; les murs, le toit flambaient comme de l'amadou. Quand ils furent enfin parvenus à hisser la malle en haut de l'escalier, l'atmosphère surchauffée du rez-de-chaussée était devenue suffocante, saturée d'une fumée aveuglante sous une pluie de braises. Asher toussa, haleta, sa prise sur la malle se relâcha. Il sentit ses genoux céder, et se demanda soudain quels produits chimiques conservait Fairport dans ses laboratoires, quelles émanations pouvaient bien aggraver les miasmes de la fumée.

Il voulut se relever, et s'affala à terre.

Par-dessus le grondement de l'incendie lui parvint le bruit plus proche d'un raclement. Les coins de cuivre de la malle sur le pavement de brique. Mû par sa volonté désespérée de sauver sa femme à tout prix, le comte d'Ernchester, qui se souciait peu de respirer, traînait la malle vers la porte, vers le salut.

Une vague noire le submergea, il perdit conscience un instant. Il tenta encore de se lever, puis s'aperçut que l'air était un peu plus frais près du sol. A chacune de ses inspirations laborieuses, il avait la sensation d'inhaler du kérosène. *Le kérosène*, pensa-t-il dans un vertige. *Quand le toit cédera, le plafond s'écroulera avec lui, et tout le bâtiment deviendra une fournaise...* L'idée qu'il serait sans doute tué par la chute du toit avant que l'explosion du kérosène n'éparpille la construction sur des centaines de mètres carrés de forêt ne le réconforta guère. Un moment il crut ramper, mais se rendit compte un instant plus tard qu'il gisait joue contre le sol surchauffé, et qu'une braise lui brûlait le dos de la main gauche.

Des mains aussi froides et fortes qu'une machine se saisirent de ses bras, le soulevèrent, le traînèrent comme un vulgaire fagot de petit bois. L'odeur de la fumée lui parut plus concentrée à l'extérieur, peut-être parce que ses poumons se remettaient à fonctionner. Il trébucha en essayant de se remettre debout, s'agrippa aux épaules qui soutenaient son bras.

Il les sentit tressaillir.

C'est l'argent, se dit-il. La chaîne qu'il portait au poignet aurait brûlé le comte à travers son manteau.

La malle était posée juste devant la grille d'entrée. Ernchester ne l'avait pas encore ouverte. Il avait dû revenir vers l'écurie tout de suite après l'avoir mise hors d'atteinte du feu.

« Elle dort », murmura-t-il.

Asher leva la tête. Ses cheveux bruns pendaient sur

son front. Son visage luisant de sueur et barbouillé de suie lui cuisait dans l'air froid. Il regarda Ernchester s'agenouiller près de la malle, entourer le couvercle de son bras. Le reflet des flammes donnait une lueur sanglante à son visage étroit, ses cheveux blonds coupés court, ses yeux hantés par l'inquiétude.

« On l'a droguée, je pense, prononça-t-il avec douceur. Mais c'est... c'est aussi bien ainsi. Merci à vous. »

Asher détourna la tête vers les jardins. La façade du corps de logis était en flammes, mais l'aile arrière, qui contenait le bureau de Fairport et ses appartements, encore intacte. La lumière du brasier permettait de voir sans doute possible deux corps inertes sur les allées de gravier.

Il sortit de sa poche le trousseau de clefs de Fairport. Deux d'entre elles s'adaptaient au gros verrou de la malle. Comme il faisait mine de soulever le couvercle, Ernchester lui effleura la main. « Pas tout de suite. L'air va la réveiller, et... je crois que je ne le supporterai pas. Je ne peux pas lui faire cette peine. » Toujours à genoux, les mains jointes sur la malle, le comte redressa le dos. « Emmenez-la d'ici, qu'elle quitte cet endroit. Rentrez avec elle en Angleterre, je vous le demande. » Il ferma les yeux. « Je vous en prie. »

Le pli de ses lèvres minces se durcit, des rides marquèrent soudain ses paupières. A la réflexion, sa physionomie n'offrait rien de remarquable, à ceci près qu'elle n'était pas du XIXe siècle, et encore moins du XXe qui venait de commencer. L'articulation, les muscles du visage avaient modelé la bouche, le menton, les joues pour des expressions qui appartenaient toutes à un temps révolu. Et les années avaient passé sur ce visage sans le modifier.

« Je ne peux pas m'acquitter de ma dette envers vous, reprit-il de sa voix douce. Je ne pense pas vous revoir jamais, ni vous ni personne de votre connaissance. Je serai donc votre obligé pour l'éternité. Mais de grâce, veillez bien à ce qu'elle rentre chez nous sans problème. Dites-lui... » Sa voix ne se brisa pas, elle s'interrompit seulement. Il cherchait ses mots. « Dites-lui qu'elle est tout ce que j'ai toujours désiré, et tout ce que j'ai obtenu. »

Il souleva alors le premier couvercle, puis ouvrit le second, celui de la malle où sa femme dormait.

On les appelle les morts vivants. Dans la lumière fiévreuse de l'incendie, elle paraissait tout à la fois vivante et morte, figure de cire immobile et privée de souffle, auréolée de cheveux noirs. Le linge de sa chemise n'était pas plus blanc que la chair qu'il couvrait. Si belle, se dit Asher, si indiciblement belle...

Seuls les yeux d'Ernchester disaient son émotion. Son visage n'exprimait rien, comme accablé de trop d'émotions accumulées au cours de tant et tant d'années. Il se pencha, posa ses lèvres sur la joue de sa femme, puis sur sa bouche.

« Elle ne va pas tarder à se réveiller. Dites-lui que je l'aime, Asher. Que je l'aime pour toujours. »

La lumière jaune se fit plus vive : les flammes couraient le long du toit de la maison. Saisi, Asher se retourna pour voir une silhouette grêle s'agiter sur le balcon et se mettre debout à grand mal, en équilibre instable. Des cheveux blancs ébouriffés captèrent la lumière, des verres de lunettes ronds étincelèrent à l'ardente clarté d'ambre. Chancelant, Fairport entreprit de descendre l'escalier.

Avec le rugissement de l'incendie, Asher n'aurait logiquement pas dû entendre ce qu'il entendit : un rire flûté, argentin comme le son d'un verre extrêmement fin qui se brise, accompagné de la note grave d'un autre rire, obscène celui-là, pareil au croassement d'un crapaud. Quant à ceux qui riaient ainsi, il crut les voir sur le balcon, puis dans l'escalier. L'éclat du brasier ne les atteignait que par intermittence — se pouvait-il qu'ils soient visibles à volonté ? Un instant néanmoins, Asher crut voir passer une robe irisée couleur de lune.

Fairport poussait des cris sous son bâillon. Il perdit l'équilibre, roula dans l'escalier. Derrière lui flottaient ces apparitions erratiques de cauchemar aux faces d'albâtre, aux mains luisantes, aux yeux étincelants qui renvoyaient la lumière comme ceux des rats dans l'ossuaire de Saint-Roch. Au pied des marches il tenta de se relever, retomba lourdement, essaya encore ; ils le cernaient et jouaient avec lui à la manière des marsouins, ombres dansantes dont il avait complètement sous-estimé la force. Il finit par se traîner sur le sol, haletant d'épuisement, et ils le poursuivaient toujours.

Ils le laissèrent prendre un peu d'avance, puis décidèrent le moment venu de se nourrir.

Un rugissement retentit. Le toit des écuries s'était effondré. Les flammes bondirent, triomphantes, formèrent un rideau encore plus haut et plus jaune, qui ne parvenait pas cependant à illuminer totalement la cour. Alors s'éleva un grondement plus sourd pareil au tir d'une artillerie lourde. La terre vibra dans l'explosion du kérosène. Près d'Asher, Anthea s'assit brusquement en criant : « Charles ! », les yeux agrandis de terreur.

Asher lui prit la main. Elle fixa sur lui un regard obscurci par des rêves anciens. « La pierre ! La pierre a explosé sous la chaleur ! » s'écria-t-elle.

Elle tressaillit visiblement, puis détourna la tête. Asher comprit qu'elle s'était crue à Londres, bien des années auparavant, quand l'ensemble de la cité avait brûlé dans le grand incendie de 1666.

« Charles », répéta-t-elle. Un instant passa avant qu'elle ne regarde Asher. Ses yeux étaient redevenus clairs.

« Il est parti », dit-il.

Elle fit mine de se lever. Il serra plus fort sa main pour la retenir, sachant qu'il n'aurait aucun moyen de le faire si elle voulait tout bonnement se dégager. Elle pouvait lui casser le poignet, ou le cou, sans effort véritable. Elle posa sur lui un regard implorant, qui le questionnait. Un regard éclaboussé de l'or des flammes sous les boucles noires qui nimbaient son visage, ses épaules.

« Il m'a demandé de vous ramener en Angleterre, expliqua Asher. De veiller à ce que vous y arriviez saine et sauve. Il a dit qu'il ne pensait pas me revoir... et vous non plus, je suppose... Il a dit qu'il vous aime, depuis toujours et pour toujours. »

Dans la cour le cercle des vampires s'occupait de Fairport allongé à terre. Les cris étouffés du petit professeur s'étaient exaspérés jusqu'à la frénésie, puis s'étaient tus. Asher se demanda quel serait son propre sort si Anthea s'éclipsait comme Ernchester venait de le faire. Si elle disparaissait dans la forêt tel un fantôme à la recherche de son mari, il ne pourrait jamais regagner Vienne.

Le ferait-elle ? Il le crut un moment. Mais non, son regard se porta vers les silhouettes de la cour, sombres sur fond d'incendie. Et la pointe de sa langue pâle passa très vite sur ses lèvres.

Quand ses yeux revinrent à Asher, ils étaient pourtant ceux d'une femme. « Savez-vous pour où il est parti ? »

Asher se caressa le coin de la moustache. « Je ne le sais pas, mais je devine. Je dirais : pour Constantinople. »

X

Sous le lampadaire de la gare, Lydia regardait fixement le journal, atterrée.

« Jeudi. C'était dans la nuit de jeudi. Nous n'avions pas encore quitté Paris.

— Oh mon Dieu..., souffla Margaret en pressant ses mains sur sa bouche.

— Je croyais... j'espérais disposer d'un peu de temps pour le rattraper. Tout s'est tellement précipité ! »

Ysidro reparut à ses côtés, suivi de près par un individu laconique portant les culottes blanches bouffantes des Slovaques. Sur son ordre, l'homme chargea la malle et la grosse valise d'Ysidro, le sac de Margaret et les bagages volumineux de Lydia sur un chariot qu'il se mit à pousser vers la sortie. Le vampire prit le journal des mains de Lydia, et lut :

MORT D'UN MÉDECIN DANS SON SANATORIUM

Hier en début de soirée, le célèbre sanatorium Fruhlingzeit a entièrement brûlé. L'incendie, de proportions gigantesques, a coûté la vie à son fondateur, qui s'était totalement voué à son œuvre, le docteur Bedford Fairport, très éminent spécialiste anglais du rajeunissement par la médecine. Le corps de celui qui depuis dix-huit ans a contribué au bien-être et à la guérison de centaines de personnes à Vienne, a été retrouvé par les pompiers et les policiers dans les décombres fumantes, vendredi aux premières heures de la matinée. Selon la police viennoise, on soupçonne un acte criminel. On a également retrouvé les corps d'un cocher et d'un ouvrier.

Aucun patient n'était présent dans le sanatorium, le docteur Fairport ayant temporairement fermé l'établissement la semaine dernière. Le distingué Herr Theobald Beidenstunde, Directeur des Charbonnages de l'Empire d'Autriche, qui y suivait la semaine dernière un traitement pour ses nerfs, confirme que Monsieur le Professeur Fairport avait prié tous ses patients de rentrer chez eux en raison des réparations que nécessitait le bâtiment central. Les patients concernés ont été entièrement dédommagés.

L'incendie se serait déclaré dans le laboratoire, où les réserves de kérosène étaient entreposées trop près d'une chaudière, puis aurait gagné l'ensemble de la demeure. Néanmoins, l'éventualité d'un incendie criminel n'est pas écartée, à cause des marques de violence que portaient les corps des trois victimes. La police viennoise poursuit son enquête.

« Voilà qui est bien d'un Anglais, murmura Ysidro. Le bon directeur Beidenstunde peut remercier son étoile d'avoir été remboursé. La vieille reine n'aurait jamais admis une telle requête financière », conclut-il en pliant le journal qu'il mit dans la poche de sa cape.

« Victoria ? demanda Margaret Potton, surprise.

— Non, Elizabeth. Il n'y a rien là-dedans qui prouve que votre mari a subi un sort fatal, madame. Par ici. »

Juché sur le siège d'un fourgon de couleur vive, le Slovaque les attendait Place de la gare. Ysidro aida les deux femmes à monter — il souleva Lydia avec une facilité déconcertante — et ils se dirigèrent sans discussions inutiles vers le dédale sinueux de ruelles bordées de hauts murs qui formait la partie la plus ancienne de la ville.

« En dehors de Fairport, à qui Jamie pouvait-il s'adresser à Vienne ? demanda Lydia.

— Il y a trois ans, c'était un dénommé Halliwell », répondit Ysidro, la tête inclinée comme pour écouter quelque chose sous les innombrables clameurs et les bribes de musique qui leur parvenaient de partout dans les rues en pleine effervescence.

« Je ne dispose pas d'informations plus récentes, et ne suis même pas sûr de l'adresse actuelle de l'antenne du service. Il faudrait vous renseigner auprès de l'ambassade. Dites-leur que vous recherchez votre mari, que vous souhaitez vous entretenir avec Halliwell.

— Un dimanche, il n'y aura personne, fit remarquer Margaret avec inquiétude.

— Alors nous prendrons une voiture qui nous emmènera sur les ruines du sanatorium, décida Lydia, le nez dans le journal pour y découvrir autre chose que des colonnes d'un gris plus ou moins flou. Cela ne nous apprendra peut-être rien de plus sur le sort de Jamie. Mais enfin, c'était contre Fairport que j'étais venue le mettre en garde ; la coïncidence est tout de même assez frappante. Je suppose que nous trouverons l'adresse dans un annuaire.

— Oh ! n'importe quel cocher en ville saura vous l'indiquer, rectifia Ysidro. D'après ce que je sais de la nature humaine, l'endroit aura été envahi par les curieux avant même que les cendres ne soient refroidies. »

Ils virent des palais un peu partout. Leurs fenêtres qui trouaient par centaines l'obscurité de la nuit posaient au hasard des touches de lumière dorée sur les ornements sculptés des portails. Les visages des anges de marbre offraient un curieux air de parenté avec celui d'Ysidro, aux traits fins et immobiles, qui tendait l'oreille encore, cherchant à saisir on ne savait quoi.

Le fourgon s'arrêta dans la Bakkergasse devant une maison jaune en hauteur qui évoquait un gâteau de noces surchargée de guirlandes en stuc beurre frais. Ysidro accompagna les dames et veilla au déchargement des bagages, sac de Margaret, malles, valises et cartons à chapeaux de Lydia. Quand ce fut fini, il remonta dans le véhicule où était restée sa propre malle et partit dans la nuit. Il revint à pied une heure plus tard, aussi peu communicatif que de coutume, pour une partie de piquet dans le salon façon Versailles en miniature, situé au-dessus d'une boutique de soieries.

« J'ai tout arrangé avant de quitter Londres, précisa-t-il en battant les cartes. Il est essentiel de connaître des endroits comme celui-ci, qu'on trouve dans toute grande ville si on y met le prix. Demain matin, vous aurez à votre disposition une cuisinière et une femme de chambre. Elles ne parlent pas l'anglais et assez peu l'allemand, mais on m'a assuré que la cuisinière répond aux critères les plus exigeants, aussi je pense qu'elle fera l'affaire.

— Vraiment, dit Margaret, c'est trop aimable à vous...

— Qui vous l'a assuré ? » s'enquit Lydia.

Ysidro prit ses cartes.

« Quelqu'un qui est autorisé à le savoir. Vous avez la main, madame. »

Le peu d'estime en laquelle Ysidro tenait la nature humaine s'avéra hélas parfaitement fondée. Le lendemain après-midi, quand Lydia et Miss Potton arrivèrent en fiacre près du mur d'enceinte noirci qui était le seul vestige de Fruhlingzeit, elles trouvèrent au moins cinq attelages arrêtés à proximité. De l'autre côté de la route, les cochers discutaient tranquillement assis sur un muret, tandis qu'une petite foule de gens bien habillés piétinait l'herbe avoisinante ou argumentait avec deux messieurs de forte stature qui vraisemblablement montaient la garde devant les grilles.

Lydia traversa la rue en hésitant. Un homme mince arborant un gilet des plus voyants proclamait :

« Je ne vois pas ce qui vous autorise à nous refuser l'entrée de ce site, non vraiment je ne le vois pas !

— C'est comme ça, monsieur, on n'y peut rien », répondit le gardien musclé qui repoussa sa casquette plate de drap, mais s'obstina à bloquer l'entrée.

Même pour des yeux heureusement myopes, les murs écroulés et les poutres noircies offraient un coup d'œil insoutenable. L'odeur de cendre refroidie qui imprégnait faiblement l'air glacé était atroce.

« J'écrirai au *Neue Frei Presse* pour le leur signaler.

— Comme vous voudrez, monsieur. »

Lydia s'avança hésitante tandis que l'homme éconduit revenait en fulminant vers son groupe, près des voitures. Le garde la fixa d'un œil torve et lâcha dans un allemand approximatif :

« Personne ne rentre, madame.

— Est-ce que... est-ce qu'un certain Mr. Halliwell se trouve ici ? » demanda Lydia. Car si le docteur Fairport était officiellement un agent britannique, il tombait sous le sens que l'incendie de son sanatorium ferait l'objet d'une enquête de la part de ses services. Elle serait simplement surprise qu'ils se trouvent encore sur les lieux trois jours après le sinistre. Au nom de Halliwell, le garde avait rectifié la position.

« Pouvez-vous lui dire que Mrs. Asher est ici pour le rencontrer ? Mrs. James Asher. »

De loin, Halliwell apparut comme une énorme pie à Lydia qui n'avait pas ses lunettes, un ensemble de formes circulaires avec du noir, du blanc, du rose et des reflets brillants. De près, tout cela composait une physionomie puissante, pugnace, aux yeux verts pétillant d'humour derrière de petits verres ovales. Une grosse main moite vint serrer la main de Lydia, une autre la tapoter moelleusement. De l'autre côté de la route, les grappes de voyeurs en puissance lui lancèrent des regards furieux d'un tel favoritisme.

« Chère Mrs. Asher !

— Mon amie, Miss Potton. »

Halliwell effectua une seconde courbette, impressionnant spectacle.

« Quelle étrange histoire, n'est-ce pas ? Diablement étrange. Votre mari ne vous a pas fait venir, je pense ? » Il l'observait du coin de l'œil et de toute sa hauteur. Elle remarqua que sa voix n'était guère qu'un murmure.

« Non, mais le télégramme qu'il m'a adressé en route m'a donné à penser qu'il pourrait avoir des ennuis. Il... il n'était pas dans cette maison quand c'est arrivé, au moins ? »

Les yeux verts s'étrécirent.

« Qu'est-ce qui vous fait croire que c'était le cas ?

— Oh ! certains éléments... » Lydia prit une profonde inspiration. En plein jour, et en présence d'un groupe de Viennois raisonneurs, il leur serait difficile de l'emmener de force dans une voiture fermée. Elle dit à voix basse :

« Il disait qu'il habiterait chez le docteur Fairport. Et j'avais des raisons de penser que le docteur Fairport était à la solde des Autrichiens. »

Il jeta un coup d'œil vers le groupe de curieux, puis vers Miss Potton qui s'était discrètement écartée, et revint à Lydia.

« Mrs. Asher, dit-il tout bas lui aussi, vous n'avez pas eu l'occasion d'en parler à d'autres personnes qu'à moi ?

— Non. Pas même à Miss Potton, se souvint-elle de préciser pour la sécurité de sa demoiselle de compagnie. Mais je suis convaincue que c'est la vérité. J'imagine, poursuivit-elle lentement, que vous n'avez pas abordé le sujet avec mon mari. »

Halliwell la contempla en tripotant sa barbe courte. Il détaillait sa toilette, le taffetas aubergine de sa robe, les ruchés écrus et vert acide de son chapeau, comme s'il cherchait à les faire cadrer avec un certain ensemble.

Comment James avait-il pu jouer si longtemps à faire l'espion ? se demandait Lydia. Cette manière de ne pas savoir ce qu'il fallait dire et à qui le dire, c'était épuisant tout autant que déconcertant. Si Halliwell était lui aussi un agent double, elle pouvait espérer qu'Ysidro viendrait à son secours. Encore fallait-il que Margaret ait la présence d'esprit de prendre les choses en main...

Mais si Margaret avait été assez sotte pour croire aux élucubrations d'Ysidro sur ses vies antérieures,

Dieu sait comment elle se conduirait dans une situation de crise.

« J'incline à penser que vous avez raison, déclara abruptement le gros agent secret. L'idée m'avait déjà traversé l'esprit avant que vous n'en parliez. Le fait que les services secrets autrichiens nous aient interdit l'accès du site jusqu'à ce matin a suffi à me mettre la puce à l'oreille ; mais naturellement, nous ne pouvons pas nous découvrir en révélant que l'homme travaillait pour *nous*. »

Il lança un autre coup d'œil aux curieux qui s'attardaient de l'autre côté de la route.

« Mesdames, me ferez-vous le grand plaisir de me retrouver pour le dîner au Donizetti, sur la Herrengasse, ce soir à huit heures ? Nous y serons à l'aise pour causer. » Il fit un signe de tête en direction de la carcasse brûlée de la maison. On y voyait quelqu'un se frayer lentement un chemin entre les tas de briques et de poutres éboulées pêle-mêle. « Je peux vous dire dès à présent, madame, qu'on n'a retrouvé aucune trace de votre mari. Quant à ce que nous avons trouvé... ce n'est pas de nature à être montré à une dame. »

« Dieu sait ce que les services autrichiens auront découvert avant nous », soupira Halliwell en ôtant ses gants, avec une moue de sa bouche petite et plutôt féminine. Dans le tableau évoquant un Renoir aux dominantes jaune d'or qu'était la salle du Donizetti vue sans lunettes, il disparaissait d'une certaine façon et paraissait plus à sa place qu'à l'air libre, dans la forêt dénudée, se dit Lydia. Il lui rappelait assez certains de ses oncles qui s'étiolaient dans leurs clubs londoniens comme des plantes grasses qui ne voient jamais le jour.

« Je serai franc avec vous, Mrs. Asher. Si votre mari se trouvait à Fruhlingzeit lors de l'incendie, personne ne nous en a rien dit. L'endroit est resté fermé pendant deux jours, il s'est même écoulé vingt-quatre heures avant que la police ne puisse y pénétrer. C'est typique. Quand le fils de l'empereur se brûla la cervelle il y a une vingtaine d'années, en emmenant dans la mort une jeune personne de dix-sept ans pour raisons de convenance personnelle, on a d'abord prétendu qu'il avait succombé à une "défaillance cardiaque". Pour dissimuler aux journalistes qu'on avait trouvé deux corps et non un seul, les agents du gouvernement et l'oncle de la jeune fille avaient calé au fond d'une voiture le cadavre de celle-ci, maintenu droit par un balai dans le dos. Dites-moi, d'où votre mari connaît-il ce Farren, et comment avez-vous découvert la vérité au sujet de Fairport ? »

Le maître d'hôtel refit alors son apparition, avec deux serveurs dans son sillage. Il s'ensuivit une longue discussion byzantine sur la préparation du canard à la strasbourgeoise ce soir-là, les ingrédients du *tafelspitz* et le goût plus ou moins acidulé de la soupe aux cerises aigres. Margaret, qui n'avait pas dit un mot de la journée, se lança dans la conversation avec le sérieux et l'ardeur d'un fin gourmet. Sa prise de position sur les câpres et le *beurre brûlé* lui valut même l'approbation conjointe de Halliwell et du maître d'hôtel — le *Herr Ober*, comme l'appelait ce dernier. Ce fut une surprise pour Lydia, qui découvrait là une facette entièrement nouvelle de sa compagne de voyage.

Une fois le petit cortège des serveurs disparu, Halliwell put revenir à Lydia. Après un instant de réflexion, celle-ci lui donna une version expurgée de l'affaire : les télégrammes qu'elle avait reçus, les articles qu'ils l'avaient incitée à lire, sa conclusion que Fairport s'intéressait certainement à la pathologie d'Ernchester, et travaillait presque aussi certainement pour ou avec Karolyi. « Je ne sais pas si les compétences de Farren ont un rapport avec sa conviction d'être un vampire, termina-t-elle prudemment. Mais je sais que mon mari le tient pour un homme très dangereux ; assez dangereux en tout cas pour qu'il juge bon de tout laisser tomber pour le suivre à Paris et l'empêcher de vendre ses services à l'empereur.

— Hum. Il en a été bien mal récompensé par le cher Streatham, dirons-nous. Et comment saviez-vous qu'il fallait vous adresser à moi ? Asher ne connaissait pas mon nom à son arrivée.

— Par un ami de mon mari, répondit Lydia qui n'était pas si sûre que ce fût le cas.

— Votre mari a dîné ici même avec moi mardi. Il y a eu des problèmes à Paris, l'un de nos agents a été tué. Il paraissait croire que c'était ce Farren qui avait fait le coup, mais la police d'ici a été informée que votre mari avait trempé dans ce meurtre avant même que la police française ne l'ait réclamé. Il faut voir là la main de Karolyi, bien entendu. Asher a passé la nuit en prison, qui n'est pas aussi inconfortable qu'à Londres, et s'apprêtait mercredi à aller dormir au sanatorium, après avoir fait un tour dans la vieille ville. Rien d'inhabituel à cela. La maison était un endroit sûr, il y avait déjà habité.

— Et il y est allé ? demanda Lydia qui faisait semblant de manger la fine crêpe posée sur son assiette, l'appétit envolé.

— Je suppose que non. Fairport avait fait une apparition au service le matin, en demandant si on avait des nouvelles d'Asher.

— C'était peut-être une feinte ?

— Je ne crois pas. (Il se tamponna la bouche avec la délicatesse d'une demoiselle.) Il venait renifler l'information, ce qu'à mon sens il n'aurait pas fait en cas de complot, par manque d'astuce. Dans l'après-midi il est revenu me dire qu'Asher était recherché par la police, ce que je savais déjà, et me demander d'y aller m'expliquer. Il m'a fait perdre mon temps avec mille questions, il ne me lâchait pas et m'a accompagné à la gare. Exactement le genre de conduite qu'il aurait eue s'il était un agent double et attendait qu'Asher essaie de téléphoner — si j'interprète après coup. A la place de Karolyi, je l'aurais liquidé pour une chose pareille. Personnellement, je n'ai jamais pensé que ce vieux toqué avait la trempe de jouer double jeu. Vers sept heures le même soir Ladislas — le maître d'hôtel — est venu à ma table m'informer qu'un Mr. Asher désirait me parler au téléphone, que c'était urgent. Le temps que j'arrive, la ligne était coupée. C'est environ deux heures plus tard qu'on nous a signalé l'incendie.

— Oui, dit lentement Lydia, je comprends.

— Croyez-vous ? » Les yeux verts lumineux l'examinèrent avec intérêt. « Je me le demande. Tout le monde s'interroge. Vous pensez que c'est Asher qui a pu allumer le feu...

— Mon mari dit toujours qu'on *devrait* brûler l'endroit où on vient de tuer quelqu'un... »

Elle considéra stupéfaite Halliwell qui riait à gorge déployée. « Mais c'est possible, protesta-t-elle. Ç'aurait été différent s'il y avait eu le risque de toucher des maisons voisines.

— Chère Mrs. Asher, gloussa Halliwell, j'entrevois les raisons qui ont poussé ce futé de James à vous épouser.

— Ce n'était pas pour mes talents domestiques, je peux vous le dire. Mais pour revenir à l'incendie, si c'était James qui l'avait allumé, on n'aurait pas retrouvé de quoi identifier deux corps. Ses méthodes sont habituellement beaucoup plus efficaces.

— C'est exact, convint Halliwell dont la face lunaire reprit brusquement son sérieux. Il est tout aussi inimaginable que votre mari ait tué deux personnes comme elles ont été tuées. »

Il ajouta à voix plus basse, avec un regard d'excuse vers Margaret qui entamait béatement un monument de chocolat et de crème fouettée : « Selon nos sources dans le service adverse, ces hommes étaient... horriblement blessés. Pratiquement vidés de leur sang. On a dû opérer dans la maison, puis les traîner à l'air libre. Je ne peux imaginer votre mari, ni aucun homme sain d'esprit, agissant ainsi. »

Lydia se rendit compte que Margaret posait sa fourchette, la main soudain tremblante.

« En réalité, poursuivit Halliwell, on a retrouvé plus de trois corps. Il y en avait au moins cinq, dont deux carbonisés qu'on n'a pas pu identifier. Ils n'ont pas eu le temps de s'extraire de la maison quand le kérosène a explosé. Fairport avait une chambre en sous-sol qui servait de cachette à des gens susceptibles d'être mis en difficulté pour leurs contacts avec les mouvements socialistes ou anarchistes du coin, ou les nationalistes serbes. Si Asher avait été prisonnier, c'est là qu'il se serait trouvé. »

Lydia baissa de nouveau les yeux sur son dessert intact. Elle sentait le froid la gagner. Elle avait été stupide de ne pas deviner que le journal mentait. Elle avait été stupide de croire qu'elle rejoindrait James à temps pour empêcher le pire. Elle répéta :

« Je comprends.

— Nos découvertes montrent à l'évidence quelle sorte d'homme est Farren, s'il a pu liquider ces cinq individus, et aussi ce qu'il croit être. Fairport avait installé une chambre forte munie de barreaux d'argent. Or les vampires sont censés détester l'argent, n'est-ce pas ? Mais nous n'avons pas trouvé trace de votre mari. »

Elle prit une profonde inspiration.

« Et Farren ?

— Aucun signe de lui non plus. Nos informateurs nous ont dit que les services secrets autrichiens ont surveillé la gare toute la nuit pour ne pas laisser échapper votre mari — et la police toute la journée. Il est donc peu probable qu'il ait quitté la ville par le chemin de fer. »

Il tendit la main, tapota avec maladresse le bras de Lydia qui leva vivement les yeux sur lui.

« Cela ne veut pas dire qu'il lui soit arrivé quelque chose, Mrs. Asher. Autant que je sache, la police le recherche toujours. Dieu sait ce qu'a pu leur raconter Karolyi. Je m'en suis inquiété, ils se sont montrés drôlement réticents. Mais il a pu quitter la ville par le service de ferries du Danube, ou prendre un tram et marcher jusqu'à une autre gare. Tout est possible. Il peut aussi se cacher, tout simplement.

— Oui, peut-être. » Elle se souvenait des digressions de James sur la facilité qu'il y avait à quitter une ville devenue temporairement irrespirable.

Puis elle pensa aux squelettes carbonisés du sanatorium et son cœur se serra de malaise et d'horreur.

« En attendant d'autres nouvelles, vous pouvez me rendre un service si vous le voulez bien, Mrs. Asher. Votre mari m'a dit que vous étiez médecin ?

— J'ai mon diplôme de médecine, oui, mais je pratique surtout la recherche sur les sécrétions endocriniennes à l'hôpital Radcliffe. Les rares femmes médecins en exercice se dirigent toutes apparemment vers "la médecine de femmes" comme elles disent — et malgré cela ont du mal à gagner leur vie, ajouterais-je. Je n'ai jamais été tellement passionnée par ce que mes tantes appellent "la tuyauterie". Vouliez-vous me confier un examen ? »

Il absorba les dernières miettes de sa *sachertorte* et contempla d'un air navré l'assiette de porcelaine immaculée. Puis il affermit ses lunettes sur son nez, la mine préoccupée.

« Il ne reste absolument rien des laboratoires, placés juste au-dessus des réserves de kérosène. Mais nous avons les carnets que Fairport gardait dans son bureau. Nous avons pu les retrouver malgré les dégâts considérables dans la pièce. Il était citoyen britannique, à qui diantre payait-il le loyer du sanatorium ? J'ai idée que les services secrets autrichiens vont vouloir voir ces notes en fin de compte ; si vous aviez la bonté de les parcourir et d'y relever ce qui pourrait nous intéresser, je vous en serais reconnaissant. Je vous les ai apportées. »

Il brandit un cartable de cuir avachi beaucoup trop bourré, où des sangles de corde remplaçaient les boucles défaillantes.

« Nous serions curieux de savoir sur quels sujets il travaillait. Si vous avez conservé la liste de ses articles...

— Oui, oui, je l'ai conservée. Il s'agissait du vieillissement, du sang, de l'immortalité.

— Pas étonnant qu'il soit fasciné par Farren, grommela Halliwell.

— Non, dit Lydia d'une voix éteinte, ce n'est pas étonnant. »

A la lumière des articles qu'elle avait lus, les expériences qu'avait menées Fairport sur le sang, la salive, les muqueuses, la chimie du cerveau et des glandes, prenaient un sens tout à fait clair.

L'homme qui voulait vivre éternellement, avait dit Ysidro. En feuilletant ses notes sibyllines tandis que Margaret sommeillait sur son fouillis floconneux de dentelle au crochet, Lydia se disait qu'il avait vu juste.

Manifestement, Bedford Fairport était habité par une détermination farouche — découvrir les causes qui entraînent la détérioration de l'âge — et par une autre détermination plus impérieuse encore, trouver le moyen d'en annuler les effets.

Dans l'article où il faisait état de la donation par Ignace Karolyi du sanatorium et des fonds nécessaires, Fairport évoquait le « vieillissement prématuré » qui était le sien. Lydia avait eu l'occasion de lire des descriptions de cas semblables remontant au xvie siècle ; à son sens il fallait incriminer une carence partielle ou totale, en une vitamine encore inconnue. Elle repoussa ses lunettes sur son front, se frotta les yeux. L'homme était évidemment voué à se jeter sur les rumeurs concernant l'immortalité.

Un aperçu des réactifs et solutions vitaminiques qu'il employait montra à Lydia que ces expériences étaient effroyablement coûteuses. Il avait utilisé des orangs-outangs à plus de vingt reprises ces dernières années, et elle savait par expérience combien les animaux coûtaient cher. Un tel recours était-il nécessaire, d'ailleurs ? Dans la plupart des expériences sur les syndromes déficitaires, les cobayes semblaient convenir tout aussi bien. Elle s'aperçut qu'il se livrait à une double vérification avec ces orangs-outangs sur lesquels il répétait les essais qu'il avait menés sur les cobayes, parce qu'il refusait de considérer ce qui était selon elle un échec patent autrement que comme une série de variations liées aux individus. Vers la fin il avait pris l'habitude de refaire des expériences complémentaires à tout propos ; il examinait inlassablement des points de plus en plus minimes, il se cramponnait à des fétus de paille. Même s'il disposait de fonds privés, Fairport devait être extraordinairement riche pour poursuivre un tel travail aussi longtemps.

Mais s'il possédait une fortune personnelle, ou s'il était apparenté à l'une des très riches familles d'Angleterre, Lydia savait que sa tante Lavinia l'aurait d'une façon ou d'une autre orientée vers lui dans son salon d'Oxford, en tant que référence potentielle, associé ou confrère.

Il avait trahi James, il l'avait fait prisonnier. *Ils n'ont pas eu le temps de s'extraire de la maison quand le kérosène a explosé... Si Asher avait été prisonnier, c'est là qu'il se serait trouvé...*

Mais James a très bien pu sortir de la ville ! s'obstina-t-elle. La police le recherche, il a pu prendre un tram, il disait toujours que c'était la meilleure solution, ou un bateau...

Pratiquement vidés de leur sang...

Un flot de larmes lui monta à la gorge, qu'elle refoula résolument. *Nous ne savons rien encore. Rien du tout.*

« C'est un recueil complet d'histoires folkloriques. »

La voix douce manqua la faire tomber de sa chaise. Levant les yeux, elle vit Ysidro assis en face d'elle, un grand cahier relié de toile verte ouvert devant lui. Par-dessus l'épaule du vampire, la pendule était bien visible sur la cheminée ; elle marquait presque trois heures du matin, ce qui ne la surprit qu'à moitié.

« Je n'en étais pas arrivée aussi loin de ma lecture », dit-elle en enroulant sa lourde tresse d'écolière en un chignon plus adulte. La cuisinière, excellente femme au large sourire et au langage complètement incompréhensible, avait laissé sur la table une *sachertorte*, du pain et du beurre, et une succulente grappe de raisin italien, pour le cas où sa jeune cliente se serait tout à coup trouvée en danger de mourir d'inanition avant le lever du jour ; l'odeur du café qui restait sur le petit réchaud à pétrole imprégnait la pièce. « En l'occurrence, le folklore serait uniquement théorique. Même s'il concerne des personnalités soi-disant "historiques" — je pense aux rumeurs qui ont entouré Ninon de Lenclos, Cagliostro et ce comte je-ne-sais-plus-comment à Paris...

— Pas si théorique que cela, en fin de compte. »

Ysidro retourna le cahier et à travers la table le fit glisser vers elle, de ses mains de vieil ivoire.

Elle lut une suite de notations griffonnées à la hâte. *Vieillard ayant vécu mille ans, village de Brzchek. Femme ayant vécu cinq cents ans (tissait au clair de lune), village d'Okurka. Femme qui s'est exposée à la lumière lunaire pour garder définitivement sa beauté, village de Salek. Homme qui a fait un pacte avec le diable pour vivre éternellement, village de Bily Hora. Femme ayant pris des bains de sang, a vécu cinq cents ans. Brusa, Bily Hora, Salek.*

Elle leva un regard perplexe. « Cela ressemble aux propos que recueille James de la bouche des conteurs, des petites vieilles et des vieux de la campagne qui passent leur temps à l'auberge.

— J'imagine que Fairport a observé la façon qu'avait James de les questionner et en a appliqué la technique à son propre usage. » Il déplaça un peu la liasse de factures, inclina la tête pour pouvoir lire la première. Ses sourcils décolorés se rapprochèrent. « Pour chacun de ces cas, il est possible de suivre le cheminement de son esprit — mais pourquoi des orangs-outangs ? Je me suis entretenu avec des personnes qui ont vu James quitter cette ville. »

Lydia se mit à respirer plus vite. Ysidro l'examina un instant en silence, la tête légèrement penchée de côté comme celle d'une mante religieuse. De nouveau il fronça les sourcils, mais il était impossible de lire l'expression de ses yeux. Puis il se leva, tendit la main à la jeune femme.

« Faisons quelques pas, madame, voulez-vous ? Le Maître de Vienne m'a accordé la permission de chasser dans sa ville, à condition que je me montre circonspect. S'il me voit en votre compagnie, il verra que vous êtes de passage, croira en une rencontre de hasard et vous imaginera comme une proie sans défense. »

Comme il lui tendait son manteau, elle jeta un coup d'œil à Margaret qui ronflait derrière elle. A travers les gants qu'ils portaient l'un et l'autre, elle sentait sa chair glacée. Même si personne ne devait la voir, elle eut le réflexe d'enlever ses lunettes qu'elle glissa dans sa poche. Ses parties de cartes avec Ysidro l'avaient débarrassée de cette habitude de cacher ses lunettes ; il l'avait donc vue affligée de ses lorgnons, et n'avait pas paru s'en émouvoir. Peut-être, tout simplement, parce qu'il en avait vu bien d'autres, et bien plus affreuses qu'elle.

Il l'aida à descendre l'escalier tout en marbre et dorures, puis à franchir la porte de bronze plutôt discrète qui ouvrait sur la rue.

« Ainsi vous avez vu le Maître de Vienne ?

— Oui, j'ai vu le comte Nikolaï Alessandro August Batthyany et ses épouses. Il règne sur Vienne, et de fait la plus grande partie de la vallée du Danube, depuis l'époque où des hommes combattirent les Turcs sur les rives du fleuve. Lui et moi conversons dans l'ancien français des cours, car je ne connais l'allemand que par les livres. A mon époque, comprenez-vous, ce n'était pas une langue qu'une personne bien-née pratiquait ; c'est pourquoi je n'ai pas manqué d'aller ailleurs jusqu'à ce que les rois d'Angleterre apprennent un langage plus civilisé. »

Lydia se retint de sourire. Elle l'avait entendu parler allemand au porteur slovaque, et à la cuisinière. Lors des jours précédents, elle avait pu mesurer le caractère extrême du snobisme d'Ysidro.

Vienne dormait autour d'eux, Atlantide immergée au fond d'une mer obscure. Les cafés animés avaient déplié leurs volets de verre et de bois ; même les lucarnes des domestiques, tout en haut des murs du canyon, avaient clos leurs paupières sur leurs rêves.

« Votre mari a blessé la plus jeune épouse de Batthyany, poursuivit Ysidro en marchant. Il a bien fait de quitter Vienne. On l'a vu à la gare, alors qu'il montait dans l'Orient-Express à destination de Constantinople...

— Constantinople ? s'écria Lydia saisie.
— Eh oui. Très curieux choix, n'est-ce pas ?
— Mais qui... qui l'a vu ? Si c'est l'un des vampires de ce Batthyany...
— C'est une autre épouse de Batthyany, expliqua suavement Ysidro. La dame avait peut-être des raisons personnelles de vouloir du mal à la blonde beauté germanique qui, jusqu'à ce que James lui brûle apparemment la face avec un objet en argent, était le béguin du comte. Ladite beauté germanique — elle se prénomme Grete — a massacré au moins deux gardiens de Fruhlingzeit dans l'espoir que leur sang hâterait la guérison de sa blessure ; mais il faudra encore quelque temps avant qu'elle cesse d'être proprement hideuse. Dans les jours à venir, d'ailleurs, le cercle de Batthyany va se trouver contraint de chasser avec les plus grandes précautions s'il ne veut pas attirer l'attention de la police — autre bonne raison pour votre mari d'avoir quitté la ville. Le comte Batthyany parle de vengeance, mais sa première épouse — qui est hongroise, comme lui — paraît enchantée. »

Ils tournèrent un coin de rue, et au lieu de hauts murs trouvèrent un espace pavé. La cathédrale se dressa soudain devant eux, réduite à un squelette noir et blanc sous le clair de lune d'hiver. A sa base flottait une brume légère que leurs pas dérangèrent. L'air froid mordait les narines de Lydia à chacune de ses inspirations.

« Ce sont donc les vampires qui ont tué le docteur Fairport ? demanda-t-elle.
— Bien sûr. »

Ysidro inclina l'oreille vers quelque son ténu. Une jeune fille émergea du porche de la cathédrale et traversa la place en hâte pour se perdre dans l'ombre des ruelles, en tirant son châle sur sa tête. Ysidro la suivit d'un regard pensif jusqu'à ce qu'elle fût hors de vue, puis revint à ses explications.

« Batthyany était en fureur, comprenez-vous, à l'idée qu'un novice qui n'était pas le sien entre sur son domaine. Et plus encore, qu'un vampire s'allie à un gouvernement de mortels, et l'amène de ce fait à une connaissance des vampires. Il considère l'incendie de Fruhlingzeit — et les morts qu'il a entraînées — comme un avertissement suffisant. Il souhaitait qu'Ernchester disparaisse également dans le sinistre, mais il dit que lui aussi a quitté Vienne. Selon sa première épouse, votre mari a pris le train en compagnie d'une femme-vampire qu'ils ont trouvée sur place ; elle prétendait avoir été enlevée et emprisonnée par Fairport. Quoi qu'il en soit, Batthyany et sa comtesse ont aidé cette femme à sortir des chevaux de l'écurie puis à charger dans le fourgon sa malle de voyage, le tout à la lumière de l'incendie. Ainsi équipée, elle a aisément pu regagner Vienne à temps pour le train.

— C'est Anthea ?

— Il semblerait. Et j'ai idée que votre mari était allongé dans ce cercueil. Il n'aurait pu s'échapper sinon. »

Lydia se garda de montrer l'émotion profonde que cette idée faisait vibrer en elle. Dans le même temps, une autre part d'elle-même travaillait activement à tirer toutes les conséquences de ce qu'elle venait d'entendre. Sous la clarté blême de la lune, la cité tout entière paraissait livrée à un rêve hypnotique de brume et d'ombre, dans une immobilité proche de la mort. C'est le monde d'Ysidro songea-t-elle, que ces dernières heures de la nuit, celles où l'on a le sentiment d'être la seule personne encore en vie.

« Si je comprends bien, conclut-elle, cela signifie, en bonne logique, qu'Ernchester est parti pour Constantinople.

— C'est exact, admit Ysidro. D'après la comtesse Batthyany, Anthea déclarait avoir servi d'otage, pour soumettre Ernchester à la volonté de Karolyi et de Fairport. Cela implique, bien entendu, qu'Ernchester n'est pas venu à Vienne de son plein gré, et qu'ils ne le poursuivront pas.

— Mais James l'a vu prendre le train avec Karolyi de son plein gré, s'étonna Lydia. Et si Karolyi est mort, Ernchester est libre, alors pourquoi s'enfuirait-il ?

— Le fait que Charles ait pris le train de son plein gré, répliqua avec douceur Ysidro, ne signifie pas qu'il le faisait sans contrainte. Ceci explique peut-être ce qui me trouble depuis le début. Choisir Ernchester n'est pas très politique — cette moins que rien que Grippen a récemment formée à St John's Wood sait chasser et tuer mieux que Charles. Mais quelqu'un le connaissait assez pour savoir qu'on pouvait prendre barre sur lui. Une menace contre Anthea y suffirait. La retenir en otage, c'était une garantie qu'il se conduirait comme on l'entendait.

— Est-ce que Karolyi était au courant de cela ?
— Bien entendu. »

Ils étaient de retour à Bakkersgasse. Voulant prolonger peut-être le plaisir de régner sur ces rues sombres qui n'appartenaient qu'à eux seuls, Lydia et Ysidro allèrent s'asseoir côte à côte, d'un accord tacite, sur le rebord de marbre d'une fontaine, devant la maison. La lueur d'un réverbère tremblotait à la surface de l'eau, creusait les orbites de la statue de bronze d'un empereur et venait effleurer le bas du visage d'Ysidro, ce qui lui donnait l'aspect d'un masque de carnaval aux yeux phosphorescents qui luisaient chaque fois qu'il parlait.

« Comptez-vous retourner à Londres, madame ? Ici le piège est tendu. »

L'espace d'un instant, Lydia hésita. Comme il était tentant de retrouver le confort de son univers familier, celui de la recherche, cerné par les murs de la Faculté. Mais elle savait pertinemment, alors même qu'elle en formulait la pensée, qu'*un seul* piège était tendu.

« Il me semble..., soupira-t-elle. Rien n'est fini, n'est-ce pas ? On ne sait pas ce qui va se déclencher.

— Non, en effet.

Vienne avait commencé par l'effrayer, et pourtant l'endroit était plutôt plaisant.

« Cela vous rendrait-il service que j'aille à Constantinople ? Parce que c'est ce que je préférerais, je crois, ajouta-t-elle en suivant dans ses yeux la pensée si prompte de l'Espagnol.

— Cela me rendrait service de trouver Ernchester, oui. (Il se rembrunit, comme devant une idée inattendue.) Mais je ne veux pas vous faire courir de risques inutiles. Il est vrai que vous connaissez bien les réactions de votre mari, et que la légitimité de votre enquête sera précieuse pour la recherche de ce qui fait le cœur de cette affaire. »

Il observa encore un temps de réflexion. Lydia crut déceler une trace infime de surprise dans ses yeux énigmatiques.

« Chose bizarre, poursuivit-il, Charles est déjà allé à Constantinople. C'était il y a bien des années, mais il se pourrait... Peut-être quelqu'un là-bas l'a-t-il connu au temps où il était un vivant — où *ils* étaient des vivants ?

— Mais ce n'est pas logique, objecta Lydia en resserrant sur ses joues le col de son manteau, dans la mesure où les vampires sont tous aussi... jaloux des intrus que le comte Batthyany. Est-ce le cas ?

— Pour la majorité d'entre eux, oui. Incendier Fruhlingzeit en guise d'avertissement est l'une des expressions de mécontentement les plus modérées qu'il m'ait été donné de voir. Les maîtres vampires ne plaisantent pas quand ils perçoivent une menace sur leur territoire. Néanmoins seul un vampire peut avoir mandé Ernchester à Constantinople. Seul un vampire connaît la menace qu'il porte avec lui. Seul un vampire sait que, de tous ceux que j'ai rencontrés, Ernchester est l'un des seuls vampires qui soient capables d'amour. »

XI

« Les vampires n'aiment donc pas ? »

Ysidro leva les yeux de son compte. Lydia l'avait emporté par seize points à huit grâce au roi de cœur et une quarte au neuf ; en ne déclarant pas une séquence en carreau, Ysidro avait réussi à faire la plupart des levées, y compris la dernière. Cela n'avait pas suffi à le sauver.

Elles avaient passé la journée parmi les basiliques anciennes et les roseraies d'Adrianople, puisque Ysidro refusait tout net de voyager pendant les heures de jour. Après les rudes collines de Thrace au milieu desquelles le train avait grincé toute la nuit avec une lenteur désespérante, le relief semblait s'aplanir, autant qu'en pouvait juger Lydia. Le train, de construction allemande, était solide et bien adapté à son rôle, mais, même en première classe, le wagon sentait l'ail, le café fort, le tabac et le linge malpropre. Sur les quais de Sofia et de Belgrade, Lydia avait observé que plus on avançait vers l'est, plus le personnel des chemins de fer se montrait tolérant quant à la présence d'animaux dans les voitures. Un peu plus tôt, à Adrianople, elle avait vu une famille bosniaque embarquer tranquillement deux chèvres dans le wagon de troisième classe ; le père qui tenait dans ses bras le chevreau à longs poils s'était effacé poliment pour laisser monter avant lui un prêtre orthodoxe barbu. Pendant ce temps, plus loin sur le quai, des gens passaient par les fenêtres des caisses remplies de poulets.

Tante Lavinia avait toujours dit que voyager ouvrait l'esprit. Lydia avait cependant le sentiment qu'elle ne l'entendait pas ainsi.

Si les couloirs restaient imprégnés des relents du tabac, dans les autres compartiments de première classe le bruit avait diminué. Miss Potton, qui selon son habitude s'était obstinée à entrer à grand-peine dans un jeu pour lequel elle n'avait ni aptitude ni intérêt, s'était assoupie à côté d'Ysidro. Presque une heure durant, il n'avait été question que de points et de cartes ; Lydia pressentait pourtant quelle jalousie suscitaient ces parties de cartes chez la gouvernante, tout autant que les conversations qu'elle avait avec Ysidro.

Les roues faisaient entendre leur claquement, régulier comme une pluie mécanique. Ysidro terminait le compte des points. Le bec d'acier de sa plume grattait légèrement le bloc jaune de papier ordinaire, sa manchette effleurait la table avec un bruissement sec qui accompagnait en sourdine la respiration sonore de Margaret et, de temps à autre, les éclats de rire ou les bribes de conversation provenant du compartiment voisin.

Ysidro fit attendre un long moment sa réponse à la question de Lydia. Il se décida enfin à dire :

« Si les vampires aiment ? Au sens où les humains l'entendent ?

— Et comment les humains l'entendent-ils ? » répliqua Lydia qui rassemblait les cartes et les battait. De vivre ainsi en partie la nuit, dans le silence de l'obscurité, avait commencé à lui faire prendre la mesure d'un phénomène qu'Ysidro avait évoqué précédemment, à savoir l'acuité sensorielle des vampires, beaucoup plus développée que celle des humains. Quand les ténèbres se pressaient à la fenêtre, et que s'épaississait la nuit au-delà du cercle de lumière solitaire d'un bec de gaz, le moindre son, la moindre image prenaient une importance prodigieuse, ils prenaient tout leur sens une fois extraits des formes sans mystère du jour.

« Vous avez dit à Vienne, reprit-elle, qu'Ernchester était un cas rare parmi les vampires, parce qu'il est capable d'aimer. Je me demandais ce que cela signifiait réellement.

— Chez les morts vivants comme chez les humains, l'amour revêt différents sens selon les individus, voyez-vous. »

Il tourna la tête, posa un instant ses yeux couleur champagne sur la femme qui ronflait à côté de lui, enfouie dans l'écheveau embrouillé de sa très longue histoire. La tête de Margaret roula plus librement, sa respiration s'alourdit, et elle s'affala contre lui. Il la redressa avec mille précautions, et l'adossa au côté opposé de son fauteuil. Depuis cinq jours qu'ils faisaient route vers le sud à bord de trains locaux — car l'Orient-Express ne quittait Vienne que le jeudi — via Budapest, Belgrade, Sofia, Adrianople, attendant parfois toute la journée le train qui partait après le coucher du soleil, Lydia avait pu se faire une idée des rêves hauts en couleur, follement romantiques, qui illuminaient le sommeil de Margaret Potton. Ysidro y campait toujours un vampire d'allure terriblement byronienne, couvert de perles et de cuir noir, des dagues dépassant de ses bottes.

Dans tous ces rêves l'amour régnait en maître, l'amour passionné qu'il professait pour elle ; il les liait l'un à l'autre, la retenait prisonnière, contrainte de l'aimer.

Si tant est que ce soit de l'amour, ajouta Lydia pour elle-même. Au point où elle en était, il serait malvenu que Margaret entende Ysidro s'exprimer franchement sur la capacité des vampires à aimer.

« Il n'est pas impossible, ni même rare, chez ceux qui sont capables d'aimer les autres plus qu'eux-mêmes, qu'ils soient aussi déterminés à effectuer le passage vers l'état de mort vivant. »

Le train oscilla en abordant une courbe plus serrée qu'il ne s'en trouvait en Europe du Nord ou de l'Ouest. Ysidro posa sa main gantée sur l'épaule de Margaret pour la maintenir en place — à moins que ce ne soit pour l'empêcher de s'éveiller. Il la touchait prudemment, même avec ses gants. Ses mains, Lydia le savait, étaient d'un froid glacial ces jours-ci. Elle pouvait dire s'il s'était nourri et il s'était abstenu de chasser à Vienne.

« Il est toutefois inhabituel pour ce genre d'individu de survivre longtemps à la mort des êtres chers. Dans bien des cas, leurs amis, leurs parents sont trop tôt victimes des vampires, ou deviennent leur proie au cours des années. Les vampires qui ne s'accordent pas le confort — et étrange réconfort — de cette volonté tendue vers l'énigme de l'immortalité se sentent fréquemment désorientés quand leur famille et leurs amours prennent de l'âge et se mettent à mourir. D'après mon expérience, les individus capables d'aimer font rarement des vampires heureux. »

Dans la lumière tressautante de la lampe à gaz, son visage encadré de longs cheveux cendrés ressemblait à une tête de mort. Lydia se demanda s'il en avait toujours été ainsi ou s'il avait maigri depuis les cinq derniers jours. Margaret remua dans son sommeil, il la regarda encore, impénétrable, indifférent. Un long silence s'installa.

« Vous comprendrez, reprit-il enfin — comme si cette affaire ne le concernait pas —, qu'étant moi-même devenu vampire à l'âge de vingt-cinq ans, j'aie une expérience de l'amour humain... disons incomplète. Dans le cas qui nous occupe, l'amour joue un rôle particulier : quelqu'un — un vampire de Constantinople, ou une connaissance des Farren — sait qu'une menace sur la personne d'Anthea — par l'intermédiaire d'humains peut-être, sachant que, si les techniques humaines échouent, les agents vampires ne seront pas loin — mettra Charles à sa botte. L'esprit des vampires est d'une subtilité infinie, et Charles connaît leur habileté sans bornes à faire leur jeu des circonstances. Même si Grippen y était disposé, défendre Anthea contre une attaque efficacement menée pourrait excéder ses pouvoirs. Charles n'a pas le souci de sa sécurité personnelle mais, comme le dit

Dryden, nous donnons des otages au destin quand nous aimons. »

Il eut le geste du joueur qui retourne une carte jusque-là cachée. « J'ai tendance à penser que la mise à sac de sa maison avait pour but de prendre Anthea en otage après le départ de Charles, pour l'empêcher de changer d'avis.

— Mais si le Sultan cherche un vampire, et qu'il a chargé quelqu'un de se renseigner d'abord sur Ernchester, pourquoi avoir pris tant de peine ? Il n'y a pas assez de vampires à Constantinople ? Si j'en crois la masse de légendes que recueille James, la Grèce et les Balkans en regorgent !

— Qui sait ? Le vampire qui a parlé d'Ernchester à Karolyi — ou au sultan, si c'est lui qui a envoyé Karolyi — est peut-être mort à présent. Nous n'avons pas le moyen de savoir à quelle date c'était, et la ville a connu des bouleversements récemment. Si le Maître de Constantinople apprend l'existence d'un complot destiné à introduire un étranger dans sa ville, il est certain que cette personne est virtuellement morte. Cette même personne qui a fait venir Ernchester a pu escompter le diriger plus aisément qu'un vampire soumis au Maître de Constantinople. Ce qui serait un calcul assez juste. »

De sa main gantée squelettique, Ysidro écarta les rideaux.

« Regardez. »

La vue était très différente de celle qu'offrait Paris tapissé de lumières étincelantes. La longue suite de collines qui formait la ville se parait de lumières plus rares et plus douces, aux tons rougeoyants comme la pulpe de l'orange sanguine, mordorés comme l'ambre, la citrine, la topaze, dont les paillettes dessinaient le contour de la mer presque invisible. Le train s'engagea dans une longue courbe. Une porte monumentale, hérissée de tours, apparut. Le chapelet de lampes électriques suspendues à ses arches voûtées éclairait vaguement des douves envahies d'arbres et une muraille massive qui se perdait dans la nuit. Lydia en fut impressionnée ; elle connaissait l'existence des remparts de Constantinople, sans avoir mesuré que l'enceinte byzantine était toujours debout, avec ses tours de guet intactes.

Le train ralentissait. On devinait la crête des vagues au bas du remblai. La voie ferrée longeait la mer d'obsidienne. Après la courbe, une digue ancienne s'élevait au-dessus des rails, couronnée de maisons noires aux étages en saillie qui avaient poussé sur l'antique ouvrage comme champignons sur le tronc d'un chêne fendu.

Ysidro sortit de son gousset une montre en or. « Une heure et vingt minutes. Nous n'avons que deux heures de retard. Excellent, pour ces contrées ottomanes. »

Lydia se rappela leur arrivée à Sofia sous un ciel gris ardoise avec quatre heures trente de retard, l'état hystérique de Margaret qui aurait fait croire que c'était sa chair, et non celle d'Ysidro, qu'allait détruire la lumière de l'aube, et fut extrêmement soulagée. Lors de ce trajet dans le train bringuebalant de Sofia qui ne cessait de s'arrêter dans les collines inhospitalières de la Thrace, Ysidro s'était fait de plus en plus taciturne ; s'il prenait la parole, c'était d'un ton plus incisif. Lydia ne savait pas précisément quel degré de lumière suffisait à mettre en action les propriétés photoréactives de la chair d'un vampire ; quand ils atteignirent l'hôtel Terminus de Sofia et qu'il y laissa les deux femmes selon le rituel qu'il avait instauré, elle crut cependant comprendre qu'il ne disposait plus que de quelques minutes.

L'épisode avait provoqué une scène furieuse et assez incohérente avec Margaret, qui par contrecoup continuait d'embarrasser Lydia. La jeune gouvernante l'avait accusée de « se soucier d'Ysidro comme d'une guigne » et « de se servir des gens comme de vieilles chaussettes, qu'on jette quand elles sont trouées ». Lydia lui avait fait remarquer qu'à tout moment Ysidro aurait pu s'enfermer dans sa malle-cercueil et s'en remettre à elles pour l'emmener en lieu sûr, et Margaret s'était mise à hurler que si elle avait eu le moins du monde à se préoccuper de gagner sa vie sans qu'on lui apporte absolument tout sur un plateau d'argent, elle aurait appris qu'elle ne pouvait traiter les gens de cette façon alors qu'ils essayaient de l'aider.

Étant donné la nature des relations qu'Ysidro entretenait avec Margaret, Lydia avait trouvé ces propos si choquants qu'elle avait simplement répliqué : « Oh !. cessez de vous conduire comme une sotte ! », avant de se retirer dans sa chambre en fermant la porte. Beaucoup trop épuisée par ses propres frayeurs pour résister longtemps au sommeil, elle consacra néanmoins quelques minutes à ôter sa tenue de voyage, ses jupons, son corset, tandis que résonnaient dans l'antichambre les sanglots convulsifs de Margaret. Quand elle sortit de la chambre, pas vraiment reposée, quelques heures plus tard, elle avait trouvé la gouvernante affalée de manière fort peu élégante sur le canapé, les joues en feu, sans chemise, le corset délacé. Elle dormait profondément.

Elles s'étaient réconciliées tant bien que mal, comme il se doit quand on voyage ensemble, mais leur relation, qui avait toujours manqué de naturel, était restée tendue.

« Vous auriez dû me réveiller avant, grogna Margaret alors que Lydia la secouait.

— Nous sommes arrivés. C'est Constantinople », dit Lydia. Pourquoi préciser qu'Ysidro avait fait de son mieux pour que la jeune femme reste endormie ?

Margaret prit un peigne dans son sac et remit de l'ordre dans sa coiffure avec des coups d'œil nerveux en direction d'Ysidro, comme s'il n'avait pas eu l'occasion de la voir dans l'abandon du sommeil depuis bien des nuits. Ce n'est qu'une fois recoiffée qu'elle se tourna vers la fenêtre, pour s'écrier sur le ton de la déconvenue : « Mais on ne voit rien ! »

Au-delà des eaux tumultueuses couleur d'onyx luisait un long cordon de lumières disposées en courbe, qui évoquaient des feux de guet allumés par un groupe de bergers. Près des voies, la lumière des wagons révélait parfois un pan de mur aux tons de miel, mais la ville était presque tout entière plongée dans l'obscurité, une obscurité dense parsemée de dômes et de minarets sous la lune décroissante. C'était l'image même de rêves insondables, la suggestion de labyrinthes fermés sur le secret de leurs ténèbres.

Non, on ne voit rien, pensa Lydia. On s'imprègne, on s'emplit d'une sensation inexprimable, faite d'envie, de frustration et de regret.

« On appelle Constantinople la Cité des murailles, commenta Ysidro de sa voix douce. La cité des Palais. Comme chez Kipling le trésor gardé par un cobra, elle fut l'enjeu de beaucoup de luttes, de beaucoup de peurs au long des siècles, depuis que les empereurs ont quitté Rome. Même ses vainqueurs, qui y ont élu domicile, n'en connaissent pas tout. »

Lydia pensa à James qui contemplait les tours d'Oxford, en leur donnant à chacune son nom. Nommait-il en son cœur chacun des dômes, chacune des flèches qui se découpaient sur ce ciel chatoyant ?

Margaret s'était rapprochée furtivement d'Ysidro. Elle s'empara de son bras — Lydia savait combien il détestait qu'on le touche — et le regarda dans les yeux. « Êtes-vous déjà venu ici ? »

Ysidro la gratifia d'un sourire. « Une seule fois », répondit-il d'une voix qui promettait de nouveaux rêves à Miss Potton. Par-dessus la tête de la jeune femme, son regard énigmatique croisa celui de Lydia. Il détourna les yeux.

Le train s'arrêta dans un nuage de vapeur à une petite gare située en contrebas des tours d'une ancienne porte fortifiée. De près, l'ambiance n'offrait rien de spécialement exotique. C'était une gare à l'occidentale, ornée de stuc et peinte dans la nuance d'ocre si commune à Vienne. Dans la lumière crue des lampes électriques, évoluaient de vieilles grand-mères avec leurs chèvres, des messieurs en manteau noir coiffés de fez rouges, des Grecs en large pantalon blanc et des Bulgares chargés de cageots de poulets et de valises en paille, avec la nonchalance de ceux qui savent que le train n'est pas pressé de repartir. La puanteur des bas quartiers et des tanneries voisines infectait l'air; Lydia remarqua la présence de nombreux soldats vêtus d'uniformes kaki modernes, qui ne ressemblaient pas aux guerriers colorés des légendes.

« Ce ne sont pas des janissaires, n'est-ce pas ? » demanda-t-elle, et dans l'ironie glacée des insondables yeux jaunes d'Ysidro pétilla une étincelle fugitive. L'espace d'un instant, il eut, malgré ses traits émaciés d'extra-terrestre et sa peau de soie blanche, l'air humain.

« Le corps des janissaires a été supprimé il y a un siècle — et, en réalité, massacré dans sa totalité sur ordre du sultan Mourad, qui souhaitait instaurer une armée moderne. En juillet dernier, cette armée moderne a rendu la pareille en déposant le sultan actuel et en le convertissant de force au système de monarchie constitutionnelle à la mode chez les esprits qui veulent se donner des allures éclairées.

— Vous voulez dire qu'il n'y a plus de sultan ? » s'écria Margaret sur le ton d'un enfant à qui l'on vient d'annoncer que le Père Noël a pris sa retraite dans une villa du midi de la France.

« Juillet..., fit pensivement Lydia. Le délai de remise à l'imprimeur de ma monographie concernant les effets des rayons ultra-violets sur l'hypothalamus était le quinze août... et je ne peux jamais me rappeler de quel côté ils sont, avec nous ou avec l'Allemagne. Mais alors, ce ne peut pas être le sultan qui a fait venir Ernchester ?

— C'est possible malgré tout, répondit Ysidro. Il n'est pas dénué de pouvoir, maintenant encore. Mais s'il croit reconquérir son autorité en amenant ici un vampire qu'il espère dominer, il a compté sans le Maître de Constantinople. »

Dans une secousse, le train s'ébranla avec lenteur. Au-dessus d'eux la ville s'approchait en superposant ses ombres plus ou moins denses. Çà et là une lampe éclairait un pan de muraille enveloppé de vigne vierge.

« Qui est le Maître de Constantinople ? » questionna Lydia.

Ils se pressaient tous les trois à la fenêtre du compartiment. Par-delà les eaux noires apparurent les lumières de la pointe du Sérail. Ensuite se déployaient les collines sombres de l'Asie.

« De mon temps, répliqua Ysidro, on ne jugeait pas prudent de prononcer son nom. »

Il se mit en devoir de rassembler les cartes restées sur la table, s'y prit maladroitement et en laissa tomber ; Margaret se précipita pour l'aider mais il les avait déjà ramassées. Il glissa le paquet de cartes sous la bande de papier où il le rangeait toujours et le fit disparaître dans une poche de son manteau gris souris.

« Il était sorcier dans la vie, titre qui peut recouvrir des activités très diverses allant de l'alchimie théorique à l'étude des herbes. C'était certainement un empoisonneur, et probablement un astronome, toutes choses qu'il est souvent préférable de garder pour soi. Il exerçait un pouvoir considérable, avant et après sa mort, avec les vizirs de la Sublime Porte. La légende dit que certains sultans lui faisaient don de leurs prisonniers pour qu'il se repaisse de leur mort. Si l'on considère l'importance de la population des mendiants à Constantinople, cela ne me paraît ni vraisemblable ni nécessaire. Comme le dit Juvenal, "C'est folie que de mettre sa confiance en la personne des princes". Pour ma part, je ne toucherais à rien de comestible qui me soit offert par n'importe quel sultan. »

Le train contournait en oscillant la pente rocailleuse d'une colline. De nouveau il s'arrêta avec une violente secousse dans une gare de banlieue. Ysidro appuya une main contre la paroi pour garder l'équilibre. La gare était éclairée elle aussi à l'électricité, et on y voyait des soldats équipés d'armes qui ne semblaient pas d'opérette.

« Il vaut sans doute mieux, conclut-il, éviter de parler d'une façon ou d'une autre du Maître de cette ville jusqu'à ce que nous soyons arrivés à Pera. »

Devant la gare centrale de Stamboul, les attendait sur la place avec son fourgon attelé un autre natif bourru, grec celui-là, à qui Ysidro s'adressa en espagnol. Lydia avait ôté ses lunettes avant de quitter le compartiment, mais, lorsqu'ils s'installèrent sur le siège haut perché et se faufilèrent entre les haquets, les charrettes à âne et les piétons, elle les remit furtivement pour ne pas perdre une miette de l'étonnant spectacle. Au bout de la place les eaux sombres de la Corne d'Or scintillaient sous les lumières des navires à quai ; bien qu'il fût presque deux heures du matin, on voyait naviguer de petits bateaux entre Stamboul et les collines piquetées de lumières de Pera, de l'autre côté de la baie.

Ils se perdirent dans les rues noires aux maisons serrées qu'on ne pouvait que deviner sous leurs balcons — et parfois leurs étages entiers — en saillie, comme cherchant l'espace. On apercevait parfois la lueur d'une veilleuse derrière d'épais moucharabiehs, on rencontrait partout le regard phosphorescent de chats. L'odeur des chèvres, des chiens et des déchets humains était presque palpable. Ils traversèrent une place éclairée de lampes grillagées qui laissaient pressentir la sombre magnificence d'une mosquée à demi plongée dans les ténèbres, franchirent un pont métallique moderne édifié sur une base visiblement très ancienne.

Passé le pont, les maisons étaient de type européen aussi bien que grec avec leurs murs enduits de chaux, d'un blanc laiteux sous la lune. Ils empruntèrent une rue sinueuse qui grimpait jusqu'à un square planté de grands arbres placé en contrebas d'un splendide palais italianisant en pierre dorée.

« L'ambassade de Grande-Bretagne, commenta Ysidro. Je m'en remets à vous, mesdames, pour vous présenter dans la matinée au Très Honorable Mr. Lowther. Depuis bien des années les ambassades représentent ici le véritable pouvoir. »

Ainsi qu'à son habitude, Ysidro avait télégraphié à l'avance pour réserver leur logement. C'était cette fois une maison grecque toute rose avec une arche de pierre ouvrant sur la cour intérieure ombragée par un énorme grenadier. Trois femmes la dirigeaient, de toute évidence la mère et ses deux filles, trois Grecques de forte prestance qui répondaient en souriant « *Parakalo... parakalo...* » à tout ce que disait Lydia.

Comme à Belgrade, à Sofia, à Adrianople, une fois montés les malles et les valises, les cartons à chapeaux et les paniers à herbes de Lydia, Ysidro grimpa dans le fourgon et disparut vers une destination connue de lui seul.

« Vous ne pouvez pas exiger de lui qu'il continue ainsi. »

Lydia se retourna, surprise, sa robe de chambre de velours vert mousse sur les bras. Elle comptait se présenter le lendemain, non seulement au Très Honorable G.A. Lowther, mais aussi, munie des lettres de recommandation de Mr. Halliwell, à Sir Burnwell Clapham, l'attaché en charge de ce que l'on nommait nébuleusement les "affaires". Il était tout à fait possible, se dit-elle, que Jamie soit là, ou non loin de là. *Le docteur Asher, parfaitement. Il est arrivé la semaine dernière...*

Que ce soit vrai, pria-t-elle, frémissante, *que ce soit vrai, mon Dieu...*

L'air embarrassé, Margaret se tenait sur le seuil de la chambre dont les deux femmes devraient partager le grand lit. Comme à Vienne, à Belgrade et Sofia, ce n'était pas de gaieté de cœur, car, même si leur relation ne s'était pas encore altérée, Lydia aurait préféré se passer des soupirs et des murmures qui peuplaient les rêves de sa compagne. Mais il semblait qu'aucune maison ne disposât de plus d'un lit fait, et que nulle part on ne pût décider une femme de chambre à en préparer un autre. Dans la petite chambre communicante Lydia avait trouvé les pièces démontées d'un énorme lit à colonnes qui n'aurait pas détonné à Berlin au plus fort de la folie gothique. Son jumeau recouvert d'une courtepointe locale aux tons rose et bleu d'une vivacité incongrue occupait presque toute la chambre ; outre la coiffeuse et l'armoire à glace, la présence d'une console de toilette au dessus de marbre indiquait qu'on avait demandé une salle de bains ; et même si la pièce était grande, avec une baie en saillie sur la rue, l'accumulation d'objets donnait une impression désagréable de désordre et d'enfermement.

Heureusement, se consola Lydia, l'endroit n'était pas encombré de bibelots de porcelaine comme dans la chambre de Belgrade, les murs simplement blanchis n'étaient pas déparés par des reproductions criardes de saints orthodoxes.

Le peignoir dans les mains, elle se détourna de l'armoire.

« *Vous dites ?*

— Vous lui avez défendu..., hésita Margaret dont les grands yeux bleus roulèrent comme si elle cherchait un autre mot, vous lui avez défendu de chasser, prononça-t-elle enfin. Vous en avez fait une condition pour le laisser voyager avec vous, pour le laisser vous protéger, martela-t-elle en tordant ses mains gantées de noir. Maintenant que nous sommes arrivés à destination, vous n'avez plus aucun droit de continuer à... à... »

Lydia avait suspendu son geste et la contemplait fixement, trop abasourdie pour lui répondre.

Margaret, qui espérait une réplique lui évitant de terminer sa phrase — et d'élaborer sa pensée —, se trouva à court de mots. Pendant un moment on n'entendit plus que sa respiration saccadée. Elle explosa enfin : « Vous ne le comprenez pas !

— C'est une idée fixe chez vous. » Elle posa son peignoir sur le lit, près de la chemise de nuit que la femme de chambre y avait dépliée, et commença à déboutonner son chemisier. C'était malaisé avec les perles minuscules qui fermaient les manches, mais elle avait renvoyé la domestique après qu'elle eut défait leurs bagages, et ne savait pas assez de grec moderne pour la rappeler. Elle se demanda ce qu'avaient fait les bonnes des poignards d'argent et du pistolet aux balles d'argent au milieu de la masse de jupes, jupons, chemisiers, lingerie et robes de dîner. Demain matin pourrait-elle leur demander d'acheter de l'ail, de l'aubépine et de l'églantier ? Si elles servaient Ysidro, refuseraient-elle d'obéir à une telle requête ?

Margaret s'approcha et la prit par la manche. Elle avait le visage bouleversé, creusé d'ombres qu'accentuait encore la lumière des lampes. « Vous ne pouvez pas lui interdire de chasser ! insista-t-elle avec désespoir. Ce n'est pas comme si... comme si les gens qu'il... qu'il prend...

— Vous voulez dire "qu'il tue" ? »

Le mot la fit tressaillir, mais elle lança aussitôt d'une voix cinglante : « Ce n'est pas comme s'ils ne le méritaient pas ! »

Lydia ne manifesta rien. Elle tenait toujours un bouton de perle entre ses doigts, mais ne songeait plus à poursuivre sa tâche. Quand elle se décida à parler, ce fut très calmement.

« Il vous a dit cela ?

— Je le sais ! s'écria la gouvernante au bord des larmes. Oui, il me l'a dit ! Enfin, je le sais... depuis le passé, je veux dire... dans les vies antérieures... les rêves que j'ai faits sur les vies que nous avons déjà vécues ensemble... Et ne me dites pas que ce sont des histoires, s'emporta-t-elle brusquement, parce que moi je sais que c'est la vérité ! Je sais ce que vous pensez, mais c'est la vérité ! La pure vérité ! »

Lydia voulut se dégager, la jeune femme l'en empêcha avec fougue, le visage marbré de plaques rouges, gonflé de larmes.

« Vous comprenez, si un vampire ne peut pas... mener sa chasse jusqu'à son terme... (Elle hésita, butant sur le mot qui convenait.) Ils se nourrissent d'énergie, de vie, de la force vitale ! poursuivit-elle précipitamment. C'est la vie qu'ils prennent qui donne à leur esprit les pouvoirs dont ils ont besoin pour se protéger !

— Vous voulez dire qu'ils tuent d'autres personnes ?

— Vous le faites mourir de faim ! cria Margaret. Vous le privez du pouvoir de se défendre du danger, ici même, là où il est le plus grand ! Savez-vous pourquoi les vampires passent tellement de temps à chasser ? *Lui*, en tout cas, y passe beaucoup de temps, il m'a dit pourquoi. C'est parce qu'il parcourt les rues de la ville pour trouver un voleur, un assassin, un... une fripouille qui mérite de mourir ! Le monde en est plein, vous savez. Il chasse ainsi depuis des centaines et des centaines d'années ! Ce n'est qu'à ce type de gens qu'il prend la vie dont il a besoin ! Et il a bien trop le sens de l'honneur pour manquer à la parole qu'il vous a donnée...

— Vous a-t-il demandé de me parler ? s'enquit Lydia, glaciale.

— Non. » Margaret renifla en s'essuyant furieusement les yeux. Elle luttait pour ne pas s'effondrer devant cette sylphide à la beauté gracile, au teint de lait sous sa flamboyante chevelure, cette héritière gâtée dont le corsage pour l'instant déboutonné laissait voir une lourde chaîne d'argent enroulée plusieurs fois à la base de sa gorge.

« Il n'a pas besoin de parler, sanglota-t-elle, je vois ce qui se passe ! Chaque jour je le vois un peu mieux. Vous le battez aux cartes chaque fois maintenant...

— J'ai eu une semaine d'entraînement continu, fit observer Lydia.

— Vous ne l'auriez jamais battu s'il ne luttait pas pour conserver intacts les autres pouvoirs de son esprit ! Pour se préserver...

— Vous êtes trop aimable. » La tête douloureuse de fatigue — il était près de trois heures du matin — Lydia contourna la gouvernante et suspendit son vêtement dans l'armoire. Il était vrai qu'Ysidro s'était émacié, vrai aussi qu'une semaine auparavant il n'aurait jamais laissé tomber les cartes, et n'aurait jamais accepté qu'elles le voient les ramasser.

Il ne masquait plus aussi bien ses émotions. Ou gardait-il ses forces en réserve pour autre chose ?

« Margaret, faut-il vraiment que nous ayons cette discussion immédiatement ? Je suis fatiguée et vous aussi, et j'ai idée que vous ne pensez pas tout à fait tout ce que vous dites... »

Margaret n'était plus en mesure d'entendre. Hors d'elle, elle poursuivit Lydia jusqu'au lit.

« Comment pouvez-vous être aveugle à ce point ! Vous ne vous rendez compte de rien ? Dans les gares il ne peut plus influencer l'esprit des autres comme avant, ni les entendre à travers les wagons, ni lire leurs rêves... »

Excédée, Lydia sortit de ses gonds : « Ni introduire dans les vôtres des petites scènes de valse — qu'on n'avait pas encore inventée au XVIe siècle ? Oh ! excusez-moi, se reprit-elle aussitôt devant la crise de larmes que la précision brutale de son accusation avait déclenchée chez Margaret. Je n'aurais pas dû...

— Vous ne comprenez rien ! cria sauvagement la gouvernante. Vous ne le comprenez pas ! Tout ce qui vous intéresse, c'est de trouver votre vieux casse-pieds de mari pour l'aider à jouer les espions, et vous ne voyez pas la solitude, la tragédie de ce héros à l'âme si noble que vous détruisez ! »

Elle sortit de la chambre comme une abeille essaie de s'échapper d'un abri de jardin. Lydia entendit craquer la rampe contre laquelle elle trébucha, puis vibrer les deux volées d'escaliers en spirale sous ses pas précipités.

« Margaret ! »

Elle attrapa ses lunettes sur la coiffeuse et s'élança derrière elle, saisissant à pleines mains sa jupe de taffetas pour descendre plus vite l'escalier. Sans souliers, le carrelage lui parut froid malgré ses bas. Au-dessous, la porte claqua. Elle continua affolée et franchit le passage voûté juste à temps pour voir se refermer le lourd portail extérieur.

« Margaret ! » appela-t-elle encore. Dans son inquiétude lui vint la pensée oblique que cette paire de bas avait vécu — car, même dans le faubourg relativement propre de Pera, il valait mieux ne pas explorer les rues déchaussé. Heureusement, la cour qu'elle venait de traverser était éclairée par deux petites lampes votives, et sous le passage voûté de brique vacillait la flamme d'une bougie devant une icône placée dans une niche. Mais, au-delà du portail, la rue lui apparut comme une grotte enfouie à mille pieds sous terre. Elle eut un mouvement de recul, comme devant un gouffre de ténèbres insondables ouvert sous ses pieds.

Elle entendit Margaret haleter quelque part, crut voir quelque chose bouger, pâle dans l'obscurité. Un mince rai de lune caressa une joue creuse de cire, une mèche de cheveux arachnéenne. Le temps d'ajuster sa vision, Lydia distingua les mains blanches qui tenaient Margaret aux poignets. Celle-ci se jeta sans un mot contre la poitrine d'Ysidro, et l'étreignit en pleurant.

Ysidro dut parler, mais si bas que Lydia n'entendit pas. Si elle avait été exaspérée au dernier point par l'attitude possessive de Margaret, ses récriminations et ses reproches muets, elle n'avait jamais vu le vampire que patient et compréhensif avec celle dont il avait fait son esclave. Il est bien normal qu'il la comprenne, songea-t-elle avec amertume en le regardant s'incliner vers elle pour écouter quelque débordement étranglé d'hystérie ; et les mains maigres de Margaret s'agrippaient à ses manches, à ses épaules, aux longs plis de sa cape. S'il ne l'avait pas comprise, il n'aurait pas pu amorcer le piège.

Ils donnaient tous les deux l'image de deux personnages jouant sur une scène, une image sortie d'un rêve peut-être. Margaret renversa la tête pour contempler le visage d'Ysidro, puis en un geste passionné déchira brusquement son corsage, dénudant sa gorge et son sein tendre. « Prends-moi ! l'entendit haleter Lydia. Jusque dans la mort si c'est nécessaire ! »

La réponse d'Ysidro ne lui parvint pas. Mais elle le vit refermer le chemisier, poser ses mains sur les épaules de la jeune femme et lui parler tout bas. Margaret courba la tête et se laissa ramener vers la porte. Lydia se replia sans bruit dans la cour et se dissimula dans l'ombre épaisse du grenadier pour éviter à sa compagne la gêne de s'apercevoir qu'on avait assisté à la rencontre. Un moment, le couple s'encadra sous l'arche du passage. Ysidro dut savoir la convaincre, car elle acquiesça de la tête, repoussa ses lunettes pour s'essuyer les joues. Elle rentra dans la maison dont la porte se referma sur elle.

Ensuite Lydia n'entendit plus rien. Un instant passa, puis la porte se rouvrit sur un infime rai de lumière. Ysidro se tenait sur le seuil, immobile. Le rai s'évanouit, et il apparut dans la cour tel un fantôme errant ; il alla droit à la cachette de Lydia, comme s'il l'avait vue dès le début.

« J'aurais préféré remettre ce genre de drame à un autre moment et en un autre lieu, dit-il.

— En effet », répondit sèchement Lydia dont l'irritation éprouvée envers Margaret se reportait sur lui. Elle croisa les bras car elle avait froid. « C'est ennuyeux, n'est-ce pas, que les autres décident d'aller plus loin dans l'émotion que ce que vous aviez prévu pour eux ?

— En effet, reconnut-il d'un ton où n'entrait nulle émotion. Mais ses rêves ne sont pas tous de mon fait. Et j'admets que je me sentirai plus tranquille de vous savoir dormir toutes deux dans le même lit, ce que je compte bien que vous ferez, comme à Sofia et à Belgrade, avec ces herbes nauséabondes que vous avez transportées depuis Paris. »

Le vent froid des collines d'Asie agita les dernières feuilles du grenadier. Un souffle perdu aviva la flamme des lampes votives près de la cuisine, éclairant fugitivement le visage d'Ysidro, ses yeux dont l'ombre noircissait les orbites, ses joues creuses, comme marquées d'ecchymoses. Se rappelant ce qu'il avait dit à propos des miroirs, Lydia se demanda soudain si elle assistait réellement à cette transformation en une sorte de spectre squelettique, ou si c'était seulement la faculté d'illusion d'Ysidro qui déclinait, ce don d'apparaître autrement qu'il n'était vraiment.

« Les taudis de Galata au bas de la colline comme les rues hautes de Pera avec leurs banques et leurs ambassades, tout est imprégné de l'odeur des vampires. Sur les marches de Yuksek Kaldirim, à l'instant, j'ai tendu mon esprit jusqu'à l'autre rive de la Corne d'Or : la cité est infestée de miasmes, en une concentration telle que je n'en ai jamais rencontré. L'esprit de ses vampires, l'esprit du Maître, d'autres encore... Je les flaire, je les soupèse comme un tissu de soie. Mais ici tout est bloqué, obscurci, noyé dans l'illusion et la tromperie. Toutes les cartes sont tournées face contre table, et il faut parier toutes celles qu'on a sur une main de trois. »

Il fronça les sourcils, se retourna une fois de plus vers le portail. Involontairement, Lydia se rapprocha de lui d'un pas. Elle avait oublié sa colère.

« Vous êtes sûr ? dit-elle. Vous avez dit vous-même que vous n'êtes pas aussi... aussi perceptif... »

Un pli désabusé marqua le coin des lèvres d'Ysidro, écho du sourire ironique d'un homme bien vivant.

« Vous avez un regret, madame ? Une inquiétude de m'avoir demandé de ne pas tuer pour préserver ma vie, quand vous découvrez que cette abstinence peut m'empêcher de préserver la vôtre ? »

Elle le dévisagea un instant, cherchant à déchiffrer le regard étincelant de ses yeux couleur de soufre. Les yeux d'un dragon dans leurs orbites creuses.

« Non, répondit-elle. Une inquiétude peut-être, mais pas de regret.

— Voilà qui est d'une dame vaillante jusqu'au bout des ongles. »

C'était, elle s'en avisa, la première fois qu'il faisait allusion à la condition qu'elle lui avait imposée.

Mais il secoua la tête, regarda vers la grille et les épaisses ténèbres qui s'étendaient au-delà.

« Et Jamie ? » demanda-t-elle timidement, osant à peine prononcer son nom tant elle avait peur d'entendre ce qu'elle redoutait depuis tant de jours.

Il eut un frémissement du sourcil.

« S'il se trouve ici, ce n'est pas à Pera, dit-il avec une pointe d'hésitation, un soupçon de réticence. S'il dort sur la rive de Stamboul... — il soupira —... je ne le sens pas. Mes perceptions ont perdu de leur acuité, c'est vrai, mais ce n'est pas une question de degré. C'est cette... ombre, ce flou qui enveloppe la ville, et qui émane des vampires mêmes. Ils provoquent cette obscurité, pour y cacher je ne sais quoi, ce fog, comme on dit à Londres... »

Son sourire était presque humain. Dans ses yeux de dragon apparut, fugitive, l'ombre d'une crainte humaine. « Demain soir sera bien assez tôt pour explorer l'obscurité de l'autre rive, écouter, voir de plus près les choses. » Il resserra autour de lui les pans de sa cape en un geste inconscient. Ses mains gantées de blanc sur le drap de laine sombre évoquaient le givre sur la roche noire.

« Mais il est clair pour moi qu'une étrange abomination se met en place dans cette ville, et j'aurais préféré que notre romanesque amie ne s'y égosille pas, même en anglais, étant donné les chasses, les saignées et les mises à mort qui se pratiquent ici. Je crois préférable de ne pas aborder de tels sujets, même ici à Pera. Et pas davantage à la lumière du jour. »

XII

Asher s'éveilla à l'appel du muezzin : « Il n'y a de Dieu que Dieu seul; Mohammed est Son Prophète... » Il connaissait les paroles rituelles, mais ne pouvait les isoler dans le flot monotone de la prière.

La pièce où il se trouvait avait été percée autrefois sur toute sa longueur, cinq fois plus importante que sa profondeur, de fenêtres cintrées qui avaient été ensuite murées de briques, quelques siècles auparavant. Les ouvertures pratiquées dans le tambour des cinq coupoles peu profondes du plafond étaient munies, lui semblait-il, de barreaux en argent, mais il n'aurait pu l'affirmer. Le jour aucun bruit de voix ne montait vers lui, aucun bruit de sabots d'âne, aucun grincement de roues, rien que l'aboiement lointain et intermittent des ignobles chiens de Constantinople. Parfois le vent lui apportait le cri d'un marchand des rues, dans un grec romaïque assez pauvre. Le jour ou la nuit, les sons les plus proches étaient le cri rauque des mouettes et le miaulement des chats.

A travers le grillage, le ciel avait la couleur des lis tigrés, d'un rose saumon très doux qui pâlissait contre les carreaux bleus des coupoles.

Asher ne se tourna pas vers la Mecque — même si par déduction il en avait repéré la direction — ni ne répéta les paroles du muezzin, mais, assis parmi les coussins et les couvertures du divan, il pria. Il ressentait une peur intense.

Quand il eut terminé, la lumière avait foncé ; sa teinte rouge sang cédait la place à l'ombre. A cause des coupoles, l'obscurité gagnait la pièce par le bas. En son centre, le bassin rectangulaire carrelé de faïence bleue qui avait dû être une fontaine ou un vivier paraissait d'une profondeur insondable dans la pénombre, sinistre chose dont pouvait émerger n'importe quoi. Asher gratta une allumette qu'il avait dans sa poche, et alluma la mèche de l'une des lampes de bronze disposées dans la rangée de niches du mur. Sa lueur ne suffisait pas à dissiper l'obscurité inquiétante qui envahissait la pièce. Il chercha sa montre pour la remonter, comme à son habitude ; on la lui avait confisquée, naturellement, de même que les chaînes d'argent qui protégeaient ses poignets et sa gorge.

L'oreille aux aguets dans la nuit qui gagnait la maison silencieuse, il se lava et s'habilla, puis rangea dans un placard peu profond les éléments de literie dans lesquels il avait dormi. Quand la nuit fut noire — noire au point de ne pouvoir distinguer un fil blanc d'un fil noir, dit le Coran —, il entendit tourner la clef dans la serrure antique.

Il s'éloigna de la porte autant qu'il le put, et il appliqua son esprit à rester insensible, à ne pas tomber dans l'étrange absence où savait le mettre le vampire. En dépit de ses efforts, il ne les vit pas entrer dans la pièce. Il avait l'impression vague qu'il rêvait : il se tenait dans une galerie plutôt obscure, et regardait une porte incrustée d'ivoire et de cuivre qui s'entrouvrait...

Il se vit un instant reculer contre un pilier, et l'instant suivant ils étaient tous autour de lui, on lui liait les poignets avec une cordelette de soie. Leurs yeux luisaient comme ceux des rats, leur chair morte se collait à la sienne. Ils ne s'étaient pas nourris.

« Alors qui êtes-vous donc, l'Anglais ? » questionna celui qu'on lui avait dit la veille s'appeler Zardalu. Imberbe, sans plus de consistance qu'une poupée de chiffon, il avait les ongles peints en rouge, et les yeux bleu vif d'un Circassien. « La nuit dernière je vous ai pris pour l'un des *mekaniscyen* du bey, j'ai cru qu'il voulait vous rendre comme nous pour s'occuper de cette chose qu'ils font dans les cryptes, cette *dastgah*. » Sous leurs paupières peintes, ses yeux détaillaient Asher qui s'efforçait de maîtriser les battements de son cœur car ils pouvaient les entendre, il le savait. « Et voilà que le bey nous a donné d'autres instructions à votre sujet. Alors que faut-il penser ?

— Tu crois vraiment qu'il songe à agrandir notre groupe pour l'une de ses expériences ? » intervint la frêle Jamila Baykus.

La kadine Baykus, comme on l'appelait, avait une étrange sauvagerie ébouriffée qui l'apparentait beaucoup à la chouette. La tête inclinée de côté, elle examinait Asher de ses immenses yeux de démon. La moitié apprêtée de sa chevelure dorée était bouclée, tressée et ornée de peignes incrustés de pierreries, l'autre tombait jusqu'à ses cuisses dans le plus grand désordre. Des perles étaient prises dans leur énorme masse, comme des coquillages dans un paquet de varech échoué sur le sable ; elle portait autour de la gorge un collier de diamants et d'os de rats. L'index qu'elle leva pour toucher le dessous du menton d'Asher — car elle avait la taille d'une jeune Anglaise de douze ans — ressemblait à une brindille qu'elle aurait cueillie dehors, aussi froide que l'était la nuit.

« C'est pour cette raison que tu es là, l'Anglais ? demanda-t-elle.

— *Il* a dit qu'on ne doit pas lui poser de questions », s'interposa Haralpos, un borgne trapu, ancien janissaire. Il brandit une écharpe d'un tissu fin, chiffonné et souillé de taches sombres.

Asher avait étudié le persan, et assez d'arabe pour entendre l'osmanli plutôt fruste qu'ils parlaient entre eux et se faire comprendre.

« Mais a-t-il dit que je ne dois pas non plus vous questionner ? » dit-il.

Zardalu haussa les sourcils en accent circonflexe dans une mimique ravie ; un sourire découvrit ses canines.

« Oh ! qu'il est intelligent, cet Anglais-là. Oui, vous

pouvez nous questionner, bien sûr. Que sommes-nous sinon les serviteurs du Seigneur Immortel, comme vous ?

— *Il* a dit silence », insista Haralpos. Ceux qui n'avaient encore rien dit, le ténébreux Habib et la voluptueuse Russe Pelageya, remuèrent un peu, apparemment mal à l'aise. Asher, qui n'ignorait pas de qui parlait le janissaire, savait leur malaise justifié. « *Il* a dit de marcher en silence, comme le brouillard. On ne va pas laisser cet infidèle pousser des cris pour qu'on vienne le sauver ?

— Vous croyez que cela me servirait à quelque chose ? » rétorqua Asher. Il se tourna vers Zardalu, qu'il pressentait le plus dangereux de tous, et lui demanda : « Qu'est-ce que ce *dastgah* ? » Le mot désignait un dispositif scientifique ; il pouvait s'appliquer aussi bien à un astrolabe qu'à une expérience chimique.

« Comment le saurais-je, l'Anglais ? Le Seigneur Immortel a fait planter des barreaux en argent pour défendre l'accès de la cave qui se trouve sous les anciens bains. Son esprit a recouvert le lieu d'un voile qui nous empêche d'y penser, le même voile qui recouvre la ville tout entière », dit-il en abaissant sa voix suave d'alto. Il s'approcha. Il émanait de ses cheveux et de ses vêtements une odeur de patchouli et de décrépitude.

« Il a dissimulé l'endroit sous un voile, mais nous sentons le froid de la glace qu'il fait apporter par des hommes pendant la journée pour ses expériences. Nous sentons les vapeurs du naphte, de l'alcool, les exhalaisons infectes de ce qu'il manipule... tout comme nous entendons marcher ceux qui travaillent là-dessous, dans les cryptes, pendant que nous dormons. S'imagine-t-il que nous ne nous apercevons de rien ?

— Allons-y, s'impatienta Haralpos. Tout de suite. » Il fit mine de bâillonner Asher avec l'écharpe, mais Zardalu l'arrêta.

« Notre ami James nous a dit — on peut vous appeler James, l'Anglais ? — qu'il y a mieux à faire que de crier. Le bey nous punira certainement s'il réussit à s'échapper, et même s'il ne fait qu'essayer... oh! pas de mort... — il caressa d'une phalange froide les cicatrices qu'avait Asher sous l'oreille — mais d'expériences fort déplaisantes avec des pinces à épiler ou du sable chaud, ou de l'eau. »

Soudain ses ongles rouges pincèrent cruellement le lobe de l'oreille du prisonnier, de plus en plus fort, comme l'étau d'une machine. Les yeux fermés, Asher serra les dents, obligea sa pensée à se détacher de la douleur. A l'instant où il crut que les serres allaient arracher le lobe, Zardalu le libéra. Il rouvrit les yeux, le vampire lui sourit de toutes ses canines.

« D'ailleurs il sait qu'il ne peut pas s'échapper, n'est-ce pas, James? »

Il y avait du sang sur les ongles de Zardalu. Le vampire soutint le regard du prisonnier tandis qu'il les léchait lentement, jusqu'à la moindre trace.

Ils l'emmenèrent dans une galerie ouverte, qui dominait de deux étages une cour pavée. Ce devait être un ancien *han*, un caravansérail, se dit Asher en descendant les hautes volées de marches carrelées. Une seule lampe brûlait dans une niche murale au pied de l'escalier. Elle révélait l'entrée d'un court passage voûté ouvrant sur un vestibule octogonal dont le sol de mosaïque, même dégradé de longue date, présentait encore des fragments de figures byzantines. Il avait déjà traversé ce vestibule dans l'après-midi de la veille, un poignard dans le dos, sous la conduite des hommes qui l'avaient encerclé dans une petite rue discrète du quartier du Marché. Ils n'avaient pas prononcé une parole, ce qui n'avait pas d'importance. L'ancienneté du lieu comme l'absence de lampes dans les niches et de miroirs aux murs l'avaient renseigné sur le genre de demeure où on l'avait amené.

Le Bey Olumsiz lui avait dit la nuit dernière, dans la lumière mouvante de la chambre au dernier étage : « Il est injuste de vous maintenir ainsi totalement prisonnier, quand ma maison ne manque ni de bibliothèques ni de bains ni d'amusements pour un homme intelligent. » Asher était alors allongé sur le divan, pieds et mains ligotés, et plus effrayé qu'à aucun autre moment de sa vie. « Mais la maison des Lauriers-Roses est très ancienne, et vaste. Elle comporte des pièces où l'on n'a allumé nulle lampe depuis un grand nombre d'années, et mes enfants vont et viennent librement dans le noir. »

Il avait eu vers ses disciples un geste de sa main droite, rude et carrée, et couverte de bagues dont les pierres avaient été polies bien avant l'invention de la taille en facettes des gemmes. L'autre main portait une arme qu'Asher ne lui avait pas vu lâcher d'une seconde, une hallebarde d'au moins un mètre cinquante dont la lame nue d'une cinquantaine de centimètres, d'argent étincelant, était aiguisée comme un rasoir. Un des tranchants était hérissé de dents obliques en forme d'arête de poisson.

« C'est pourquoi je crois préférable que Sayyed ici présent vous accompagne », avait poursuivi le Seigneur Immortel en désignant un serviteur impassible, l'un de ses trois agresseurs du marché. « J'ai la conviction, avait ajouté le Maître de Constantinople tandis que le serviteur tirait son couteau pour couper les liens d'Asher, que vous vous apercevrez qu'il est votre meilleur ami. »

Asher avait saisi le message. Sayyed avait donc passé plusieurs heures sur le seuil de la bibliothèque, à le surveiller tandis qu'il en explorait les rayons creusés dans le mur, lisait les titres des ouvrages — en arabe, allemand, latin — à la lumière d'une douzaine de lampes et de bougies. L'homme n'avait fait aucun commentaire en voyant Asher emporter dans sa chambre un volume de l'*Histoire secrète* de Procope et un chandelier de bronze. Là s'arrêtait son ambition pour le moment. Le chandelier s'ornait de vrilles de vigne en métal forgé, sur lesquelles Asher avait exercé dès le jour levé ses talents de bricoleur pour les transformer en crochet.

Il revivait son entrevue avec le bey pendant que

Haralpos lui bandait les yeux de son écharpe malpropre. Il se laissa guider ainsi ligoté et aveugle, entouré des chuchotements de ceux que le bey lui avait conseillé d'éviter. Il revoyait aussi l'arme d'argent qu'il transportait, et analysait la signification d'un tel geste.

Il essaya de compter ses pas, le nombre de fois où ils avaient tourné, et se concentra sur les différents matériaux qui composaient les sols. Mais, comme l'avait dit le bey, la maison était vaste, et se composait, pour autant qu'Asher avait pu le voir, de plusieurs anciens caravansérails, petits palais de construction turque ou byzantine. Ils traversèrent deux cours à l'air libre — ou deux fois la même cour car le pavement de brique paraissait identique —, montèrent et descendirent des marches, passèrent un endroit où l'eau giclait légèrement sous ses bottines, puis un autre dont le plancher disjoint sonnait creux sous ses pas, et seulement sous ses pas, malgré la présence glacée des mains qui le serraient aux coudes. Il ne lui servit à rien de compter pas et tournants : il eut l'impression de s'éveiller, surpris d'être debout, comme un somnambule, alors qu'il se trouvait dehors, saisi par l'odeur puissante des rues de Constantinople et l'aboiement des chiens. Plongé dans l'irréalité, il ne sentait pas la proximité des vampires, et avait l'impression de marcher seul, malgré leurs mains sur ses épaules, ses bras, son cou. Ils échangeaient quelques propos, à présent.

« Vous imaginez le bey faisant d'un type comme lui l'un des nôtres ? fit la voix profonde de Haralpos près de son oreille alors qu'ils empruntaient une rue qui descendait vers les bruits du port. Un infidèle qui bricole avec des machines ? Il est devenu difficile, le Seigneur Immortel. Il n'a fait entrer personne dans nos rangs depuis qu'il est arrivé malheur à Tinnin.

— Tinnin était un lettré, souffla une voix qu'il reconnut pour celle de la kadine Baykus, un philosophe nubien comme ceux qu'on trouve aujourd'hui en Europe, insolent même envers les rois... Mais il était doux, oh oui, très doux. Il ne se contentait pas de bricoler avec des bouts de métal et du fil de fer, il connaissait le pourquoi de ces expériences.

— Peut-être que notre James en connaît lui aussi le pourquoi ? susurra Zardalu. Peut-être que notre bey ne nous fait plus confiance ? »

Le terrain s'élevait fortement, puis c'étaient des marches — et les mouettes lançaient leur cri strident. La maison des Lauriers-Roses se trouvait à un jet de pierre des ministères, sur les contreforts de la Seconde Colline, mais le quartier du Marché, entre la place d'Armes et la mosquée de la Sultane Valide, l'un des plus anciens de la ville, était un véritable labyrinthe. Comme dans maintes cités islamiques, les habitants se retiraient dans leurs maisons sitôt dites les prières de la tombée de la nuit, en barricadant leurs portes; les morts vivants et leur captif déambulaient donc sans problème.

« Serait temps de faire confiance à quelqu'un, grommela Haralpos.

— Il n'a pas fait confiance non plus à Zarifa, fit la kadine Baykus de sa voix fluette, ni à Shahar, et vous avez vu ce qui leur est arrivé. Il joue un jeu ardu, notre Seigneur Immortel, et plus ardu encore maintenant avec ce nouveau béguin. » De ses ongles longs comme des griffes sur ses mains maigrichonnes de fillette, elle donna une chiquenaude dans le cou d'Asher.

L'un des vampires avait dû le sentir à l'écoute, la pensée en éveil, car il eut presque l'impression que son esprit se brouillait comme sous l'effet d'une drogue qu'on lui aurait injectée, il dérivait, noyé de perceptions étranges et d'odeurs inconnues. Il dut lutter pour garder une certaine conscience de ce qui l'entourait. Quand il retrouva sa lucidité, la saveur piquante et salée de la mer avait disparu, ainsi que le son lugubre des sirènes de bateaux; on entendait au loin la rumeur de conversations animées, et la musique du quartier tsigane. Ils se dirigeaient vers les remparts.

Il se dit que, s'ils avaient eu l'intention de le tuer une fois hors de vue du bey, ils l'auraient certainement déjà fait. Mais cela ne le réconforta guère.

Ils gagnaient un terrain plus escarpé, accidenté, rocailleux. Il lui arrivait d'effleurer de l'épaule des pierres endommagées. Quelqu'un lui appuya sur la tête pour l'obliger à se courber. Puis vint l'air froid du large, et le bruissement des arbres. On délia enfin son bandeau, et il découvrit les silhouettes pâles des stèles funéraires qui l'entouraient telle une forêt de doigts dans l'ombre noire des arbres, et la forme indistincte des tombes saintes. La lune ne s'était pas encore levée, mais le faible scintillement des étoiles lui permettait de deviner la masse uniforme de ce qu'ils avaient laissé derrière eux : les anciennes tours de guet, les remparts délabrés, les fossés remplis d'herbes folles et des fantômes de ceux qui avaient péri pour défendre ces murs. Noires sur un décor noir, à peine caressées par une lueur des plus ténues, les collines où s'était édifiée cette ville offraient leurs coupoles et leurs minarets à un ciel de plomb.

Zardalu était seul à ses côtés, un mince sourire aux lèvres. Ses vêtements à l'ancienne, culottes bouffantes, tunique, pelisse de velours noir, scintillaient de pierres précieuses.

« Une petite promenade parmi les tombes vous tenterait-elle, mon ami James ? » Les ongles peints déchirèrent sans effort la corde qui liait les poignets d'Asher. Sous le rouge des joues et le bleu des paupières, dont la nuit faisait des taches sombres, le visage blême de Zardalu paraissait sortir d'un cauchemar, équivoque et sans consistance, comme le reste de son corps. Il rejeta en arrière ses longs cheveux coiffés en boucles féminines, et les pendentifs de ses oreilles eurent un éclat liquide. « Montrez-vous, mon cher, comme doivent se montrer les morts vivants dans cette ville, par politesse, pour s'offrir en spectacle au Seigneur Immortel qui leur donnera ou non la permission de chasser. J'espère, ajouta-t-il avec un large sourire de cadavre, que vous comprenez les règles ?

— Je crois que oui », répondit Asher en se frictionnant les poignets.

La cordelette, lisse mais très serrée, lui avait

engourdi les doigts, qui étaient tout enflés. Tenter de rebrousser chemin vers les remparts, jouer à cache-cache dans les galeries en ruine des tours abandonnées, avec ceux qui pouvaient y voir comme en plein jour ? L'idée lui traversa l'esprit mais il l'écarta aussitôt, définitivement. Quelque chose lui picota le cuir chevelu, sans insister. Il se retourna vivement comme sous la pointe d'un couteau, et ne vit rien.

Zardalu riait sans bruit, bouche élastique distendue sur ses crocs longs et pointus, comme ceux d'un loup.

« Me direz-vous qui vous êtes réellement, l'Anglais ? demanda-t-il avec douceur. Et qui est celui dont le bey croit qu'il se risquera à venir vers vous ? Depuis le déclin de l'été il nous dit "Trouvez-le et tuez-le". Et voici qu'il dit à présent : "Celui qui vient à la rencontre de l'Anglais, amenez-le-moi." »

Il gesticulait au milieu des tombes sculptées de turbans, qui s'effritaient et penchaient plus ou moins, comme si un enfant gigantesque avait planté au hasard un millier d'énormes allumettes dans l'herbe sauvage.

« Êtes-vous son serviteur ? Ou y a-t-il un secret que vous connaissez ? »

Ses yeux de glace, d'un blanc sale à la lueur des étoiles, parurent un instant la seule réalité de l'eunuque ; le reste de sa personne s'était dissous en fumée ou en rêve. Asher sentit peser sur son esprit la pression hypnotique de celui du vampire, qui l'accablait de son poids presque irrésistible.

« Je ne sais pas de quoi vous parlez, dit-il.

— Qui est cet intrus, l'Anglais ? Qu'a-t-il à voir avec le *dastgah* et les barreaux d'argent qui interdisent l'entrée de la crypte ? »

Dans un effort de volonté, Asher repoussa la somnolence qui l'envahissait insidieusement.

« Si votre maître doit vous punir pour l'avoir demandé, répliqua-t-il, je pense qu'il n'est pas dans mon intérêt de vous répondre. »

Zardalu jeta les bras au ciel dans une mimique d'amusement exagérée, mais sa colère était manifeste.

« Que voici un homme sage ! cria-t-il sans plus de

bruit que le vent de la nuit. Ce qu'il lui faut à présent, c'est une clochette comme celle de la chèvre qu'on attache pour attirer le tigre ! »

Asher sentit de nouveau l'emprise du vampire sur son esprit ; il tenta de s'en libérer encore, voulut repérer dans quelle direction partait Zardalu, et en fut incapable. Il eut la sensation de s'éveiller soudain, seul dans le froid parmi les tombes pourrissantes.

Ils sont tous là quelque part, pensa-t-il. Zardalu et Jamila Baykus, Haralpos et Habib, et Pelageya, tous à le surveiller. C'était un piège, une embuscade. Anthea lui avait parlé de l'étrange situation de la ville, de l'espèce d'envoûtement dont elle la sentait victime. Cet état qui l'empêchait de percevoir la présence de tout autre vampire était l'œuvre, disait-elle effrayée, du grand Maître des Maîtres.

En progressant prudemment parmi les tombes, à tâtons quand les cyprès noirs masquaient la très pâle lueur du ciel, il s'efforçait d'enregistrer autant d'informations que possible sur ce qui l'entourait. Ne le voyant pas revenir, Anthea avait-elle fui leur logement pour se réfugier dans un endroit comme celui-ci ? Et cette rencontre qu'il avait faite de la garde du Sultan qui l'avait arrêté dans la cour de la mosquée non loin de l'entrée du Grand Bazar, avait-elle été combinée pour laisser Anthea sans surveillance ?

Mais, dans ce cas, pourquoi cet enlèvement moins d'une heure après qu'on l'eut relâché, avant même qu'il ait eu le temps de revenir vers elle ? Et pourquoi se servait-on de lui, en ce moment, comme d'un appât ? Était-ce pour elle que le piège était tendu ?

Il s'arrêta pour s'asseoir sur la longue dalle plate qui était la tombe d'un noble ou d'un prince, sorte de banc de marbre gravé d'une belle inscription arabe et terminé par une stèle étroite surmontée d'un turban. Le turban signifiait qu'il s'agissait d'un homme. On l'avait représenté penché sur le côté, ce qui indiquait que le défunt avait été étranglé sur ordre du sultan. Des éclats blancs étoilaient le marbre là où des balles l'avaient frappé, quand l'armée avait achevé ici même, en juillet dernier, la bataille qu'elle avait engagée avec les forces du Sultan.

Cette bataille finale, songea-t-il, avait brutalement mis fin au pouvoir que le bey détenait d'une façon ou d'une autre à la cour du sultan — un pouvoir d'ordre financier sans doute, puisque le pays tout entier était entre ses mains. Abdül Hamid prisonnier de son palais de Yildiz, le comité Union et Progrès se démenait pour obtenir un Parlement élu qui, de ses débuts au XVIe siècle, ferait évoluer l'empire jusqu'au XXe. Dans ces conditions, le bey devait trouver un autre émissaire à envoyer en Angleterre, pour conduire Ernchester jusqu'ici.

Pour quelle raison tenait-il tant à la présence du comte ?

Quelque chose remua sous les arbres noirs, mais les yeux fatigués d'Asher ne purent rien distinguer. Un renard ou un rat peut-être, mais, si les rats pouvaient flairer l'odeur des cheveux d'Anthea sous son chapeau, il était peu probable qu'ils s'aventurent si près de ceux qui l'observaient parmi les arbres.

Il se leva de la pierre tombale, et poursuivit son chemin.

Les tombes se pressaient sur toute la longueur des remparts, depuis la porte à sept tours de Yeni Kule jusqu'à la mosquée d'Eyub. Des gens venaient prier ici dans la journée, mais aucune tombe n'avait été déplacée.

Quelque part, des chiens se mirent à hurler.

Il jouait le rôle de la chèvre dans la chasse au tigre depuis environ deux heures, calcula-t-il d'après la progression de la lune dans les nuages. De la cité obscure montèrent les derniers appels des muezzins, plainte profonde et obsédante qui ne ressemble à rien d'autre sur terre. De l'autre côté de la baie, à Pera, la cloche d'une église répondit à son heure, grêle et claire.

Était-ce Anthea qu'ils pensaient voir apparaître ? Ou Ernchester ?

Ou même quelqu'un d'autre, après tout ?

D'après ce qu'avait dit Zardalu, Asher se demandait

s'ils connaissaient l'identité de la personne qu'ils espéraient prendre au piège.

Anthea, pensa-t-il, *fuyez cet endroit. Partez.*

Il vit alors Zardalu traverser dans sa direction un espace découvert, en fendant l'herbe cendrée de ses pantalons bouffants. Il lui lia les poignets de nouveau, lui rebanda les yeux. Ses mains étaient tièdes.

« Vous servez un maître insensible, dit l'eunuque. A moins qu'il ne se soit trouvé un nouveau serviteur, intelligent ou non. Vous a-t-il promis la vie éternelle, James ? Parce qu'ils le font tous, vous savez.

— Même le bey ?

— Oh ! vous êtes un infidèle insolent, James, pour le moins.

— Simple curiosité de ma part », rectifia Asher qui avait perçu une note d'amusement dans le murmure suave de Zardalu.

Lorsqu'ils repassèrent les remparts, les rues de la ville étaient cette fois entièrement silencieuses, à l'exception du cri des mouettes. Zardalu tenait Asher par le coude, et avait posé l'autre main sur sa nuque. L'odeur du sang frais et les relents de mort dominaient celles de son parfum et de la boue qu'ils piétinaient.

Ce fut seulement, estima Asher, lorsqu'ils abordèrent la Seconde Colline que des pas s'approchèrent, et des voix leur parvinrent. Un homme marmottait dans la langue râpeuse du grec romaïque des propos amoureux sur la beauté d'une fée ; l'air apporta, comme les effluves de fleurs empoisonnées, le son cristallin du rire d'un vampire.

« Elle a trouvé un trésor, notre Pelageya », souffla Zardalu à l'oreille d'Asher, et s'adressant à la jeune Russe : « Alors, *sagir sayyat* ? Tu as ramené un jeune taureau dans tes filets ? »

Elle eut un rire d'une douceur si profondément émouvante que, malgré tout ce qu'il savait, Asher se sentit fondre, comme si la femme gisait nue entre ses bras.

Ils firent halte. Il entendit une clef tourner dans une serrure — quelle sorte de clef, il n'aurait su le dire.

L'homme qui les accompagnait tenait des discours confus d'une voix pâteuse d'ivrogne, jurant un éternel amour, promettant des prouesses dans l'extase qui feraient crier de gratitude sa nouvelle adorée. Haralpos, Habib et la kadine Baykus échangeaient des chuchotements d'une gaieté lubrique. Leurs voix entouraient Asher de murmures fugitifs, tantôt devant lui, tantôt derrière, tandis qu'on lui faisait franchir un seuil et descendre un long escalier aux marches inégales, usées en leur centre et d'une hauteur incroyable, qui menait en un lieu d'où s'exhalait l'odeur de la pierre humide.

« La petite mendiante qu'a trouvée Habib, on ne la regrettera pas beaucoup en ville, mais ce taurillon ? Il a l'air bien nourri...

— Et alors ? C'est un Arménien, elle l'a trouvé dans Kara Geumruk. Le sultan est plus prompt à venger les Tsiganes et les Juifs que ces gens-là...

— Mais il n'est pas trop ivre pour nous divertir vraiment ? s'inquiéta avec humeur la voix traînante de Zardalu. C'est bien gentil de voler une petite mendiante endormie pour *El-Malik*, mais moi, après une nuit passée assis dans un cimetière avec pour tout potage un misérable vagabond qui dormait derrière une tombe, je veux me divertir un peu !

— *El-Malik* se distrait avec son *mekanisyen* infidèle, soupira voluptueusement la jeune Russe. J'ai senti l'odeur du café de la rue. Cet homme-ci va se réveiller suffisamment. »

El-Malik. Le Maître, le Roi. Le maître vampire de Constantinople. Pendant qu'ils bavardaient, Asher nota le virage très net au bas de l'escalier ; deux de ses pas, et il rencontra un rideau ; puis on tourna à droite, sur un sol de brique très inégal, et une brusque émanation d'ammoniaque et de produits chimiques prenait à la gorge, en même temps qu'un souffle de froid.

Et bien plus loin, un son étouffé derrière une barrière de bois et de fer, un son qui exprimait une angoisse, une horreur indicibles, celui d'une voix d'homme.

« J'ai abordé l'un de ces *mekanisyen* l'autre nuit, comme je revenais aux petites heures du matin », racontait Zardalu d'un ton léger. Il dut se retourner, car sa main glissa du cou d'Asher à son épaule. Sinon, se dit Asher, le vampire aurait senti se hérisser les cheveux de sa nuque au son lointain de ce désespoir atroce. « Un petit infidèle bien gras comme un gâteau, avec des lunettes... Il s'est plaqué contre le mur près de la grille de derrière, en brandissant son petit marteau comme ça, et il glapissait en roulant des yeux : "Qui est là ? Je vous entends... Vous ne pouvez pas vous échapper... Montrez-vous, je ne vous ferai pas de mal..." »

Le malheureux Arménien continuait à balbutier des paroles câlines tandis qu'Asher prenait ses repères en pensée, un escalier étroit qui tourne trois fois sur lui-même, puis une pièce ouverte qui résonne, et d'autres escaliers. Un sol de petits pavés ronds, puis de pavés gros comme des boulets, dans un espace découvert où l'herbe pousse entre les pierres. On tourne à droite, et on trouve une porte fermée à clef...

Le groupe s'arrêta soudain dans une pièce au plancher nu. Les conversations cessèrent, et Asher comprit pourquoi.

« Rien ? » questionna une voix de velours brun, de roses et d'or.

L'étreinte de Zardalu se relâcha. Asher comprit qu'il se courbait.

« Rien, Seigneur », répondit-il.

Asher entendit d'abord le bruissement dense de la soie, puis perçut l'odeur de café, d'encens, d'ammoniaque... et de sang.

« Quoi qu'il en soit vous aurez fait de votre mieux. Habib, mon ange, cette *sarigi burma* m'est-elle destinée ? Comme elle est sale, la pauvre petite. Et toi, Pelageya ? Oh ! mais dis-moi... » Asher le voyait en pensée se pencher. Il y eut une courte lutte, un froissement de vêtements, et un grognement étouffé de terreur. Le jeune homme avait soudain compris, tardivement, qu'il se trouvait en présence de la mort souriante.

Une main qui semblait d'acier articulé effleura la joue d'Asher, presque en une caresse. L'écharpe lui fut ôtée. Il reçut le regard de deux yeux autrefois brun sombre, mais que la particularité du passage à l'état de vampire avait décolorés en un orange vif tout à fait artificiel.

Le Bey Olumsiz recula d'un pas.

Il avait la même taille qu'Asher, soit plus d'un mètre quatre-vingts, et presque la même minceur, mais ses épaules voûtées donnaient à sa tête petite et rasée une inclinaison particulière, comparable à celle des tortues. Malgré le nez en forme de lame qui aurait pu ouvrir d'un seul coup la fente de la bouche dépourvue de lèvres, les traits ne manquaient pas de beauté. Il portait à une oreille un énorme morceau d'ambre du même ton orange que ses yeux, où était prisonnière une fourmi si grosse qu'Asher distinguait le dessin de ses mâchoires en dents de scie. On s'attendait presque à voir d'autres insectes captifs des prisons glaciales de ses yeux.

« Il serait probablement souhaitable, lui dit le bey dans l'osmanli fleuri pratiqué à la cour, que, telle Shéhérazade, vous retourniez à votre chambre et y demeuriez le temps que revienne la nuit. Les histoires que nous conterons cette nuit ne conviennent pas aux oreilles des vivants. »

Le regard d'Asher alla se poser derrière le bey sur le groupe de ses disciples, qui entourait étroitement un jeune homme vigoureux au nez proéminent et aux cheveux noirs très bouclés. Le jeune homme regardait fixement autour de lui, avec une horreur croissante qui annihilait les effets de l'ivresse. Les envoûtements de Pelageya ne l'empêchaient pas d'observer le riche décor de carreaux de faïence bleu et jaune, l'obscurité qui attendait dans chaque recoin... Asher grava lui aussi dans sa mémoire les détails de la pièce.

Le rude et puissant Habib, qui semblait entretenir des relations d'amitié avec Haralpos, portait sur son épaule, ainsi qu'Asher l'avait deviné, une mendiante endormie d'une douzaine d'années, comme s'il s'agissait d'un petit enfant.

« Sayyed a déjà transporté chez vous de quoi vous sustenter, poursuivait le Maître de Constantinople. Et quelques livres — si vous voulez bien pardonner la présomption que j'ai eue de les choisir pour vous — qui enchanteront de vieilles légendes le cours de votre nuit. La séance qui va se dérouler ici sera quelque peu... animée. » Sa bouche s'étira, s'incurva en un sourire, réflexe que ses yeux avaient oublié depuis longtemps, s'ils l'avaient jamais eu. Il accompagnait ses propos d'un geste de la main droite — la gauche serrait obstinément son arme à lame d'argent, étincelante dans la lueur multicolore des lampes de bronze placées haut sur les murs.

Cette lueur se reflétait dans les yeux des disciples, chats impatients d'être nourris.

Le jeune Arménien émit un couinement de terreur. Il tenta de libérer ses bras de la poigne de Pelageya et de Haralpos, sans succès. Asher perçut une odeur d'urine. Le pauvre garçon ne se contrôlait plus. Le jeune homme leur donnerait le plaisir qu'ils attendaient de lui, songea-t-il amèrement, au tréfonds des sombres galeries de cette demeure maudite.

Durant toute la scène, il n'avait cessé de se répéter, *ensuite une cour pavée de pierres plus petites, puis une porte à droite, traverser un hall, descendre un escalier étroit puis un autre deux fois plus long...*

La cave aux barreaux d'argent, là où Zardalu disait que se trouvait le *dastgah*, d'où provenaient des émanations chimiques...

« Il arrive parfois à mes enfants de s'égarer dans leur quête », disait le Maître.

Asher s'obligea à abandonner le sujet qui lui occupait l'esprit. Le bey ne devait pas le deviner.

« Oui, je pense réellement préférable que vous demeuriez dans votre chambre. Si quelqu'un venait vous y appeler, sauf s'il s'agit de moi et uniquement de moi, je suggère que vous ne répondiez pas. Mon chéri... »

La main droite couverte de bijoux du bey caressa la joue de Zardalu. Si ce n'est une brève étincelle dans ses yeux bleu saphir, le vampire resta impassible.

« Qu'on ramène cet homme dans sa chambre, ordonna le Maître en tendant à son disciple l'écharpe qui avait servi à bander les yeux d'Asher, et que Habib porte l'enfant dans mes appartements. Sois gentil de reconduire mon autre invité de la nuit jusqu'au lieu habituel de rencontre. S'il lui advient le moindre des maux je le saurai, ne l'oublie pas. Ne serait-ce que si tu lui parles, comme tu as parlé à celui-ci, ou s'il te parle, je le saurai. » Il eut un autre sourire, aussi froid que le contact de sa main. « Et j'en serai mécontent. Est-ce bien compris ? »

Zardalu courba si fort sa longue silhouette désarticulée que ses boucles noires vinrent balayer le plancher. « C'est compris, Seigneur. »

Le Bey Olumsiz fit alors signe à quelqu'un qui depuis le début se tenait dans l'ombre, sur le seuil d'une porte de communication. Et, dans un allemand dénué de tout accent et parfaitement contemporain : « Venez, dit-il, mon disciple va vous accompagner. Je vous garantis que vous n'avez rien à craindre de lui.

— Je n'éprouve nulle crainte en votre demeure, ni en aucun endroit où je me rends sous votre protection, monseigneur », répondit Ignace Karolyi en sortant de l'ombre.

Dans cet environnement, son costume caramel paraissait aussi incongru que l'auraient été l'uniforme kaki et le fusil d'un soldat britannique à Marathon. Il s'arrêta un instant devant Asher, et une étincelle de curiosité soudaine plissa ses larges yeux bruns. Puis il s'approcha du bey et s'inclina.

« Je veux croire que je suis pardonné, monseigneur, et qu'un accord entre nous peut encore être trouvé ? »

Le bey le contempla d'un regard étrange. Le tranchant de l'arme qu'il tenait devant lui jeta un éclair blanc dans la lumière.

« Cela reste à définir, dit-il. Ainsi qu'il en est de toutes choses, cela repose entre les mains de Dieu. »

XIII

« Je ne vois pas pour quelle raison il ne peut nous accompagner », gémit Margaret Potton. Aidée par un valet de pied grec, elle sortit de la voiture de l'ambassade derrière Lydia, et se hâta d'emboîter le pas à la redoutable Lady Clapham, grande personne osseuse aux traits chevalins dont Lydia avait instantanément deviné qu'elle était le personnage essentiel de la colonie diplomatique britannique de Pera. « Vous pourriez le présenter comme votre cousin, insista Margaret. Quand vous avez raconté à Sir Burnwell que vous aviez un cousin à Constantinople, j'ai trouvé que c'était une bonne idée.

— Je le lui ai dit pour le cas où nous aurions à présenter Ysidro en urgence, expliqua patiemment Lydia, plutôt stupéfaite mais sans colère. Je ne pense pas qu'une réception diplomatique au palais arrange tout. »

Lady Clapham avait pris de l'avance. Entre les dames qui flânaient dans leurs ensembles à jupe tulipe et leurs chapeaux en forme de seau à charbon qui n'auraient pas été déplacés à Paris ou à Vienne, elles l'aperçurent qui les attendait sur le seuil de Mlle Ursule. Lady Clapham se retournait vers les deux jeunes femmes confiées à sa garde. Lydia n'aurait pas été surprise de l'entendre ordonner : « Pressez-vous mesdemoiselles, allons allons ! »

« Je ne sais pas, dit Margaret. Je crois que ce serait bien pour lui. »

Lydia secoua la tête. Elles rejoignaient à l'entrée de la boutique leur mentor et conseillère en matière d'emplettes, ce qui lui évita une discussion supplémentaire. La modiste était une Belge fermement corsetée d'un certain âge, qui saisit immédiatement la différence entre la soie sauvage bleu pervenche à deux cents guinées que portait Lydia et la laine brune vieillotte de Margaret, mais les accueillit l'une et l'autre avec exactement la même cordialité dans le sourire. Il vint à l'esprit de Lydia, alors que Lady Clapham exposait à Mlle Ursule l'objet de leur visite, qu'Ysidro aurait quelque difficulté, ces temps-ci, à se faire passer pour un vivant.

Margaret avait été bouleversée d'apprendre que c'était pour elle, et non pour Lydia, que l'on faisait cette excursion jusqu'au quartier européen des boutiques à la mode, dans la Grand-Rue. « Petite dinde, avait déclaré sans malice Lady Clapham comme la gouvernante rosissait de plaisir, naturellement que vous allez accompagner Mrs. Asher ce soir ! Et, bien évidemment, vous ne pouvez pas y aller dans cette tenue. »

Lydia avait éprouvé une pointe de soulagement à cette confirmation que d'autres, pourtant plus âgés et d'une catégorie sociale dominante, avaient infiniment moins de tact qu'elle-même.

A son extrême contrariété, il lui fallait admettre qu'Ysidro avait eu entièrement raison. A Constantinople comme à Vienne, Margaret Potton était son manteau de respectabilité. Sa seule présence faisait qu'il lui était totalement inutile de préciser à quiconque : « Vous voyez bien que je ne suis pas une fille de mauvaise vie ! » La veille à l'ambassade, cette présence avait certainement eu l'effet magique escompté. Sans Margaret, elle y aurait probablement été reçue, on aurait répondu à ses interrogations ; elle aurait rencontré Sir Burnwell, gris et voûté, présentant le faciès légèrement bouffi d'un homme qui souffre de problèmes rénaux intermittents... Mais c'était la présence d'une demoiselle de compagnie, et la respectabilité qu'elle lui conférait, qui avait amené Lady Clapham dans le bureau, mains tendues, proclamant : « Chère madame, croyez que je suis navrée, vraiment navrée... »

Elle retrouva la sensation de froid qu'elle avait ressentie. Les voix s'éloignaient, voix de Lady Clapham, de Miss Potton, de Mlle Ursule, comme si le petit salon impeccable, extrêmement parisien avec ses miroirs dorés et son papier peint satiné bleu pastel, reculait au fond d'un très long couloir.

Mercredi. James avait disparu depuis mercredi après-midi.

« Laquelle préférez-vous, chère amie ? »

La voix de Lady Clapham ramena Lydia à la réalité. La couturière avait étalé deux robes sur la table, l'une jaune paille avec une collerette blanche en crêpe georgette, l'autre en mousseline de soie à rayures blanches et fauves, garnie de soie rose.

« Je pense que c'est à Miss Potton de décider », répondit-elle avec un sourire contraint, en s'approchant pour avoir une idée plus précise de l'allure des robes.

Miss Potton devint rose, puis blême, puis écarlate, et son teint se marbra d'émotion. Elle opta finalement pour la mousseline de soie, que Lydia accompagna d'une paire d'escarpins en satin blanc, de gants de chevreau et d'une fine chaîne d'or portant un pendentif de quartz rose, avec les boucles d'oreilles assorties.

« Vraiment, vous n'auriez pas dû... », balbutia Margaret quand elles eurent regagné leur chambre, et tandis que Stefania Potoneros ajustait la robe. « Enfin, je veux dire... tout ça doit être horriblement cher. »

Pas tellement, au regard de la haute couture, réfléchit Lydia qui chaussa ses lunettes pour examiner la jeune femme par-dessus son épaule. En experte, Mlle Ursule classait ses robes en diverses catégories pour toutes les occasions ; la soie blanche et fauve, si jolie qu'elle fût, n'était pas destinée à rivaliser le moins du monde avec la dentelle et les rubans de Lydia. Mais aux yeux d'une jeune fille sans famille, qui avait passé nombre d'années reléguée dans les logements lugubres qu'on attribuait immanquablement aux gouvernantes, elle devait apparaître telle la robe de bal de Cendrillon.

« Je... je ne... peux pas..., bégaya Margaret, je ne peux pas vous rembourser...

— Seigneur, il n'en est pas question ! » s'écria Lydia.

Il y eut un silence. Margaret se rappelait sans nul doute — de même que Lydia — la scène hystérique de Sofia, puis la violente crise de nerfs de leur arrivée, deux nuits auparavant. Un peu embarrassée, Lydia expliqua : « Ce n'est rien, je vous assure. Je veux dire... quel intérêt d'être une héritière, avec des oncles et des tantes qui vous disent comment il faut vivre et qui vous devez épouser, si vous ne pouvez pas... faire un cadeau de temps en temps ? En plus, je sais combien cela facilite la vie d'avoir la tenue qui convient.

— Je croyais qu'être une héritière, cela voulait dire qu'on pouvait faire ce qu'on voulait », s'étonna Margaret tandis que Lydia effleurait ses joues de sa houppette de duvet, puis se penchait sur le miroir presque à y poser le nez pour inspecter le résultat.

« Oh ! non. En tout cas je ne connais pas d'autres héritières. Mon père et ses deux sœurs avaient une sainte terreur des coureurs de dot, et j'ai eu une vie... plutôt contrainte en son temps.

Je ne te laisserai pas livrer mon argent à un vaurien, telle était la phrase exacte que son père avait employée — et souvent répétée.

Non pas : *Un homme qui t'épouse uniquement pour ton argent te rendra malheureuse*, ni : *Comment peux-tu espérer qu'un tel homme soit en harmonie avec la vie que tu souhaites ?* mais : *Je ne te laisserai pas livrer mon argent à un vaurien.*

Son argent, même après sa mort.

Elle prit un peu de rouge du bout des doigts, le passa sur ses pommettes et ses tempes en un voile imperceptible, le lissa. Elle recherchait la perfection, sa seule défense depuis toujours contre les agissements des autres.

« Ce n'était pas tellement la contrainte, observa Margaret, puisqu'ils vous ont laissée aller à Oxford. » Elle prit la houppette à poudre, la retourna précautionneusement d'une main réprobatrice. « Est-ce que toutes les héritières apprennent à se servir de cosmétiques comme ça ?

— Seulement si elles ont un nez comme le mien ! » Lydia loucha pour juger de l'effet du fard, puis donna un petit coup de langue sur la pointe de son crayon à yeux et se mit à ombrer minutieusement la ligne de ses cils. « James était un ami de mon oncle Ambrose, le doyen. Il s'est arrangé avec l'un des professeurs de pathologie pour m'aider à emprunter de l'argent sous un autre nom. J'ai supplié oncle Ambrose de ne pas le dire à père, mais s'il avait su que j'étudiais la médecine, je ne suis pas sûre qu'il aurait accepté. C'était épuisant de faire tous ces aller et retour en train, et de me cacher pour rencontrer mon directeur d'études quand il venait en ville. Heureusement nous résidions habituellement près d'Oxford — au Clos Willoughby — et père passait parfois plusieurs semaines à Londres. Si ma mère avait été en vie, je n'aurais jamais pu faire ce que j'ai fait.

— Et que s'est-il passé quand ils l'ont découvert ? demanda Margaret, les yeux bleus écarquillés d'effroi.

— Oh ! j'ai eu droit à la grande scène », répondit évasivement Lydia. Pourquoi, huit ans après, la fureur froide de son père lui faisait-elle encore mal ? « Vous voulez essayer ? proposa-t-elle en voyant sa compagne toucher timidement le pot de fard, le rouge à lèvres, les différentes sortes de poudres et crèmes indispensables à l'artifice que Lydia considérait comme son armure en face du monde.

— Je... je pourrais ? balbutia Margaret qui de nouveau rosit. Je sais que je ne devrais pas... Les sœurs à l'orphelinat disaient toujours que les dames ne se servent pas de ces choses...

— Ah bon ? Moi je n'ai jamais rencontré de dame qui n'en mette pas ! répliqua gaiement Lydia. Ce n'est qu'une question d'astuce, vous savez. Il s'agit de le faire de façon à ce que personne ne le remarque. Vous allez voir. »

La transformation ne fut pas bouleversante, mais, ayant passé des années à compenser ce qu'elle considérait comme des défauts chez elle — nez légèrement aquilin, joues trop minces et dessin des lèvres démodé, pour ne rien dire de son inclination à la connaissance de préférence aux conversations mondaines —, Lydia sut comment appliquer la poudre et le rouge pour réduire l'effet du menton trop court et du nez retroussé de sa compagne, et mettre en valeur ses pommettes mieux que la nature ne l'avait fait. Quand ce fut fini, et que Margaret se contempla, elle exhala un long soupir émerveillé. Ses yeux bleus étaient plus grands et plus profonds, son joli visage au teint pâle encadré d'une masse de boucles de jais était celui qu'elle avait dans ses rêves, Lydia le savait bien.

« Oh merci ! merci ! » souffla-t-elle, et elle se mit à chercher fébrilement ses lunettes.

Lydia rit. « Vous n'allez pas les mettre pour la réception ?

— Si, si, bien sûr. » Et Margaret de les arrimer fermement sur son nez alors que Lydia ôtait les siennes avant que la bonne ne l'aide à enfiler sa robe. « Si les gens ne m'aiment pas avec mes lunettes, tant pis ! » décida la gouvernante. Elle battit doucement des paupières en regardant Lydia que laçait expertement la femme de chambre grecque. « Merci, dit-elle avec simplicité. Merci mille fois d'avoir fait ça pour moi. Je n'ai jamais été belle auparavant.

— Ne me remerciez pas, sourit Lydia. Je vous montrerai comment faire, si vous voulez. »

Elle rangea ses lunettes dans un étui de cuir à la monture d'argent et s'inspecta une dernière fois dans le miroir. Helena, la sœur de Stefania, était venue dire vingt minutes avant que Sir Burnwell et Lady Clapham attendaient en bas dans la voiture ; elle estima qu'ils arriveraient au palais à une heure convenable pour des gens de bon ton.

Elle glissa ses mains dans les gants étroits de chevreau tout en passant Margaret en revue encore une fois, contente du résultat malgré les lunettes. Elle avait fait de son mieux. Elle ne voyait pas pourquoi il ne faudrait pas rendre une demoiselle de compagnie aussi belle que possible — certaines jeunes filles de sa connaissance qui avaient fait la même année qu'elle leur entrée dans le monde n'étaient pourtant pas de cet avis — et soupçonnait d'ailleurs que la chevelure de jais et les yeux de tourmaline de Margaret la rendaient plus jolie qu'elle-même.

« Margaret, dit-elle tandis qu'elles rassemblaient châles et clefs, éventails et réticules, qu'allez-vous faire à votre retour ? Votre retour à Londres, j'entends. Je pourrais vous aider...

— Oh ! je laisserai Don Simon en décider, répondit Margaret avec un sourire heureux. Mon destin est entre ses mains. »

Elle suivit Lydia qui descendait l'escalier.

La réception se tenait dans un pavillon de proportions moyennes flanqué de platanes et entouré d'une colonnade aux petites coupoles vertes, dans le jardin intérieur de l'ancien palais des sultans. Le sultan n'habitait plus le palais de Topkapi depuis au moins cinquante ans, mais le nouveau gouvernement — le comité Union et Progrès — l'utilisait à des fins officielles. La suite des trois salons du pavillon, bien qu'un peu exiguë pour une réception et assez étouffante avec ses plafonds bas à coffrages et ses lustres de cristal à l'occidentale, présentait au moins l'avantage de n'avoir pas de tradition impériale.

« Notre ambassadeur ne sait plus très bien à qui s'adresser ces temps-ci, confia Sir Burnwell à Lydia dans le vestiaire du kiosque où des serviteurs du palais en costumes splendides débarrassaient les invités de leurs capes et manteaux. C'est la vieille histoire du prophète qui avait raison la moitié du temps, mais nul ne savait jamais laquelle. Le C.U.P. détient le pouvoir dans certains secteurs, mais nul ne sait lesquels.

— Sous le vieux sultan, au moins, on savait qui

soudoyer ! » soupira Lady Clapham en lissant les plis de sa robe de mousseline mauve et or. Elle eut un signe de tête approbateur devant la toilette de ses deux protégées, et ajouta plus bas à l'intention de Lydia : « Ne vous tourmentez pas, ma chère, s'il y a quelque chose à découvrir concernant votre époux, c'est ici que nous le découvrirons. Je connais, en tout cas, quelqu'un qui l'a vu mercredi après-midi. J'espère qu'il est présent... Les Russes ont une notion du temps si... orientale. »

Elle les précéda dans le grand hall où la file des invités passait lentement devant le nouveau maître de ces lieux où avaient régné les sultans pendant cinq siècles, le bey Talaat, qui avait l'allure d'un ours, et le Romeo de la nouvelle armée, très bel homme, le bey Enver. La foule se composait d'hommes et de femmes vêtus à la toute dernière mode européenne — dont la plus grande partie avait la peau claire et dont la totalité parlait français — et de serviteurs en costume traditionnel, turban, babouches et pantalons bouffants, transportant des rafraîchissements sur des plateaux d'argent. Lydia remarqua les regards que lançait Miss Potton autour d'elle, sans doute dans l'espoir qu'Ysidro se trouverait malgré tout parmi les invités.

« Andreï ! » appela Lady Clapham qui fendit la foule. Elle reparut un instant plus tard, au bras d'un colosse en uniforme vert chasse. « Prince Andreï Ilitch Razumovsky, de l'ambassade de Russie ; Mrs. James Asher. Son Altesse est une connaissance de votre époux, ma chère. Il est le dernier à l'avoir vu après cette histoire avec la garde du sultan mercredi, n'est-ce pas, Andreï ?

— La garde du sultan ? » Lydia leva les yeux vers l'homme qui la dominait de toute sa hauteur. Le scintillement impressionniste de l'or des franges, boutons, épaulettes, et d'une barbe encore plus dorée que le reste, fit place à un beau visage jovial aux yeux bleus brillants quand le prince s'inclina pour lui baiser la main. *Angle facial de type slave*, nota automatiquement Lydia. *Brachycéphale. Index crânien environ 82. Il FAUT absolument que j'arrête de regarder les gens en fonction de leur structure interne...*

« Il n'est rien arrivé de grave », dit le prince dans un bel anglais oxfordien en lui offrant son bras. Ils sortirent sous la colonnade, où l'on avait disposé de façon incongrue un chapelet de lampes électriques reliant chacun des piliers. A l'autre extrémité de l'arcade se tenait un groupe d'hommes en train de fumer. L'air apporta une bouffée âcre de tabac, mais à cette distance on ne distinguait qu'un ensemble de formes noires éclairées par la tache blanche du plastron de chemise.

La journée avait été froide. Peu de dames, décolletées comme l'était Lydia, se risquaient dans la fraîcheur de l'air marin.

« Votre mari avait un logement ici à Stamboul, poursuivit le prince quand ils ne furent plus à portée de voix des fumeurs. La plupart des Européens préfèrent habiter Pera, naturellement, surtout depuis le coup d'État. Ces deux dernières semaines il n'y a pas eu d'émeutes chez les Arméniens, mais les batailles de rue entre Grecs et Turcs sont continuelles. Votre mari... »

Il l'observa un instant de toute sa haute taille. Lydia savait qu'il se demandait ce qu'il pouvait, sans se trahir, lui demander. L'expression de Lady Clapham lui précisant *une connaissance de votre époux* l'avait exactement renseignée sur la fonction de ce « jeune attaché » au service du tsar.

« Je sais que mon mari est venu à Constantinople pour prendre l'avis de... certains amis », dit-elle. En insistant sur les deux derniers mots, elle rencontra son regard. Elle vit le coin de ses yeux se plisser d'un petit sourire. *Oui, je sais que mon mari était un agent secret et que vous l'êtes encore.* Il est probable, se dit-elle, que Lady Clapham ne les aurait pas présentés l'un à l'autre de cette façon si la Russie était une alliée de l'Autriche. De quel côté se situait donc l'Empire ottoman ?

« Ah ! je comprends, Mrs. Asher. » Son sourire s'élargit.

« Dans ce cas vous savez qu'il avait probablement

ses raisons. Auriez-vous une idée de ce qu'elles pouvaient être ?

— Non, pas du tout. J'ai compris seulement qu'il avait sans doute des problèmes. Sir Burnwell m'a dit qu'il était arrivé à Constantinople depuis une semaine hier, et que personne ne l'a vu depuis mercredi après-midi.

— Et de quelle façon pensiez-vous pouvoir lui venir en aide ? »

Malgré l'amabilité de son propos, elle discernait autre chose dans le regard attentif du prince. Nous ne sommes pas forcément du même côté pour la simple raison que nous sommes des alliés, avait coutume de dire Jamie. Elle retrouva le sentiment de panique qu'elle avait éprouvé à Vienne, avec la peur de ne pas savoir faire le bon choix.

De toute sa volonté, elle repoussa cette peur panique.

« Je pense être en mesure de reconnaître l'homme qui a pu le trahir, mentit-elle avec, espérait-elle, le plus grand calme. Même si je ne connais pas son nom, ajouta-t-elle, et elle enchaîna aussitôt : Mais qu'est-ce qui s'est passé mercredi après-midi ? »

Razumovsky parut sur le point de dire quelque chose, mais se ravisa. Avait-il pensé un moment obtenir plus d'informations s'il en lâchait une lui-même ? Peut-être aussi avait-il une réelle sympathie pour Jamie. Il semblait être le type de personne que Jamie pourrait prendre en sympathie — tout comme elle, d'ailleurs.

« Comme je vous le disais, il disposait d'un logement sur la rive de Stamboul. » Baissant la voix, le prince jeta un coup d'œil en direction du groupe des fumeurs. Personne ne prêtait attention à eux, mais il fit néanmoins descendre à Lydia les quelques marches de marbre qui menaient à un tunnel voûté ouvrant sous le pavillon, puis la guida à travers les jardins obscurs. « Il n'a donné son adresse à personne, et quand je l'ai vu, il avait l'air d'un homme traqué. Le mercredi, des hommes du palais l'ont intercepté près du Grand

Bazar, envoyés par le grand chambellan, disaient-ils — mais n'importe qui pouvait l'avoir payé pour le faire arrêter. (Il sourit à quelque souvenir.) Il m'est arrivé d'en faire autant.

— Et il vous a envoyé chercher à son secours ?

— Nous sommes amis depuis un bon nombre d'années. Sir Burnwell se serait probablement plaint à l'armée d'abord, c'est-à-dire au C.U.P., et on l'aurait fait patienter Dieu sait combien de temps. La semi-barbarie a ses avantages. Je suis venu au palais — où le chambellan et en fait le sultan détiennent encore un certain pouvoir —, j'ai tempêté et montré le poing. Ou plutôt le poing de mon pays, ce qui les effraie bien davantage. Le sultan joue déjà le peuple contre l'armée, il essaie de provoquer un contrecoup ; il exerce toujours son autorité en tant que chef de la foi musulmane, vous comprenez. Si l'on en vient là, le chambellan et son maître auront besoin de soutien. »

Lydia frémit au souvenir d'une scène entrevue depuis la voiture de l'ambassade qui suivait l'une des rares rues de la vieille ville suffisamment larges pour ce genre de véhicule : trois hommes bruns au nez crochu, en uniforme kaki de la nouvelle armée, étaient occupés à rouer de coups un vieillard devant une échoppe à moitié fermée. Un attroupement s'était formé, les gens murmuraient, mais personne n'osait intervenir ; le vieil homme se contentait de mettre les mains sur la tête pour se protéger, comme s'il savait pertinemment que crier grâce ou appeler au secours était également inutile.

« Ils ont fait sortir James dans un délai assez bref, poursuivait Razumovsky en lissant vers l'arrière sa forte moustache blonde. Comme je le soupçonnais, ils le détenaient ici même dans la salle de police, ce qui signifie que c'est le chambellan qu'on a soudoyé. Il avait reçu quelques coups, mais rien de grave.

— J'espère qu'il a mis un bon antiseptique là-dessus, dit Lydia qui sursauta à l'éclat de rire du prince. Je veux dire, corrigea-t-elle en hâte en se rendant compte que son propos prêtait à confusion, que je suis bouleversée d'apprendre qu'il était blessé, bien sûr, mais qu'il peut courir un danger encore plus grand... Et à quoi était-il occupé ?

— Apparemment — il ne me l'a pas dit, mais je l'ai su par les contacts que j'ai au palais — à questionner des conteurs sur le marché. C'est de cette façon qu'ils ont su où le trouver ».

« Des conteurs ». *Vieillard ayant vécu mille ans...* Elle revit instantanément les griffonnages de Fairport sur son calepin. *Femme ayant vécu cinq cents ans (tissait au clair de lune).*

« C'est à vous de m'expliquer pourquoi il le faisait », dit le prince.

Lydia ne put que secouer la tête. Une sorte d'engourdissement la gagnait, qui partait derrière le sternum et se répandait jusqu'aux doigts, aux lèvres, aux orteils. Stress en phase aiguë d'hypothermie, se dit-elle. C'est alors qu'une petite voix enfantine se mit à supplier en elle, *Jamie non, non...*

« Vous avez froid, madame. » Le prince posa une main chaude au creux de son dos pour la guider vers les marches, vers l'extrémité de l'arcade où brillait de la lumière. « Nous nous dirigions vers sa chambre dans le quartier de Beyazit quand un jeune garçon arménien est venu à lui. Je n'ai entendu que quelques mots. "Mon maître m'a dit de vous montrer l'endroit." James a alors pris congé de moi... » Il secoua la tête.

Elle avait envie de lui demander : *Est-ce qu'il avait l'air bien ? Est-ce qu'on lui a pris son couteau quand on l'a arrêté et est-ce qu'on le lui a rendu ? Avez-vous vu s'il avait encore l'argent autour du cou, et aux poignets ?*

Il était fort possible, pensa-t-elle, que les gardes du sultan l'aient volé. Ceux qu'elle avait vus devant les grilles extérieures du palais semblaient capables de soulager un mourant de ses chaussures.

Sous son corset, il lui semblait que son cœur battait désagréablement vite.

« Le contact que vous avez au palais n'a pas eu l'occasion de vous dire de quels conteurs il s'agissait, je pense ? »

Razumovsky s'arrêta, et de nouveau la regarda. Des hommes apparurent sous la colonnade, des Européens vêtus de couleurs vives qui devaient être celles d'uniformes. A la façon dont ils scrutèrent les alentours, Lydia devina qu'ils étaient les attachés du prince.

« Mrs. Asher, dit ce dernier à voix basse, Constantinople n'est pas une ville recommandable. On n'y est pas en sécurité, surtout pas en ce moment, avec l'armée au pouvoir qui bouleverse l'ordre habituel des choses. Et il n'a jamais fait bon y être une femme. Je poursuis mon enquête personnelle au sujet de James. Dès que j'apprendrai quelque chose, même si c'est très minime, je vous en informerai immédiatement.

— Je vous en remercie, dit Lydia en serrant sa large main gantée. Je ne peux pas vous dire à quel point j'apprécie votre gentillesse. Je ne peux pas... certaines raisons font que je ne peux pas vous dire comment je sais... ce que je sais. Mais toute aide qu'il vous est possible de m'apporter...

— A une condition. » Razumovsky lissa encore ses moustaches. Les boutons de ses gants étaient incrustés de diamants, qui étincelaient comme de minuscules étoiles. « Écoutez, quelque chose me dit que je ne dois pas vous parler ainsi, mais je le ferai tout de même. *Ne faites aucune recherche seule.* Aucune. Appelez-moi à la rescousse à n'importe quelle heure. Y a-t-il un téléphone là où vous logez ? Alors envoyez un messager. Me comprenez-vous bien ? Si je ne peux pas venir, je dépêcherai un serviteur. Vous n'avez pas besoin d'annoncer où vous allez, ni à moi ni à lui ni à personne, mais *n'y allez pas seule*.

« Sir Burnwell et le personnel de l'ambassade sont des gens compétents, mais ils sont ici depuis moins longtemps que moi. Qui plus est, ils sont perçus comme étant du côté du C.U.P., contre les anciens pouvoirs. En tout état de cause, les hommes d'affaires allemands qui ont avancé de l'argent aux deux parties ont plus de pouvoir ici que votre ambassade ou la mienne. Quand vous circulez dans la ville, emmenez quelqu'un avec vous — en plus de cette petite oie blanche qui vous accompagne, j'entends —, et n'imaginez pas que vous pouvez sortir indemne de toutes les situations. Ici, ce n'est pas l'Angleterre. Voilà, nous sommes arrivés. »

Ils retrouvèrent les lumières, les fumeurs, la porte encadrée de gardes immenses en pantalons bouffants et turbans rouges et orange. A l'intérieur, il alla lui chercher une coupe de champagne et un canapé de caviar russe à la crème aigre avant de s'excuser de devoir la laisser. Deux minutes après, elle le vit — ou en tout cas vit quelqu'un de sa taille portant barbe dorée et uniforme vert chasse — en grande conversation avec le bey Enver en personne.

XIV

La salle s'était encore remplie. Durant son entretien avec le prince, Lydia avait vaguement noté les lampes qui circulaient entre les arbres et les haies, portées par des serviteurs qui accompagnaient les nouveaux arrivants venus de l'énorme cour extérieure. En parcourant des yeux les dos des invités, Lydia identifia les volutes mauves asymétriques de sa protectrice au milieu d'un groupe sombre de costumes masculins. De plus près, elle entendit les inflexions gutturales de l'allemand ; il était question de Krupps, de matériel roulant, de kilomètres de voies et de largeurs standard. Elle comprit que Lady Clapham était tombée parmi les hommes d'affaires ; Lady Clapham d'ailleurs tendit la main vers elle avec la mine d'une Andromède à longues dents accueillant son sauveur Persée déguisé en collégienne vêtue de rubans roses et de dentelle écrue.

« *Chère* Mrs. Asher, cria-t-elle, puis-je vous présenter Herr Franz Hindl ? Herr Hindl, Mrs. Asher. A présent, si vous voulez bien nous excuser, Herr Hindl, j'ai promis à Mrs. Asher de lui faire rencontrer Herr Dettmars... C'est le ciel qui vous envoie, ma chère ! chuchota-t-elle à Lydia en abandonnant prestement le corpulent monsieur blond qu'elle venait de lui présenter. Quel raseur, vous n'imaginez pas ! » Elle l'entraîna vers l'un des salons plus petits, tout aussi bondé et peut-être encore plus étouffant que la grande salle. « Dites-moi, ai-je l'apparence d'une femme qui va périr si elle ne reçoit pas d'information précise sur la différence entre la chaudière à houille grasse et le fourneau à houille maigre ? »

Lydia l'examina avec une gravité de commande. « Tournez-vous », demanda-t-elle.

Impavide, l'épouse de l'attaché d'ambassade obéit.

« Juste un peu dans le dos, estima Lydia après mûre réflexion.

— Bon, je vais mettre un châle là-dessus. Je suffoque. Le prince Razumovsky a-t-il pu vous fournir un renseignement sur le compte de votre mari, ma chère ?

— Eh bien... oui. Il m'a dit que mon mari se livrait à une sorte de recherche. Il s'entretenait avec les conteurs sur les marchés. Est-ce que James vous en avait parlé ?

— Ce n'est pas ce qui l'a amené à Constantinople, je pense ?

— Non. Mais il effectue ce genre de recherche partout où il va. Il est spécialiste du folklore autant que linguiste. »

Lady Clapham eut un soupir résigné en remontant ses cheveux gris un peu défaits. « Enfin, c'est mieux que ces fous qui passent leur temps à prendre des empreintes de tombes, comme mon frère. Et même pas dans des pays de sauvages, mais à Wensley ou à la cathédrale de Bath. *Et en pleine saison de chasse !* » Elle secoua la tête d'un air navré et prit un canapé au caviar sur le plateau d'un serviteur, exactement comme si l'homme était une table. « Oui, votre époux nous a questionnés à propos des conteurs. Burnie lui a indiqué le vieux bonhomme qui se tient dans la rue des marchands de cuivre, au Grand Bazar. Est-ce que Son Altesse vous a proposé son aide ? J'y comptais bien. Mais faites-vous accompagner en toutes occasions par Miss Potton, n'est-ce pas ? Et tout devrait aller pour le mieux. Au fait, où est passée Miss Potton ? »

Lydia jeta un regard circulaire dans la pièce. Si la plupart des hommes lui paraissaient semblables dans la foule sans ses lunettes — sauf James, bien entendu, qu'elle aurait reconnu n'importe où et en toutes circonstances, et des personnages comme le prince Razumovsky, chamarrés comme des arbres de Noël —, elle repérait généralement les femmes à la couleur et à la forme de leurs vêtements. Or elle ne vit aucune robe de soie fauve et blanc parmi la foule, aucune chevelure de jais aux boucles brillantes sous la débauche de lumière jaune. Elle se rappelait les paroles d'Ysidro la veille, *Il est possible que je ne sois pas très loin*, et le désir de Margaret de le voir à cette réception... Désir d'autant plus fort à présent qu'elle voulait lui montrer sa toute nouvelle beauté.

« Elle sera allée faire un tour dans les jardins », dit-elle. L'image de Margaret affublée d'une perruque et d'improbables paniers géorgiens, attendant avec Ysidro sur la terrasse de quelque demeure de rêve, la poursuivait.

« Elle va mourir de froid, prédit Lady Clapham. Oh ! ma chère, il y a quelqu'un que je veux *à tout prix* vous présenter... Absolument charmant, et quel boute-en-train... » Elle l'entraînait déjà vers un homme qui venait d'entrer. En uniforme lui aussi, mais écarlate, copieusement galonné d'argent et décoré, entre autres ornements, d'une peau de léopard jetée sur l'épaule. Il avait une abondante chevelure sombre, et un maintien qui suggéra immédiatement à Lydia, trop loin encore pour distinguer ses traits, qu'il était beau comme Apollon et le savait. Ces Adonis, se dit-elle, donnent l'impression de se tenir tous de la même façon. Avait-on produit une étude sur le sujet ? Mais seule une femme pouvait remarquer cela, bien entendu...

« ... membre de notre colonie diplomatique, un charmeur absolu, même s'il ne risque pas d'ébranler le monde avec son intellect. Baron Ignace Karolyi...

— Excusez-moi, dit précipitamment Lydia, je crois voir Miss Potton et il faut vraiment que je... Je reviens dans un instant...

— Vous croyez ? Mais où... ? »

Lydia s'esquiva dans la foule. Par chance la pièce communiquait avec le second petit salon. Elle se faufila par la porte, se fraya un chemin jusqu'à l'entrée de la grande salle, puis manœuvra aussi vite qu'elle le put — avec une portée visuelle de moins d'un mètre, seul l'éclat de son uniforme pouvait la tenir éloignée du baron — vers les doubles portes ouvrant sur la colonnade. Le froid était vif. Regrettant de ne pas avoir eu le temps d'aller chercher sa cape, elle suivit rapidement la galerie au sol noir et blanc jusqu'à l'entrée de l'escalier où elle s'était réfugiée avec le prince, et retroussa sa traîne au point de dentelle pour descendre le tunnel menant à la terrasse.

Une fois sûre qu'on ne la voyait pas, elle prit ses lunettes dans son sac et les mit sur son nez.

Là où elle n'avait vu qu'obscurité feuillue et taches de couleur flottante se dessina soudain un paysage nocturne de saules et de cyprès descendant jusqu'au scintillement indigo de la mer. Des lampes de toutes les couleurs illuminaient par en dessous les feuilles sombres et les rameaux dénudés de leur arc-en-ciel de dentelle, soulignaient les allées, les terrasses comme des joyaux luisant doucement sur du velours.

A sa gauche apparaissaient les avant-toits de pavillons fermés dans la lumière multicolore, tissu mouvant d'étoiles couleur d'azur, de rubis, de miel... En haut d'un escalier de marbre, elle vit qu'une étoile manquait. On avait emporté l'une des lampes.

Margaret. Elle n'aurait su dire d'où lui venait sa certitude. Rassemblant plus fermement sa traîne, elle longea la terrasse en hâte puis monta les marches vers l'endroit où manquait un exemplaire dans la rangée de lampes.

En haut de l'escalier, elle trouva un sol de marbre incrusté de pierres précieuses et des haies basses de buis bordant de grandes pelouses plantées d'arbres. La terrasse de marbre la conduisit vers deux pavillons dominant les jardins. Tous deux étaient fermés à clef. Au-delà du second pavillon s'ouvrait dans la muraille une arche basse de briques très anciennes : un tunnel voûté où un autre escalier de marbre descendait vers les terrasses inférieures.

Margaret aurait-elle vu Ysidro dans les jardins ? Ou

seulement une silhouette qu'elle avait prise pour la sienne ?

Elle se retourna vers les colonnades, les pavillons raffinés, et n'y décela aucun mouvement ; elle n'aperçut non plus aucune robe pâle de mousseline de soie dans l'étendue semi-sauvage d'arbres et d'herbes folles qui la séparait de la mer. Elle tira un mouchoir de son sac et, les doigts ainsi protégés de la chaleur, prit une autre lampe, à travers gant et mouchoir ; le socle de cuivre était chaud quand même sous le globe de verre rouge. L'un des innombrables chats sauvages vivant dans les bosquets pratiquement à l'abandon l'observa fixement un moment, avant de se couler dans les ténèbres.

Qu'est-ce que je fais là ? s'interrogea Lydia à demi révoltée en descendant les marches de marbre. *Le beau prince russe m'a à peine avertie de « ne faire aucune recherche seule » que je suis déjà dehors, à jouer les héroïnes de roman à deux sous...*

Mais quelque chose dans les ténèbres du palais, désert dès que cessait l'activité autour des kiosques, l'emplissait de peur pour sa jeune compagne. L'apparition de Karolyi l'avait secouée ; elle se disait qu'elle n'oserait ni attendre ni revenir.

La lumière rouge de sa lampe éclaira les formes d'un lion de métal posté dans ce qui avait été un parterre de fleurs. Dans le fouillis des rosiers, sur une branche vagabonde, Lydia vit pendre des fils blancs : un jupon s'y était accroché, sur lequel on avait tiré.

Elle trouva une porte, cachée dans l'ombre dense de trois hautes voûtes de brique ancienne. Elle était ouverte. Un long moment, Lydia hésita devant l'étroite ouverture. La main appuyée sur le montant de pierre, elle soulevait sa lampe pour tenter de voir plus loin. Le bassin d'eau croupie qui se trouvait à quelques mètres derrière elle lui donnait l'impression de souffler le froid sur ses épaules nues, en réponse à l'humidité glacée qui montait de l'obscurité devant elle.

Voyons, comment disait-on dans les romans à deux sous susmentionnés ? *Encore ne savait-elle rien des horreurs qui l'attendaient, embusquées derrière la porte*, cita-t-elle dans un effort pour faire taire le chuchotement de l'épouvante en elle.

Mais, au-delà de la porte, il n'y avait qu'un escalier de pierre dont on ne se servait plus depuis un certain temps, et pourtant... une empreinte humide était visible sur les deux premières marches.

L'empreinte d'un escarpin de femme.

Imbécile. Espèce d'imbécile. Était-ce à Miss Potton qu'elle s'adressait, ou à elle-même ? Elle ne le savait pas très bien.

Au bas de l'escalier, une autre porte ouverte, et une caverne immense, noyée d'ombre, où le halo de sa lampe posa des taches rouges sur des colonnes incroyablement anciennes soutenant une voûte assez basse. Elles avaient le pied dans une eau couleur d'obsidienne.

Évidemment, se dit Lydia. *Tous ces bassins creusés dans les jardins puisent leur eau quelque part.*

Sur un côté de la citerne était ménagé un passage à pied sec qui se perdait très vite dans le noir. Qu'elle retrouve Margaret, vite ! Le cœur battant fort, elle s'y engagea.

« Voilà qui n'est pas raisonnable, madame. »

La voix d'Ysidro, à peine plus sonore que la foulée d'un chat derrière elle dans le noir, ne la fit pourtant pas sursauter. D'une certaine façon, un instant avant qu'il ne parle, elle avait su qu'il était là. Elle se retourna et le vit sur le passage, vêtu comme les hommes conviés à la réception, 'une jaquette noire et d'un pantalon à rayures grises. Ses cheveux décolorés encadraient le visage d'un mort.

Elle émit un soupir.

« Venir à Constantinople n'était pas raisonnable, dit-elle. Je me demandais ce que vous transportiez dans cette malle. Vous avez aussi apporté un chapeau haut de forme ?

— Il est là où je peux l'atteindre, si je décide d'entrer dans le pavillon. »

Il s'approcha, lui prit la main pour la guider le long

du passage. Au-dessous, l'eau du bassin était noire comme de l'encre. Le halo de la lampe paraissait les suivre, tel un poisson nageant au fond. Elle avait froid, mais la main qu'il posa sur sa taille lui sembla plus froide encore.

« Les sultans avaient coutume de faire passer par là les dames du harem, lorsqu'ils assistaient aux joutes de polo ou de tir à l'arc depuis les kiosques de la terrasse, dit-il.

— Vous ne l'avez pas retrouvée ?

— Elle vous a donc faussé compagnie ? »

Le ton imperturbable ne trompa pas Lydia. Ysidro était irrité. Il savait de qui elle parlait, et ce qui s'était passé.

« Je me suis concentré sur autre chose, reprit-il après un silence. C'est assez difficile... »

La phrase laissée en suspens était-elle complète ou interrompue ? Quoi qu'il en soit, Lydia savait ce qu'il avait tu. Ils restèrent un moment face à face devant une porte ouverte sur un autre escalier, comme ils l'avaient fait à l'entrée de sa crypte, à Londres. La lumière rougeâtre le rendait encore plus étrange. Elle eut la sensation curieuse qu'il changerait de visage si elle fermait les yeux, qu'il n'aurait plus celui qu'il prenait toujours si grand soin de montrer aux vivants, mais celui qu'il détournait des miroirs de crainte d'avoir à le contempler.

« J'en suis responsable », dit-elle en se demandant ce qu'elle pouvait ajouter. *Je regrette de vous avoir demandé de ne pas tuer d'innocents inconnus sur les routes, dans les trains, ou les recoins de ce palais ?* Ce fut lui qui dit enfin :

« Non, c'est moi qui en suis responsable, dans la mesure où j'ai voulu croire que je pourrais suivre ma voie sans y mettre le prix. Mais j'y survivrai. »

Il y eut un autre silence. Lydia revoyait les seins blancs de Margaret, la nuit où elle avait déchiré son corsage, dans cette rue déserte. Tout en se sachant indiscrète, elle ne put se retenir de questionner :

« Est-ce que vous buvez son sang ? »

Apparemment, la question ne le surprit pas.

« Cela ne me serait d'aucune utilité, répondit-il de sa voix neutre ; c'est de la mort que nous avons besoin pour alimenter le pouvoir de notre esprit. Il ne me serait que trop facile de la tuer, bien entendu, si tant est que je veuille goûter son sang. »

Je devrais avoir peur de lui. Et c'était bien elle la responsable.

« Il ne m'est pas facile de me contempler dans le miroir de votre honneur, reprit-il comme s'il avait lu sa pensée. Aussi je proposerai que nous le voilions d'un châle, comme je l'ai fait des miroirs de ma maison, et que nous nous en tenions aux banalités à ce sujet. Vous avez froid. »

Alors qu'il l'aidait à monter l'escalier, elle s'aperçut qu'elle tremblait. Au sommet de la haute volée de marches, ils trouvèrent une porte. Elle n'eut pas l'impression qu'il la quittait un seul instant, et lui vit pourtant un châle de lourde soie entre les mains, qu'il drapa sur ses épaules avec infiniment de délicatesse. « Ce n'est pas le bon endroit pour se promener, demoiselle. » Il tendit les doigts vers la lampe et, inexplicablement, il en moucha la mèche sans la toucher. Ils passèrent dans une cour à peine plus large qu'un vestibule, d'où partaient des escaliers qui s'enfonçaient dans une nuit impénétrable. Les ténèbres rôdaient comme le sceau de la mort. Il dut la guider, sa main de marbre glacée dans la sienne, malgré leurs gants.

« J'ai vu l'empreinte de ses pas quand je suis retourné à l'escalier de la citerne, dit-il. Les traces manquaient de netteté, j'ai dû examiner le passage pour être sûr qu'elle était bien passée par là. » Il marqua une pause, puis ajouta quelques mots en espagnol, dont Lydia avait assez de notions pour saisir l'intention.

« Vous l'avez choisie précisément parce qu'elle est sotte, lui rappela-t-elle doucement, sotte et loyale. Les sentiments qu'elle vous porte, c'est vous qui les avez suscités.

— C'est une chose que de suivre un mari dont vous

savez qu'il se dirige sans armes et les yeux bandés droit dans un piège. Vous avez demandé conseil en la circonstance, consciente de vos limites et des siennes. C'est autre chose que de poursuivre sans nécessité quelqu'un pour qui vous ne serez qu'un boulet, dans le seul but de lui dire ce qu'il sait déjà. »

Ils traversèrent une chambre couverte de tapis feutrés de poussière, montèrent un escalier branlant menant à un balcon entouré de treillages, descendirent un autre escalier, et ainsi de suite.

« Cet endroit n'est pas sûr, murmura-t-il. Il est dangereux pour elle de s'y promener, dangereux pour nous d'appeler ou de brandir une lampe pour qu'elle nous voie.

— Il s'agit du harem, n'est-ce pas ? »

Le mot véhiculait dans l'esprit de Lydia des images incurablement romantiques ; mais la pièce où ils pénétrèrent — comme d'ailleurs toutes les pièces de cette sombre enfilade —, même dépourvue de meubles, était étroite et exiguë dans la lueur qui filtrait de quelque autre aile du bâtiment. Les murs décrépits montraient leur plâtre, sales et rongés d'humidité, les divans défoncés étaient bien plus bas que sur les illustrations des livres de contes, environ l'épaisseur d'un bon matelas, les tapis usés jusqu'à la corde sentaient la souris et la pourriture.

« Je croyais que le palais n'était plus habité depuis les années 50, s'étonna Lydia.

— C'est vrai, en tant que résidence du sultan, répondit Ysidro d'un filet de voix, une voix presque semblable aux nuages de poussière qu'ils soulevaient en foulant les tapis. Il est resté le siège du gouvernement jusqu'en juillet dernier. Mais dans le vieux sérail vivaient des femmes qui avaient appartenu au père ou au grand-père du sultan, ou des filles qui n'avaient pas su lui plaire. Elles y résident toujours, avec leurs servantes, plus rares, mais nombreuses encore pour leur usage. Aux beaux jours du harem elles dormaient ici, à quatre ou cinq par chambre, celles qui n'avaient pas pu retenir le maître. Elles vivaient entre elles, ne voyaient que les eunuques, et apercevaient rarement le soleil. »

Dans la quasi-obscurité, il toucha le mur en passant. « Beaucoup d'entre elles s'adonnaient à l'opium et à l'intrigue. Les murs sont imprégnés de leur insignifiance, de leur ennui et de leurs larmes. »

Il inclina la tête, paupières baissées. Il écoutait. « Par ici », chuchota-t-il. Rapide, léger, il lui fit descendre un escalier très raide qui semblait plonger dans les abîmes de l'enfer, si ténébreux qu'elle n'en distinguait pas les marches. Plus tard, dans la sécurité de son lit à Pera, Lydia s'étonna bien un peu de la confiance absolue qu'elle lui faisait, acceptant ainsi qu'il l'entraîne par la main dans l'obscurité la plus noire. Il est vrai qu'à la réflexion, Ysidro ne lui aurait pas laissé le choix.

Margaret se tenait debout au milieu d'une pièce plus vaste qui avait comporté autrefois, encastré en son centre, un bassin dont il ne restait plus à présent qu'un ovale plus sombre délimité par un rebord. Des claustras de marbre obstruaient les fenêtres sur trois côtés; au-dessous, le divan qui faisait le tour de la pièce avait ses coussins, malpropres et dévastés par les souris, parsemés de losanges de lumière de la taille de sandwiches pour le thé. L'odeur de moisissure qui régnait dans la pièce était suffocante.

Margaret n'avait plus de lampe en main — l'avait-elle posée quelque part et oubliée ? Le quadrillage de lumière provenant des fenêtres révélait son visage sans expression; derrière les verres épais de ses lunettes, son regard était celui d'une somnambule.

Elle était belle, belle comme dans ses rêves.

Lydia se trouva seule sur le seuil carrelé de la chambre, regardant Ysidro tourner délicatement la tête de Margaret, de façon à examiner la blancheur de sa gorge découverte — et intacte.

« Margharita », murmura le vampire. La jeune fille sursauta, comme si on la réveillait.

Avec une aspiration rauque, elle se jeta contre Ysidro, le palpa, l'étreignit désespérément. Abandonnée sur son épaule, elle vit alors Lydia, fantôme prosaïque portant lunettes, la traîne au point dentelle jetée en cascade sur son bras ganté de chevreau, les épaules drapées d'un vieux châle de soie passée. Margaret se détacha vivement d'Ysidro.

« Oh ! je... est-ce que vous allez bien, Simon ?

— Mais oui, dit le vampire avec une inclination polie de la tête. Moins bien, toutefois, que s'il ne m'avait pas fallu revenir en cet endroit pour vous y chercher. C'était folie de votre part de me suivre, Margharita, eu égard à votre réputation et à votre sécurité. Et à la mienne aussi, et à celle de Mrs. Asher, venue jusqu'ici pour vous retrouver. Retournons-nous-en à présent, avant que notre absence n'occasionne des remarques ; et je vous conseille de ne pas recommencer à me suivre ainsi. »

La voix avait gardé les inflexions égales qui lui étaient habituelles, le ton ne s'était aucunement départi de la politesse de son discours coutumier, et pourtant Lydia se recroquevilla intérieurement, comme sous les sarcasmes ou les insultes. Les joues cramoisies, Margaret détourna le regard ; un moment, Lydia eut le sentiment que, sans la main impérieuse d'Ysidro pour la retenir par le bras, elle serait prête à s'enfuir, à plonger dans le dédale inconnu des profondeurs du harem. Ses yeux bleus pleins de larmes revinrent à lui. Elle balbutia d'une voix qui tremblait :

« J'avais seulement peur...

— Peur ? » Il lui décerna son sourire glacé, soigneusement composé, devina Lydia, pour dissimuler un reste de colère. Ce sourire avait cependant un effet saisissant, le reflet peut-être du charme sévère qui fut le sien de son vivant. « Peur que je ne trouve ici un danger qui excède mes forces, dont vous auriez pu me sauver ? »

Nulle expression particulière des traits, nulle altération de la voix. Il était mort depuis longtemps, se rappela Lydia, qui crut néanmoins déceler un soupçon d'espièglerie dans les yeux de cristal jaune soufre.

Margaret ne décela rien. Elle se contenta de baisser

la tête en reniflant, et accepta qu'Ysidro lui prenne le bras pour la guider dans le labyrinthe vers le périlleux escalier de la citerne, puis la terrasse où les dames du harem allaient à la rencontre de leur seigneur. Comme ils traversaient une vaste cour au-dessus d'une terrasse et d'un bassin, dominée par plusieurs étages de fenêtres aux volets fermés, Lydia crut voir la lueur d'une lampe abandonnée sous l'un des escaliers délabrés, et fit mine d'aller la chercher.

« Laissez-la donc, dit doucement Ysidro. Elle ne fera qu'attirer ceux que nous n'avons nul désir de rencontrer. »

Avant d'entrer dans les salons de réception, Lydia ôta ses lunettes et plia discrètement dans le vestiaire le châle qu'elle portait. Puis, dans la foule des invités encore présents, elle s'appliqua à éviter l'élégante silhouette très droite dans son uniforme écarlate de la Garde royale hongroise.

« Ne perdez pas de vue ce Razumovsky, n'oubliez pas, lui dit Lady Clapham en se dirigeant vers les voitures. Et surveillez bien cette jeune fille qui vous accompagne. »

Surprise, Lydia se retourna vers Margaret, que des serviteurs aidaient à monter dans la voiture de l'ambassade. Des soldats, dont les fusils étincelaient dans la lumière des flambeaux, se rassemblaient sur la petite place, car on avait averti que des bagarres sporadiques avaient éclaté dans le quartier arménien de Galata, et qu'elles pouvaient gagner Stamboul.

« Je ne pense vraiment pas qu'il y ait lieu de s'inquiéter, dit-elle. Il se trouve que son cœur est... engagé ailleurs, je le sais. » A quelqu'un d'infiniment plus dangereux qu'un aristocrate russe, acheva-t-elle pour elle-même.

« Je voulais dire surveiller ce qu'elle dit », rectifia Lady Clapham qui retint un instant Lydia dans l'obscurité de la grille. Les ombres portées des soldats vacillaient sur le mur de brique couvert de vigne vierge qui leur faisait face. Derrière dormaient dans la nuit les coupoles silencieuses de Sainte-Sophie.

« Et surveiller aussi ce que *vous* dites, ma chère. Razumovsky n'est pas un imbécile, et il sait pertinemment que votre époux n'est pas venu à Constantinople pour interroger des conteurs. Le traité signé par le Roi ne pèsera pas lourd si le tsar entrevoit l'occasion de marquer un point avant nous, que ce soit ici ou en Inde. »

Lydia soupira, et rassura sa protectrice. Un peu découragée, elle prit la main que lui tendait Sir Burnwell pour monter en voiture. Au moins toute personne au monde avait-elle un système cardiovasculaire et des glandes endocrines, sans discussion possible. Un moment, elle songea avec nostalgie à l'hôpital Radcliffe, ce lieu si tranquille où toute chose était à sa place. Est-ce que Pickering avait conservé des courbes correctes de la prise de poids à long terme des sujets dont elle s'occupait ? Elle ne savait vraiment pas quelle excuse elle donnerait aux directeurs du *Journal de la recherche interne* à propos de son article. *Je suis désolée, j'ai dû aller à Constantinople pour sauver mon mari des vampires ?*

Ah ! l'hôpital. Mais sans Jamie...

Elle secoua la tête. Elle le retrouverait.

Il fallait qu'elle le retrouve.

XV

« De quoi aviez-vous peur, dans le sérail ? »

Ysidro ne se retourna pas. Après avoir ramené les deux femmes en leur demeure de la rue Abydos, il s'était assuré, contre toutes ses habitudes, que Margaret gagnait bien son lit, puis était descendu s'asseoir dans la baie en saillie du petit salon, sorte de balcon surplombant la porte d'entrée. Depuis près d'une heure, dans sa robe du soir qu'elle n'avait pas encore quittée, Lydia ressentait sa présence dans la maison alors qu'elle buvait la tisane préparée pour elle par Mme Potoneros.

Il était tard, presque trois heures. Une quasi-émeute du quartier arménien les avait obligés à faire un long détour par le secteur du marché vers le vieux pont Mohammed ; et même là, dans la montante et sinueuse rue Iskander, ils avaient encore entendu des cris au loin, des coups de feu, des bruits de verre brisé.

« Ainsi, comme Margaret, vous me supposiez vous aussi en danger ? prononça-t-il de sa voix toujours égale, sans élever ni baisser le ton. Je vous croyais plus perspicace, madame.

— Je vous sais parfaitement capable d'éviter une douzaine d'eunuques brandissant le sabre pour protéger du déshonneur le nom du sultan. Mais qu'aviez-vous si peur que Margaret rencontre ? » Elle réfléchit un instant. « Un autre vampire ? »

Il pencha légèrement la tête. La lune tardive soulignait son profil d'un halo laiteux. « Elle s'appelle Zenaïda. Je suis venu au sérail pour lui parler. J'ignorais que Margaret m'avait suivi. »

Ses mains posées l'une sur l'autre sur le rebord de la fenêtre parurent sur le point de s'animer puis revinrent à leur immobilité — souvenir d'un geste que le temps avait rogné ?

« Elle se trouve ici depuis si longtemps qu'elle a oublié le nom du sultan pour qui elle fut achetée à l'origine sur les marchés de Smyrne. Peut-être ne l'a-t-elle jamais su. Comme la plupart des épouses du sultan, elle était rusée mais très sotte, et aussi inculte que l'âne d'un camelot. Elle m'a raconté que bien des odalisques s'imaginent toujours qu'elle est vivante, sorte de kadine du sultan qu'on aurait oubliée.

— Et vous pensez qu'elle pourrait savoir quelque chose à propos de... d'Ernchester ? Ou de James ? »

Il s'assit sur un coffre ancien qui servait de table basse dans l'arrondi de la baie ; elle s'appuya contre l'angle du mur. Les fenêtres étaient ouvertes derrière leurs treillages ; prêtant l'oreille aux bruits extérieurs — elle ne pouvait s'empêcher de le faire —, Lydia n'entendit aucun son monter des quartiers pauvres qui s'étendaient au pied de la colline. Mais l'odeur de la fumée alourdissait encore l'atmosphère.

« Je le pense, acquiesça calmement le vampire, et pas uniquement sur eux. »

Indifférent en apparence, il contempla quelques instants les murs blancs et les toits de tuiles à travers les écrans ajourés des fenêtres. La cité des murailles, avec ses coupoles et ses minarets, ses marchés et sa crasse, n'était plus de l'autre côté de l'eau qu'un immense épaulement de velours froissé dans la nuit.

Les yeux jaunes de mante religieuse revinrent à Lydia.

« Mes sens, mon intuition, ma capacité à saisir les ondes de pensée, de parfum, de chaleur qui se dégagent d'une ville pour composer son atmosphère, tout cela a souffert de n'être pas suffisamment nourri. Je devrais néanmoins percevoir certains aspects des choses de la vie nocturne. Peut-être pas d'ici, mais des grilles du palais où je me trouvais ce soir, de la colline de Sainte-Sophie où convergent tous les rêves de la cité comme la lumière dans un verre. Et je ne le peux pas. »

Lydia repoussa ses lunettes sur son nez. Elle avait ôté ses gants et ses perles, et l'argent luisait comme des chaînons de glace à sa gorge et à ses poignets.

« Et pour couronner le tout, vous aviez bien besoin de deux godiches d'héroïnes », constata-t-elle timidement, l'air malheureux.

Il ne répondit pas, mais posa sur elle un regard où pétilla fugitivement une lueur d'amusement humain. Au-dessous, dans la rue, un chien lança son aboiement à la fois bourru et perçant, aboiement repris dans une autre ruelle, et ainsi de suite ; la horde famélique tout entière s'appelait, se répondait et se livrait à de longs commentaires. Ysidro attendit qu'elle en eût fini, attentif comme pour déchiffrer un code sous le tumulte.

« Je suis allé me promener à Galata la nuit dernière après vous avoir laissées, dit-il ensuite. J'ai traversé le pont qui mène à Stamboul et exploré les quartiers où vivent les Arméniens, à proximité de la mer et dans les coins les plus pauvres le long des remparts. C'est là que chassent les vampires, comprenez-vous, parmi ceux dont la mort compte moins aux yeux des Turcs que les bas morceaux dont je nourris mes chats. Les miasmes y sont denses, j'ai eu le sentiment qu'on détournait mon attention. Je voyais les choses derrière un écran de fumée, même si la nuit était claire ; un voile comparable à celui que nous jetons sur les yeux des humains et sur leur esprit, mais d'une qualité, d'une texture différentes, destiné à recouvrir des esprits d'une autre sorte.

« Cette cité abrite une guerre entre vampires. »

Lydia se rappela le luxe de précautions dont Ysidro avait entouré sa maison ou l'une de ses maisons — de Londres. Il lui vint à l'esprit que l'incursion humaine n'était peut-être pas la seule menace contre laquelle il se protégeait.

« Vous pensez que l'un des disciples du Maître de Constantinople se... rebellerait contre lui ? Et qu'il aurait fait venir Ernchester au moyen d'un chantage, pour obtenir son aide ?

— C'est possible, admit Ysidro. Cela peut se produire, bien qu'en principe un maître aussi vieux que celui de Constantinople choisisse avec le plus grand soin ceux dont il fera ses novices. Ou alors est apparu un nouveau venu en rupture avec son propre maître vampire, qui cherche à prendre le pouvoir en supplantant le Maître de Constantinople. Ce en quoi il aura fort à faire.

— *Ernchester ?* »

Trois cents ans auparavant, il aurait peut-être haussé les épaules avec un geste fataliste ; en l'occurrence, il eut un frémissement du sourcil.

« En vérité, je trouve l'hypothèse un peu difficile à admettre, surtout quand on pense qu'il a dû connaître le Maître de la ville alors qu'il était en vie. Et cependant cette guerre existe. Charles y joue un rôle...

— Et comme Karolyi est au courant, réfléchit Lydia, il va essayer d'en tirer ce qu'il peut. Serait-ce lui qui serait à l'origine de la... disparition de James ?

— Je pense plus probable qu'il ait orchestré cet incident avec la garde du palais. » La main blanche d'Ysidro remua un peu sur l'appui de fenêtre. « Prenons la chronologie des faits. On l'a arrêté le matin, ce qui laissait à un vivant le maximum de temps pour l'interroger ou pour agir en son absence. Et c'était près du Grand Bazar, où on savait qu'il s'était entretenu avec des conteurs de légendes. On ne connaissait donc pas l'adresse où il logeait. Karolyi n'a pas compté avec l'amitié qui lie James à votre barbare au poil doré, et il n'a pas eu le temps de le prendre en main avant son élargissement. Je pense que ce Karolyi sait quelque chose de ce qui se trame ici, mais pas tout. Je pense aussi que s'il s'était donné pour but de mettre la main sur James, plutôt que de l'exécuter purement et simplement, c'était pour trouver Anthea par son intermédiaire.

— Ils sont donc toujours ensemble ?

— A ce qu'il semble, oui. Au cours de mes deux nuits de vagabondage, je n'ai trouvé aucun signe de l'activité d'Anthea, et Zenaïda n'a croisé aucune femme étrangère dans sa propre quête du sang de minuit. Cela peut vouloir dire qu'Anthea se cache quelque part, ou qu'elle a été capturée, soit par Karolyi, soit par le bey, le Maître de la ville... ou encore par cet adversaire inconnu, le disciple rebelle ou l'intrus venu d'ailleurs. Quant à savoir où se trouve Charles... » Il secoua la tête.

« Cette ville est très ancienne, et très étendue. Voilée comme elle l'est actuellement — Zenaïda prétend que cette brume, ou cette illusion, est tombée sur la ville peu après les émeutes du coup d'État, bien qu'elle ne sache pratiquement rien de la chute du sultan et ne s'y intéresse pas —, elle comporte une infinité de cachettes. Zenaïda dit qu'elle ne sait pas où se trouve le bey, et que les autres vampires ne le savent pas plus qu'elle. Elle dit que cela ne la concerne pas, comme elle ne s'est jamais sentie concernée par la domination du bey. »

Lydia observait la nuit en silence à travers le treillage, la cité baignée de lune au-delà de la mer piquetée de reflets d'argent. Elle questionna enfin :

« Et elle ne savait rien... ni ne peut rien apprendre... au sujet de Jamie ? »

Ysidro ne répondit rien.

Mon maître m'a dit de vous montrer l'endroit, avait dit le garçon.

« Est-ce que cela nous avancerait de trouver la cachette du Maître de la ville ? »

Il lui décerna un regard d'une insondable ironie, qui signifiait peut-être *Comme vous avez trouvé la mienne ?*. « Il en a certainement plusieurs, vous savez. Dans cette guerre entre vampires, il ne doit jamais dormir au même endroit.

— Je comprends. Mais cela nous donnera une base de départ ; si nous découvrons ce qu'il nous est *possible* de découvrir, un indice mènera à d'autres indices à propos d'Anthea, d'Ernchester ou... ou de Jamie.

— Sous réserve que Jamie ne gise pas au fond du port, la gorge ouverte.

— Si j'étais prête à accepter cette éventualité sans pousser plus loin mes recherches, rétorqua Lydia, je ferais aussi bien de rentrer à Londres. »

Il inclina la tête, mais elle ne put déterminer si c'était en un geste d'excuse ou de raillerie.

« Quoi qu'il en soit, poursuivit-elle après un silence, je ne suis évidemment pas aussi entraînée que Jamie à questionner les conteurs, sans compter que je ne parle aucune... est-ce le turc qu'on pratique ici ?

— Le turc et le grec dans la rue. L'arabe chez les lettrés et l'osmanli à la cour du sultan.

— Comme il ne semble pas y avoir ici de centre d'archives, je crois que je vais devoir prendre le thé avec des hommes d'affaires allemands pour les interroger sur certains de leurs clients du pays, et essayer de repérer des bizarreries dans le paiement. Mon allemand n'est pas formidable, mais ils parlent apparemment un très bon français pour la plupart. Je me demande si je peux contacter utilement quelqu'un à la Banque ottomane ? Ou à la Banque allemande d'Orient ? »

Elle redressait les épaules, les mots lui donnaient du courage. Comme un joueur qui trie ses cartes, elle faisait le compte de ce qu'elle possédait et de ce qui lui manquait. « Voyons. Usage fréquent d'intermédiaires et de sociétés qui ne semblent avoir d'autre *raison d'être* que de payer les factures de quelques maisons ; paiement en or ou par crédit plutôt qu'en argent ; clients qu'on ne voit jamais ou seulement à la nuit tombée. Voilà ce qu'il faut rechercher. Et l'achat de demeures possédant plusieurs étages de caves, ou construites sur d'anciennes cryptes, comme pour cette citerne que nous avons traversée. Ou encore, crédit de sociétés injecté dans le palais avec la consigne de ne pas vérifier de trop près ? »

Elle se tut pour scruter le visage d'Ysidro, qui n'eut aucune réaction. Son silence parut à Lydia peser sur son cœur comme du plomb.

« Si nous trouvons ne serait-ce qu'une seule de ses

cachettes, se décida-t-il enfin, il serait possible de la surveiller. Ce serait une occupation à haut risque, même avec le voile d'illusion qui recouvre la ville, mais comme vous l'avez fait remarquer, un indice mène à un autre indice. A mes yeux, la question est claire : plus que de retrouver Charles, plus que de retrouver Anthea, il faut se donner pour but de comprendre ce qui se passe dans cette ville. Si Karolyi se trouve ici, c'est que des négociations s'y trament encore. »

Derrière eux la pendule sonna quatre heures sur la cheminée. Dehors, les mouettes lançaient leur cri plaintif.

« Vous avez détaillé certaines mesures, poursuivit Ysidro, que je compte prendre moi-même à mon retour à Londres pour améliorer mon dispositif. Interrogez aussi vos hommes d'affaires allemands sur des ordres d'achat en grande quantité de barres d'argent ou argentées. Si la guerre sévit parmi les vampires de cette cité, si le maître veut faire venir Ernchester et l'emprisonner, il aura besoin d'un endroit spécialement aménagé. J'y pense, voyez également si quelqu'un s'est servi des méthodes financières détournées que vous évoquiez pour faire installer un système moderne de chauffage central dans une ou plusieurs anciennes demeures.

— *Le chauffage central ?* »

Une image absurde vint à l'esprit de Lydia, celle d'un Dracula sinistre et masqué sur une scène du West End, en grande discussion avec Herr Hindl à propos de brûleurs à houille grasse ou à anthracite à double chaleur et alimentation autonome, pour seulement quatre-vingt-dix-sept marks, plus les frais de transport...

« S'il se met en place une tentative pour s'approprier le pouvoir du bey, il y a de fortes chances que ce soit en raison d'un état de... fatigue qui s'installe chez lui. Une certaine fragilité qui l'amène à relâcher sa poigne. C'est une idée qu'on associe rarement à la personne du bey, ajouta doucement Ysidro, mais qu'il ne faut pas écarter. Cela finit par arriver, même aux morts vivants. Quand ils en viennent là, les vampires souffrent du froid, leurs jointures leur font mal. Un maître qui refuse d'admettre l'emprise des ténèbres sur son âme, et lutte pour conserver sa position, peut vouloir équiper une ou plusieurs de ses cachettes pour son confort, particulièrement s'il a l'habitude de se faire servir par des vivants. »

Cessant de scruter la rue obscure, son regard attentif se posa sur la jeune femme, silhouette fantomatique dans la pénombre. « Vous comprenez bien, dit-il, que si de tels indices peuvent nous mener jusqu'à Ernchester, au cœur de la machination de Karolyi, il est possible que vous ne retrouviez pas votre mari, madame.

— Je comprends », dit Lydia qui s'absorba dans la contemplation de son châle moucheté comme la robe d'un faon par le temps et les gouttes d'eau, dont toutes les fleurs multicolores luisaient, grises dans le vague rayon de lune. Après un long silence, elle reprit à voix basse, comme pour se parler à elle-même : « J'espérais qu'à l'ambassade hier après-midi — non, samedi après-midi — Sir Burnwell dirait quelque chose du genre "Oh ! mais oui, il est descendu juste en face, au Pera Palace !". J'espérais... que la journée s'achèverait à manger des glaces italiennes sur la terrasse, et à se raconter des histoires au lit la moitié de la nuit. »

Elle passa ses doigts dans les longues franges du châle pour les empêcher de trembler.

« Vous n'avez jamais été seule jusqu'à présent. »

Elle ne s'attendait vraiment pas à ce qu'il parle ainsi — s'attendait-elle à quoi que ce soit de sa part, d'ailleurs ? —, mais c'était la vérité. Elle acquiesça sans lever les yeux.

« En fait, je me suis sentie seule pendant des années et des années avant de le connaître. C'est le cas pour la plupart des enfants, je pense. Et je l'ai connu — en ce sens qu'il venait souvent chez mon oncle Ambrose — dès que j'ai eu quinze ou seize ans. Je ne me rappelle pas à quel moment je suis tombée amoureuse de lui, mais je me rappelle celui où j'ai compris que je ne pourrais vivre avec personne d'autre. Je me rappelle que je pleurais parce que je savais qu'ils ne me laisseraient jamais l'épouser. J'étais mineure, et il ne voulait pas faire sa demande. Il ne voulait pas que je subisse un drame familial, ni que je perde mon héritage à cause de lui.

— J'imagine que votre père avait une interprétation différente de l'événement, commenta Ysidro de sa voix douce, semblable à un souffle de vent dans une salle vide. Que s'est-il passé ?

— Père m'a déshéritée en raison de mes études. Jamie était en Afrique, c'était la guerre. Quelqu'un a... a annoncé qu'il était mort. J'étais terrifiée, parce que je ne savais pas si je pourrais gagner ma vie en ouvrant un cabinet. En général les femmes doivent faire face aux pires difficultés. Ma recherche est solide, mais exercer la recherche pure était hors de question, et je... je ne savais pas si Jamie reviendrait. Il est revenu, il m'a demandée en mariage parce que je n'avais plus d'argent. Père a donné son autorisation, et puis il a changé son testament un peu plus tard.

— Mais vous n'avez jamais envisagé de renoncer à vos études ? » s'enquit Ysidro avec une pointe d'amusement.

Lydia releva brusquement la tête, scandalisée.

« Moi ? Bien sûr que non ! » Il la regardait, pensa-t-elle, avec une singulière et indéchiffrable intensité au fond de ses yeux couleur de souffre. Au moment où elle crut qu'il allait parler, il lui parut se dérober, tel un fantôme.

« En vérité, soupira-t-il, nous ne pouvons faire que ce qu'il est en notre pouvoir de faire. Je ne dis pas cela pour ruiner vos espoirs, madame, mais seulement pour vous avertir. On ne retrouve pas toujours le Graal intact. Il arrive même qu'on ne le retrouve pas du tout.

— Je le sais, murmura Lydia. Et je vous remercie. »

Il se leva. Elle vit qu'il avait jeté un plaid de cachemire par-dessus sa jaquette, pour se préserver du froid de cette nuit d'automne. Comme elle l'aurait fait à un ami, ou à un frère si toutefois elle en avait eu un, elle lui tendit la main. Il eut une hésitation, puis sortit des plis sombres qui l'enveloppaient sa main fine aux jointures décharnées, la main de la Mort étrangement privée de son inséparable faux. Ses phalanges fragiles donnèrent à Lydia la sensation de serrer dans ses doigts des tiges de bambou blanchi. Elle avait détaché ses cheveux en buvant sa tisane; leur raideur naturelle étant presque venue à bout des boucles élaborées précédemment, la vague rousse de sa chevelure déferlait sur son dos et ses épaules, telle une brassée d'algues abandonnée sur la plage après un orage.

De sa main libre elle remonta ses lunettes en un geste d'écolière.

En revoyant la scène plus tard, elle crut se souvenir qu'il avait dit autre chose, ou peut-être seulement prononcé son nom. Elle gardait l'impression de sa main froide qui lui effleurait le visage, écartait de sa joue sa chevelure flamboyante. Une impression confuse, de celles que donne le rêve. Peut-être avait-elle rêvé, à la réflexion.

Il lui vint à l'esprit qu'il n'était pas du tout dans la manière d'Ysidro de se soucier que ses espoirs soient ruinés ou non.

Selon le vendeur d'essence de rose à qui s'adressa Lydia, la rue des marchands de cuivre était la quatrième ou la cinquième allée à compter de l'entrée du Grand Bazar. « Peut-être un peu plus, ou un peu moins », ajouta l'homme dans un excellent français, le visage sombre largement épanoui en un sourire qui évoquait irrésistiblement le clavier décoloré d'un piano auquel auraient manqué quelques touches. « Mais que veut faire la belle demoiselle avec du cuivre? Du cuivre, pfui! C'est l'extrait de rose, les essences incomparables de Damas et de Bagdad, qui ravissent le cœur et font à Dieu l'offrande de sa douceur. Trente piastres seulement... Ce misérable voleur fils d'un chamelier arménien va vous vendre plus de cinquante piastres un dé à coudre en cuivre qui n'est pas en cuivre du tout, tout juste du fer-blanc avec une couche de cuivre pas plus conséquente que la parole d'un Grec! Trente piastres, d'accord? Bon, quinze...! »

Lydia sourit et fit la révérence, et murmura des « Merci... Merci... ». C'est alors qu'avec une intuition toute slave apparut à ses côtés le prince Razumovsky, imposant dans un costume civil merveilleusement coupé par un faiseur londonien.

« Allons, venez, mesdames ! » dit-il, et il entraîna les deux femmes dans la foule. Margaret, réticente, aurait bien humé encore une fois le contenu d'un pot de crème peint.

« Est-ce que nous pourrons revenir ? demanda-t-elle timidement à Son Altesse. Je veux dire, une fois que nous aurons trouvé le conteur ? Chez nous, le véritable extrait de rose coûte dix à douze shillings le flacon de cette taille. »

Elle se retourna en se tordant le cou pour essayer d'apercevoir, entre deux hommes d'affaires allemands qui jouaient des coudes dans l'affluence et des soldats en uniforme de grosse toile bise, la petite échoppe et ses rangées magiques de flacons étincelants. Le marchand lui décerna son sourire édenté, accompagné d'un clin d'œil aussi voyant que ses articles.

« Chère Miss Potton, sourit le prince à travers l'épaisse toison de sa barbe, à dix pas d'ici vous payerez deux piastres un flacon de cette taille, si vous avez l'air suffisamment indifférent. Il y faut un certain entraînement. Gardez présente à l'esprit l'image d'une pièce, que dis-je, d'un immeuble rempli de ces flacons... ou plutôt, imaginez que vous deviez transporter un *veddras* de la chose — trois de vos gallons, environ quatorze litres — au sommet d'une colline escarpée, puis revenir en chercher un autre, et ainsi de suite, indéfiniment... »

Margaret pouffa de rire en rougissant. Quelqu'un cria dans un français épouvantable, avec un fort accent grec : « Madame, madame, ici tous parfums, tous plus belles roses pays des rossignols... ! »

Tombant de verrières pratiquées dans ses hautes voûtes, la lumière qui baignait l'ahurissant dédale du Grand Bazar n'était jamais directe. Sous ses arcades vert pâle, les voix de tous les pays allant de la mer du

Nord à l'océan Indien se mêlaient en un grand tourbillon. Pas de vraies taches de lumière, ni d'ombres véritables, mais un vertigineux kaléidoscope de couleurs, trop rapide pour que Lydia puisse identifier à distance le contenu des boutiques, les visages, la nationalité des gens dont elle voyait seulement virevolter les tenues blanches, ou noires, ou de toutes couleurs. En passant près d'eux, elle distinguait des Turcs basanés en culottes, assis sur le sol pour causer, marchander, boire des verres de thé brûlant; des Grecs portant de vastes chemises blanches coiffés de toques vives et des Grecques en vêtements noirs ajustés sans recherche qui discutaient avec des marchands en s'époumonant; des porteurs courbés jusqu'à terre sous des charges inhumaines; des Arméniens en pantalons bouffants, des prêtres orthodoxes, des Juifs à la barbe broussailleuse en gabardines noires et châles de prière. De jeunes garçons proposaient à grands cris leurs services de cireurs ou de guides, ou fendaient d'un air important la foule des acheteurs avec des plateaux de cuivre chargés d'un unique verre de thé. L'air était imprégné d'odeurs de suint, d'ail, de tapis, de chien et de vidange.

Le long des allées transversales, Lydia jetait des coups d'œil curieux aux marchandises qu'elle devinait : manteaux de caracul et d'astrakan, tapis bleus et écarlates, châles, verre étincelant, boucles d'oreilles d'argent suspendues en rang sur des fils, écheveaux de laine brute alternant avec des voiles impalpables de toutes nuances. Des mendiants les abordaient sans cesse en gémissant — certains hideusement défigurés, véritables monstres qu'on aurait enfermés dans des foires n'importe où en Europe — et sans cesse ils croisaient des groupes de soldats qui se promenaient sans se presser, en sifflotant et en roulant des yeux. Lydia se félicitait d'avoir demandé sa protection au prince, qui leur servait de guide.

Il avait parfaitement raison, ce n'était pas l'Angleterre. Explorer l'endroit seule aurait été de la démence.

Durant les quelques heures qui avaient suivi le départ d'Ysidro, elle avait mal dormi, d'un sommeil agité de rêves. Ils concernaient surtout le harem, ses cellules malodorantes, ses fenêtres étroites qui ne laissaient rien voir de la ville, de la mer ni du soleil, même en plein jour. *Les murs sont imprégnés de leur insignifiance, de leur ennui et de leurs larmes.* Elle avait rêvé qu'elle errait dans cette obscurité où elle cherchait quelqu'un; les pièces devenaient de plus en plus petites, et elle sentait une présence immobile qui l'attendait, allongée sur un divan éventré exhalant une odeur infecte, en écoutant ses pas avec un sourire sur ce qui avait été autrefois un visage.

Une seule fois, très brièvement, elle avait eu la vision incomplète d'une tour gothique en plein orage, d'éclairs effrayants comme le flamboiement d'un arc électrique qui tombaient sur une immense lande de bruyère torturée tandis que la pluie martelait une cour déserte. Cette pluie, bizarrement, ne mouillait qu'à peine la robe blanche et les boucles de jais de la femme qui se tenait à la porte de la tour, occupée à scruter l'étendue de la lande avec tous les signes de l'attente. Lydia, à l'abri d'une remise à demi effondrée de l'autre côté de la cour, était tout à fait épargnée par la pluie, même si elle percevait l'odeur de la terre détrempée. Elle pensait que la femme attendait un cavalier. Tournant la tête, elle vit Ysidro tout près, presque invisible dans l'ombre; il portait la tenue qu'il avait sur le balcon, jaquette et pantalon à rayures, et le plaid autour des épaules. Il avait la tête courbée, les yeux clos sur une profonde concentration, le visage d'un gisant.

L'image s'était éteinte comme une chandelle qu'on mouche, et Lydia s'était éveillée. Margaret pleurait sans bruit, de colère et de chagrin. Au matin, elle n'avait pratiquement pas parlé à Lydia, et avait évité de rencontrer son regard. Depuis leur rendez-vous avec Razumovsky autour d'un petit déjeuner tardif, elle ne s'était adressée qu'au prince, gloussant à ses propos badins et répondant avec entrain aux efforts qu'il faisait pour la faire s'exprimer.

L'endroit ne manquait pas de conteurs. Assis sur des

tapis et des couvertures sales, ils oscillaient au rythme de leurs récits, bras étendus ; ils jouaient de leur voix pour évoquer le tonnerre, la fureur, l'amour, l'émerveillement. Des enfants et des adolescents s'asseyaient en cercle autour d'eux et les écoutaient avidement ; des hommes aussi et quelques femmes voilées de noir restaient debout près d'eux, visiblement peu pressés de partir. Lydia s'approcha de l'un des conteurs et examina de ses yeux myopes les marchandises des baraques environnantes. Lady Clapham lui avait expliqué que chacun de ces hommes avait son territoire attitré ; celui qui travaillait dans la rue des marchands de café n'aurait pas plus envisagé de s'installer dans celle des vendeurs de babouches qu'elle-même d'entrer chez sa voisine sans y être invitée pour s'approprier son lit et sa chemise de nuit. Cela ne se faisait absolument pas.

Alors qu'elle se faufilait entre les auditeurs et tentait de voir quelque chose derrière le dos noir des dames grecques, une main se posa sur son épaule.

« Mrs. Asher ? »

Elle se retourna, leva légèrement le regard vers le visage d'Adonis aux très beaux yeux sombres d'un homme fort grand qui se mouvait comme un athlète dans son costume couleur tabac. A cette distance elle distinguait la moustache soigneusement taillée, les longs cils, l'épingle de cravate en forme de griffon ailé qui semblait la fixer de son œil unique de rubis, au regard maléfique. Il s'inclina pour lui baiser la main. Ses gants avaient des boutons de perle.

« J'ai vu votre mari, madame », annonça-t-il posément. Comme Lydia restait muette de saisissement, il ajouta : « Permettez-moi de me présenter. Je suis le baron Ignace Karolyi, du service diplomatique de l'Empereur. Pouvons-nous avoir une conversation ? »

Il l'emmena à l'écart de la foule, dans la pénombre d'une devanture où un Grec déjà vieux cousait des mules de cuir teint — l'artisan ne leur accorda même pas un regard, chose ô combien étonnante de la part d'un marchand du Grand Bazar. Il vint à l'esprit de

Lydia que Karolyi devait l'avoir payé à l'avance pour tant d'indifférence.

« Il est vivant ?

— Oui », répondit Karolyi. L'homme devait avoir au moins trente-cinq ans, mais paraissait plus jeune. Il irradiait de lui une sorte de ferveur, celle d'un charmeur juvénile qui laisse son charme de côté pour parler de choses importantes. « Mais je ne peux pas vous garantir que c'est encore pour longtemps, madame. Il est entre les mains de... » Il joua l'hésitation, en artiste consommé, scrutant son visage à la façon de qui s'interroge pour savoir jusqu'à quel point il sera cru. Elle comprit qu'en fait il l'observait vraiment, pour chercher à deviner ce qu'elle savait.

Elle pensa à Ysidro jouant au piquet, à ses coups d'œil furtifs vers les cartes de réserve quand il se demandait lesquelles s'attribuer utilement et lesquelles rejeter.

Jamie mourra si tu joues mal cette partie, se dit-elle, et son cœur se mit à battre plus fort.

« Il est entre les mains d'un homme qu'on appelle le Bey Olumsiz, acheva enfin Karolyi. Un Turc, quelqu'un de très malfaisant. Surtout ne le dites à personne », ajouta-t-il précipitamment. Les mains pressées sur la bouche, Lydia écarquillait les yeux comme le faisait généralement sa tante Lavinia avant de lancer un cri d'horreur face à une araignée mortelle ou à la perfidie des enfants de ses voisins. « Que vous a-t-il raconté exactement, Mrs. Asher, qui vous a amenée à venir à sa recherche jusqu'à Constantinople ? »

Il a dû parler avec Lady Clapham. Qu'est-ce que la redoutable femme avait estimé convenable de lui révéler ? Avait-elle jugé superflu de s'ennuyer à dissimuler quoi que ce soit ?

« Où est-il, depuis quand ? » s'écria-t-elle. Elle n'espérait pas obtenir une réponse fiable, et ne l'interrogeait que pour se donner un peu plus de temps de réflexion. Mais elle n'avait nullement besoin de simuler la panique ni le désespoir que traduisait sa voix. Si elle n'avait jamais pensé être une actrice, elle savait, comme toute jeune personne de la bonne société, exagérer l'expression de son ravissement, ou de sa terreur, ou de toute autre émotion requise. Ses conversations récentes avec Margaret l'y avaient certainement aidée.

Elle pressa les mains sur son sternum.

« Vous lui avez parlé ? Il était en bonne santé ? » *A-t-il pris contact avec son service ? Savent-ils que j'ai dîné avec Mr. Halliwell ? Pourquoi aurais-je donc pu venir à Constantinople, sinon parce que je savais quel genre de danger il courait ?*

« Nous n'avons pas eu l'occasion de parler », fit Karolyi de sa voix admirablement timbrée de ténor qui n'avait qu'un soupçon d'accent d'Europe de l'Est, une voix rassurante, qui inspirait éminemment confiance. « Il paraissait indemne mais, comme je vous le disais, il est impossible de prévoir jusqu'à quand cela durera. C'est pourquoi vous et moi devons avoir cette conversation. Quand vous m'avez fui la nuit dernière, j'ai craint qu'une rumeur ou une calomnie ne vous soit parvenue. Je vous affirme, madame... » Il donna à sa voix une inflexion de sincérité profondément soucieuse. « Je vous affirme que les rumeurs de cet acabit sont outrancières, nourries par l'hostilité envers nos deux pays et les soupçons de ceux qui ne voient que menace partout où ils posent les yeux.

— Moi, je vous ai fui ? s'indigna Lydia, qui sortit ses lunettes de son sac et les chaussa pour le regarder. La nuit dernière, disiez-vous ? Vous étiez à la réception du Palais hier ? »

Sous la moustache finement esquissée, elle vit frémir la bouche de Karolyi, un instant désarmé. Il se lissa rapidement la moustache de deux gestes précis de l'index, et Lydia remarqua la coupe de ses gants mordorés, en chevreau français à six shillings la paire.

« Baron ! » La puissante stature gris et or de Razumovsky apparut au coin d'une échoppe. Margaret suivait en trottinant dans son sillage. Les verres de Lydia disparurent immédiatement, enfouis dans les plis de sa jupe. « De retour de votre visite éclair à Londres, je vois.

— Prince, dit Karolyi en s'inclinant au degré exact voulu pour saluer un prince russe plutôt qu'anglais. C'était effectivement une visite éclair, mais il faut bien s'habiller, que voulez-vous. » Il eut un rire un peu niais, et tapota les revers de son costume de Saville Row. « Vous accompagnez Mrs. Asher, prince ? »

Il croit bénéficier d'un effet de surprise, réfléchit promptement Lydia. *Si je n'écarte pas le prince, il devinera que j'ai eu le temps de me préparer.*

« Voudrez-vous nous excuser quelques instants, Votre Altesse ? » demanda-t-elle, et comme le Russe s'effaçait, elle se détourna légèrement, plaça sa main dans le dos et tendit les doigts pour lui signaler — en espérant qu'il le verrait : *Cinq minutes.*

« D'après ce qu'a dit Mr. Halliwell, j'imagine que mon mari et vous n'êtes pas exactement des amis, enchaîna-t-elle aussitôt d'une voix oppressée au débit volontairement rapide, pour éviter de bégayer sous le coup de l'hésitation et de la peur. Mais enfin, vous avez une... une sorte de confraternité, n'est-ce pas ? Vous avez tous la même activité, quel que soit votre bord. » Elle ressortit ses lunettes et les mit, sachant quel air inoffensif d'universitaire elles lui donnaient. « Merci, merci de tout cœur de m'avoir donné cette information ! Je savais, oui, je savais que cousine Elizabeth ne pouvait pas s'être trompée !

— Cousine Elizabeth ?

— Cousine Elizabeth, de Vienne, précisa Lydia avec une pointe d'étonnement, comme surprise que Karolyi ne connaisse pas la famille. Elle a prêté vingt livres à mon mari jeudi dernier, pour qu'il prenne l'Orient-Express vers Constantinople. Elle est sa cousine — sa petite-cousine, en réalité — et elle habite l'un des faubourgs de Vienne, j'ai oublié lequel... Quoi qu'il en soit, je lui ai téléphoné quand Mr. Halliwell m'a remis le petit mot de mon mari...

— Un petit mot ? (Les élégants sourcils se froncèrent.)

— Il me disait de retourner à Londres. Qu'il continuait, il ne pouvait pas me dire où. Mr. Halliwell a fait de son mieux pour me convaincre de rentrer, et d'ailleurs je lui ai laissé croire que je rentrais, mais je *savais* que mon mari était en danger d'une façon ou d'une autre ! Je le savais. » Elle joignit encore les mains, priant qu'il ne s'aperçoive pas qu'elle tremblait tout entière.

« Et pour quelle raison êtes-vous allée à Vienne ? »

Il retournait tous ces éléments en pensée, se dit-elle, et tentait de faire coïncider les morceaux. A force de chercher à percer l'impénétrabilité d'Ysidro, elle avait acquis une certaine aptitude à interpréter l'expression humaine ordinaire.

Elle écarquilla les yeux.

« Parce qu'il m'a demandé de venir ! » dit-elle comme elle aurait demandé : *Quelle autre raison aurais-je eue de venir ?*

Devant la mine flatteusement sceptique de Karolyi, elle expliqua :

« Il m'a télégraphié à propos de notations médicales qui nécessitaient une analyse. Je suis docteur en médecine, vous savez, ajouta-t-elle en remontant ses lunettes de l'air le plus naïf et le plus innocent possible. J'effectue des recherches à l'hôpital Radclyffe.

— Et votre spécialité est ?

— Les pathologies rares du sang », mentit-elle. A moins que Karolyi ne lise la presse médicale, il ne verrait pas la supercherie. De fait, c'était le genre de discipline qui aurait justifié qu'ils fassent appel à elle, s'ils avaient affaire à des vampires.

Manifestement, Karolyi ne lisait pas la presse médicale, car son regard s'éclaira.

« Ah ! je comprends.

— Mais quand je suis arrivée à Vienne, Mr. Halliwell m'a dit qu'il s'était passé quelque chose d'affreux, que le docteur Asher avait dû quitter la ville subitement, et il m'a donné son billet, me demandant de regagner Londres. Et je savais qu'il devait être en danger d'une façon ou d'une autre, surtout après avoir appelé cousine Elizabeth. Elle m'a dit qu'il lui avait emprunté de l'argent pour se rendre à Constantinople sans délai. Et maintenant on me dit qu'il a disparu, et je ne sais que faire ! Oh, Mr. Karolyi, si vous savez quelque chose, aidez-moi, je vous en prie... ! »

Il eut l'air contrarié, comme il se devait, pensa-t-elle, mais le dissimula fort bien en lui tapotant les mains.

« Calmez-vous, Mrs. Asher, calmez-vous. Qu'avez-vous pu découvrir à propos de l'endroit où il avait abouti ici ? »

Voilà, se dit-elle, ce qu'il voulait savoir. Et également ce qu'elle savait de son côté.

« Rien ! gémit-elle. Je suis venue au marché parce que j'imagine qu'il a été arrêté près d'ici. Je pensais que des marchands pourraient avoir vu quelque chose, ou savaient quelque chose... » Elle ôta ses lunettes, leva vers lui un regard candide et papillotant. « Le prince Razumovsky a été assez aimable pour me proposer de m'escorter, comme il connaît la langue. »

Karolyi eut une moue imperceptible ; Lydia en déduisit que, s'il croyait le prince capable de venir en ce lieu rien que pour escorter une femme, l'opinion de Lady Clapham sur la nature amoureuse dudit prince était probablement juste.

« Écoutez, Mrs. Asher, dit-il en baissant beaucoup la voix, penché vers elle pour mieux plonger dans ses yeux, Son Altesse est officiellement du côté des Anglais, sans doute, mais, croyez-moi, il n'est pas un homme digne de confiance. Si par hasard vous apprenez quoi que ce soit, même d'infimes détails qui vous paraîtraient ridicules, informez-m'en au plus vite. Mettons en commun nos ressources, vous et moi ; en nous associant, nous parviendrons à retrouver votre mari. »

Vous voulez dire que vous parviendrez à trouver les cachettes du Maître de Constantinople, traduisit-elle un instant plus tard, en regardant sa magnifique carrure brune disparaître dans la foule à l'approche de Razumovsky. Elle accueillit son sauveur avec une gratitude tremblante. Mais au moins, estima-t-elle, elle ne s'était pas trop mal tirée d'affaire. Pour sa première visite au Grand Bazar, elle avait su, pratiquement sans préavis, vendre à un étranger presque total un chargement complet de balivernes.

Comme ils faisaient mine de s'éloigner, l'artisan qui jusque-là était resté à coudre ses mules dans son recoin se leva, alla vers elle à pas furtifs et sans un mot accrocha à son col une épingle de sûreté bon marché en cuivre portant une perle de verre bleue où était peint un œil. Après quoi il s'inclina en souriant, et se lança dans une longue explication à l'intention de Razumovsky.

« Contre le mauvais œil », dit le prince en entraînant Lydia.

La rue des marchands de cuivre, outre d'innombrables échoppes minuscules où des vieillards martelaient et façonnaient une foule d'articles allant des boîtes et des assiettes aux énormes théières à long bec et même à une biche grandeur nature, comptait quatre vendeurs de pâte de figue, un homme distribuant de la limonade puisée à une immense cruche de terre cuite posée sur une charrette à bras, un marchand de bonbons au sésame et un régiment de mendiants. Mais aucun conteur n'était en vue.

« Helm Musefir ? » dit le propriétaire de la plus grande boutique de la rangée en réponse à la question de Razumovsky. C'était un petit homme portant jusqu'à mi-corps une barbe gris fer, qui n'avait pas abandonné le vêtement à l'ancienne avec l'avènement des réformes. Ses pantalons resplendissaient par la couleur et l'ampleur, sa large ceinture était frangée d'argent terni, ses babouches de maroquin violet recourbées sur l'orteil de façon extravagante. Sur son turban vert était épinglée une très grosse boucle de cuivre poli, en guise de réclame peut-être au-dessus de sa bonne figure basanée ; en parlant, il égrenait un chapelet de prière. « Depuis lundi il est parti. Le cousin de ma femme a un ami qui habite la chambre au-dessus de la sienne ; il dit qu'il n'est pas revenu chez lui, et Izahk non plus, le garçon arménien qui s'occupe de lui et fait ses courses.

— Avait-il une raison de partir ? » demanda le prince. Voyant le marchand de cuivre hésiter, il désigna Lydia et expliqua, dans le français que la plupart des vendeurs semblaient parler couramment : « Cette bonne dame cherche un renseignement que le *hakâwati shaîr* pourrait lui donner ; elle est prête à récompenser largement toute information sur l'endroit où se trouve Musefir.

— Ah. » Au mot *récompenser*, souligné par Razumovsky, le boutiquier s'était légèrement incliné. « En vérité, je ne le sais pas. La bonne dame daignera-t-elle accepter... — Il tendit à Lydia un plateau de cuivre chargé de confiseries turques vert pâle poudrées d'un nuage de sucre. — L'ami du cousin de ma femme est aussi un ami de la sœur du propriétaire. Elle dit que le *hakâwati shaîr* n'était pas en retard pour payer son loyer. Il y a aussi l'oncle du garçon, Izahk, qui fréquente le même café que mon beau-frère. Il aurait dit si le vieil homme était malade. Alors je ne sais pas. »

Et bien sûr, songea Lydia en essuyant ses doigts poudrés de sucre, personne n'a vu James, ni ne l'a remarqué. James était ainsi. Mais il ne lui échappait pas que, si James était arrivé à Constantinople samedi soir, il pouvait fort bien être allé voir le *hakâwati shaîr* Helm Musefir le dimanche — dernier jour où l'on avait vu le vieux conteur d'histoires.

XVI

Après l'ahurissant festival de couleurs et d'odeurs du Grand Bazar, prendre le thé à l'hôtel Bristol équivalait à pousser une porte pour se trouver soudainement transporté dans le sud de la France. Cette impression était encore renforcée chez Lydia du fait que, malgré l'excellente vue sur la Corne d'Or dont jouissait le Bristol, elle ne pouvait voir la vieille ville d'où elle se trouvait. Le monde finissait donc à un mètre au-delà des larges épaules de Herr Hindl, dans une atmosphère floue où évoluaient des serveurs en veste blanche dont les plateaux d'argent brillaient, tel un étrange trésor au soleil de cette fin d'après-midi.

Des femmes élégamment vêtues de robes pastel bavardaient en français et en allemand avec des messieurs aux costumes très chics, autour de thé de Ceylan et de crème brûlée. Un petit orchestre jouait du Mendelssohn. Trois enfants portant culottes anglaises au genou et robes blanches empesées consommaient des sorbets sous la surveillance bienveillante d'une femme corsetée vêtue de bombastin noir.

C'était indiciblement reposant.

Au pied même de la colline de Pera, Lydia le savait, des Arméniens s'occupaient à déblayer les poutres carbonisées et le verre brisé qu'ils récoltaient en châtiment de leurs protestations. Des hommes comme Razumovsky et Karolyi jouaient de toutes les ruses et de toutes les intrigues pour se placer sur le terrain; ils vendaient des armes aux Turcs aussi bien qu'aux Grecs et aux Arabes en vue d'une guerre que chacun savait proche, tout en se racontant que c'était dans le but de maintenir la paix. Dans chacune des maisons de la vieille cité, des femmes vivaient recluses derrière les fenêtres treillissées de recoins aussi tristes que les chambres du Harem, à l'abri des regards masculins mais aussi des rayons du soleil, et pas une seule voix ne s'élevait en leur nom.

Et sous cette surface remuaient des ombres encore plus noires.

Clignant un peu des yeux dans la lumière dorée, Lydia porta sa tasse de thé à ses lèvres, de ses doigts délicats que découvraient à demi ses mitaines de dentelle écrue.

« Je me demande, commença-t-elle, si c'est uniquement le fait d'être une nouvelle venue ici qui me donne le sentiment de débarquer dans un autre temps et aussi dans un autre monde. J'ai parfois l'impression que ce sont les petites choses, plus que les grandes, qui font évoluer un pays de l'ancien au moderne, comme c'est le cas actuellement pour l'empire ottoman. S'équiper de fourneaux et de chaudières au lieu de chauffer la maison avec des braseros, par exemple... (Séjournant depuis trois jours dans la maison de la rue Abydos, Lydia n'ignorait plus rien des braseros). Mais j'imagine que certaines personnes continuent à vous payer à pleines poignées d'or... »

Hindl rit de très bon cœur.

« Ha ha! Vous ne croyez pas si bien dire, Frau Asher. On voit les choses les plus étranges dans cet Orient mystérieux! Figurez-vous que, l'autre jour, j'ai été appelé en consultation chez un homme riche qui voulait doter d'une installation de plomberie l'hôpital attaché à la mosquée du sultan Mehmed... »

Suivit une histoire d'une bonne quinzaine de minutes qui n'avait rien à voir avec les chaudières, ni les étrangetés financières, ni la guerre éventuelle entre les morts vivants de la ville, mais que Lydia trouva néanmoins fascinante par ses éléments de contraste entre l'ancien et le moderne. Une fois oubliées les tentatives assez pesantes de son hôte en matière d'humour, et sa propension à lui expliquer ce qu'elle devait faire et ne pas faire en sa qualité d'européenne, elle n'éprouva aucun ennui à écouter Herr Hindl parler de son sujet favori, peut-être parce qu'elle-même s'était toujours intéressée à la technique — et jugeait plus intéressant un homme d'affaires travaillant dans l'une des plus singulières villes du monde qu'un jeune aristocrate dont l'univers commençait avec la chasse au gibier de l'année et finissait quand s'achevait la saison du tir à la grouse.

Adroitement canalisé, Hindl parla bien volontiers de ses clients, et des méthodes de paiement parfois bizarres qu'on observait dans un empire dont le souverain s'était opposé à la construction d'une dynamo électrique parce que le mot ressemblait trop à "dynamite" et pourrait encourager les anarchistes... et, bien entendu, exposa longuement les différences de temps de combustion entre la houille grasse et la houille sèche, et compara les modèles variés de chaudières à vapeur produites par les fabricants américains à ceux des fabricants berlinois.

« Oh ! oui, c'est une ville étrange, Frau Asher, bien étrange ! Et sûrement pas de celles où une dame peut voyager seule ! précisa-t-il en agitant vers elle un index boudiné et réprobateur. J'espère que vous n'êtes pas de ces suffragettes dont on parle tellement, qui veulent porter des pantalons, fumer des cigarettes et laisser leurs pauvres hommes à la maison pour s'occuper des bébés, ha ha ! »

Lydia se retint de dire qu'elle aurait cent fois préféré savoir un enfant en compagnie de James plutôt que de son amie Josetta ou encore, Dieu lui pardonne, d'elle-même, par égard pour le bien-être élémentaire de cet enfant. Elle choisit plutôt de réorienter franchement la conversation vers le récit des aventures de Herr Hindl, qui de toute façon le passionnait beaucoup plus.

« Dites-moi, s'enquit-elle avec un intérêt non feint, avez-vous des clients que vous ne rencontrez jamais ?

Qui refusent de traiter avec un infidèle, même s'il s'agit de leur confort personnel ?

— Chère Frau Asher, gloussa Hindl, mais j'en ai des *légions* ! »

Il lui resservit du thé. Le serveur avait déjà remis deux fois de l'eau chaude dans la théière, et apporté au négociant en chaudières une seconde assiette de glaces italiennes. Blond et solidement bâti, c'était un Berlinois de trente-cinq ans environ dont l'épouse et les deux fils étaient restés en Allemagne. Lors de la réception de la veille, Lydia avait reçu une douzaine d'invitations de la part de messieurs comme lui, non pas, elle le savait, avec la moindre intention inconvenante, mais simplement parce qu'elle était une nouvelle tête dans cette colonie occidentale assez réduite et — à condition qu'elle ne porte pas ses lunettes — raisonnablement jolie de surcroît. La question s'était posée de savoir s'il fallait que Margaret l'accompagne. Elle avait été contente d'entendre Lady Clapham déclarer, après mûre réflexion, que c'était parfaitement superflu, et encore plus contente qu'elle ait plutôt invité la jeune fille à l'ambassade pour le thé et une partie de cartes.

Margaret avait refusé l'invitation, comme de juste.

« Si vous voulez des histoires de clients impossibles, Frau Asher, je vous conseillerais de bavarder avec Jacob Zeittelstein. En fait de client excentrique, il en a un pour vous ! Immense palais-labyrinthe ancien perdu dans le dédale du cœur de la ville, traites de je ne sais quelles sociétés et entreprises, travail soumis à certaines conditions : impossible d'avoir un rendez-vous de jour, et le reste du temps il envoie une fois sur deux des gens bizarres, des sortes de voyous qui ne savent qu'ouvrir des portes, apparemment ; impossible de le rencontrer le vendredi, le samedi *ou* le dimanche, change d'avis, fait tout enlever et tout recommencer, et toujours à toute vitesse... (Il rit encore, prit une gorgée de thé.) Ce pauvre Jacob s'arrache les cheveux ! Il aurait préféré ne jamais avoir entendu parler d'installation de réfrigération par ammoniaque !

— De réfrigération ? » s'étonna Lydia.

« De réfrigération ? »

Ysidro s'appuya un peu au dossier de sa chaise, en ramenant autour de ses épaules le plaid de cachemire. Réflexe, se dit Lydia, venu du temps où il lui fallait préserver la chaleur de son corps. Est-ce que le réflexe du frisson persistait ? Quel effet cela faisait-il, s'interrogea-t-elle non sans malaise, d'être conscient — *et incapable de perdre conscience* — dans un corps que consume lentement le froid de la mort ?

« Il veut peut-être conserver le sang en bouteilles ? suggéra Margaret. De façon à ne pas devoir le... le tirer des autres ?

— Si c'est de la mort de sa victime plus que de son sang que se nourrit le vampire, réfrigérer le sang ne servirait à rien », rétorqua Lydia. Elle aurait mieux fait de se mordre la langue, songea-t-elle aussitôt en voyant Margaret s'empourprer et lancer un regard d'excuse à Ysidro qui signifiait : *Ne faites pas attention à elle, elle ne comprend rien.*

Le vampire ne parut pas plus remarquer la bévue de Lydia que la réaction de Margaret imaginant qu'il en avait été blessé.

« L'expérience a été tentée, dit-il sans se départir de son calme. Plus par souci de commodité que par humanité, j'en conviens. La réfrigération a pour conséquence d'accélérer la coagulation du sang. Et de toute façon, dans une ville aussi infestée de chiens que l'est Constantinople, je vois mal quiconque faire provision de sang pour sa seule subsistance physique.

— Justement, je me demandais... » commença Lydia, qui s'interrompit net en s'apercevant que sa curiosité médicale à l'égard des possibilités alimentaires d'Ysidro pouvait relever d'une indélicatesse extrême.

Les yeux jaunes ne croisèrent les siens qu'un instant. Elle y vit briller une étincelle ironique faite de confusion et de dénigrement de soi. Il avait saisi le sens de la question restée informulée.

« Que je sache, commenta-t-il simplement, le froid n'a pas d'effet désagréable sur les morts vivants, et ne prolonge pas leur sommeil durant la nuit. Les vampires de Saint-Pétersbourg prennent leurs quartiers d'hiver dans des palais vides à cette saison, parce que le gros de la cour se déplace alors vers le sud, en Crimée ; et ils y vaquent sans problèmes à leurs occupations habituelles. Il n'est pas facile, ajouta-t-il en posant sur Lydia le même regard d'amusement distant, d'y être un mort vivant à l'époque des nuits blanches. Tandis que, l'hiver, ils sortent dès trois heures de l'après-midi, et le sommeil ne s'empare pas d'eux avant huit ou neuf heures du matin. Ils restent insensibles à des températures qui seraient fatales à des vivants — il est vrai que le Maître de Pétersbourg a parlé d'aller s'installer définitivement en Crimée, ce qui me fait dire qu'il commence à se fatiguer, et donc à ressentir l'agression du froid au niveau de ses articulations. Encore que... »

Il s'attarda à contempler les liasses de papiers et les registres empilés sur la table, autour des lampes à huile qu'avait montées Mme Potoneros à la demande de Lydia. Un employé de l'ambassade était venu livrer les documents en fin d'après-midi, accompagnés d'un mot de Lady Clapham : *Chère amie, je ne vous demande pas pour quelle raison vous désirez ces papiers, mais si vous découvrez quoi que ce soit que nous devions savoir, soyez aimable de me transmettre l'information. Les dossiers rouges concernent la Banque ottomane, les gris, la Deutsches Bank. Malheureusement, nous devrons les récupérer demain dans la matinée.* Lydia s'était amusée de ce *nous* parce qu'il confirmait, en l'état actuel des choses, qui dirigeait vraiment le service de renseignements à Constantinople.

« Ce sera forcément instructif, déclara enfin Ysidro, de mesurer jusqu'à quel point le Maître de la ville a étendu son pouvoir dans le tissu de l'Empire.

— Si c'est au bey que nous mènent nos recherches.

— Oh ! n'ayez aucun doute à ce sujet. »

Ysidro mit le plaid de côté et se leva, en se tournant de façon que son visage ne se trouve pas dans la lumière. Margaret se précipita pour aller chercher sa cape, comme si elle craignait que Lydia n'usurpe cette tâche qu'elle considérait lui revenir de droit.

« L'argent, poursuivit-il, commence à vivre de sa propre vie dès le moment où il pénètre dans les veines de ce corps qu'on appelle la finance. Tous les maîtres des grandes cités en sont conscients, et font en sorte d'avoir de fortes sommes à leur disposition, des fonds licites, mais masqués. C'est pour cette raison qu'ils sont des maîtres. Je suis prêt à hasarder que depuis juillet, et le coup d'État militaire, le bey a transformé les biens qu'il détenait sous une forme traditionnelle — réserves d'or, propriétés foncières — en investissements plus modernes. C'est sa protection contre l'intrus, si intrus il y a, ou contre un disciple rebelle. Et aussi contre les bouleversements qui frappent les vivants.

— Vous pensez que celui qui le défie ne possède pas encore la base indispensable ?

— J'en doute. Les nouveaux vampires ne voient généralement pas la nécessité de telles protections. Ils croient que l'immortalité suffit. »

Alors qu'il avançait la main vers la cape que lui tendait Margaret, Lydia vit que la bague en or qu'il portait avait tourné autour de son doigt, le chaton à l'intérieur de la paume, comme il arrive quand la chair se rétracte sous l'effet du froid, de la vieillesse ou de la mort.

« Quant à moi, je continuerai à rechercher Anthea et Charles à la manière des morts vivants, en guettant les bruits des rues où habitent les pauvres, et en explorant les endroits où les vivants ne s'aventurent pas. Si James est encore en vie, comme le prétend Karolyi, c'est que le bey a besoin qu'il reste encore en vie ; selon moi, il l'utilise comme appât, pour capturer Charles ou bien Anthea. Karolyi cherche encore à négocier ce qu'il a à vendre, c'est-à-dire le soutien et l'alliance de son gouvernement en ces temps incertains, tout en tâtant le terrain pour obtenir d'autres avantages.

— Mais pour quelle raison James... ? commença Lydia avec désespoir.

— Je ne sais pas. Nous évoluons dans des miasmes qui ne sont pas uniquement l'œuvre du bey, dit Ysidro avec douceur. Une autre affaire se prépare ici, qui dépasse la remise en cause d'un provocateur ou d'un intrus. Une trahison au sein des disciples du bey, ou la menace d'un intrus hors du commun ? Efforçons-nous de mener nos recherches à fond, chacun avec ses moyens. Vous, en tant que médecin, vous mettrez peut-être en rapport un certain caractère du froid avec l'état de mort vivant, rapport qu'eux-mêmes ne connaissent pas ? Ensuite, comme les chevaliers du Graal se retrouvent sur la route, nous pourrons échanger nos informations et voir s'il est possible l'un pour l'autre de dégager le sens de notre vision respective des choses. Ne perdez pas espoir.

— Non, dit Lydia qui s'obligeait au calme, non. Je sais au moins que James est vivant — si Karolyi m'a dit la vérité. J'ai d'ailleurs remarqué qu'il évitait soigneusement de dire *à quel moment* il avait vu James. Cela peut fort bien avoir été... il y a des jours et des jours. Mais nous ne pouvons faire que ce qu'il est en notre pouvoir de faire.

— Voilà une observation digne des sages d'Athènes, dit gravement le vampire, qui prit dans la sienne la main de Lydia. J'aurai un mot à vous dire en particulier. »

Consciente du regard furieux de Margaret dans son dos, Lydia le suivit hors de la salle à manger, jusqu'à l'escalier.

Il se plaça le dos à la veilleuse, dont le reflet n'éclaira que la pointe de ses pommettes et de son menton, et fit de ses cheveux un halo arachnéen. Enveloppé de sa cape, il ressemblait à la Mort prête à partir pour l'opéra ; elle remarqua que ses mains n'avaient plus la même précision alors qu'il tirait sur ses gants.

« Vous avez percé mon secret, dit-il, et dans sa voix douce sortie de la pénombre Lydia retrouva l'écho d'un sourire, le souvenir lointain d'une inflexion très ancienne. Le sang des animaux permet de se soutenir même s'il ne réchauffe pas, et si leur mort est impuissante à nourrir la faim et l'avidité de l'esprit. Je ne voudrais pas choquer Margaret en lui révélant que le sombre héros de ses fantasmes byronesques vit actuellement du sang de chiens — et de quels chiens ! Quant à vous, je savais qu'en tant que médecin, vous n'auriez de cesse de connaître le fin mot de l'histoire. »

Lydia rit. La peur et la tension qu'elle éprouvait depuis le matin au Bazar se relâchaient enfin.

« Je crois que vous êtes simplement trop vaniteux pour l'avouer », sourit-elle.

Ysidro marqua une pause, la main sur la rampe.

« Bien sûr que je suis vaniteux. Tous les morts vivants le sont. Trop vaniteux pour accepter l'idée que, comme le commun des hommes, ils devront mourir. »

Il esquissa le geste de s'éloigner, puis se retourna, reprit la main de la jeune femme et, très prudemment, comme pour ne pas trop s'approcher de l'argent enserrant son poignet, l'éleva jusqu'à ses lèvres.

Alors qu'il disparaissait dans l'ombre de la cage d'escalier elle dit : « Faites attention... » Mais elle ne sut pas s'il avait entendu.

Au moment où Lydia rentra dans la salle à manger, Margaret fourra précipitamment dans son panier à ouvrage les papiers qu'elle était occupée à lire et regagna sa chaise. Elle gardait les yeux baissés, et un silence dont Lydia percevait toute la maussaderie. Le ressentiment se lisait jusque dans le maintien de son dos, étriqué dans une blouse de coton qui ne lui allait pas. Elle attira à elle une pile de registres gris de la Deutsches Bank, mais laissa de côté papier et crayon.

« Vous savez ce que nous cherchons ? demanda simplement Lydia, déterminée à éviter toute nouvelle discussion avec elle.

— Sociétés constituées en juillet ou en août et rétribuées en or ou par transfert de terres, virements mensuels ou trimestriels de fonds à une autre société ou une autre banque. » La gouvernante récitait les instructions de Lydia à la manière d'une écolière régurgitant une leçon détestée — et à peine comprise.

« Cherchez un transfert vers une autre société, qui peut être une nouvelle société, dans la première semaine d'octobre, de dix mille marks ou douze mille cinq cents francs; si vous repérez quelque part la Zwanzigstejahrhundert Abkuhlunggesellschaft, ou l'un des noms de cette liste — elle poussa vers elle le billet que Razumovsky lui avait fait passer l'après-midi, qui comportait les quatre ou cinq noms sous lesquels le chambellan du sultan versait des pots-de-vin ou blanchissait de l'argent —... soyez gentille de me le signaler.

— J'ai compris », ronchonna impatiemment Margaret qui allongea la main pour se saisir de la liste, mais ne se donna pas la peine de la tourner dans le sens de la lecture. Sur le point de le lui faire observer, Lydia renonça finalement. Il était à prévoir qu'elle aurait à vérifier le travail de Margaret, quel qu'il soit, mais puisque les registres devaient être restitués dans la matinée, elle n'avait pas le temps de tout voir seule. Pas le temps non plus d'entamer une discussion qui conduirait Margaret à se réfugier dans la chambre en état de crise. Que lui dire, d'ailleurs?

Elle revit son rêve, où Margaret attendait dans les ruines du château un cavalier qui ne venait pas. Ysidro ne parvenait-il plus à projeter vers elle les souvenirs rêvés de la passion, les romances mélodramatiques qui l'attachaient à lui? Peut-être n'y apparaissait-il plus en raison de l'aspect décharné qu'elle avait remarqué tout à l'heure, quand il lui parlait, le dos à la lumière, devant l'escalier?

Si c'était là l'image qu'ils contemplaient dans leurs miroirs, rien d'étonnant à ce que les vampires les évitent, les voilent ou les tiennent enfermés. Si c'était celle que les yeux des vivants auraient dû percevoir, quoi d'étonnant à ce que les vampires la leur cachent, ou en effacent le souvenir?

Tous les morts vivants sont vaniteux...

« Courrier... » Stephania Potoneros apparut, hésitante, sur le seuil, et tendit deux épaisses enveloppes de couleur crème.

La première contenait une lettre à l'en-tête de la Zwanzigstejahrhundert Abkuhlunggesellschaft, à Berlin, Londres et Constantinople, impeccablement dactylographiée en anglais et signée d'une secrétaire.

> *Mrs. Asher,*
> *Nous avons le regret de vous informer que Herr Jacob Zeittelstein ne pourra vous recevoir cette semaine, se trouvant en ce moment même à Berlin. Dès son retour à Constantinople mercredi prochain, il sera heureux de se mettre en rapport avec vous afin de fixer un rendez-vous.*
>
> *Meilleurs sentiments,*
> *Avram Kostner*
> *secrétaire particulière de Herr Zeittelstein.*

Mercredi ! se dit Lydia, atterrée. Deux jours encore avant même qu'il rentre à Constantinople, et ensuite, il faudrait qu'il trouve le temps de la voir pour répondre à ses questions. Jamie pourrait bien être mort, à ce moment-là !

Mais Jamie était peut-être déjà mort.

> *Bien chère madame*, disait la seconde lettre d'une indéchiffrable écriture française,
> *Il semble que nous ayons retrouvé le conteur que recherchait votre mari. Avec votre permission, ma voiture passera vous prendre à dix heures demain matin, mais il serait bon de ne pas exclure la possibilité d'avoir à marcher un peu.*
>
> *Votre très humble serviteur,*
> *Razumovsky.*

Asher posa la joue contre la dalle de pierre où il était allongé sur le ventre. « Suis-je autorisé à poser une question, Effendi ? » demanda-t-il en clignant des paupières pour faire tomber les gouttes de sueur qui lui noyaient les yeux. Dans la lourde chaleur immobile du minuscule *hararet* — la « salle humide » que les Romains auraient appelée *caldarium*, ou étuve — la silhouette du Maître de Constantinople, aussi blanche que le marbre qui recouvrait entièrement les murs, paraissait émaner de la vapeur et se fondre avec elle de façon si déconcertante qu'Asher avait parfois l'impression de ne plus la voir du tout.

« Il est toujours permis de demander, Shéhérazade », dit la voix du bey depuis la pénombre fumante. Le rougeoiement des braseros placés aux quatre coins de la pièce donnait à ses yeux l'aspect de deux pierres d'ambre jumelles. Il avait prononcé le surnom donné à Asher — en raison de sa curiosité pour les mots anciens et les vieilles légendes, même emprisonné et en danger de mort — avec une note d'amusement rêveur, accablé de chaleur. « Il n'y aurait pas de sagesse en ce monde, si les hommes ne posaient pas de questions.

— Qu'attendez-vous du comte d'Ernchester ? »

Il était presque minuit. A la tombée précoce de cette nuit d'hiver, Zardalu et les autres avaient emmené Asher jusqu'à une immense citerne asséchée, sorte de caverne en sous-sol de la ville soutenue par des piliers, et l'avaient envoyé, muni d'une lanterne d'étain, errer dans cette infinie forêt de colonnes. « Fais comme si tu cherchais quelqu'un, l'Anglais, avait chuchoté Zardalu en distordant moqueusement sa bouche élastique. Regarde partout — comme ça —, mets la main sur ton cœur, comme pour contenir ses battements amoureux. » Les autres avaient ri, de ce mince grelottement métallique qu'il avait déjà entendu à Vienne, avant de s'évanouir dans l'ombre. Il était resté seul.

Il avait donc marché, tenant haut sa lanterne dont le mouvement déplaçait puis faisait chavirer l'ombre des piliers. Les colonnes, toutes sphériques, étaient soit de style ionique, sveltes avec des chapiteaux en forme de cornes de bélier, soit de style dorique, plus lourdes et non cannelées. Toutes portaient des marques de niveaux d'eau ; le sol était de vase durcie, peut-être sur une grande profondeur. Dans l'obscurité dense circulaient des courants d'air froid qui laissaient à penser que l'endroit n'avait pas qu'une seule entrée. Asher se disait qu'il était heureux que la flamme de sa lanterne soit protégée par une plaque de verre, quand elle s'était éteinte brusquement, comme soufflée par un éteignoir.

Asher avait aussitôt reculé, le dos au pilier le plus proche, et s'était efforcé de résister à la torpeur qui lui accablait l'esprit. Comme il cherchait dans sa poche les allumettes qu'il gardait dans un chiffon de soie huilé, des remugles de sang rance et de pourriture de la tombe avaient assailli ses narines. Une main avait emprisonné son bras avec la force implacable d'une machine ; mais, avant qu'il ait pu formuler une pensée, esquisser un geste ou un cri, la main l'avait lâché.

Un mouvement dans les ténèbres, sorte de bruissement haletant. Il avait enflammé une allumette d'une main qui tremblait.

Il n'y avait personne.

« Mon cher ami... » La voix profonde était toute proche soudain. Asher cligna encore des paupières, et vit le Maître de Constantinople debout près de la table de marbre où il était étendu, nu comme lui-même, à l'exception d'une serviette nouée autour de ses reins. « Ce sont là des affaires de vampires, qui n'ont aucun intérêt pour les vivants. Je doute même que les vivants soient en mesure de les comprendre.

— Elles ont un intérêt pour ceux qui souhaitent rester parmi les vivants », répliqua Asher qui s'assit, ses cheveux bruns dans les yeux.

Mustapha, le garçon de bains qui s'occupait de lui, s'effaça. Asher se doutait bien que les serviteurs vivants du bey n'étaient pas sourds, mais n'était jamais parvenu à tirer d'eux plus de quelques mots. Ils lui apportaient ses repas, posaient du linge de rechange dans sa chambre, l'escortaient jusqu'au hammam ou à la bibliothèque, en l'observant du regard impassible et sinistre des chiens de garde, avec une prudence extrême, comme si c'était lui le serviteur de la nuit, et non eux.

« Est-ce vous, poursuivit-il, qui avez fait fouiller les appartements de Lady Ernchester, après le départ du comte ?

— Mes instructions à Karolyi étaient de la supprimer, répondit brièvement le bey, dont les yeux d'un orange aussi vif que la teinture d'iode luisaient d'un éclat glacé. Cette femme est sa force. Point n'est besoin d'être sorcier ou de savoir lire les rêves pour le comprendre. Il suffit d'une seule conversation avec lui. Durant les dix-huit mois qu'il a passés à attendre ici quand il était vivant, il n'y eut pas de jour qu'il ne parle d'elle, pas de nuit qu'il ne rêve d'elle. Quand j'ai appris que l'un et l'autre étaient devenus des morts vivants par l'opération du Maître de Londres, j'ai pensé que c'était de sa part prendre un risque insensé que d'avoir parmi ses novices un vampire aussi soumis au pouvoir d'une femme.

— Ainsi Karolyi vous a désobéi.

— Stupide Magyar, qui croit pouvoir contrarier les desseins des morts vivants ! » La main gauche du bey caressait distraitement le tissu de soie enroulé autour de la poignée de son arme à lame d'argent — poignée en bois d'aubépine, devina Asher, avec juste assez de soie pour éviter le malaise à un vampire aussi vieux que le bey, plus ou moins endurci à certaines substances auxquelles réagit ordinairement la chair des vampires. Il portait au cou un poignard de trente centimètres, gainé de cuir et de plomb. Sous cette gaine, Asher pressentait que la lame était d'argent aussi.

« Est-ce elle qui l'a libéré à Vienne, et tué ceux qui le surveillaient dans sa prison ? s'enquit le Maître de Constantinople.

— Non, ce sont les vampires de Vienne. Karolyi avait apporté une victime à Ernchester.

— L'imbécile. » Le vampire détourna le visage, les yeux flamboyants de colère. Sur son corps maigre où ne paraissait pratiquement aucun muscle, les poils de son torse et de ses aisselles formaient des taches d'un curieux brun rougeâtre. La chaleur de l'étuve avait mis une pellicule de condensation sur sa peau blafarde, sans qu'Asher puisse y découvrir une seule goutte de sueur.

« Ce Karolyi est cupide. Il n'a vu que le chemin de son pouvoir personnel, et non les raisons pour lesquelles il a reçu ces ordres de ma part, raisons qui sont au-delà de sa compréhension, et de la vôtre, conclut-il en baissant les yeux sur Asher.

— Dans ce cas, pourquoi traiter avec lui ?

— Seul un imbécile jetterait une planche à bord d'une épave, Shéhérazade. Cet homme a l'impudence de croire que je me conformerai aux ambitions de son empereur chrétien. Mais le pouvoir, et les alliés, sont toujours bons à prendre en des temps difficiles.

— Les temps sont-ils donc si difficiles ? Est-ce pour cette raison que vous pourchassez si activement Lady Ernchester ? Non seulement pour dominer le comte, mais pour la soustraire aux mains de Karolyi ? Vous devez vous douter qu'il s'adressera à vos disciples, s'il ne l'a déjà fait. »

Un souffle d'air remua la vapeur. Le rideau de cuir brodé qui séparait le *hararet* du *soğukluk*, la salle tiède, se souleva. Sayyed apparut, la tête — rasée comme celle du bey — luisante de buée.

Il y a quelqu'un pour vous, Seigneur. Un *mekaniscyen.* »

C'était la plus longue phrase qu'Asher ait entendue jusqu'ici de la part d'un serviteur vivant. A l'exception du dernier mot, qui était persan, celui-ci parlait le turc des paysans.

Le Maître de Constantinople s'inclina profondément.

« Je vous prie de m'excuser. »

Il fit mine de partir, puis s'arrêta, et se retourna.

« Ne vous mêlez pas des histoires de mes enfants, Shéhérazade, dit-il doucement, et à son oreille la fourmi géante paraissait surveiller Asher depuis sa prison d'ambre. Ce n'est pas l'affaire d'un homme prudent. Ne vous fiez pas à eux. Ils vous feront un tas de promesses — d'évasion, de sécurité, ou même du baiser qui donne la vie éternelle, mais ce ne sont là que mensonges. Aucun d'eux n'est loyal. Ils se jalousent les uns les autres et jalousent le pouvoir que chacun prête à l'autre ; et par-dessus tout, ils me jalousent. Mais c'est moi le Maître de la ville ; elle m'appartient, ainsi que tout ce qui s'y trouve. »

Il brandit son arme, dont la lame d'argent brilla faiblement dans la lueur sourde des braseros.

« Ne vous inquiétez pas non plus au sujet d'Ernchester. Cette affaire-là aussi ne pourra que vous conduire à la mort. »

Le bey parti, Asher se rallongea sur le marbre, en tâtant avec précaution la blessure qu'il avait au côté. Elle cicatrisait bien ; Mustapha refit le pansement, puis se remit à masser et à pétrir ses muscles d'un air las. Asher étendit devant lui son bras droit et l'examina.

La chaleur avait rougi les cicatrices laissées par les vampires de Paris, qui suivaient le trajet de la veine du poignet jusqu'au coude. Au milieu s'imprimait la trace fraîche d'un hématome qui commençait à noircir.

C'était l'œuvre de la main qui lui avait écrasé le bras dans les ténèbres de la citerne. Asher releva les marques du pouce et des autres doigts. Ignorant le pincement que lui causait sa blessure, il amena sa main gauche sous ses yeux et la posa sur la trace de l'hématome.

La main inconnue était bien plus grande que la sienne.

Ernchester, il s'en souvenait, avait de petites mains.

Dans le silence de la citerne asséchée, les disciples étaient revenus presque tout de suite, accompagnés par la lueur tremblotante d'une lampe. Après lui avoir bandé les yeux, ils l'avaient reconduit sans un mot à la maison des Lauriers-Roses. C'était la deuxième fois en trois jours qu'ils l'emmenaient ainsi dans des endroits déserts où Anthea était susceptible de se cacher. Ils lui avaient voilé l'esprit durant le trajet ; il n'avait vraiment repris conscience, effrayé et encore étourdi, que dans le vestibule byzantin de forme octogonale qui menait au salon du bey. Cela n'avait pas été le cas lors du retour de la première expédition, se rappela-t-il : Zardalu aurait-il commis une grossière erreur en cette occasion, par manque de concentration ?

Après avoir ramené Asher, le groupe de vampires était parti chasser ; ils n'étaient pas revenus quand il sortit du hammam, vêtu de linge propre et d'un pantalon gris de seconde main, d'un gilet de lainage rouge et d'un manteau turc usé, un peu trop grand pour lui. Escorté par la présence silencieuse de Sayyed sur ses talons, il se mit en devoir de regagner sa chambre. Il connaissait maintenant l'itinéraire qui reliait le petit palais de quelque prince byzantin à l'un des anciens *hans* tentaculaires. Il passait à deux reprises devant des portes qui devaient mener à une église ou une crypte de style romain tardif, alors que la salle peinte à la coupole carrelée où il avait vu Karolyi était assurément turque.

La cour de l'ancien *han* était éclairée de lampes de cuivre suspendues à la colonnade ouvrant sur la profonde travée du rez-de-chaussée, jadis à usage de magasins. Deux étages plus haut brûlait une seule lampe à l'extrémité de la galerie ouverte. Des lampes brûlaient aussi dans le vestibule byzantin : Asher voyait leur reflet sur le passage voûté.

Un homme qui venait voir le Seigneur Immortel. Cette visite avait un rapport avec l'expérience menée secrètement en cette étrange crypte logée dans les entrailles de la demeure, avec ses vapeurs de pétrole et d'ammoniaque.

Près des anciens bains, avait dit Zardalu.

Il n'y avait pas d'horloges dans la maison des Lauriers-Roses, et il n'était pas simple d'y évaluer l'heure durant la nuit. Asher, qui avait une assez bonne notion du temps, estima qu'il n'était pas loin d'une heure du matin quand Sayyed lui ouvrit la porte de sa chambre et s'en alla. Il calcula qu'il disposait d'une heure, peut-être deux, dans une relative sécurité. *Ne vous inquiétez pas au sujet d'Ernchester*, avait dit le bey. Mais dans le même temps, il continuait à négocier avec Karolyi.

A l'exception du bassin tari placé en son centre, le sol de sa chambre-prison tout en longueur était entièrement recouvert de quatre ou cinq épaisseurs de tapis. Il y avait dissimulé le crochet qu'il avait fabriqué.

C'était le moment. Il alla le chercher.

Le chandelier de bronze, qu'il avait laissé bien en évidence avec sa petite pile de livres sur l'une des étagères pratiquées dans le mur, lui avait fourni non seulement le fil métallique nécessaire à la fabrication d'un crochet, mais aussi une provision de bougies qu'il glissa présentement dans la poche de son manteau. La serrure était d'un très vieux modèle Banham à gorge simple, probablement le meilleur à son époque, qui datait tout de même d'une bonne centaine d'années. En descendant les escaliers qui menaient à la cour, il entendit la voix du bey tonner dans le salon. Saisi, il s'arrêta sous la voûte du vestibule pour écouter.

« Cela fait trois semaines, espèce de crachat de chien de Satan ! »

Qu'un vampire, et plus encore un vampire aussi âgé que le Bey Olumsiz, puisse se laisser aller ainsi à la fureur, était une chose absolument inouïe. La colère qui faisait vibrer sa voix profonde avait quelque chose de terrifiant.

« Cinq jours sont passés depuis la panne, et pas un seul mot de votre homme ! Je vous dis que je ne peux pas attendre davantage !

— Monsieur, monsieur, s'il vous plaît..., répondit une voix étouffée, légitimement inquiète. Il sera de retour mercredi. Mercredi, ce n'est pas si loin... »

Asher hésita intensément. Ce qui mettait le Maître de Constantinople dans un tel courroux était certainement de première importance, mais comment oublier que s'il était surpris en cet endroit, et qui plus est avec des chandelles et un crochet en poche, il était à coup sûr un homme mort ? Même si son instinct lui disait de rester, il s'éloigna à pas de loup, se disant en guise de consolation que les vociférations du bey contre son ingénieur l'empêcheraient au moins de l'entendre.

L'image du bey tel qu'il l'avait vu les nuits précédentes, immobile sur le canapé de son salon à colonnes, son arme posée sur les genoux, ses yeux orange mi-clos alors qu'il captait le flot des rêves porté par la cité, cette image l'emplissait d'anxiété.

Nous entendons marcher ceux qui travaillent là-dessous, avait dit Zardalu. Aussi longtemps qu'il marchait sur le sol, Asher savait que le bey pouvait l'entendre, s'il voulait écouter.

Trouver l'accès aux anciens bains.

Les modes de construction varient, et la maison des Lauriers-Roses rassemblait pour le moins cinq bâtiments anciens en un monstrueux labyrinthe de pièces ténébreuses et de souvenirs pourrissants ; mais, au cours des transformations successives, la tuyauterie reste ce qu'elle est. Le système complexe d'hypocaustes et de conduites qui composait les bains turcs — et avant eux les thermes romains — ne se laissait pas aisément déplacer.

Nous sentons les vapeurs du naphte, de l'alcool, les exhalaisons infectes de ce qu'il manipule...

Il évoqua l'âcreté de l'air qui l'avait pris à la gorge dans la crypte. Une pièce au sol de plancher, à gauche après une cour où l'herbe pousse entre des pavés gros comme des boulets. Une volée de marches, puis une seconde...

Il actionna son crochet, et se glissa comme un fantôme dans la maison des Lauriers-Roses.

La lueur solitaire de sa bougie vacillait au travers de pièces tendues de soies de Chine imprimées de couleurs qui se montraient fugitivement, caressait des voûtes qui avaient dans l'ombre l'éclat mat, si particulier, de l'or bruni. Il passa une chambre octogonale aux murs recouverts du sol au plafond de carreaux rouges de la teinte exacte des kakis bien mûrs, qui ne contenait qu'une table à café de bois noir et blanc ; une voûte ouvrait sur une cour plus petite que la pièce, si envahie de lauriers-roses qu'on y distinguait à peine la silhouette blanche d'une statue en son centre.

Non loin de là, il trouva l'endroit qu'il cherchait : une petite chambre aux riches peintures et mosaïques bleu et jaune dont le plancher résonnait familièrement sous ses pas. Une porte y donnait accès à une cour longue et étroite, dallée de gros pavés usés ronds comme des miches de pain, entre lesquels les herbes folles poussaient haut leurs hampes brunes.

La lune n'était pas levée. Aucune lumière aux fenêtres des constructions basses cernant la cour sur deux côtés. Ensemble romain, pensa Asher, à en juger par la lourdeur des arcs en plein cintre, les fragments encore en place du revêtement de marbre et les épaisses colonnes cannelées. Le mur qui fermait le troisième côté de la cour lui semblait être l'arrière d'un autre *han* — il distinguait les contours d'une coupole contre le ciel nocturne —, mur de pierre rouge et blanche de la maison turque, la quatrième.

Sous l'obscurité dense du porche à colonnes, il reconnut le pavement, plus petit et irrégulier. Il avait le sentiment qu'il aurait pu souffler sa chandelle : prendre à gauche, compter quinze pas dans une cour avant de franchir une porte, cinq pas encore et de nouveau à gauche. La dernière porte, plongée dans l'obscurité et ouvrant au milieu d'un mur peint de fresques décolorées, n'était pas facile à trouver ; curieusement, il perdit deux fois le compte de ses pas, passant devant elle sans la voir. Les ténèbres oppressantes qui l'environnaient pouvaient receler n'importe quelle menace, il en avait conscience.

Ou rien, se dit-il. Rien du tout.

Il descendit l'escalier. Faute de se rappeler la présence d'un second escalier, il aurait tourné bride : l'entrée de ce dernier se dissimulait dans la niche que formait le passage muré vers ce qui s'avéra être le tepidarium des thermes que comportait à l'origine la demeure romaine. Une pièce exiguë, habillée de marbre, au bassin peu profond asséché depuis longtemps. Les mosaïques du sol luirent faiblement à la lueur dansante de la bougie ; elles étaient de style byzantin, et assez détériorées, comme celles du vestibule octogonal.

Le second escalier, il s'en souvenait, faisait deux ou trois fois la hauteur du premier. S'il y rencontrait la progéniture du bey rentrant à la maison avec la proie capturée cette nuit, il n'aurait aucune possibilité de lui échapper.

La crypte à laquelle il menait avait dû servir de prison, ou d'entrepôt pour une marchandise plus précieuse ou plus sinistre que du vin. Avec son mètre quatre-vingt-trois, Asher frôlait les arêtes de sa voûte de brique; à droite de l'étroit passage où il s'engagea s'ouvraient des cellules minuscules, excavées au-dessous du niveau du sol, lui-même creusé par l'usure d'une rigole profonde. Il y régnait un froid sibérien aussi âpre que dans son souvenir. Zardalu l'avait mentionné.

Dastgah. Dispositif scientifique. La bibliothèque comportait des revues scientifiques occidentales remontant au XVIIIe siècle, et des traités en langue arabe antérieurs à l'époque où le monde musulman était devenu un désert en matière de sciences. Mais quel était donc l'appareil que le Maître de Constantinople faisait construire par ses ingénieurs occidentaux ? Quel était ce dispositif si important à ses yeux qu'un retard le mettait en fureur, et qu'il cachait à sa progéniture même ?

Quelque chose renvoya faiblement la lueur de la bougie, un objet luisant au plus profond d'une arche ténébreuse.

C'est là, se dit-il. C'est l'endroit que le bey garde secret, celui qu'il maintient voilé par sa seule force mentale.

Au bout du corridor qui s'étendait devant lui tel un gouffre, Asher savait trouver ce très long escalier de pierre qui grimpait vers une porte extérieure. Mais, en levant à bout de bras sa chandelle, il vit une bifurcation sur la gauche, fermée par une grille argentée. Derrière cette grille devait se trouver l'objet... à moins que ce ne fût une personne ? En face, le tunnel s'enfonçait dans les entrailles de la nuit. A gauche, au-delà des barreaux d'argent, les ténèbres étaient impénétrables.

Depuis combien de temps était-il parti ?

Tant pis, il lui fallait savoir.

Prudemment, il s'engagea dans le petit couloir latéral.

Une flaque d'eau s'étalait sur le sol de pierre inégal. Le couloir, légèrement incurvé, était extrêmement étroit; les barreaux d'argent, presque noircis par l'oxydation sauf autour de la serrure, là où le pêne entrait dans la pierre, bloquaient le passage à environ trois mètres de la bifurcation. Au-delà, Asher distinguait deux arches pratiquées dans un mur. Dans l'une des deux, la flamme accrocha le reflet d'une serrure métallique sur une porte. L'odeur d'ammoniaque était suffocante ; il devait lutter pour ne pas tousser.

Ils n'allaient pas tarder à revenir, maintenant : Zardalu et la kadine Baykus, et les autres, avec une nouvelle victime qu'ils allaient pourchasser dans l'obscurité de la maison jusqu'à ce qu'ils réussissent à l'acculer dans un coin, hurlante et en pleurs... De sa chambre là-haut, il avait entendu les cris du jeune Arménien pendant très longtemps.

Il se détourna de la grille, revint au couloir principal et se mit à la recherche de l'escalier qui débouchait sur l'extérieur.

Il y avait une porte, fermée à clef, qui devait y mener ; il l'avait manquée deux ou trois fois, comme pour celle du rez-de-chaussée, et ne l'avait trouvée qu'en tâtant de la main la pierre suintante du mur, jusqu'à ce qu'il s'aperçoive de son erreur : ce qu'il avait pris à trois reprises, d'une manière incompréhensible, pour un angle d'ombre, se révéla subitement être une arche. Cette preuve manifeste de la puissance mentale du maître vampire le déconcerta au plus haut point. La première nuit, ils avaient dû laisser la porte ouverte derrière eux quand ils étaient sortis — ou alors l'un d'entre eux les avait précédés pour l'ouvrir.

Quoi qu'il en soit, la porte était munie d'une serrure Yale récente, de celles qui ne se laissent pas crocheter par un outil de fortune bricolé avec du fil de bronze, mais exigent la réplique d'une clef.

Le cœur battant maintenant d'appréhension, il revint à la grille d'argent. Cette serrure-là, au moins, était d'un modèle à l'ancienne, probablement parce que le métal ne pouvait supporter un travail trop minutieux. Il choisit soigneusement l'angle de son instrument, sachant que toute égratignure se verrait. Même les tenons et la goupille qui s'ajustaient à la pierre étaient en argent.

Aucun d'eux n'est loyal, avait dit le bey, dont la hallebarde à lame d'argent luisait dans la lumière diffuse de l'étuve saturée de vapeur. *Aucun d'eux n'est loyal.*

Le sang battait à ses oreilles. Il se glissa le long du mur dans l'espace laissé libre par la flaque d'eau ; une empreinte humide en cet endroit le condamnerait à mort. Le corridor était jonché de paille et de sciure, ce qui rendait sa progression encore plus délicate, et la température était polaire. Il se demanda s'il entendrait les vampires rentrer. Et s'il sentirait le regard du bey qui l'observait peut-être de son regard ocre du fond des ténèbres.

« Ernchester », chuchota-t-il à la plus proche des deux portes.

Elles étaient fermées à clef toutes les deux. Moraillons d'argent, ou plus probablement argentés par galvanoplastie, cadenas gainés d'argent jusqu'aux anneaux. Soudure à l'argent sur les têtes des vis. Les serrures étaient neuves, le reste apparaissait noirci par le temps à la lueur de la bougie.

« Ernchester ! » chuchota-t-il encore. Jusqu'à quel point — et à quelle distance — le Seigneur immortel pouvait-il entendre ? Pas à travers la terre, se dit-il, ni à travers une telle épaisseur de pierre. « Vous êtes là, Ernchester ? C'est Asher. Anthea est libre, elle est à Constantinople... »

Il avait failli dire : *Anthea est vivante.*

Il écouta.

Loin derrière le lourd battant, il perçut quelque chose. Un gémissement qui tenait du cri, une voix qui fit se dresser ses cheveux sur sa tête, tant l'atrocité de la douleur physique s'y mêlait aux abîmes les plus noirs du désespoir. Une voix de l'enfer. Un son comme on en entendrait en pressant l'oreille contre le trou de serrure de l'enfer.

« Vous m'entendez ? Vous me comprenez ? »

Seul le silence lui répondit. Il tâtonna la serrure d'une main qui tremblait, à demi engourdie de froid, et que rendait fébrile l'intuition que le temps se faisait très court à présent...

« Je reviendrai, promit-il, la voix rauque. Je vous

sortirai de là... » Et j'aurai besoin de votre aide, pensa-t-il sombrement, si vous voulez me rendre service à votre tour.

Un courant d'air. Son cœur s'arrêta, comme transpercé d'une aiguille de glace, puis se remit à battre vite et superficiellement. Il pinça à la seconde même la mèche de sa chandelle, en bénissant le ciel pour l'odeur d'ammoniaque qui aurait couvert la fumée d'un incendie, à plus forte raison celle d'une seule bougie. Elle couvrait aussi, même pour les narines des vampires, l'odeur de son sang de vivant.

Des ténèbres du corridor, au-delà de la grille d'argent, lui parvinrent le son de pas trébuchants et la supplication d'une voix blanche : « Pitié, monseigneur, soyez charitable envers une pauvre fille... »

A peine audible, un gazouillis d'une gaieté obscène.

« Oh ! le seigneur à qui je vous conduis saura se montrer charitable, répondit une voix qui pouvait être celle de Zardalu. Il est le seigneur le plus charitable de la ville, doux et généreux. Tu le trouveras en de bonnes dispositions, jolie gazelle... »

Impossible de distinguer quoi que ce soit dans l'obscurité totale, impossible de savoir s'ils avaient remarqué que la grille était légèrement entrouverte — il en avait tiré le battant derrière lui, sans bruit grâce aux charnières huilées...

Il ne pouvait qu'attendre, et écouter de toutes ses fibres, en s'attendant à tout instant au contact d'une main froide sur son cou. Les pas chancelants s'éloignèrent. Il resta immobile dans le couloir un long moment, étourdi par les émanations d'ammoniaque, transi jusqu'aux os, avant de rebrousser chemin en tâtonnant le long du mur jusqu'à la grille, et de passer dans le corridor. Il tressaillit au déclic de la serrure qui se refermait avec un bruit qui lui parut résonner comme le coup de marteau du destin.

Mais nul ne s'en prit à lui. Péniblement, en prenant un temps infini il put regagner l'escalier à tâtons, remerciant Dieu d'avoir conservé sa faculté d'ancien agent secret de se diriger dans le noir, traverser les thermes et remonter dans la cour envahie d'herbes folles, où la faible lueur des étoiles parut brillante à ses yeux. Alors qu'il rampait dans la cour lui parvint du salon le son cristallin d'un rire de vampire, et les supplications incohérentes de la jeune femme. Il atteignit enfin sa chambre, verrouilla la porte et s'effondra à genoux, pris d'une crise soudaine de tremblement nerveux. Il avait l'impression d'entendre encore la voix de la victime, ainsi que le gémissement du prisonnier de la crypte.

Il demeura ainsi un long moment avant de parvenir à se relever. Il alla d'un pas incertain jusqu'au divan où il s'étendit, frissonnant comme sous le coup d'une très forte fièvre. Il entendit les muezzins de Nouri Osmanie proclamer l'avènement de l'aurore, tardif en cette saison d'hiver.

XVII

« Je me doutais que ma remarque concernant le prix que vous attachiez à l'information donnerait des résultats », dit le prince Razumovsky en décernant un coup de sa cravache aux deux chiens galeux endormis sur les marches de marbre. La queue entre les pattes, les deux animaux s'écartèrent d'un mètre ou deux avant de s'aplatir à nouveau dans la poussière de la place qui avait été autrefois l'Hippodrome, la langue d'un rose framboise incongru pendant sur leur pelage de loup, dont Lydia voyait même sans ses lunettes qu'il était mangé de vermine.

Constantinople avait une population de chiens — et de chats, à ce qu'elle avait constaté la nuit précédente — plus considérable que celle de toute autre ville qu'elle ait eu l'occasion de visiter. Selon ses observations, la gent canine et la gent féline vivaient à deux niveaux différents, comme il était normal, se dit-elle. Pendant que la voiture du prince progressait laborieusement dans les rues de la vieille ville, où des maisons turques en bois semblaient avoir jailli spontanément de murs plus anciens, elle avait vu des chiens partout, allongés parmi les détritus et le long des murs de stuc ocre ou rose. Les chats, eux, occupaient les balcons en saillie ou partageaient avec les pots de géraniums les rebords des fenêtres à gros barreaux, ou encore se perchaient sur les murs et les treillages des cafés minuscules où les hommes turcs aimaient boire du thé et causer, sous les fines ramures des vignes dépourvues de feuilles.

« Un individu en connaît toujours un autre, poursuivit le Russe dont les dents blanches étincelèrent sous les touffes de foin fauve de sa moustache. Le bon vendeur de cuivre aura fait part de nos questions à ses amis cette nuit au café, ou bien un mendiant nous aura entendus, si ce n'est pas le vendeur de *baklavas*. L'un d'eux connaît un balayeur dont la sœur connaît le *hakâwati shaîr* de vue ou a un cousin qui a entendu un muezzin dire qu'un nouveau *hakâwati shaîr* s'est installé dans sa mosquée, à moins qu'un enfant du voisinage ne l'ait raconté à un autre enfant... C'est un jeune Syrien qui m'a apporté le renseignement.

— Combien lui avez-vous donné ? s'enquit Lydia qui prit à sa ceinture son réticule de maille argentée. Je ne voudrais pas abuser...

— Oh ! une somme absolument dérisoire, répliqua Son Altesse avec un petit geste de dédain. Elle nourrira sa famille pendant deux mois, sûrement, ou bien vaudra à l'un de ses membres deux jours d'opium, selon leur choix. »

Il lui tendit la main pour l'aider à franchir le seuil de marbre de la porte étroite. Toute la matinée il l'avait entourée comme si elle était excessivement fragile. Il devait croire que ses yeux hagards et sa pâleur résultaient d'une nuit d'insomnie passée à se tourmenter pour son mari, non à étudier avec acharnement quatre mois et demi de relevés d'écritures des deux plus grosses banques de la ville.

Elle avait trouvé plus d'une vingtaine de sociétés et d'investisseurs qui répondaient aux critères qu'elle recherchait. Il n'y avait pas qu'un vampire pour avoir deviné comment allait tourner le vent en juillet dernier, et commencé à transférer des fonds sous des formes moins vulnérables que l'or et les propriétés foncières. Serait-il possible d'obtenir communication des archives à long terme des banques les plus anciennes — à quand remontait l'institution des banques dans l'empire, d'ailleurs ? — de façon à repérer les détenteurs de biens dont la vie se prolonge d'une manière suspecte avant qu'ils ne transmettent leur fortune à des successeurs qui vivent aussi anormalement longtemps ? Les différents noms sous lesquels le chambellan du Palais blanchissait de l'argent revenaient sans cesse dans les comptes de tout le monde. Étant donné le niveau général de corruption à Constantinople, il était pratiquement impossible de déterminer comment l'argent apparaissait et disparaissait.

Vers cinq heures du matin, Lydia avait établi une liste d'une douzaine de noms, dont deux avaient complètement échappé à Margaret dans les écritures de la Deutsches Bank. Quant à Margaret, elle était depuis longtemps tombée endormie, la tête sur les bras.

Au demeurant, si elle n'avait pas étudié ces registres, Lydia aurait fort bien pu passer une nuit blanche à se tourmenter, de toute façon ; il était donc préférable qu'elle ait eu de quoi s'occuper.

« Vous êtes sûr que nous pouvons faire ça ? s'inquiéta Margaret, rouge et gênée. Ce n'est pas permis, je crois ?

— Tout le monde peut entrer dans la cour, répondit Razumovsky. Mais il vaut sans doute mieux que vous me laissiez parler. »

La Mosquée Bleue, l'une des plus vastes de la ville, était un endroit fréquenté en permanence.

C'était toute la question, elle le comprit un peu plus tard.

Très embarrassée de sa tenue occidentale, et de la voilette de gaze suspendue à son élégant chapeau en guise de voile, Lydia se laissa conduire par le prince vers le mur nord de la cour intérieure. La lumière d'hiver éclairait une rangée d'hommes installés le long de la colonnade : l'un, barbu et enturbanné, vendait des petits chapelets de prière aux perles de couleurs vives, disposés sur une couverture ; un autre était assis en tailleur derrière une sorte de pupitre bas supportant un encrier de cuivre, un nécessaire à écrire et une poudreuse à sable. Il y avait aussi l'inévitable jeune cireur avec sa trousse cerclée de cuivre. Deux hommes en haillons qui égrenaient leurs chapelets adossés au petit pavillon du centre de la cour lancèrent un regard furieux aux deux femmes qui passaient, mais ne prononcèrent pas un mot.

L'homme qu'ils cherchaient se tenait sur un vieux tapis, non loin du vendeur de chapelets. En pleine conversation avec un interlocuteur plus âgé portant turban jaune, mince dans sa tunique blanche, il leva néanmoins les yeux sur Razumovsky qui s'approchait. Lydia ne vit d'abord de lui qu'une barbe broussailleuse d'un blanc sale et un grand nez crochu sous la tache verte du turban, puis des pieds calleux et crasseux aux ongles en griffes d'ours dépassant de dessous sa guenille de robe, imprégnée de relents de sueur et de saleté. Elle reçut en plein visage, telle une bouffée de chaleur, son expression de colère pleine de méfiance.

Il se mit à marmonner férocement dans sa barbe, en levant vers elle puis vers Margaret un regard furibond. Puis il détourna la tête et ajouta dans un français rauque : « Une femme dévoilée est une abomination aux yeux de Dieu. »

Lydia fit une profonde révérence.

« *Maître conteur*, je vous prie de me pardonner. M'insultez-vous parce que je porte le voile que mon mari veut me voir porter ? (Elle toucha la fine voilette ajourée de son chapeau de taffetas vert.) Me blâmez-vous parce que je m'habille et me coiffe à la manière dont mon mari souhaite me voir parée ? »

L'homme au turban jaune s'était effacé discrètement, laissant Lydia, Razumovsky et Margaret seuls avec le vieux conteur. Lydia s'agenouilla sur le dallage de marbre usé avec une pensée pour sa jupe vert bouteille — mais, après un tel voyage depuis Oxford, se dit-elle, il faudrait de toute façon la faire nettoyer.

« Et si mon mari a disparu, poursuivit-elle en français, langue que le vieillard semblait assez bien suivre, si je sais mon mari en danger, suis-je impure de vouloir lui venir en aide ? »

Dommage qu'Ysidro ne m'ait pas entendue, pensa-t-elle.

Les yeux noirs du conteur brillèrent comme du charbon. Elle vit le pli sceptique de sa bouche dans sa barbe, et sentit sa colère. Mais à sa façon de tenir les épaules, et de regarder un bref instant derrière leur groupe en direction des grilles de la cour, elle vit aussi qu'il avait peur.

« Vous êtes l'épouse de l'Anglais avec le costume marron, celui qui pose toutes les questions sur le Seigneur Immortel.

— Oui, dit Lydia qui se demandait à quelle distance Razumovsky se trouvait derrière elle, et s'il entendait la conversation.

— Il a été idiot, déclara sèchement le vieil homme. Il faut être idiot pour chercher la demeure de Wafat Sahib, et il a eu le destin qu'il méritait.

— Vous lui avez parlé ? »

Le vieillard regarda au loin.

« Je ne lui ai rien dit », répondit-il vivement, et Lydia comprit qu'il mentait. James lui avait sans doute proposé de l'argent. Avec les pieds dans cet état, et l'épiderme présentant les lésions caractéristiques de la pellagre, il était de toute évidence extrêmement pauvre.

« C'est Izahk, mon aide, poursuivit précipitamment le vieux conteur, un garçon discret pourtant. Je le croyais trop malin pour se faire remarquer, mais cette nuit-là il n'est pas rentré. Alors j'ai compris qu'il avait fait ce qui est interdit : il a parlé de Wafat Sahib, et le Seigneur n'est pas de ceux qui tolèrent de tels bavardages. »

Il plissa ses yeux noirs, et sa voix, de murmure, devint chuchotement. Lydia dut s'approcher encore, à portée de son haleine aux relents de café fort et de dents pourrissantes.

« Wafat Sahib est le seigneur de cette cité depuis le temps de mon grand-père et bien avant lui encore. Il sait ce qu'on dit de lui par les rues, même durant la journée. Quand l'Anglais m'a questionné et qu'il m'a proposé de l'argent — je n'y ai pas touché, bien sûr, précisa-t-il tout haut —, rien que pour cela j'ai pris peur, et je suis venu ici, hors de la vue des hommes qui servent le seigneur. Aujourd'hui j'ai appris qu'on avait vu parmi les tombes les *hortlak*, les *afrit*, les *gola*, marchant sous les cyprès vers la tombe de Hasim al-Bayad. Ils arrêtent les voyageurs qui sont encore sur la route et les tuent dans les ténèbres.

Ysidro ? s'interrogea Lydia qui avait reconnu l'un des noms que donnaient les Turcs aux vampires. Ou bien Ysidro avait-il mal orienté ses recherches, trompé par l'aptitude des vampires à créer l'illusion ? A la réflexion, il était logique que celui qui défiait le pouvoir du bey choisisse pour repaire ces lieux situés hors de la ville, que hantaient les vampires.

« Où se trouve cette tombe ? demanda-t-elle un peu plus bas, espérant que Razumovsky n'était pas trop près.

— Vous êtes folle ! glapit le *hakâwati shaîr*, les bras au ciel, ses yeux charbonneux étincelant soudain de rage. Aussi folle que votre mari a été fou ! Allez-vous-en, et ne posez plus aucune question, si vous ne voulez connaître le même destin que lui !

— Je n'ai pas l'intention d'y aller la nuit... commença de protester Lydia sur un ton mesuré, mais le vieil homme lança agressivement vers elle ses mains noueuses et griffues.

— Dehors ! Sortez ! Je vous dis que votre mari est un homme mort ! »

Elle recula, interdite devant cette violence, trébucha. Le prince la retint dans sa chute. Margaret avait poussé un cri aigu.

« Hors de ma vue, putain d'infidèle ! brailla le vieux conteur. Comment oses-tu venir profaner ce saint lieu ? Même ton pas lui est une souillure !

— Réellement, je ne...

— Venez, intervint gentiment le prince en l'entraînant vers la grille, vous n'apprendrez rien de plus ici.

— C'est bien possible ! » dit Lydia, partagée entre la dignité offensée et le désir terrifié de revenir au vieux conteur, pour tenter d'obtenir une autre information.

Il y avait dans le cimetière quelque chose qu'Ysidro n'avait pas su voir... Un élément intervenu après son départ ? Par-dessus son épaule, elle vit que le vieillard continuait de proférer ses imprécations en prenant à témoin le marchand de chapelets ; et même s'il n'était à cette distance qu'une poupée tressautante de chiffons malpropres, elle avait toutes raisons de croire que c'était à elle qu'il s'en prenait.

Ses yeux s'emplirent soudain de larmes cuisantes, larmes de fatigue et de déception, auxquelles s'ajoutait le sentiment d'injustice que donne la critique qui s'exerce gratuitement.

« Pardonnez-lui, madame. » C'était l'homme au turban jaune qui les attendait à côté de la grille, dans l'ombre de la colonnade aux marbres bleus. Il s'avança vers eux et s'inclina profondément — et pourtant Lydia avait l'impression qu'il jouait un rôle assez important en ce lieu. « Comprenez-le, c'est un vieillard. Il est persuadé que ceux qui s'habillent, mangent ou parlent autrement que ses parents ont été créés par un dieu étranger pour faire le malheur de l'humanité. »

Lydia s'arrêta pour le dévisager. Il avait la barbe grisonnante, mais son regard vif et bienveillant n'était pas d'un homme aussi âgé qu'elle l'avait d'abord cru. Ses tuniques sentaient le tabac, la cuisine, le savon.

« Je suis désolée, dit-elle, si j'ai dit quelque chose... quelque chose qu'il ne fallait pas. Je ne voulais vraiment blesser personne.

— C'est un homme qui a peur, *hamam*, et celui qui a peur s'emporte facilement. Il prétend qu'il est poursuivi par des démons vivant dans cette ville qui ne le laissent jamais en paix, même dans son sommeil. Il dort sur le sol de la cuisine. Ne le jugez pas trop sévèrement. Pour lui ils existent réellement.

— Je comprends », dit Lydia qui revoyait les ténèbres abyssales des rues de la ville à la nuit tombée. La veille, dans son sommeil agité, elle avait rêvé qu'on passait devant la maison en chantonnant sous le balcon une sorte de plainte discordante, grêle et haut perchée, qu'elle seule entendait. Elle s'était levée — par la suite, elle se dit qu'elle avait seulement rêvé s'être levée — et avait titubé à l'aveuglette jusqu'au moucharabieh de la fenêtre, mais n'avait rien vu au-dessous dans la nuit sombre, rien qu'un frémissement peut-être... Margaret s'était retournée avec un soupir dans son sommeil.

« Il a employé de mot de *gola* pour désigner quelqu'un qui habite la tombe d'un certain Hasim al-Bayad », dit-elle en soignant sa prononciation, avec une pensée reconnaissante pour James qui depuis dix ans insistait patiemment sur l'accentuation correcte.

Un peu décontenancé, le saint homme fronça le sourcil avant de répondre : « Dans la partie ouest de l'Afrique, le Maroc et l'Algérie, on appelle *gola* un démon féminin qui a les pieds d'une chèvre et le visage d'une jolie femme. Cette créature vit dans des endroits isolés, détourne par la ruse les voyageurs de leur route, boit leur sang et mange leur chair.

— C'est donc une femme. »

Anthea Farren. Elle, elle serait informée de ce qu'était devenu James.

« Oui, c'est une femme. Quant à Hasim al-Bayad, il fut l'imam de cette mosquée, expliqua-t-il avec un geste circulaire rapide vers la construction de pierre d'une légèreté si élégante qui les entourait. Il y a bien des générations de cela. C'était un homme bon, dont on vénérait la tombe autrefois. Presque plus personne ne s'y rend aujourd'hui, car elle se trouve à quelque distance de la porte Adrianople, assez loin au nord de la grand-route. On la reconnaît à ce qui reste de son enclos de fer forgé, complètement délabré à présent, mais la tombe est toujours là. Un conseil, pourtant, si vous tenez à votre vie — à votre âme : ne vous y rendez pas seule, ni après que le soleil a quitté le ciel. »

En rencontrant le regard sombre et rempli d'inquiétude de cet homme, Lydia ne songea même pas à s'étonner que l'avertissement lui soit adressé à elle, et non à l'homme qui assumait visiblement le rôle de protecteur vis-à-vis de sa personne.

« Non, je ne le ferai pas, je vous le promets », assura-t-elle à son interlocuteur. Elle reprit le bras de Razumovsky pour s'éloigner, mais se retourna sur une impulsion.

« Est-il permis, demanda-t-elle hésitante, de... d'acheter des prières pour venir en aide à quelqu'un ? Quelqu'un qui est en difficulté ? Il n'est pas musulman », précisa-t-elle sur un ton d'excuse, et l'homme au turban jaune sourit.

« Il n'y a pas de plus grand miracle au monde que la pluie, dit-il. Et comme l'a souligné le prophète Jésus, elle tombe pareillement sur la tête du juste comme du non-juste. Faites l'aumône au prochain mendiant que vous rencontrerez. Je prierai pour votre ami.

— Je vous remercie », dit Lydia.

Votre mari est un homme mort. Il fut extrêmement difficile de soutenir la conversation de Razumovsky jusqu'au moment où ils remontèrent en voiture.

Les obligations consulaires du prince ne lui permettaient pas, dit-il, d'escorter les deux jeunes femmes dans leur visite des cimetières. Il tenait néanmoins à ce qu'elles gardent la voiture et les valets de pied.

« Les bougres s'apprêtent à passer l'après-midi dans un café de la place d'Armes à jouer aux dominos pendant que je traite avec le ministre des Transports, insista-t-il en buvant son thé d'après déjeuner. Autant qu'ils se rendent utiles auprès de vous, mesdames. Vous me les renverrez quand vous en aurez terminé. »

Le déjeuner ne pouvait se prendre qu'au restaurant de la gare ferroviaire, dont les fenêtres en arcade ouvragée donnaient sur le square envahi d'herbes folles. L'endroit n'était pas très élégant, mais c'était le seul qui proposait une cuisine européenne si on ne voulait pas retraverser le pont de Pera, et Margaret avait refusé tout net de s'intéresser aux feuilles de vigne farcies et aux brochettes d'agneau. D'abord embarrassée par la générosité du prince, Lydia se rendit à ses raisons et le remercia avec effusion en posant sur son poignet ses deux mains gantées. Elle espérait être plus jolie que le matin. Ses paupières restaient sensibles et gonflées malgré les applications de glace qu'elle avait faites à son lever. Recourir au remède souverain de tante Lavinia — les sangsues, appliquées par les soins d'une tante Harriet désapprobatrice ou par Lydia, qui dès son plus jeune âge n'éprouvait aucun dégoût à certaines manipulations —, même si elle y était entraînée, ne lui disait rien à présent qu'elle avait tant appris sur la théorie des germes. Trop en tout cas pour utiliser n'importe quelle marchandise achetée à Constantinople, si « propre » qu'on la lui garantisse.

Et ce serait encore pire, pensa-t-elle, quand elle remettrait ses lunettes. Une chance que Razumovsky ne puisse pas les accompagner dans la prochaine étape de leur recherche.

Le saint homme n'avait pas menti. La tombe de l'imam Al-Bayad se trouvait en effet à bonne distance de la route très poussiéreuse qui descendait des collines de Thrace. Lydia, suivie de Margaret et d'un robuste valet de Son Altesse, dut s'appliquer pour trouver son chemin dans l'étrange petite forêt hérissée des tombes. Elle était rassurée par la présence du valet de pied. Près des grilles d'entrée du cimetière se tenaient des personnes isolées ou en groupe, des dévots presque toujours vêtus de la tenue turque traditionnelle, culottes, tunique et turban, agenouillés dans l'herbe autour des tombes « *turbe* », les tombes saintes ; mais plus loin, sous les austères cyprès et les platanes dénudés, on ne rencontrait plus personne. Il n'y avait plus que les pierres tombales plantées dans les hautes herbes comme les fragments d'os d'une mauvaise fracture. La terre même se mêlait d'éclats de pierre que l'on foulait aux pieds.

Margaret se plaignait à tout propos, du terrain raboteux, du paysage désolé, de l'inutilité de l'expédition. « Ysidro a dit qu'il n'avait rien vu ici », protesta-t-elle en s'arrêtant pour la dixième fois afin de frictionner avec ostentation sa cheville « tordue », dont Lydia savait qu'elle ne l'aurait pas portée en cas d'entorse. « Et Ysidro doit savoir ce qu'il dit. »

Peut-être, songea Lydia. Mais Ysidro n'avait pas caché que ses perceptions n'étaient plus aussi aiguisées. De plus, il restait toujours possible que l'illusion créée par un vampire soit plus forte qu'il ne l'escomptait, et plus subtile, de façon à masquer sa propre existence ; elle-même n'en avait-elle pas été victime à Londres, quand elle était passée à trois reprises devant la maison d'Ysidro sans la voir ? Qu'elle découvre ou non un indice sur la tombe d'Al-Bayad, elle lui en ferait une description détaillée pour qu'il y mène un examen plus approfondi.

Sur le ciel aux teintes changeantes se découpaient les plus hautes coupoles de la ville. A cette distance de la route, le silence ne lui semblait pas apaisant, mais oppressant. Une atmosphère lourde d'attente, où l'on écoutait malgré soi. La lumière de cette courte journée d'automne déclinait déjà.

J'ai vu votre mari..., avait affirmé Karolyi.

Mais disait-il la vérité ?

Et le *hakâwati shaîr* : *Votre mari est un homme mort.*

Elle avait reçu le matin un billet de Karolyi lui proposant de l'emmener déjeuner. Bien évidemment, Lady Clapham n'avait vu nul inconvénient à lui communiquer son adresse. Fallait-il se rendre à cette invitation, dans l'espoir d'obtenir de lui une autre information ? Son instinct lui criait de rester aussi loin que possible de cet homme. Avec son manque d'expérience, elle ne pouvait le battre au jeu qu'il pratiquait depuis des années.

Et si Zeittelstein ne revient pas demain ? s'interrogea-t-elle, se sentant faible et désarmée. *Et s'il n'a rien à me dire d'intéressant ?* Le sentiment de tenir entre ses mains la vie de son mari, sans savoir si telle action de sa part le sauverait ou le perdrait, lui était insupportable. Peut-être que si elle se montrait suffisamment prudente avec Karolyi...

Un homme la héla de loin, près de la route. Elle le voyait très bien avec ses lunettes, agitant les bras comme pour la prévenir d'un danger ; mais il se garda bien d'approcher.

Elle revint à ce qu'elle cherchait, et vit la pierre blanc grisâtre de la tombe sainte, entourée des restes sinistres d'une clôture rouillée.

Les herbes folles qui poussaient dru autour du marbre avaient des murmures de conspiration dans le vent. Plus près, l'odeur du sang lui parvint, ténue mais fétide. Malgré la fraîcheur de la température, un essaim de mouches bourdonnait au-dessus d'une tache presque noire qui souillait la pierre fendue d'une tombe voisine.

Lydia frissonna. Ce pouvait n'être qu'un chien, se dit-elle. « Oh! mais c'est dégoûtant! » cria Margaret. Et Nicolaï, le valet de pied, d'insister : « Partir, madame, pas bon ici. Pas bon. »

Lydia s'avança et posa ses mains sur la tombe.

La lourde pierre portait sur son pourtour des éraflures fraîches, et des éclats de marbre brillaient dans les hautes herbes. Elle s'agenouilla pour examiner une tache que dissimulait le bord de la pierre; comme la première fois, elle jugea qu'il s'agissait de sang noirci.

Mais, en réalité, ces déductions lui étaient venues après coup. Car, dès l'instant où elle avait touché le marbre, elle avait eu une certitude.

Il est ici. Le marbre était froid sous ses doigts. *Il est ici*. Ne pas bouger, respirer à peine, écouter en fermant les yeux... Si elle se concentrait assez, elle réussirait à l'entendre...

Mais elle recula si vivement qu'elle faillit bousculer Margaret, venue derrière elle pour lui dire quelque chose qu'elle n'avait pas entendu, trop occupée à écouter ce qui se passait sous la tombe.

Habituellement nous sommes prévenus de leurs soupçons, avait un jour confié Ysidro à James au sujet des prétendus chasseurs de vampires. *Nous les voyons fureter un peu partout...*

Faisait-il allusion aux heures de la nuit ou à celles du jour, quand les vampires sombraient dans un sommeil de mort?

Les vampires rêvaient-ils?

« Je demandais si nous pouvions partir? répéta Margaret d'un ton fort maussade. Puisque Ysidro n'a rien remarqué par ici... »

Une image — venue elle ne savait d'où — traversa le temps d'un éclair l'esprit de Lydia : celle d'un visage sombre reposant dans le noir, pas très loin de là, dans un sommeil qui n'était pas réellement le sommeil. Le visage de quelqu'un, d'une créature qui connaissait son nom à travers ses rêves.

« Oui, allons-nous-en », répondit-elle bien vite.

En se détournant, elle eut l'œil attiré par un reflet rouge dans l'herbe haute. Elle ne tenait guère à revenir près de la tombe, mais elle s'y obligea, et constata que, de ce côté, l'herbe avait été piétinée. Dans la poussière grise elle trouva l'empreinte d'une grosse chaussure d'homme occidentale.

Une empreinte toute fraîche. Bizarrement fraîche, se dit-elle, en cet endroit qui avait acquis récemment la réputation d'être le repaire d'un *hortlak*.

A genoux, elle chercha d'autres empreintes, et vit l'objet brillant qui avait attiré son attention un instant plus tôt.

C'était une épingle de cravate masculine qui avait la forme d'un griffon doté d'un œil unique de rubis, couleur rouge sang.

« Asher Sahib, mon cher ami ! » Une ombre se matérialisa devant lui sous le passage voûté, presque invisible dans l'obscurité de la cour de l'ancien *han* ; une silhouette anguleuse, constellée de joyaux surabondants. Asher s'arrêta, la poitrine contractée, quand des bras lui enlacèrent la taille par-derrière. Le corps menu et ferme de Jamilla Baykus se pressa contre son dos, tel le ressort d'acier d'un piège meurtrier. L'odeur nauséabonde de sang qui s'exhalait de sa chevelure parée de bijoux se mêlait au puissant fumet du patchouli de Zardalu.

« Vous avez quitté précipitamment notre petite fête, dit ce dernier.

— Je n'ai pas l'estomac assez solide.

— Voyez-vous ça ! minauda l'eunuque. S'apitoyer

sur une belle jeune femme comme celle de la semaine dernière, je veux bien, ou sur cette petite mendiante qui était jolie, je le reconnais... Mais cette affreuse vieille grand-mère ? Je vous jure qu'elle se plaignait encore d'avoir été escroquée de deux piastres sur le prix des olives au marché ! Comment peut-on avoir pitié de ça ? »

Asher détourna la tête et esquissa le geste de s'éloigner, mais les bras minces comme ceux d'un enfant qui lui encerclaient la taille le retinrent. Il savait qu'aucune lutte ne leur ferait lâcher prise.

Zardalu s'avança sous la colonnade, et vint poser ses mains sur les épaules d'Asher. Sous leurs paupières peintes, ses yeux allongés luisaient dans la lumière lointaine de la lampe posée près de l'escalier, la seule de la cour intérieure. Sayyed, qui à son habitude suivait Asher comme son ombre, s'était éclipsé au premier mot prononcé par Zardalu.

« Le Bey Olumsiz n'est pas sorti de l'enceinte, murmura l'eunuque à la façon des vampires, en un chuchotement aussi doux que celui d'un rideau de soie, une nuit presque sans vent. N'est-ce pas, mon ami ?
— Je ne sais pas.
— Voici la huitième nuit qu'il nous ordonne de lui apporter sa proie. » Asher sentit bouger contre son dos et ses fesses des seins minuscules et des hanches pointues. Les lèvres de la kadine Baykus, dressée sur la pointe des pieds, effleuraient son cou à chaque oscillation. Elles étaient chaudes.

« Les autres vampires, mon ami...
— Quels autres vampires ?
— Ce n'est guère l'affaire des vivants, quels autres vampires, chuchota Zardalu qui se rapprocha. La femme que nous traquons dans les tombes et les citernes, l'homme qu'on nous a dit de chercher...
— Quel homme ? Depuis quand ?
— Quelle importance, depuis quand, hein ? — Les yeux bleus brillèrent d'une manière étrange. — Mais je vois bien que c'est important, alors pourquoi ? Qu'est-ce que cela signifie pour vous, puisque vous

êtes si intelligent? Pourquoi a-t-il peur d'eux, lui, le Malik de Stamboul, le Wafat Sahib, le Seigneur Immortel qui règne sur cette ville? Alors qu'il peut les écraser comme des puces sous son ongle! Hein? »

Les longues mains resserrèrent leur étau sur les épaules d'Asher, en faisant porter sur ses clavicules la pression des pouces aussi fort que des roues dentées. Asher serra les mâchoires pour ne pas céder à la douleur brutale, et soutint le regard du vampire.

« Cette machine étrangère, construite par des infidèles, qu'est-ce que c'est? Qui garde-t-il prisonnier là-dessous, qui gémit et pousse des cris au plus noir de la nuit?

— Demandez-le-lui. » Il lui était impossible de conserver son timbre de voix habituel: les pouces d'acier avaient trouvé les nerfs qu'ils cherchaient; il devait lutter pour empêcher sa vision de tourner du gris au noir, et son esprit de s'engourdir sous l'effet de la douleur.

« C'est à vous que je le demande!
— Je l'ignore. »

La pression se relâcha. Zardalu s'écarta de quelques centimètres, sans ôter ses mains. Asher haletait. Une sueur froide ruisselait sur ses joues, malgré la température très fraîche.

« Pourtant vous êtes allé y voir? »

Asher ne réussit qu'à secouer négativement la tête. Est-ce qu'ils l'avaient vu franchir le passage voûté la nuit dernière, est-ce qu'ils avaient flairé l'odeur de son sang? Et auraient-ils raconté l'épisode au bey? Il en doutait. Si c'était le cas, si le Maître de Constantinople savait, il n'aurait probablement plus été en vie en cet instant.

Le sourire de Zardalu déforma sa face élastique de démon.

« Pour quelqu'un qui court la ville en interrogeant les conteurs sur les maisons de sinistre réputation, vous manifestez un singulier manque de curiosité. Vous savez que le bey conserve un jeu de clefs en argent au fond d'une cachette aménagée dans le sol de la pièce rouge, sous la table à café ? Non ? Bizarre de la part d'un vampire de conserver un tel objet, vous ne trouvez pas ?

— Pas très pratique à utiliser », acquiesça Asher. Jamila Baykus essayait de l'entraîner, il s'arc-bouta au sol de carreaux cassés. « Pour ma part je me garderais bien de m'en servir. Je tiens trop à ma vie.

— Ta vie ? » Les yeux bleus s'écarquillèrent, le rire argentin du vampire cascada. « Ta vie ? Elle s'achève ici, dans cette cour, si je le décide.

— Vous iriez donc contre sa volonté ? » Un tourbillon noir commençait à l'enserrer de ses volutes, et il éprouvait une peine infinie à se concentrer, à rester lucide, avec l'impression de se débattre dans un rêve où il suffoquait. Il mit toute sa volonté à se murer l'esprit, tâcha de se représenter des portes de fer l'isolant des ténèbres extérieures, et inondées de soleil...

De très loin, il sentit sur sa gorge les mains de Zardalu, et entendit le vampire répondre : « Il sera mécontent, mais toi tu n'en seras pas moins mort, l'Anglais... »

Il eut la sensation qu'on le traînait, lança la main au hasard pour se retenir à une colonne tandis qu'ils le tiraient au fond d'une baie aveugle sentant la poussière des anciens magasins. Il luttait comme en rêve contre une torpeur qui l'emplissait, qui l'écrasait de son néant. Si seulement il pouvait se libérer un instant...

Il fut alors projeté sur le côté et alla frapper le mur avec force, comme sous le coup d'une traverse de chemin de fer. Son esprit retrouva instantanément toute sa lucidité. Dans le reflet de l'unique lampe il vit Zardalu précipité à terre tel un vulgaire ballot enveloppé de soies pailletées de grand prix ; la kadine Baykus avait reculé, la bouche ouverte sur un sifflement, les yeux rouges flamboyants, des yeux de rat.

Dans un tournoiement de robes nacrées, le Bey Olumsiz se campa devant le Circassien. La lame d'argent de sa hallebarde avait l'éclat froid d'un croissant de lune. Sa tête chauve oscillait d'avant en arrière, à la manière d'un chien féroce. Il y avait du sang sur sa bouche, et sur ses vêtements.

Zardalu roula sur lui-même et se releva sans effort. Il avait les traits convulsés en un rictus qu'Asher n'avait vu qu'au musée des horreurs, les crocs luisants dans la bouche distendue. Mais cela ne dura qu'une fraction de seconde ; l'instant suivant, le vampire plus jeune se troubla. Il se détourna, il cacha son visage dans ses mains pour échapper au regard étincelant de fureur du maître vampire — et Asher eut une idée de la souffrance atroce que lui infligeait la volonté implacable du Bey Olumsiz.

Zardalu émit un son aussi ténu que celui d'un filet d'eau s'échappant d'un chiffon déjà bien essoré. Son corps plia, plia, ses genoux cédèrent, ses mains allongèrent désespérément les doigts pour continuer à protéger sa face tandis que ses bras s'élevaient comme ceux d'une poupée brisée.

Le maître vampire murmura, en un chuchotement très doux :

« Ne sois pas arrogant, petit abricot. »

Affalé contre le mur, Asher n'était pas certain de l'avoir entendu prononcer ces mots, et n'aurait su dire dans quelle langue. Aussi léger qu'un chat gigantesque, le bey s'élança vers le tas de chiffons aux couleurs criardes qu'était l'eunuque, griffes pointées, hallebarde brandie avec grâce.

« Est-ce là le petit abricot qui pleurait dans mes bras le jour où il renonça à la vie ? Le petit abricot qui a dit aux maîtres des esclaves, quand ils sont venus le châtrer... »

Non... C'était à peine un mot, un son plutôt.

« Je me souviens, tu vois, reprit la voix profonde, apaisante comme l'eau sur la pierre, qui est plus forte que la pierre. Tu as remis tous ces souvenirs entre mes mains avec ton esprit, et tes désirs... Te rappelles-tu Parvin, ta sœur Parvin ?... Tu m'as tout donné, et j'ai tout conservé. »

Il s'était accroupi sur son disciple ; ses robes bleu argent recouvraient les nuages de soie froissée de toutes les couleurs, la lame argentée de sa hallebarde planait sur le cou fléchi de Zardalu. Asher pensa qu'il était impossible, d'où il se trouvait, qu'il puisse encore entendre la voix du maître vampire.

« Et la façon dont l'Aga Kizlir te touchait, tu t'en souviens ? Tu avais douze ans, tu le haïssais, et pourtant ton corps tout entier répondait... »

Sa main rude immobilisa facilement les griffes de Zardalu qui battaient l'air avec hargne ; le manche de la hallebarde l'aplatit de nouveau au sol, le pressa contre le marbre, s'enfonça dans sa chair, tandis que le bey continuait à égrener en un murmure chacun de ses souvenirs, chaque sensation, chaque besoin et chaque terreur secrète — acte de possession plus terrible qu'un viol, mise à nu ô combien plus atroce.

Cela donne un terrible pouvoir, lui avait un jour confié Ysidro, de cette voix affaiblie par le temps qui refusait d'admettre qu'il avait enduré ce pouvoir, que quelqu'un avait eu de son cœur une connaissance aussi implacable.

Zardalu s'était mis à gémir. Écœuré, Asher se retira sans bruit en rampant dans l'ombre jusqu'au grand escalier. En bas des marches il se retourna, et vit dans l'arche éclairée menant au vestibule le grossier Habib et son ami Haralpos, le janissaire borgne, se livrer à une parodie grotesque d'amour sur le cadavre de la vieille femme qu'ils avaient amenée au Seigneur Immortel pour son souper, aux grands cris de joie de Pelageya et de la kadine.

Mais plus que tout autre son, même plus bruyant, ce fut le murmure du maître vampire qui lui parut l'accompagner tout au long de l'escalier noir.

XVIII

Une fois de plus, elle rêvait du vieux sérail. Elle errait dans ses cellules sombres et exiguës, une lampe à la main, un registre dans l'autre. L'une des chambres était remplie de glace ; levant sa lanterne, elle avait vu Jamie pris dans un bloc de cette glace, comme une mouche prise au piège de l'ambre.

L'image aurait dû être comique dans son absurdité, or elle ne l'était pas. Il avait les yeux ouverts, creux comme ceux des cadavres qu'envoyait l'hospice. Elle vit du sang sur son cou, qui avait taché le col ouvert de sa chemise. La lanterne mettait dans la glace des éclairs de diamant bleu, et lui donna un instant l'illusion qu'il la suivait des yeux, mais elle savait qu'il était mort. Son cœur tordu de douleur se mit à battre à coups violents, elle avait mal, si mal de savoir qu'il était mort et qu'elle devrait rentrer seule à la maison...

C'était sa faute, elle n'était pas arrivée assez vite, n'avait pas été assez intelligente, ni assez brave. Elle n'avait pas su faire ce qu'il fallait, elle n'avait jamais su de toute sa vie. Le registre appuyé sur le bloc de glace, elle essaya désespérément d'y trouver son nom, mais le froid faisait trembler ses mains, si fort qu'elle ne parvenait pas à lire. Il ne peut pas être mort, pensa-t-elle fiévreusement, ce n'est pas possible. Il est gelé dans la glace, mais la glace va le maintenir en vie...

Elle s'éveilla dans un sursaut d'angoisse, les mains et les pieds douloureusement froids, et entendit Margaret dire dans l'autre pièce : « ... vous n'aviez rien trouvé là-bas, mais elle a insisté pour y aller quand même ! Comme si elle en savait plus que vous ! Rien que parce qu'elle a cet affreux diplôme et qu'elle découpe des cadavres, j'en frissonne rien que d'y penser, elle est persuadée qu'elle sait tout ! Et elle n'a même pas voulu s'arrêter quand je me suis tordu le pied... »

Sous ses accents d'indignation, Lydia décela dans la voix de Margaret une fragilité qu'elle savait révélatrice d'une grande nervosité. *Ysidro*, se dit-elle.

Un instant plus tard, la voix calme du vampire répondit :

« Écoutez, elle se tourmente pour son mari, et son inquiétude l'empêche peut-être de se préoccuper de vos aises, Margharita ? Vous ne vous rappelez pas de quel cimetière il s'agissait ? Je ne voudrais pas la réveiller.

— Heu... non, je ne m'en souviens pas... Nous y sommes allés dans la voiture du prince Razumovsky, après notre visite à cette mosquée crasseuse, où elle a parlé à un vieux répugnant. Mais de toute façon, puisque vous n'aviez rien vu d'intéressant quand vous y étiez allé... »

Lydia chercha ses lunettes à tâtons sur le lit, rejeta ses cheveux en arrière et jeta son châle sur ses épaules avant de sortir de la chambre, ébouriffée, chiffonnée et un peu perdue, se demandant quelle heure il était.

Ysidro fut instantanément debout, et s'inclina profondément. Une odeur d'agneau aux oignons flottait encore dans la pièce. Sur la table, un plat vide et de la vaisselle émaillée rouge de belle fabrication locale, des couverts au manche de corne. A l'autre bout, miettes et gouttelettes de vin indiquaient que Margaret avait pris son repas.

Voyant Ysidro se diriger vers le buffet, Lydia lui dit :

« Je prendrai quelque chose tout à l'heure, merci beaucoup.

— Voulez-vous un peu de vin, au moins ? » proposa-t-il.

Mais le verre oscilla dangereusement dans la main tremblante du vampire. Margaret le lui enleva prestement, versa le liquide rouge foncé, pareil à du sang dans la lumière de la lampe de cuivre. Ysidro écarta la serviette recouvrant le panier posé sur la table, détacha un morceau du pain qu'il contenait et le tendit à Lydia.

« Trempez-le dans le vin, suggéra-t-il. A la rigueur je peux supporter une fille de mauvaise vie, mais une fille de mauvaise vie ivre, jamais. »

Lydia lui adressa un petit sourire tremblé.

Il s'assit sur un coin de la table.

« Margharita m'a informé que vous avez passé une journée fertile en aventures. »

Lydia lui narra l'essentiel de leur visite à la Mosquée Bleue, puis sa découverte de la tombe et de l'épingle de cravate.

« J'ai eu la sensation absolument incroyable qu'il était là, qu'il écoutait, dit-elle. Vous avez dit que les vampires dormaient le jour et ne pouvaient être éveillés, je le sais, mais... Aurait-il pu m'entendre — et me *voir* — dans son rêve ? Les vampires rêvent-ils ?

— Oui et non, répondit Ysidro, main tendue pour recevoir l'épingle. Par le terme de sommeil, nous désignons l'état où nous sommes quand le soleil est dans le ciel, mais ce n'est qu'un terme, même si je n'en connais pas d'autre. Alors dire que nous rêvons... » Il laissa sa phrase en suspens, puis secoua la tête, imperceptiblement, et retourna entre ses doigts le minuscule griffon d'or.

« Je ne doute pas que vous ayez découvert l'une des cachettes où dort le nouveau venu, l'intrus, dit-il après un temps de réflexion. Vous ayant sentie dans son sommeil, il est peu probable qu'il revienne s'y reposer. Le lieu justifie néanmoins une visite, pour voir ce qui m'a peut-être échappé. Le personnage manifeste une grande force, il a fort bien pu détourner de lui mon esprit et mes perceptions... Il va sans dire qu'Anthea évitera tout endroit qu'il domine de sa présence la nuit. Ce n'est pas un hasard s'il hante les cimetières, sur le passage de toute allée et venue autour de la ville, qui comporte pour les passants le risque de tomber sous son emprise. Anthea, arrivant par train avec votre mari, aura senti sa présence et pris soin de l'éviter. Quant à Charles... »

Il secoua la tête.

« En tout cas, il joue un jeu dangereux, ce Karolyi », reprit-il en glissant dans sa poche de gilet l'épingle de cravate. Il se leva, alla chercher dans le buffet un pot de miel qu'il posa près du pain à l'intention de Lydia. « Il imagine encore mal quel danger il court. Pense-t-il ramener cet intrus à Vienne, et l'introduire dans l'épaisse médiocrité des Habsbourg ? Le Maître de Vienne le détruira certainement, comme il a voulu détruire Ernchester. Ou a-t-il prévu de l'instaurer Maître de Constantinople, pour se forger une alliance ici ?

— Il peut y parvenir ? s'étonna-t-elle.

— Oui, à condition qu'il trouve la cachette du Maître. » Les sourcils clairsemés d'Ysidro se rapprochèrent comme son regard s'arrêtait sur la liasse de notes et les crayons qu'on avait repoussés derrière les lampes. « Au fait, que vous ont appris vos recherches ?

— Que beaucoup de vieux Turcs prospères qui possédaient une fortune en or ou en terres ont eu la même idée vers le mois de juillet dernier. » Elle soupira piteusement en remontant ses lunettes sur son nez. « J'ai récolté une liste impressionnante de sociétés qui se sont toutes constituées au même moment et ne semblent pas avoir de raison d'être. A part cela, je sais par Herr Hindl que le bey règle en argent liquide les factures concernant son bloc de réfrigération.

— C'est déjà quelque chose. » Ysidro souleva le couvercle du pot de miel, amena une cuillère qu'il laissa retomber dans la matière d'ambre lumineux. « A court terme, il aurait utilisé une traite bancaire. Je crois qu'un billet sur l'Orient-Express coûte vingt livres ? Ajoutons-y deux livres pour aller jusqu'à Londres, plus les frais d'hôtel, les repas... disons soixante livres au total. Trouvez un effet qui corresponde, au nom d'une personne de patronyme hongrois. Même incognito, un aristocrate utilisera fréquemment un titre mineur. Karolyi porte ceux de Leukovina, Feketelo et Mariaswalther, si mes souvenirs de généalogie sont exacts. J'ai idée qu'il aura emprunté l'un d'entre eux. »

Il recouvrit le pot et se leva. Margaret bondit lui chercher sa cape, lourd linceul noir abandonné sur une chaise proche.

« Vous reviendrez cette nuit ? » lui demanda gaiement Lydia.

Ysidro sembla s'installer dans l'immobilité. Il la contemplait d'un regard qui, en cette lumière, avait le même éclat doré que le miel. « Cette course ne devrait pas m'occuper trop longtemps, dit-il en tirant sur ses gants, avant de tendre la main à Lydia. Il est vrai que les morts voyagent vite. »

Il restait impossible de le voir quitter une pièce.

« Franchement, je continue à me demander comment ils s'y prennent, commenta Lydia qui étalait du miel sur son pain. Et si l'on considère les embarras qu'il a faits quand il s'est agi de voyager de jour... »

La porte de la chambre claqua pour toute réponse.

Un instant, Lydia envisagea de frapper pour s'informer de quelle offense, réelle ou imaginaire, se plaignait à présent Margaret. Mais à quoi bon provoquer une nouvelle crise de colère, assortie d'un accès torrentueux de romantisme incohérent sur l'éternité d'un lien qui aurait traversé plusieurs vies ? Elle se sentait trop lasse pour le supporter, tout bonnement. La veille, Margaret avait décliné avec froideur sa proposition de l'initier aux subtilités de l'art du maquillage. Lydia ne savait pas exactement ce qu'elle lui reprochait : était-ce l'absence d'Ysidro de ses rêves, le fait qu'elle ait découvert des indices qu'il n'avait pas su voir, ou encore un tout autre affront ?

Et en vérité, pensa-t-elle non sans un retour d'ancienne colère, Ysidro était responsable de cet état de choses autant que Margaret — et même davantage, puisque à l'origine de cette mauvaise tragi-comédie à l'eau de rose du désir et du mensonge. L'inquiétude qu'elle-même avait éprouvée pour lui lui parut à présent déplacée. Elle lui en voulait de leur avoir imposé, à Margaret et à elle, de partager la même chambre et le même lit pour raisons de sécurité ; ce soir, cela ne la réjouissait vraiment pas.

D'un geste las, elle mit sur son assiette une louche d'agneau et d'aubergine farcie. Le repas la réconforta un peu. Elle étala de nouveau ses papiers sur la table, prit note des noms qu'Ysidro avait mentionnés et les rechercha parmi ses listes. Mais elle avait des difficultés à se concentrer sur son travail. Elle était fâchée contre Ysidro, et aussi, elle se l'avoua, peinée. Peinée et déçue. Quelle illusion avait-elle donc nourrie, se demanda-t-elle, pour s'en sentir dépossédée aujourd'hui ? L'illusion que derrière ces prunelles de cristal qui avaient perdu leur couleur se dissimulait toujours le sourire d'un homme en vie ?

Don Simon Christian Morado de la Cadena-Ysidro était mort depuis 1558.

Elle revit les livres empilés sur le coffre de son salon. Un mort pouvait lire des revues médicales, des ouvrages de mathématiques, des textes de logique. Mais lirait-il les histoires de Toad et de Ratty, et de Mole ? Elle ôta ses lunettes, vint s'appuyer le front sur les mains. Qu'il soit vivant ou mort, après tout, en quoi était-ce si important pour elle ?

Au-dessous, dans la rue, les chiens se mirent à aboyer.

Lydia releva la tête en sursaut, et regarda l'horloge. Il était presque trois heures. Avait-elle dormi après la sortie boudeuse de Margaret ? Ou bien s'était-elle éveillée de son premier sommeil plus tard qu'elle ne croyait ?

On frappait à grands coups au portail de la rue.

« *Hamam, hamam* ! cria une voix vaguement familière, mais dont elle n'aurait pu dire d'où elle la connaissait. *Hamam*, c'est votre mari ! Votre mari... ! »

Elle sauta sur ses pieds, courut à la fenêtre, écarta les chapelets d'ail et les branches d'églantier qu'elle y avait suspendus, détacha le lourd treillage ; en bas, elle distingua un groupe de silhouettes confuses dans la lueur brouillée d'une lanterne.

« Où est-il ?

— Votre mari ! cria l'homme. Vous trouver, il dit. »

Le *hakâwati shaîr*, pensa-t-elle. L'homme au turban jaune. Elle saisit la lampe sur la table, ne prit qu'une seconde pour attraper aussi un des couteaux argentés, par mesure de précaution, et dévala les escaliers à toute vitesse. Ils veulent de l'argent, se dit-elle en franchissant la porte puis l'arche voûtée où sa lampe projeta des ombres immenses. *Mon Dieu, et si c'étaient des brigands, je ne les connais pas, ces gens...*

Devant le portail, elle se mit sur la pointe des pieds pour tirer le volet du judas, et tenter d'éclairer de sa lampe les figures de ceux qui attendaient dans la rue.

Mais, dans la rue, il n'y avait personne.

Et la porte de la maison claqua derrière elle.

Lydia se retourna brusquement, la respiration coupée. Un seul coup d'œil lui avait permis de vérifier que la lourde porte extérieure et la petite poterne étaient toutes deux solidement fermées et verrouillées. Le silence lui parut habité de façon terrifiante, tout à coup. Elle revint à grands pas vers la maison, froide d'épouvante, en tirant de sa ceinture le couteau de table...

La lampe qu'elle portait s'éteignit.

Immédiatement, l'instinct avant toute chose la fit s'aplatir contre le mur. Une ombre bougea sous l'arche sombre où le passage pavé menait à la petite cour intérieure, au dos de la maison. Les feuilles tombées du grenadier formaient sous le mince clair de lune des taches qui évoquaient des gouttes de sang. De toutes ses forces, elle jeta sa lampe en direction de l'ombre et l'entendit frapper quelque chose de mou avant de se briser sur le pavé. Elle s'élança aussitôt vers la porte, tira sur la poignée, et sentit la résistance du verrou.

Elle virevolta, lança un coup de son couteau à l'ombre qu'elle sentit plus qu'elle ne vit soudain à ses côtés. Encore un coup, l'ombre céda, se détourna. Et très brièvement, son poignet fut pris dans un étau tandis qu'une main d'une force abominable se fermait sur sa gorge. L'esprit flottant dans un étrange état entre rêve et brouillard, elle vit une face toute proche de la sienne, lisse et pleine, au teint olivâtre, les crocs luisants sous une épaisse moustache.

Il cria « *Orospu!* » et sa main lâcha prise d'une saccade. Elle ne devait pas le laisser s'approcher assez pour la saisir par le coude, ou la taille, en un point non protégé par de l'argent. Elle lui taillada la face, elle voulut crier, mais n'émit qu'un filet de voix, un vagissement d'enfant qui fait un mauvais rêve ; une image fulgurante lui traversa alors l'esprit, l'image d'elle-même consentante, ne désirant plus que ces bras d'acier, cette poitrine d'acier contre la sienne.

Elle se servit encore du couteau, mais des mains lui empoignèrent les bras au-dessus des coudes. Elle lâcha d'une voix haletante le plus gros juron qu'elle ait entendu de la bouche des fossoyeurs qui apportaient à l'hôpital les corps à disséquer. Les griffes lui labourèrent les bras à travers ses manches. Elle se débattit, lança des coups de pied et des coups de couteau, jeta des insultes à la face qu'elle avait maintenant l'impression de voir à travers l'obscurité nébuleuse d'un rêve.

Terrifiée, à moitié aveuglée, elle se tordit en tous sens avec force coups de pied pour échapper à la poigne de pierre, la poigne d'un démon. Ils étaient deux, se dit-elle, deux.

Et puis elle fut seule, appuyée au mur de stuc, le couteau tremblant dans sa main. Ses manches étaient déchirées. Le sang coulait étrangement chaud sur sa chair qui se refroidissait de seconde en seconde.

Je ne peux pas m'évanouir, pensa-t-elle avec la sensation de se trouver très loin, *je ne peux pas me laisser aller à...*

« Madonna... »

Une ombre se détacha des épaisses ténèbres — pourtant, elle n'avait pas entendu le portail s'ouvrir ni se fermer —, un regard brilla, une auréole de cheveux pâles. Des mains lui prirent les bras, glaciales malgré le froid intense qui semblait la gagner. Elle sanglota quelque chose, elle ne savait quoi, enfouit son visage dans la laine humide d'une cape qui sentait la rosée et le cimetière, l'y pressa comme pour se mettre à l'abri de la mâchoire armée de crocs qui l'avait menacée de si près.

La respiration difficile, elle sentit à peine les mains gantées qui relevaient les mèches tombées sur son visage, lui touchaient le cou.

« Vous êtes blessée ? »

Vous êtes blessée ? Ces trois mots n'avaient aucun sens. Elle était si loin... Elle les examina pourtant longuement — car elle avait tout le temps du monde —, les tourna et les retourna, comme elle aurait fait d'un os rare. Était-elle blessée ? se demanda-t-elle. Hors du temps, elle flottait contre lui, infiniment légère, elle croyait sentir la forme squelettique de son corps sous ses vêtements, celui de la Mort dans son linceul... et avait oublié presque tout le reste. Elle l'entendit prononcer son nom, ou crut l'entendre ; elle leva les yeux et vit, à une distance incommensurable, le visage d'un homme vivant.

Il appela encore son nom ; elle haleta, éperdue, bouleversée, mais revenue à la vie, et s'écarta de lui trop brusquement ; il dut l'attraper par le coude pour l'empêcher de tomber.

« Excusez-moi, vraiment », bredouilla-t-elle. Elle jeta un regard sur ce qui l'entourait. Tout lui paraissait lointain et insolite, comme étranger. État de choc, diagnostiqua-t-elle. Le couteau était tombé à ses pieds, la lampe en miettes sous le grenadier. Elle se demanda combien il lui en coûterait de la remplacer. « Je ne voulais pas vous...

— Êtes-vous blessée ? »

Le sang qui avait coulé de ses bras avait imbibé les gants d'Ysidro. Mais il ne parlait pas de ce genre de blessure, elle le savait.

« Non, je ne suis pas blessée.

— Vous en êtes sûre ?

— Oui. » Elle se tâta la gorge ; elle avait déboutonné son col montant avant de se reposer, et les chaînes d'argent étaient toujours en place sur la peau intacte. Elle se pencha pour ramasser le couteau, et manqua perdre l'équilibre ; il la cueillit dans ses bras comme si elle était une enfant, força la porte d'un seul coup de pied bien appliqué et la porta à l'intérieur.

« Vous êtes gelée », dit-il. Dans le petit vestibule, il l'installa sur une chaise puis repoussa la porte qu'il cala avec une autre chaise. Revenant à elle, il l'enveloppa dans le drap mortuaire de sa cape. « Et vous avez peur. »

De fait, la peur qu'elle avait éprouvée commençait seulement à se préciser ; durant l'agression, elle n'en avait pas eu réellement conscience, elle se demandait pourquoi.

Dans le rai de lumière tombant du palier, il regarda ses mains dont les gants de cuir étaient rouges de sang. Il s'en débarrassa d'un geste vif, les jeta sur l'escalier puis disparut vers la cuisine. Quelques secondes plus tard, il revint sans veste, portant une cuvette en céramique remplie d'eau et une autre lampe, ce que Lydia trouva profondément réconfortant. En posant la lampe sur la table du vestibule, il s'arrêta pour écouter au pied de l'escalier ; et elle le revit, elle ne savait pourquoi, pieds nus et en tunique blanche, ôtant de leur papier des croquettes de viande pour ses chats.

« Elle va bien, dit-il de sa voix douce. Ils ne sont pas entrés. Toutes mes excuses pour l'eau, la chaudière est froide depuis longtemps. »

Lydia se demanda ce qu'il avait perçu de la respiration de Margaret : le rythme régulier d'un sommeil paisible, ou le halètement superficiel de la peur et de la culpabilité, et d'une intolérable meurtrissure des sentiments ? Elle regarda le verrou de la porte : le coup violent d'Ysidro avait arraché le pêne de la gâche, si bien que, même dans une lumière plus forte, il aurait été impossible de dire si le verrou avait été franchement tiré ou avait seulement glissé par mégarde.

Il écarta le pan de la cape qui couvrait les bras de Lydia, dégagea d'une chiquenaude ce qui restait des manches et prit une éponge dans la cuvette. Les entailles n'étaient guère que des écorchures, mais piquaient horriblement. Elle tressaillit au contact de l'eau, aussi froide que l'avait insinué Ysidro.

« J'ai vu l'intrus », dit-elle, dents serrées. A sa grande contrariété, elle était à nouveau prise de tremblements qui ne semblaient pas devoir cesser. Mais elle réussit à garder une voix égale, au prix d'un douloureux effort. On avait bien besoin d'une femme qui pique sa crise de nerfs ! Et Ysidro voudrait être informé sans délai. « C'est un Turc, je crois, je... je n'ai pas pu le voir très distinctement. Attendez, ajouta-t-elle subitement en mesurant à quel point l'odeur du sang devait le déranger, je vais m'en occuper. Il y a de l'alcool dans l'office... »

Il avait aussi apporté des serviettes, mais elle fut incapable de s'en faire un bandage, et dut quand même attendre son retour.

« Ils étaient deux, reprit-elle tandis qu'il épinglait les bandages, de ses doigts blancs précis, rapides, et glacés comme la mort. Je crois... je n'ai pas bien vu l'autre, mais je pense qu'il n'était pas turc.

— Était-il vampire ? »

Elle ne s'était pas posé la question.

« Je... je ne sais pas. »

Leurs voix résonnaient étrangement dans la cage d'escalier où se projetaient leurs ombres inversées, monstrueusement agrandies. Ysidro sortit encore, emportant la cuvette et l'éponge. Il revint avec une tasse de thé qu'il tenait délicatement entre ses mains. Il s'en échappait une senteur gentiment neutre, comme celle de l'herbe que réchauffe le soleil.

« Ils... ils m'ont appelée de la rue. Ils disaient que Jamie avait besoin de moi.

— Je doute qu'il y ait eu quelqu'un dans la rue. Dans la tombe il aura flairé votre esprit, plus ou moins, et cela lui aura suffi pour vous faire croire que vous voyiez quelque chose dans l'obscurité. Vous aviez raison, la tombe d'Al-Bayad était bien l'un de ses repaires... Il s'en trouvera d'autres.

— Mais vous n'avez rien trouvé concernant Anthea ? ou Ernchester ?

— Rien du tout. »

Il fit quelques pas jusqu'à la table, plaça la main devant la lampe, pour s'y chauffer. La flamme frémissante dans son globe de verre rouge donnait à ses doigts, à ses cheveux, aux contours de son visage qui n'était plus humain un semblant de bonne santé évoquant un coup de soleil.

« Comme lui, Anthea change certainement de cachette chaque nuit. La fascination du vampire s'exerce aussi sur elle et le lui cache, comme elle la cache aux yeux du Maître de Constantinople — et aux miens. Si votre époux vit toujours, c'est que le Maître veut l'utiliser comme appât pour la prendre au piège, car il la craint, comme la craint Grippen lui-même.

— Grippen ? N'est-il pas son maître, comme celui d'Ernchester ?

— Il n'est pas sans précédent que des disciples se retournent contre celui qui les a engendrés. » Il leva sa main. La lumière traversa ses doigts comme du parchemin, révélant le réseau fragile du squelette. « Il y faut beaucoup de force, et une très grande colère. Mais Anthea *est* forte. Il s'est toujours défié d'elle, comme tous les maîtres se défient de leur progéniture ; ses rapports avec Grippen ont toujours mis en cause un équilibre extrêmement délicat entre prudence, goût du pouvoir et haine. Je pense qu'il ne l'aurait pas initiée s'il avait su qu'il perdrait Charles quand elle mourrait.

— Ils n'ont donc pas été faits vampires en même temps ?

— Non. Charles avait quarante ans, et Anthea trente-cinq, quand Grippen a pris Charles. Anthea est restée veuve pendant plus de trente ans. Elle était devenue vieille quand Charles est enfin venu la chercher, ou a demandé à Grippen de venir. Elle haïssait Grippen de la maintenir sous sa domination de Maître, mais elle comprit qu'il lui fallait franchir cette porte si elle voulait retrouver Charles. C'est une histoire... plutôt triste. Désirez-vous encore du thé ? »

Elle secoua la tête en signe de dénégation. Il lui prit sa tasse des mains, et elle vit à quel point il flottait dans ses vêtements, qui semblaient ne contenir que des os. Les manchettes de sa chemise qu'il avait relevées révélaient ses poignets noueux comme des branches de noisetier sous une peau laiteuse.

« Je vous remercie », prononça-t-elle avec douceur.

Il esquissa le geste de lui prendre la main, mais se ravisa. Longtemps leurs regards restèrent rivés l'un à l'autre ; elle pensa, d'une manière tout à fait irrationnelle : *Il y a autre chose à dire.*

Ce fut lui qui détourna les yeux. Il demeura immobile un moment, puis se dirigea délibérément vers la porte.

« Je vais rester ici jusqu'aux approches de l'aube, bien que je doute qu'il revienne. Demain il faudra faire réparer le verrou, et placer ce qu'il faut devant les portes et les fenêtres pour qu'il ne puisse passer. Il a sûrement appris par Karolyi que vous habitiez ici, et voulu vous soumettre à son influence — vous forcer à dire ce dont Karolyi a essayé de vous dissuader, par exemple.

Lydia frissonna en pensant à la longue montée vers la chambre. L'idée de partager le même lit avec Margaret la rassurait, à présent.

Ysidro pencha légèrement la tête de côté. Il écoutait. « Elle dort maintenant. » Il parut vouloir ajouter quelque chose, mais y renonça. Il ne tenait pas plus que Lydia à aborder pour le moment le sujet de Margaret — la façon dont il se servait d'elle.

Face à face, ils se regardèrent à nouveau, et Lydia pensa encore : *Il y a autre chose...* Mais il se détourna pour s'asseoir sur la chaise qu'elle venait de quitter, ses bras osseux croisés sur une chemise visiblement trop grande pour lui. Lydia fit glisser la cape de ses épaules et la lui tendit, puis monta lentement l'escalier.

Comme Ysidro l'avait annoncé, Margaret dormait. Elle avait délacé son corset et ôté ses épingles à cheveux, mais gardé ses vêtements. Le sommeil avait dû la surprendre ; roulée en boule sur les couvertures, elle avait l'air pitoyable, le visage tourmenté par des rêves malheureux. Lydia déboutonna son corsage déchiré.

Ses mains tremblaient, réaction au choc qu'elle avait subi. Elle n'avait nullement l'intention d'éteindre la lampe posée sur la table de nuit, mais sa lumière était trop forte pour lui permettre de dormir. Contournant le lit, elle vit sur le plancher cinq ou six feuilles de papier autour du panier à ouvrage où Margaret rangeait ses fleurs au crochet.

Les pages étaient tombées au hasard ; Margaret devait être occupée à les lire quand le sommeil l'avait terrassée, et elles avaient glissé du couvre-lit. Lydia les ramassa. Une écriture ferme et précise, d'une encre manifestement moderne, mais d'un graphisme oublié depuis l'époque élisabéthaine.

Des sonnets. Sur l'obscurité, les miroirs, les routes désertes qui s'étirent interminablement dans la nuit. Margaret avait déchiré l'une des feuilles en quatre. Lydia en assembla les morceaux sur la table de nuit.

Et elle comprit.

Sang sur le marbre blanc, rose effeuillée,
Cuivre foncé de la robe lionne,
Ardeur d'un vin rouge et pur qui nous donne
Chaleur et rêve, et vie renouvelée.

Chaleur de chair et chair qui se répand,
Sang qui se chauffe au flot de son ardeur
Où coule source plus vive pour qui se meurt
Qu'au feu cramoisi d'un cœur palpitant ?

Il est ardeur issue d'un autre rêve,
Regard pensif, rire et désespérance,
Chaleur vermeille, plus captivante sève,

Cheveux de cuivre et lèvres de garance.
La chair que ne peut réchauffer ce feu,
Lui reste le sang, le silence, l'adieu.

Les feuilles froissées semblaient avoir été fourrées à la hâte quelque part, dans le panier à ouvrage par exemple, ou dans le sac de voyage de Margaret. Elle se demanda à quel moment Margaret les avait trouvés, et se les était appropriées.

Elle les remit là où elles étaient sur le plancher et éteignit.

XIX

Bizarre de la part d'un vampire de conserver un tel objet...

C'était là l'objet en question. Un jeu de deux clefs en argent, répliques exactes des Yale anglaises, même au toucher. Elles brillaient au fond de l'excavation secrète pratiquée dans le sol en céramique rouge du salon où l'on prenait le café.

Asher les examina attentivement. Elles avaient été fabriquées sur place, artisanalement, avec probablement l'adjonction d'un petit pourcentage de bronze pour ne pas se déformer dans la serrure. Il les soupesa. Même avec des gants, un vampire aurait peine à les tenir en main le temps nécessaire à leur usage. Le grand âge du Maître de la ville pouvait tout juste s'en accommoder, comme il s'accommodait de la hampe d'aubépine de sa hallebarde, du poignard d'argent dans sa gaine épaisse autour de son cou.

Le cœur battant, Asher glissa les clefs dans la poche de sa veste, replaça le carreau de céramique puis la table à café noir et blanc. Les ombres que faisait naître la flamme de sa bougie paraissaient se pencher vers lui, le cerner. Le silence était éprouvant, le silence de quelqu'un qui l'épiait peut-être... Le Maître de Constantinople pouvait se trouver juste derrière la porte.

Ce n'était pas le cas, il le savait. Le Bey Olumsiz avait rendez-vous cette nuit avec l'un de ses hommes d'affaires. Après le souper, il avait lui-même escorté

Asher jusqu'à sa chambre-galerie, et l'avait enfermé à double tour. « Je vous fais mes excuses, avait-il dit, pour la conduite de mon Zardalu hier. Il est insolent et déloyal, comme la plupart des eunuques de palais. Il avait besoin d'une bonne correction, pour le rappeler à l'amour qu'il me doit. » Les yeux d'ambre se plissaient pour observer Asher. Dans la lueur mouvante de la lampe, le Maître de Constantinople semblait entièrement sculpté dans l'ambre, teint d'une pâleur bistre, pantalons à grands plis satinés et leur tunique, ceinture drapée et gilet déclinant des nuances de feu, de miel et de soufre, pelisse ourlée de fourrure parsemée de paillettes d'or. Le bloc d'ambre qui oscillait au lobe de son oreille captait la lumière à la façon d'un troisième œil hautement déconcertant.

« Vous avez compris, j'en suis sûr, avait poursuivi le bey, qu'il est un fieffé menteur. Toute information qu'il transmet vise à faire bouger une proie.

— De fait, il m'a raconté nombre d'histoires étranges concernant cette demeure. » Bras croisés, Asher soutenait le regard orange ; il avait complètement gommé de sa pensée l'existence du rossignol sous les tapis de sa chambre. « Il m'a indiqué à deux reprises le moyen de m'échapper. » C'était un mensonge, pour voir la réaction du Maître. Les sourcils du bey s'étaient incurvés au milieu en forme d'arabesque, sa bouche sévère s'était pincée sous le coup de l'ironie.

« En tout cas, j'observe que vous n'avez pas cherché à le faire. Sayyed n'aurait eu aucun mal à maîtriser toute velléité de cet ordre.

— La seconde fois, il me l'a dit différemment, avait précisé Asher. Il évoquait avec les autres les jeux auxquels ils se livrent sur les proies qu'ils poursuivent dans le noir par toute la maison ; j'ai d'ailleurs entendu les hurlements de ces malheureux garçons et filles. »

Un autre pli de contrariété avait marqué les commissures des lèvres décolorées. *Ce n'est donc pas son habitude*, avait conclu Asher, *de se faire livrer ses proies. C'est une exigence récente.*

Zardalu avait raison, quelque chose le retenait dans cette maison.

Ernchester ? se demandait-il en rebroussant chemin avec mille précautions, longeant les murs de la cour romaine pour ne pas laisser de traces d'herbes piétinées. Cela n'avait aucun sens, car pourquoi faire venir Ernchester maintenant plutôt qu'un an auparavant, ou cent ans auparavant ? Pourquoi pas en juillet, lors de la chute du régime du sultan ? Et si c'était pour lui demander son aide contre l'intrus dont avait parlé Zardalu, pourquoi le tenir enfermé dans sa crypte, affamé peut-être, souffrant sans aucun doute, car les gémissements qu'il avait entendus exprimaient la plus intolérable torture ?

Était-ce une vengeance ?

Il frémit en tâtonnant de colonne en colonne — il avait soufflé sa bougie.

Le bey devait prendre son temps pour mettre une vengeance à exécution. Mais aurait-il tiré le vieux comte de sa résidence londonienne pourrissante, et du lent émiettement de sa vie, pour le rappeler dans la ville où il avait passé dix-huit mois quand il était vivant ? Quel mauvais tour pouvait justifier un tel acte, après deux cent cinquante ans ?

Et quel rôle jouait l'intrus dans tout cela ?

Quelle était cette machine que le bey avait fait construire, et pourquoi toute cette glace qui fondait sur le sol derrière les barreaux d'argent ?

Et si la vengeance du maître ne concernait pas Ernchester, mais Anthea ?

« Il n'est pas dans le train », avait-elle dit en regagnant son compartiment. Les étendues plates de la plaine hongroise défilaient dans l'obscurité. C'était la première nuit de voyage depuis Vienne. Épuisé et un peu écœuré par le café que lui avait apporté l'employé, Asher ressentait chaque claquement des roues bien suspendues résonner dans sa tête douloureuse, comme si on s'acharnait sur une machine infernale enfermée dans son crâne. Il avait regardé Anthea se dépouiller de son long châle noir à franges et remettre en place la gaze mouchetée de sa voilette. Il la trouvait indiciblement belle, en contemplation devant le paysage d'un noir d'encre. De tout le train, seules leurs fenêtres étaient éclairées. Elles projetaient çà et là la mince lueur d'un feu illusoire sur les hautes herbes balayées par le vent qui bordaient la voie. C'était une nuit sans lune.

Asher avait mis de côté le livre qu'il tentait de lire, une histoire proprement terrible de vie et d'amour dans la Rome de Néron. Il essayait aussi de mettre de côté l'émotion qui l'agitait, faite de besoin de protéger et de désir.

« Cela signifie que nous avons toutes les chances d'atteindre Constantinople avant lui, avait-il observé d'une voix qui se voulait désinvolte. *Les morts voyagent vite*, écrit Goethe, mais peu de choses voyagent plus vite que l'Orient-Express. S'il a quitté Vienne par une autre route ou par un autre train à la minute où il a fui le sanatorium, il arrivera encore une journée après nous. Percevrez-vous le moment de son arrivée ?

— Je... je ne sais pas. » Elle fit tourner entre ses doigts les boutons de perle de son gant, splendide fantôme dans sa robe de soie violette et bleue. Il revit la fille de lune, la femme vampire dans les bois entourant le sanatorium et comprit que l'attrait puissant qui l'enveloppait de sa chaleur était... le piège où se prenait la proie. Dans le cas présent, c'était plus vague, plus distant et certainement inconscient de la part d'Anthea, mais le piège existait bel et bien. Il la désirait.

« Je ne sais pas quelles dispositions il a prises avec ce Bey Olumsiz, avait-elle ajouté au bout d'un moment. J'ai vu dans le guide que la ville comporte plusieurs gares mineures avant la gare centrale, et ce... ce bey, ce maître... lui a peut-être donné rendez-vous dans l'une d'elles. Je me demande s'il serait prudent que je surveille la gare centrale toute la nuit. Il est possible aussi qu'il n'arrive pas par le train. Charles s'est toujours méfié des trains comme du métro de Londres. Ils ne lui plaisent pas et il ne les emprunte jamais.

Quant à la ville, ses bruits, ses odeurs... ce sera différent. »

Elle s'était interrompue pour rester silencieuse un moment. Ses doigts à demi recouverts de leurs mitaines de dentelle palpaient la pourpre moelleuse des rideaux, ses yeux bruns regardaient avidement la nuit. Que voyaient dans la nuit les yeux mêmes de la nuit ?

« Même Paris est différent de Londres, poursuivait-elle comme pour elle seule. A Londres je sais si un policier prend une voie latérale dont il n'a pas l'habitude dans un rayon de deux miles autour de l'une de nos demeures. Je peux retrouver Charles n'importe où, qu'il dorme dans la cave la plus profonde ou arpente la ruelle la plus sombre, qu'il hante les clochers de Saint-Paul ou les entrepôts de Whitechapel — avec un peu de temps. Vienne était plus dépaysante encore, avec son chaos, sa façon de jouer sans règles. Quant à Constantinople... »

Sa voix frémissait, non de crainte, mais de joie et d'excitation. Elle était si basse qu'il aurait dû l'entendre à peine.

« C'est étrange, voyez-vous, normalement je devrais être terrifiée. Hors de Londres je suis un escargot sans coquille, un lapin dont tous les terriers sont bouchés. Et pourtant je n'éprouve qu'un plaisir intense. Plaisir des lumières du pont Alexandre-III à Paris, qui donnent l'impression d'être au cœur d'une étoile ; plaisir de la musique, des voix et des odeurs de Vienne, qui m'ont enivrée le long du Ring. Je savais que je risquais d'être détruite à chaque seconde, mais tant pis ; je voulais danser et rire, enlever mon chapeau et le faire tournoyer autour de son voile, rien que pour... pour me sentir ailleurs. Voir des choses nouvelles, des choses qui m'étonnent parce que je ne les ai jamais vues. Je ne sais pas si vous pouvez comprendre cela.

— Peut-être pas complètement. Je n'ai jamais été mort.

— Mais n'est-ce pas cela, être vivant ? » Tournée vers lui, elle levait les bras pour ôter les épingles de jais qui maintenaient son chapeau sur la masse bien disciplinée de ses cheveux noir corbeau.

Asher avait acquiescé. Il la voyait à présent sous un jour nouveau, et le désir qu'il avait d'elle s'était adouci jusqu'à la compassion.

« Vous n'avez jamais souhaité devenir vampire, n'est-ce pas ? »

Elle avait hésité, le chapeau dans les mains comme un sombre bouquet.

« Oh ! si, je l'ai voulu. Cet enrichissement des sens qui s'aiguisent, qui s'approfondissent... On se noie dans la couleur d'une soie, l'arôme d'un café, les pleurs lointains des violons dans la nuit. Et l'odeur du sang, de la sueur, de l'épouvante humaine. C'est l'univers tout entier tel qu'il n'apparaît jamais aux mortels, sauf peut-être aux petits enfants. C'est l'intensité de la vie. Je voulais surtout ne pas quitter Charles, jamais. Une fois que j'ai connu cette condition, je n'ai plus rien voulu d'autre, j'étais prise comme l'ivrogne qui ne peut se passer de cognac. » Ses lèvres très pâles avaient eu une moue un peu triste, avait remarqué Asher.

Tout à l'heure, après qu'Anthea l'eut libéré de sa malle, ils s'étaient précipités pour prendre le train qui allait démarrer dans quelques minutes. Les passagers embarquaient à l'autre bout. Ils étaient tous riches, ce qui justifiait le nombre de porteurs et de serveurs.

« J'imagine qu'on devient vampire parce qu'on veut vivre ; on veut que la vie continue, et pas seulement au ralenti, comme chez les vieillards. » Anthea parlait sans le regarder ; elle caressait les plumes d'autruche de son chapeau, y enroulait les doigts. « Mais être mort, c'est devenir... statique. Et c'est ce que nous devenons tous. Nous ne voyageons pas parce que c'est dangereux. Nous nous murons dans nos maisons, nos cryptes et nos passages secrets, parce que, dormant le jour, nous sommes comme drogués. Nous nous entourons de pièges, de serrures et d'objets que nous pouvons maîtriser, et éliminons ce qui nous échappe. Nous mourons à nous-mêmes. Un voyage comme celui-ci... comment dire ? Toute nouveauté comporte un risque, un risque de mort — et le risque de mort n'est-il pas ce qui définit la vie ? Il m'arrive de penser que je ne retournerai jamais à Londres. »

Asher avait eu une pensée pour Cramer, qui serait devenu l'un des meilleurs si on lui en avait laissé la possibilité.

Elle avait tendu la main vers lui, si belle dans sa gravité. Ce que la fille de lune avait essayé dans le clair-obscur silencieux de la forêt de Vienne, cette femme, il le savait, l'avait fait à des milliers d'hommes par les rues et les ruelles de Londres ; elle avait forcé leur amour, leur désir, leur besoin d'elle, elle les avait amenés à se damner dans ses bras en annihilant leur pensée. Il revoyait Fairport qui criait pitoyablement quand la femme-vampire le déshabillait et lui ouvrait les veines progressivement, par petites déchirures qui ne le tueraient que lentement ; et qu'elle buvait son désespoir et sa terreur en même temps que son agonie. Fairport qui ne voulait que vivre comme vivait le commun des hommes.

Et malgré tout, il avait tendu la main et pris la longue main carrée d'Anthea.

« Merci, James. Merci d'avoir veillé sur moi. »

Il m'arrive de penser que je ne retournerai jamais à Londres.

Au fond des ténèbres de la crypte, Asher éprouva la peur torturante de ne jamais revoir Lydia.

Il avait souvent pensé à elle dans sa chambre-prison toute en longueur, en écoutant la plainte vespérale des muezzins, les chamailleries continuelles des mouettes, le passage des vampires, plus silencieux que le vent, dans le labyrinthe souterrain. Si tel était son destin — s'il devait mourir dans la maison des Lauriers-Roses — il préférait finalement ne pas l'avoir su au matin pluvieux de cette journée dont il n'attendait que l'épreuve douloureuse des funérailles de son cousin et les scènes fort déplaisantes de cupidité familiale qui s'ensuivraient inévitablement. S'il l'avait su, il aurait eu une attitude grave, et cette gravité aurait complètement gâché leur bataille de polochons tôt ce matin-là, dans le fou rire d'une mêlée de dentelles, de baisers et de revues médicales égarées.

Sept ans. Sept ans seulement. Elle avait dû suivre sa piste jusqu'à Vienne ; ensuite, Anthea les avait fait passer tous les deux en fraude sur le train. Aucun agent de chez Halliwell ni des services autrichiens, aucun membre de la police locale n'avait pu les voir monter à bord. Lydia, si mince et pragmatique, et si belle aussi, d'une beauté stupéfiante d'ondine qu'on lui avait interdit de voir... Le besoin impérieux, immédiat, désespéré de la revoir avant de mourir le tarauda jusqu'à l'âme. La voir encore une fois, la regarder simplement, si rien d'autre n'était possible...

Il se demanda si, en cherchant les contacts qu'il avait dans la capitale autrichienne, elle avait pu d'une façon ou d'une autre rencontrer Françoise.

Les barreaux d'argent terni luisaient faiblement à la flamme de l'unique bougie. Glacés, même dans sa douce lueur jaune. Asher déposa avec précaution la bougie sur une barre transversale. Il en avait protégé la base d'un cercle de papier prélevé sur un livre, pour éviter que les gouttes de cire ne le trahissent. Muni de l'outil qu'il s'était fabriqué, il se mit derechef au travail. Il avait peine à empêcher ses mains de trembler, à cause du froid de cette nuit de novembre, de la glace empilée là en grande quantité... et de sa peur. Le silence semblait épaissir l'obscurité, l'odeur d'ammoniaque prenait à la gorge.

Les charnières ne craquèrent pas. Il s'engagea dans le corridor bas de plafond, longea les flaques d'eau, la sciure et la paille sans y mettre le pied.

Pourquoi tant de glace ? Absurdement lui revint en mémoire un propos du vampire Ysidro concernant ses pareils qui souffraient du froid avec l'âge. Tout cela ne viserait-il qu'à gêner un vieil ennemi ? Et s'il délivrait Ernchester une seconde fois, le comte s'enfuirait-il avec lui, ou le laisserait-il libre, comme à Vienne, et retournerait-il au maître turc qui l'avait convoqué ? Mais pour quelle raison ?

La première porte, ainsi qu'il le soupçonnait, ouvrait sur un réduit noir où s'entassaient des câbles, des tubes, des réservoirs. Les vapeurs âcres d'ammoniaque imprégnaient l'air. Sur une caisse, il déchiffra les mots ZWANZIGSTE JAHRHUNDERT ABKUHLUNGGESELLSCHAFT.

Société de Réfrigération du xxe siècle.

Glacières, machines à faire le vide, tuyaux pendants telles d'obscènes entrailles de caoutchouc. Bonbonnes de verre pleines de gaz toxique d'ammoniaque pareilles à des œufs monstrueux. Si le sol du corridor était mouillé, ici il ne releva pas de traces, ne vit ni sciure ni paille. Pour avoir subi l'installation d'une nouvelle chaudière dans une salle de lecture de New College, Asher supposa qu'une pièce du dispositif avait cédé, une valve peut-être, et qu'il avait fallu l'expédier à Berlin.

Cinq jours sont passés depuis la panne, et pas un seul mot..., avait hurlé le bey.

Il referma la porte, la verrouilla, essuya la poignée d'argent avec son mouchoir.

La poignée de la seconde porte était froide comme la glace. Les gâchettes de la serrure claquèrent comme le marteau qui cloue un cercueil. De nulle part, du tréfonds d'une tombe peut-être, leur répondit un grondement profond à soulever le cœur.

Il poussa la porte. La puanteur qui déferla sur lui était une véritable agression physique. Il détourna la face en fermant les yeux. *Réaction stupide*, se dit-il aussitôt, puis : *Une telle pestilence alors qu'il fait si froid ici...* Son haleine formait un nuage dans la lueur de la chandelle. Les murs de pierre brillaient sous une couche de givre pareille à la glace qui remplissait la crypte presque complètement.

Mais ce n'étaient là qu'impressions secondaires. Le principal, c'était la forme noire qui rampait vers lui au milieu des saletés éparpillées sur le sol, paille et sciure à demi gelées. L'important, c'était d'en comprendre la nature, et la signification.

Il regarda de tous ses yeux la face — ou ce qu'il en restait — levée vers lui, et il comprit. Le seul point d'interrogation, c'était l'endroit où se trouvait Ernchester. Encore commençait-il d'en avoir une idée...

Une poigne puissante lui coupa alors la respiration. Il sentit ses pieds quitter le sol, et fut balayé avec une force fantastique à travers la porte. A peine s'il eut le temps de baisser la tête : il alla heurter le mur du corridor, non seulement projeté comme l'avait fait le bey déjà, mais claqué contre la pierre avec une vigueur propre à lui casser les côtes. Il jeta un grand cri, ou le crut, sous la douleur qui ébranla ses os, et suffoqua sous le poids des ténèbres, les poumons vidés de leur air, incapable de reprendre souffle. Il frappa le mur une deuxième fois, et la douleur broya son omoplate gauche comme sous le coup d'une hache. Tout le temps une voix hurlait à ses oreilles des imprécations en persan, en arabe et en turc, de plus en plus incompréhensibles à mesure que grandissait sa détresse respiratoire...

Il ne savait pas dans quelle langue il crut entendre la voix vociférer : « C'est cela que tu voulais ? C'est cela que tu cherchais ? » Il gisait à présent dans l'eau glacée, les vêtements trempés, et la main lui pressait la nuque d'une manière insupportable, en exerçant un mouvement de torsion. « C'est cela que tu voulais voir ? »

Mais il ne voyait rien, car sa bougie était tombée ; rien que l'image mentale de la créature de la crypte. Des griffes fendirent sa manche de l'épaule au poignet, un genou dans son dos le plaqua au sol sous un poids formidable. Ses vertèbres craquaient sous la poigne vengeresse du Bey Olumsiz. On lui ouvrit le bras jusqu'à la main. Son sang lui parut brûlant sur sa chair soudain froide. L'odeur se faisait de plus en plus forte, abominable, elle lui parvenait par vagues tandis qu'au milieu des flaques quelque chose se traînait le long du mur dans un chuintement de succion, avec un grognement épais horrible à entendre. Quelque chose de visqueux accompagné de dents aiguës glissa sur son bras, tâtonna. Le vampire chuchota : « Bois, mon chaton. Bois, mon enfant, mon chéri... bois... »

Quelque chose chercha à s'accrocher au bras d'Asher — quelque chose qui pouvait être une main, ou qui avait été autrefois une main.

Et la créature s'écarta dans un haut-le-cœur, roula, rampa, secouée de spasmes répugnants, vers la porte de sa crypte, et se mit à vomir. Le bey abandonna Asher ; plus tard, ce dernier se dit que c'était le relâchement de la torsion qui s'exerçait sur ses vertèbres, joint à tout le reste, qui lui avait en définitive fait perdre connaissance.

Il n'avait pas dû rester inconscient plus d'une minute ou deux ; le garrot qui s'enfonçait dans son bras le ramena à lui, aux ténèbres, à l'eau glacée qui imprégnait ses vêtements jusqu'à sa chair glacée, à la sensation de faiblesse due à la perte de sang. L'odeur de cuivre de son sang était la moins atroce de toutes. Le froid lui parut un peu moins intense. La porte de la crypte était fermée.

Le simple fait de respirer, même prudemment, le faisait souffrir tout entier. Il dit, très bas : « Voilà donc pourquoi vous avez convoqué Ernchester.

— Vous ne savez rien de ces choses-là », lança le Maître d'un filet de voix aigu, la voix étranglée d'une poitrine oppressée, d'une gorge serrée. Il brida encore le garrot. Voulait-il lui trancher le bras ?

« Je sais que vous êtes en lutte avec un intrus sur votre territoire. Je sais que vous ne faites pas confiance aux disciples qui vous restent... et je sais qu'à présent vous n'êtes plus en mesure de faire d'autres novices. »

Les ongles s'enfoncèrent dans la chair engourdie du bras qu'ils labourèrent.

« C'est bien cela, n'est-ce pas ? Vous n'avez pas pu faire un novice depuis des années. Qu'est-ce que six vampires, pour l'une des plus grandes villes d'Europe ? Une ville dont le gouvernement se moque que vous commettiez des massacres, s'il ne s'agit que d'Arméniens, de Juifs et de pauvres ? Et même vos disciples ont commencé à faire des commentaires sur votre réticence de plus en plus manifeste à remplacer ceux des leurs qui ont été détruits.

« Mais quand l'intrus est apparu, vous vous êtes trouvé dans l'obligation de faire une tentative. Et ce fut un échec. Vous saviez maintenir en vie l'esprit du novice à travers la mort physique, mais vous ne pouviez pas transmettre à son corps le syndrome physique du vampirisme. Alors vous avez utilisé vos contacts avec les alliés du vieux sultan pour envoyer chercher le seul vampire que vous saviez pouvoir dominer, le seul dont vous saviez que les novices seraient les vôtres, soumis à votre pouvoir... »

La main se referma encore sur son cou. Elle ne l'étranglait pas cette fois, mais ses ongles crochus, aussi pointus que les dents d'un loup, griffaient sous l'oreille l'endroit où se concentrent les vaisseaux, nerfs et tendons. Un genou très dur pesait sur sa poitrine, avec la force contondante d'un bélier.

« Je pourrais... te... tuer..., prononça le bey dans un murmure.

— Oui, mais vous avez besoin de moi pour servir d'appât, articula-t-il dans un souffle, au prix d'un effort infini sous les serres qui l'éraflaient. Appât destiné à prendre Anthea au piège, et le comte. S'il n'est pas déjà aux côtés de l'intrus. »

La main lâcha sa gorge. Il sentit sur son bras, puis sur son visage, le frôlement de la soie mouillée. Le bey s'était relevé. Il se mit alors à le frapper à coups de pied répétés, méthodiquement, comme pour écraser des pierres avec un marteau. Très vite, Asher perdit de nouveau connaissance.

XX

« Il n'y a de Dieu que Dieu et Mohammed est son Prophète. » La voix du muezzin perça comme un fil d'or l'hébétude embrumée du rêve où naviguait Asher. « Venez prier. Venez prier. »

Anthea, pensa-t-il dans son effort pour refaire surface, avant de glisser à nouveau dans l'abîme de velours de l'inconscience. Il la voyait dans le train, son profil dessinait le contour d'un littoral laiteux sur la mer d'obsidienne de la vitre. « Ernchester s'est toujours méfié des trains », disait-elle. Ses mains blanches et son visage d'albâtre faisaient écho aux stèles de marbre des tombes situées au-delà de la porte Adrianople, sa robe et ses cheveux noirs se fondaient dans la noirceur de la nuit froide.

Dans le mince rayon de lune il voyait un homme marcher, petit, voûté dans son vêtement désuet. Il allait de tombe en tombe avec la légèreté du vampire, s'arrêtait au milieu d'une étendue découverte. La présence de l'ombre était perceptible quoique invisible, et Asher croyait respirer le remugle de moisissure mêlé à l'odeur de sang qui l'avait assailli dans l'obscurité de la citerne asséchée. Ernchester se détournait, prêt à s'enfuir, mais l'ombre l'avait précédé.

L'air frémit du rire cristallin propre aux vampires.

Vous croyez qu'il n'est plus dans ses bonnes grâces ? Alors il est à nous ? La voix s'était glissée tel un souffle de vent parmi les images de son rêve, qui perdaient leur netteté. Il savait quelle était cette voix. En proie à la panique, il lutta pour se réveiller, pour ne pas sombrer à nouveau dans l'abîme.

« S'il l'avait voulu mort, il serait mort, et pas ici, maugréa une voix qu'il identifia comme celle de Haralpos le borgne.

— Réveille-le, gloussa la kadine Baykus. Réveille-le, on va lui demander. »

Réveille-toi! s'admonesta-t-il. *Réveille-toi, ils sont tous autour de ton lit...!* En vain. Le sommeil était un coussin de velours noir pressé sur son visage. Son corps refusait de s'éveiller. Peut-être pour éviter de souffrir...

« Et si on lui donnait un baiser, proposa la voix profonde de Pelageya, comme à la demoiselle de la tour ? »

Quelque chose passa sur sa poitrine nue, des ongles sans doute. Les chuchotements se diluèrent, se confondirent. Il croyait voir le rai lumineux de la porte entrouverte sur le corridor, la lueur dansante et subaquatique des lampes de cuivre, mais, des vampires qui entouraient son lit, il ne voyait que les yeux rougeoyants.

« Il sait peut-être où le bey est parti ?
— Qu'est-ce qui te fait penser qu'il peut le savoir ?
— Quelqu'un a bien dû le ramener ici...
— Il faut absolument le retrouver...
— Pour lui raconter quoi ? demanda Zardalu d'un ton dédaigneux. Qu'un vulgaire chien d'Arménien a été trouvé égorgé ?
— Saigné à blanc...
— Dans une église...
— C'était un prêtre...
— Alors peu importe qui l'a fait, il n'a eu que ce qu'il méritait.
— Ce n'est pas le seul. Il y a aussi le vieux marchand de figues, dans le Koum Kapou...
— Il devient insolent, notre Loup de l'Ombre. » Zardalu avait prononcé le nom en turc, *Gölge Kurt* ; les

syllabes gutturales tranchaient sur le flot de son osmanli de cour. « A présent notre bey doit cesser de se terrer sottement, cesser de rester reclus ici avec sa *dastgah* et ses infidèles allemands et recommencer à sortir la nuit...

— Et s'il ne le fait pas ?

— Ces meurtres sont stupides, insensés, et faits pour le discréditer. Pas étonnant qu'il nous ait ordonné de trouver l'intrus, ce Gölge Kurt, et de le supprimer...

— Qu'espères-tu d'un paysan qui se prend pour un soldat parce qu'un autre paysan parvenu lui a mis un fusil entre les mains ?

— Il faut retrouver le bey...

— ... le retrouver... »

Étaient-ils réellement venus ? Il lui sembla qu'il s'éveillait en une sorte de sursaut, et voyait la chambre vide. La porte était restée entrouverte sur un rai de lumière dorée, et la lampe projetait sur le mur des taches qui ondulaient comme une écharpe immatérielle.

Vous ne savez rien de ces choses, avait dit le bey.

Et Charles, *je l'aime jusqu'à la mort, et au-delà*.

Il pensa qu'il savait où trouver le Bey Olumsiz et son cœur chavira, malade d'horreur et de pitié.

« Il n'y a de Dieu que Dieu, et Mohammed est son Prophète. » La voix du muezzin résonna faiblement à travers le treillage des fenêtres, alors que la magnificence ridiculement excessive du coucher de soleil de Constantinople incendiait le ciel à l'ouest.

Elle avait peine à maîtriser ses mains, et de ce fait éprouvait quelque difficulté à réaliser une coiffure d'une symétrie acceptable. Et en aucun cas, pensa Lydia qui se concentrait sur sa tâche avec la réflexion empreinte de curiosité qu'elle mettait à exécuter une dissection, en aucun cas ses cheveux n'avaient accepté jusqu'ici de boucler de la façon requise par la mode pour une coiffure *à la grecque*. Dans l'état mental où elle se trouvait, elle aurait de la chance si elle n'en brûlait pas la moitié avec les fers à friser.

Elle essayait de ne pas tourner les yeux vers l'enveloppe frappée aux armoiries des Habsbourg posée à côté sur la table.

Ce n'était d'ailleurs pas nécessaire. Elle connaissait chaque mot des quelques lignes qu'elle contenait.

Si vous voulez sauver la vie de votre mari, retrouvez-moi à la colonne Constantin aujourd'hui à trois heures. L'un de vos proches est aux ordres du bey. N'en parlez à personne. Si vous ne venez pas, votre mari sera mort avant l'aube. Faites-moi confiance!
Karolyi.

Faites-moi confiance, disait-il.

Lydia avait vu la colonne deux jours auparavant, quand Razumovsky avait fait un détour après l'excursion au bazar. Massive, taillée dans un porphyre byzantin et ornée de cavaliers de bronze noircis par le temps, elle se dressait dans la partie la plus ancienne de la ville, au centre du quartier du vieux marché, véritable labyrinthe de ruelles, de cours, d'entrepôts et de bains qui tombaient en ruine. Exactement le genre d'endroit qu'elle aurait choisi pour un enlèvement, si la victime devait être saisie en un clin d'œil, et chloroformée tranquillement. Quand le billet lui était parvenu le matin, elle avait immédiatement pensé : *Mais enfin pour qui me prend-il ?* Il avait dû comprendre qu'elle ne lui serait d'aucune utilité, et risquait au contraire de le gêner dans ses plans.

La certitude d'avoir bien agi n'avait pas rendu plus facile le moment où elle avait pris le thé avec Lady Clapham, quand trois heures avaient sonné à l'horloge de l'ambassade.

Si Herr Jacob Zeittelstein n'était pas ce soir à la réception que donnait l'associé turc de Herr Lindl — s'il n'était pas rentré de Berlin cet après-midi comme prévu — elle ne savait pas ce qu'elle ferait.

On était aujourd'hui mercredi. James avait disparu depuis une semaine.

Elle ferma les yeux. Ses mains tremblaient si fort qu'elle dut les appuyer, sans lâcher le fer qui refroidissait. *Mon Dieu, faites que je le retrouve*, pria-t-elle.

Mon Dieu, montrez-moi une autre piste, si celle-ci ne mène à rien...

La glace. Elle crut entendre encore Razumovsky dire par-dessus la clameur du Grand Bazar : *Un individu en connaît toujours un autre...*

Si Herr Zeittelstein était allé à Berlin chercher une pièce pour l'appareil de réfrigération, il était logique de penser que le Bey Olumsiz devait acheter de la glace. Il lui faudrait peut-être quelques jours pour retrouver trace...

Je ne peux pas me permettre d'attendre quelques jours ! songea-t-elle, au désespoir. *Jamie ne peut pas se permettre d'attendre quelques jours !*

Un bruit derrière elle. Elle tressaillit, rouvrit les yeux, en proie à cette sorte de panique que donne le manque de sommeil...

Elle vit dans le miroir le reflet de Margaret qui se tenait hésitante sur le seuil, clignant des yeux dans la lumière du couchant.

L'estomac de Lydia se contracta de colère et d'appréhension. *Pas avant une réception*, se dit-elle avec force. *Je crois que je ne pourrai pas supporter une nouvelle scène...*

Elle remonta ses lunettes et se retourna sur sa chaise, le fer à friser toujours en main. Le flot de sa chevelure rousse était répandu en désordre sur ses épaules laiteuses. Il fallait dire quelque chose de neutre, qui ne prêtait pas à discussion, par exemple *Bonjour Margaret*, ou *Avez-vous trouvé ce que vous vouliez acheter, ce matin ?* — car la gouvernante était partie quand Lydia s'était réveillée. Mais elle se sentait trop fatiguée pour formuler une phrase de ce genre. Elle se contenta de regarder Margaret, qui s'affairait à lisser la dentelle bordant ses mitaines comme si c'était la tâche la plus importante de la journée.

Elle se décida pourtant à lever les yeux et balbutia : « Mrs. Asher... Lydia... je... je... vous demande pardon. »

Dès l'âge de cinq ans, on avait entraîné Lydia à sourire en disant *Ce n'est pas grave*. Pour l'heure, elle avait les bras recouverts de bandes de sparadrap entrecroisées sur des pansements. Elle avait raconté au docteur Manzetti — et à Lady Clapham, qui lui avait recommandé le praticien et l'avait accompagnée chez lui le matin — que des chiens l'avaient attaquée. Sans les chaînes d'argent qui pesaient sur ses clavicules et ses poignets, elle ne serait plus en vie.

Elle ne pouvait même pas demander à Margaret pourquoi elle avait agi ainsi.

Le sonnet qu'elle avait trouvé répondait à cette question.

Après sa découverte elle était restée étendue sans dormir une partie de la nuit, à réfléchir. Elle s'était aperçue que l'évocation de ces lignes faisait battre son cœur vite et fort, sous le coup d'une émotion qu'elle avait peine à définir. Une émotion qui ne ressemblait en rien à ce qu'elle éprouvait pour James. Sa crainte d'Ysidro lui revenait par vagues, étrangement métamorphosée. Elle ne pouvait comparer ses sentiments à rien de ce qu'elle connaissait, ou de ce qu'elle avait jamais connu.

Accablée, les yeux gros de larmes, Margaret la contemplait sans rien dire. Lydia sentit sa colère céder.

« Vous avez peur pour lui, dit-elle avec circonspection, et vous voulez l'aider. Vous craignez qu'il ne meure, à cause de la promesse qu'il m'a faite. »

Le visage de Margaret s'empourpra par plaques. Elle se plongea de nouveau dans l'examen de ses gants. Des larmes roulaient lentement derrière ses grosses lunettes. Cette femme avait essayé de la tuer, se dit Lydia, très lasse. Pourquoi donc l'épargnait-elle ?

Là aussi, elle connaissait la réponse. Margaret avait verrouillé la porte derrière elle non seulement à cause du sonnet, mais également parce qu'elle était Lydia Willoughby, l'héritière d'une fortune ; et que, de tous les sonnets qui s'écrivaient au monde, aucun ne s'adresserait jamais aux Margaret Potton.

« Je regrette tellement, murmura très bas Margaret, je regrette tellement. Je ne sais pas ce qui m'a pris... » Elle fit mine de s'enfuir, mais se ravisa et revint à sa position première, tête basse, prête à subir sa punition.

Lydia se demanda un instant si l'intrus — dont le rictus bestial l'avait poursuivie cette nuit chaque fois qu'il lui était arrivé de fermer les yeux — n'avait pas stimulé la jalousie de Margaret, comme il l'avait elle-même accablée d'une langueur qui avait étouffé ses cris.

C'était peu vraisemblable, mais elle présumait qu'Ysidro aurait recours à de tels procédés dans des circonstances similaires.

Elle frissonna, elle ne voulait pas penser à Ysidro. Ysidro jouant au piquet dans le train, Ysidro la précédant pieds nus dans son escalier, montant les marches humides...

« Ce n'est pas grave », dit-elle.

Margaret leva les yeux, et se mit à pleurer.

Et zut, pensa-t-elle, non sans amertume. Elle allait devoir la consoler alors qu'elle se sentait épuisée, endolorie et torturée de doutes. Avait-elle envoyé Jamie à la mort cet après-midi, en supposant que le billet de Karolyi n'était qu'un tissu de mensonges ? Que ferait-elle si Zeittelstein n'était pas à la réception, et comment le charmerait-elle le plus efficacement s'il y était ? Et toujours, en sourdine et malgré elle, il y avait la conscience de son attirance pour le lointain fantôme prisonnier de l'immortalité du vampire — comme une mante religieuse dans l'ombre. Une attirance aussi forte que celle de Don Simon pour elle.

« Vous êtes vraiment sûre que vous vous sentez bien, chère amie ? » s'inquiéta Lady Clapham en arrêtant Lydia par le poignet sur le seuil de M. Demirci, dont le palais surplombait la mer de Marmara.

Lydia, qui se sentait à bout, affirma que tout allait bien. Elle serait volontiers restée à la maison, comme Margaret, en invoquant une migraine consécutive aux événements de la nuit dernière. Ses bras bandés lui cuisaient sous ses longs gants du soir et les flots de dentelle du large col de sa robe vert émeraude. Son seul souhait, alors qu'elle clignait des paupières à l'entrée du salon brillamment éclairé à l'électricité, était de ne pas rencontrer Ignace Karolyi parmi le flot coloré des invités.

« Je prendrais bien un peu de champagne, avoua-t-elle comme deux minces serviteurs noirs affublés de livrées à l'occidentale et de perruques poudrées les conduisaient vers la file de réception.

— C'est plutôt du cognac qu'il vous faut, répliqua Lady Clapham. Je vais voir ce que je peux trouver. »

Leur hôte, un Turc diplômé de la Sorbonne, portait une tenue du soir irréprochable — et une moustache noire féroce qui rappelait fâcheusement à Lydia certaine face animale aux crocs luisants qu'elle avait vue de trop près la nuit dernière. Son épouse, fille cadette de noblesse silésienne au bord de la ruine, évoquait pour Lydia l'image d'un lapin extrêmement bien élevé en robe de satin jaune. Elle était probablement à l'origine du déguisement ridicule des serviteurs portant livrée du XVIIIe siècle, et peut-être des lustres électriques, du cadre de verre rose bonbon du miroir vénitien, des rideaux framboise à pompons et des chaises Louis XVI blanc et or.

En venant la saluer, Herr Hindl exprima aussitôt sa sollicitude : la belle Frau Asher n'avait pas très bonne mine, il espérait qu'elle n'était pas souffrante. C'était la faute de ces questions financières, et de ses randonnées dans la vieille ville qui pouvaient affecter une femme de constitution délicate...

Lydia déploya son éventail de chantilly pailletée et se composa une expression intéressante de pâleur languide, mais non défaite. Non, elle n'était pas souffrante, inquiète seulement pour son mari qu'elle venait rejoindre à Constantinople et dont elle n'avait pas de nouvelles. Elle avait espéré que Herr Zeittelstein serait présent à cette soirée. Certains propos de son mari l'incitaient à penser qu'ils avaient un client commun. Peut-être pourrait-elle glaner quelques informations...

Mais certainement ! Bien sûr ! Absolument ! Jacob venait précisément de rentrer de Berlin, on ne pouvait le joindre jusqu'à cet après-midi, mais il serait ravi de l'aider de quelque manière...

Herr Hindl n'avait pas menti. Jacob Zeittelstein était un homme assez jeune de forte carrure, qui en dépit de sa tenue de soirée ressemblait davantage à un plombier qu'au représentant officiel de sa société pour l'empire ottoman. Il écouta le préambule de Herr Hindl et les explications de Lydia avec l'air de celui qui n'oublie jamais aucun nom, aucun visage ni aucune circonstance et possède toutes les informations sur le bout de ses doigts potelés.

« J'ai retenu de ses propos que mon mari était en relation avec la Société des Dardanelles, précisa Lydia. (C'était le compte bancaire qui avait payé un chèque certifié de quatre-vingts livres à un M. Feketelo en octobre. Selon Razumovsky, qu'elle avait fini par joindre l'après-midi même, Ignace Karolyi avait quitté Constantinople le 27 octobre, aussi subitement que mystérieusement, et sous un autre nom.) Il a dit qu'il allait rencontrer un membre de la société ici à Constantinople, et je me demandais... C'est absurde, ajouta-t-elle en baissant la tête, mais je ne peux pas m'empêcher de me demander s'il y a une possibilité que ces gens sachent quelque chose... » Elle leva sur Zeittelstein des yeux éplorés. « Mais je n'ai aucune idée de leur identité, et je ne vois pas comment je pourrais la découvrir.

— La Société des Dardanelles ? répéta Zeittelstein en levant le sourcil. Le mystérieux Herr Fiddat ?

— Je crois que c'était ce nom-là. » Lydia prit une toute petite gorgée de l'excellent champagne de M. Demerci. « Ils sont bien de vos clients, n'est-ce pas ?

— Ha ha ! claironna Hindl. Elle sait tout, cette intelligente petite dame !

— Il est un de mes clients, corrigea Zeittelstein, la mine perplexe. Pour autant que j'aie pu le vérifier, cette société n'existe que sur le papier. C'est classique, à vrai dire. Ces sociétés ne font que verser de l'argent à leurs fondateurs. Fiddat... » Il eut une mimique découragée.

Lydia éprouva le sentiment de qui a fait mouche

avec sa flèche, non par l'effet du hasard, mais par la sûreté de son œil et de sa main.

Elle écarquilla les yeux.

« Qu'a-t-il de si mystérieux ?

— Tout. Un cas extraordinaire. C'est pour lui que j'étais à Berlin. Il avait décidé, sur un coup de tête évidemment, d'équiper d'un système de réfrigération la crypte romaine de son palais, dans le quartier du marché. Il lui fallait ce système sans délai, immédiatement. Quand on a constaté que la valve de la pompe à ammoniaque avait été fêlée pendant le transport, il n'a pas prétendu attendre, comme toute personne normale, que l'express de Berlin en convoie une autre. Non, il a déboursé cinq mille francs — presque deux cents livres ! — pour que je retourne en personne à Berlin, le jour même où on a découvert que la pompe était défectueuse, par la voie la plus rapide possible. Il m'a même indemnisé du montant des affaires que j'ai manquées ici du fait de ce contretemps.

— Ils sont très riches, ces Turcs, intervint sentencieusement Hindl. De biens mal acquis pour certains, je le parierais. La réfrigération fonctionne, vous devez le savoir, chère Frau Asher, par compression du gaz d'ammoniaque, beaucoup mieux que par l'ancien système à base d'anhydride sulfureux. L'anhydride sulfureux, qui est un composé chimique, présente l'inconvénient de devenir corrosif. Il dévore le mécanisme qui l'abrite, ha ha !

— Vraiment ? » Lydia lui décocha son plus radieux sourire et calcula très précisément l'instant où il était convenable de revenir à Zeittelstein, coupant court aux explications ultérieures de Hindl par un : « Et il était content de recevoir sa valve ?

— Je n'en suis pas certain, Frau Asher. Cet après-midi je n'ai rien trouvé qu'un monceau de messages hystériques de son agent... Est-ce que votre mari a déjà rencontré Herr Fiddat en personne, Frau Asher ?

— Non. Je croyais qu'il y avait peut-être une sorte de proscription à l'encontre des musulmans qui traitent des affaires face à face avec des chrétiens — enfin, pas des musulmans ordinaires... Il pourrait appartenir à une secte bizarre... de derviches, par exemple ?

— De derviches ? Je n'ai jamais rien entendu de pareil ! déclara Hindl occupé à grignoter avec entrain les hors-d'œuvre que proposait un serviteur sur un plateau d'argent. Et toi tu n'en connais pas plus que moi, ha ha ! dit-il en riant à Zeittelstein, qui riait aussi.

— Que je sache, en tout cas, répliqua ce dernier, depuis treize siècles aucun musulman n'a eu de problème pour traiter avec un Juif. » Son sourire s'effaça, ses yeux sombres au regard averti redevinrent pensifs. « Ce que je peux dire, c'est qu'il terrifie son agent. Je l'entends au son de sa voix. Pour ma part je soupçonne — mais je ne saurais pas dire exactement pourquoi — que ce Fiddat est un lépreux.

— Comme c'est extraordinaire ! s'écria Lydia, dont le geste, la voix et l'inclinaison de la tête sous-entendaient : *Je vous en prie, continuez !*

— Parmi les gens que je connais, personne ne l'a jamais vu, poursuivit Zeittelstein avec un coup d'œil vers Hindl pour confirmation.

— Oui, un type très mystérieux. » Hindl se détourna pour chercher le regard de leur hôte. M. Demerci s'approcha docilement, s'arrêtant ici et là pour sourire à l'un, dire quelques mots à l'autre.

« En somme, vous n'avez jamais vu ce M. Fiddat, insista Lydia, pas plus que vous n'êtes allé dans son palais ?

— Oh ! je suis allé à la maison des Lauriers-Roses, répondit Zeittelstein. J'ai passé dix jours pratiquement complets à assembler ce fichu compresseur — par quel froid sous cette voûte ! Mais j'ai toujours été accueilli à l'entrée par des serviteurs, qui me conduisaient à la crypte... et ils restaient là à me surveiller tout le temps que durait mon travail.

— Selon Hasan Buz — c'est le marchand de glace —, madame », intervint Demerci en s'inclinant poliment, ce qui le fit beaucoup moins ressembler à un pirate turc qu'à un ancien soldat qui aurait bien tourné, « c'est la même chose avec ses hommes qui viennent livrer la marchandise — une demi-tonne à la fois qu'ils empilent dans les corridors. Après quoi les serviteurs paient et les renvoient. Hasan doit les rétribuer le double. Ils disent que la maison est maudite.

— Où est la maison ? » demanda Lydia.

Un serviteur apparut entre deux colonnes très sculptées à l'entrée du salon de réception ; il eut un geste discret, et Demerci s'excusa, salua de nouveau et alla rejoindre l'homme.

« Elle est dans la partie la plus ancienne de la ville, expliqua Zeittelstein, entre la place d'Armes et la Sublime Porte, près du Bazar. Si vous longez la rue Çakmakçilar vers l'est à partir du han Valide, c'est la troisième rue en remontant la colline. La demeure est très étendue, elle couvre au moins trois anciens *hans*, mais la porte que j'emprunte se trouve là. Si l'on souhaite parler à Herr Fiddat, il faut suivre les murs jusqu'à ce qu'on trouve la porte principale, mais, personnellement, je ne m'y rendrais pas sans escorte... et je ne parle pas seulement de Lady Clapham.

— Oh ! sûrement pas ! renchérit Lydia dont le cœur battait vite.

— Grands dieux, non ! s'écria Hindl avec indignation. Une dame européenne dans cette partie de la ville ? »

Demain, décida-t-elle, jetant alentour un coup d'œil rapide en quête du prince. Avec Razumovsky et une paire de solides valets de pied de l'ambassade russe. *Mon Dieu, et si le mot de Karolyi était quand même sincère ?* Non, il mentait, sûrement il mentait, d'ailleurs la pratique qui consistait à dire *l'un de vos proches est un ennemi* était l'une des plus vieilles ruses du répertoire, Jamie le lui avait expliqué. Elle se demanda s'il fallait attendre la nuit pour inclure Ysidro à leur équipée ; le bon sens lui disait que même si Ysidro disposait du meilleur de ses forces — ce qui n'était pas le cas — il serait beaucoup moins risqué de s'introduire dans un nid de vampires aux heures du jour que la nuit. C'était se priver de l'assistance d'un expert, mais Ysidro pouvait aussi bien refuser de prendre part à un assaut en règle.

Demerci revint sans précipitation, l'air soucieux.

« Juste un mot d'avertissement, annonça-t-il posément. Ce soir le quartier arménien s'agite plus que de coutume. Quand vous rentrerez chez vous tout à l'heure, il serait préférable d'éviter de passer par le Beyazit.

— Ils ne vont pas faire intervenir l'armée encore une fois ? s'inquiéta Hindl, le geste impatient.

— On ne peut rien affirmer. Ils ne l'ont pas fait encore. Il s'est produit quelques meurtres assez... singuliers, et il n'en faudrait pas beaucoup pour que se réinstalle l'émeute. » Il s'inclina une nouvelle fois devant Lydia. « Il peut sembler dérisoire de ma part, madame, de vous demander de ne pas tenir rigueur à mon peuple des actions de l'armée et du gouvernement. Nous ne sommes pas des barbares, en dépit de ce que vous devez penser. Nous sommes des milliers et des centaines de milliers à être horrifiés devant les agissements de l'armée envers les Arméniens et les Grecs de cette ville. C'est une effroyable erreur que de mettre les fusils de demain à la disposition de l'ignorance d'hier. »

Pour la plupart, les invités paraissaient se soucier fort peu de la perspective de nouvelles émeutes, comme si elle ne les concernait en aucune façon. Herr Hindl essaya quelques plaisanteries sur la façon de gérer sa vie à l'étranger. Lydia s'interrogea sur les raisons de cette indifférence : la trop grande fréquence des émeutes depuis juillet, le fait qu'ils habitaient pratiquement tous à Pera, aussi préoccupés de vendre leurs équipements ferroviaires, leurs bottes militaires ou leurs installations de plomberie qu'elle l'était habituellement d'isoler les effets des sécrétions pancréatiques ? Quelques épouses d'attachés d'ambassade demandèrent leur voiture de bonne heure, mais Lady Clapham décréta sans ambages que c'était une sottise :

« Le plus tard sera le mieux. Le temps que le souper se termine, ils seront tous allés se coucher et nous pourrons accéder au pont directement sans nous soucier de détours. »

Elle a probablement raison, se dit Lydia. De toute façon le prince Razumovsky, qui avait une conception très russe du temps, n'était pas encore arrivé et, malgré sa fatigue, elle devait lui parler le soir même. Elle avait aussi la ressource de s'adresser à Sir Burnwell en lui demandant de l'aider à forcer le vieux palais pour retrouver Jamie, mais elle avait l'impression très nette que le résultat de sa démarche serait une suite de lettres polies à la Société des Dardanelles plutôt que la mise à disposition rapide de deux cosaques munis de gourdins.

Elle se résigna donc à attendre, trop tendue pour faire mieux que picorer l'aspic de homard et le lagopède des Alpes en sauce au poivre vert. A ses côtés Hindl et Zeittelstein échangeaient des hochements de tête navrés au sujet de l'*Elektra* de Strauss et les derniers potins croustillants du scandale où étaient impliqués le frère du Kaiser et un masseur de Vienne. Après le souper, la danse commença. Lydia se laissa enlever par Jacob Zeittelstein pour une valse, puis par le pasteur de la mission luthérienne américaine de Galata pour une écossaise des plus entraînantes, sans cesser un seul instant de guetter l'entrée de Son Altesse en bel uniforme vert, et d'un autre officier à la grâce de panthère, que même sans lunettes elle savait être Karolyi.

Elle s'inquiétait un peu d'avoir laissé Margaret dans leur logement de la rue Abydos en la seule compagnie de Mme Potoneros et de sa fille ; mais, en son absence, il était peu probable que Karolyi et son complice vampire — ou *ses* complices vampires ? — tentent même de pénétrer dans la maison. En tout cas le verrou de la porte d'entrée avait été réparé, celui de l'aile de la cuisine renforcé par un autre plus solide, et toutes les fenêtres de la maison festonnées d'ail et d'aubépine.

« Je peux faire venir à moi n'importe quelle personne dont j'ai rencontré le regard, lui avait dit un jour Ysidro durant une longue partie de piquet dans le train d'Adrianople — leur discussion portait sur *Dracula*. Quant à appeler à moi un étranger, ou à obliger quiconque à se débarrasser d'un objet en argent, ou de l'ail, des fleurs et des substances végétales qui nous brûlent la peau et la couvrent d'ampoules, c'est plus difficile. »

Avec un frisson, Lydia se demanda si le vampire turc, l'intrus de la nuit dernière, aurait été capable de lui faire enlever son collier d'argent, s'il lui avait parlé dans la rue précédemment, ou chuchoté quelque chose dans son rêve. Elle avait mis Margaret en garde contre Karolyi, et donné à leurs deux hôtesses la consigne de ne pas quitter la maison avant l'aube. Face au refus de l'accompagner d'une Margaret au visage blême marqué de deux taches rouges, elle avait pressenti qu'elle ne pouvait rien tenter de plus.

Elle se posta près d'une fenêtre aux lourds rideaux surplombant les remparts romains et la mer, pour surveiller les derniers arrivants — il se trouvait encore des diplomates et membres du nouveau gouvernement pour arriver à cette heure tardive — en espérant voir la haute silhouette de Razumovsky, quand une main froide lui effleura le coude et qu'une voix de zéphyr lui murmura « Madame ? » à l'oreille.

Durant la journée, elle s'était sentie très embarrassée au souvenir du sonnet, ne sachant comment elle allait lui parler, ni même si elle souhaitait lui parler. Mais sous l'implacable lumière électrique des lustres il avait son visage étranger de vampire, celui que devait lui renvoyer le miroir, orbites creuses et ossature du crâne visible sous la longue chevelure arachnéenne. Elle trouvait plus facile d'affronter ce visage que de subir l'illusion obsédante d'un regard de soufre où demeurait quelque chose de vivant et d'humain.

Sous sa cape il était en habit. Elle fut sur le point de lui demander s'il avait laissé à la porte sa faux et son sablier, mais s'en abstint en voyant l'expression de ses yeux.

« Ils sont en route pour la maison du Bey Olumsiz, dit-il de sa voix douce. Des Arméniens prêts à tout, par centaines, et qui crient vengeance.

— Mais comment ont-ils su...? Qui les a...? Ah! oui, les porteurs de glace, évidemment. Ils savaient où c'était.

— Et aussi les conteurs, dit Ysidro en lui prenant la main pour l'emmener à l'écart du côté des cuisines. Et les mendiants qui voient passer des ombres la nuit. Tous ceux-là savent. Jusqu'à présent ils avaient peur, mais le meurtre de leur prêtre a finalement libéré leur fureur et leur haine, et annihilé leur frayeur. Tenez, mettez ceci. »

Elle s'enveloppa de la cape noire, passa derrière les serviteurs qui lavaient la vaisselle, les garçons de cuisine apportant de la glace pour les seaux à champagne. Dans la cour des écuries, les cochers et les valets de pied se chauffaient autour d'un feu, et écoutaient d'un air inquiet le tumulte des voix qui s'élevait parfois au-delà des toits, interrompu de temps à autre par un coup de feu. Elle s'arrêta dans la ruelle, fouilla son réticule à la recherche de ses lunettes. Le décor devint subitement précis, et plus effrayant que dans la brume cotonneuse où il flottait de façon rassurante.

« Que s'est-il passé ? demanda-t-elle.

— Un prêtre a été tué. Et ensuite un vieillard, inoffensif vendeur de pâte de figue qui faisait la charité et avait plus de petits-enfants que le roi David. Meurtres de vampire, volontairement inconsidérés, destinés à être découverts, et à provoquer la fureur. »

Dans les ruelles étroites qui s'étendaient derrière l'hôtel particulier de Demerci, le brouhaha des voix devenait proche à faire peur. La lueur d'un brasier se reflétait sur le stuc et le bois, et les murs lépreux envahis de mauvaises herbes. S'ils me repèrent, se dit Lydia, ils m'agresseront simplement parce que je suis européenne...

Il était vraiment difficile de passer outre à cette idée, et à cette peur.

« C'est Karolyi, dit-elle. Karolyi et l'intrus, après que j'ai refusé de coopérer. Ils n'ont plus qu'à suivre la foule des émeutiers, et les laisser faire le travail à leur place. »

Une brèche entre deux maisons révéla à la lueur des torches un homme conduisant une voiture dont il ne restait que le siège du cocher — un homme à grande barbe grise vêtu d'une robe noire, qui brandissait un crucifix. Ceux qui l'entouraient portaient des flambeaux, des gourdins, des outils affûtés et pointus des métiers du marché. Des femmes poussaient des cris stridents de harpies.

« Et une partie de ce travail, fit à l'oreille de Lydia la voix imperturbablement froide, consistera à tuer James, et toute autre personne qu'ils trouveront dans le palais du bey. Si par hasard Charles ou Anthea sont présents, ils seront vraisemblablement faits prisonniers, sans aucune chance de s'évader. Votre constructeur de réfrigérateurs était-il de la fête ? »

Elle trébucha, il la rattrapa par le coude et la guida dans un passage entre des maisons, où un flot d'immondices noya ses souliers.

« Il dit que c'est près du *han* Valide, troisième rue en montant la colline...

— J'ai vu l'endroit, dit Ysidro. C'était l'un de ceux que je suspectais, mais je n'ai pas osé m'en approcher suffisamment pour avoir une certitude. » De minces éclats de lune se posaient fugitivement sur son visage, ses manchettes, son plastron, image en noir et blanc qui accentua l'impression qu'elle avait d'être menée en toute hâte par un squelette dans les rues insalubres de l'enfer. « Avec un peu de chance, nous atteindrons l'endroit avant la populace et aussi — dans l'hypothèse où James est toujours en vie — avant que le bey ne décide de l'exécuter pour s'assurer de son silence. »

XXI

Il lui fallait s'évader ou mourir.

Il avait été réveillé des heures auparavant par des tirs dans les rues. Allongé sur son divan, il avait écouté l'écho horrifié de la fureur, le ululement aveugle de la violence, refluant pour s'enflammer de nouveau, comme un ivrogne revenant sans cesse à la source de sa colère.

Ce fut bien plus tard dans la nuit, quelques heures avant l'aurore probablement, qu'il les entendit s'approcher de la maison. Même lors des émeutes de Tien-Tsin, les plus graves qu'il ait connues, c'était l'heure où les passions s'apaisaient. Mais ici quelque chose ou quelqu'un attisait les esprits, ranimait les ardeurs quand elles fléchissaient.

Pour la première fois, il distinguait parmi les cris et le brouhaha des mots qu'il connaissait.

Vlokslak. Hortolak. Ordog.

Ils venaient brûler la maison des Lauriers-Roses.

Les vampires vont s'enfuir, pensa-t-il. *Et le Bey Olumsiz va me tuer, plutôt que de me laisser raconter ce que j'ai vu.*

La lumière mouchetée de la lampe brûlant dans l'escalier soulignait toujours le dessin de la porte entrouverte.

La pensée de se lever l'épouvantait. Le simple fait de respirer lui donnait la sensation de recevoir des coups de hache au côté. Il roula avec précaution sur sa couche, réussit à poser les pieds sur le sol, content que le divan turc n'ait même pas la hauteur d'un tabouret pour traire les vaches. Le sol parut glacé à ses pieds nus, un souffle froid montait le long de ses chevilles, faisait frémir la longue chemise de coton dont quelqu'un l'avait revêtu quand on l'avait remonté dans sa chambre. Il trouva ses vêtements au bout du divan, et s'habilla assis. Le plus pénible fut de mettre ses bottines. Son bras bandé lui faisait mal, ses côtes cassées provoquaient des élancements qui lui coupaient la respiration, mais, connaissant les rues de Constantinople, il savait la nécessité d'être chaussé.

A sa très grande surprise, il arriva à la porte sur ses pieds. Au-dessous, la maison était silencieuse. Ils étaient probablement entrés par effraction de l'autre côté, par la crypte où on livrait la glace. S'ils le rencontraient dans la crypte, il y avait de fortes chances qu'ils l'exécutent sommairement avant de s'apercevoir qu'il n'était pas un vampire.

La descente des escaliers lui donna le vertige, mais il ne tomba pas. La créature de la crypte n'avait pas pu boire beaucoup de son sang, mais il en avait perdu une quantité non négligeable. Il éprouvait une soif intense. En bas, dans la cour, aucun bruit. La clameur de la foule ne s'y faisait pas entendre. Difficile dans ces conditions de résister à la petite voix intérieure qui voulait le persuader qu'il avait le temps de s'allonger sur ces sympathiques et confortables pavés pour se reposer un peu...

Il prit la veilleuse dans sa niche et continua. Dans la partie turque de la maison, la rumeur de la foule s'approchait fortement, marée grondante que rien n'arrêterait.

La pièce aux céramiques, la cour envahie d'herbe, les thermes romains. L'escalier profond, l'odeur affreuse d'ammoniaque et de brique mouillée... et de putréfaction.

La lampe ajourée révéla soudain la silhouette sombre debout à quelques mètres. Elle fit briller un regard de citrine, une lame argentée de hallebarde.

Haletant, Asher se plaqua contre le mur. Il comprit qu'il avait perdu.

Il n'avait même pas la force de fuir ; le bey le rattraperait aussi facilement qu'un fox-hound un faon estropié. Jeter sa lampe lui ferait gagner quelques secondes, mais...

« C'est Dieu qui vous envoie, dit calmement le vampire. Aidez-moi, je vous le demande. »

Il s'avança, tendit sa main aux serres d'acier couverte de bijoux scintillants.

« Les autres ont pris la fuite. Il faut que je le transporte quelque part où la foule ne le trouvera pas, avec assez de glace pour qu'il puisse passer la nuit. »

Asher leva sa lampe. Au fond du corridor, quelque chose étincela telle l'eau du diamant. De la glace enveloppée dans une toile cirée, une masse énorme de glace, bien plus qu'un simple vivant n'en pourrait porter. Et même avec la force d'un vampire, elle ne devait pas se laisser manipuler aisément. S'il fallait en outre se charger d'un corps dans ces escaliers tortueux, c'était tout à fait impossible.

« Je vous en prie, dit le bey. Ensuite vous agirez comme bon vous semble. J'ai ici les clefs des portes d'entrée. Vous serez libre de partir, par le Prophète, je le jure sur mon honneur. Mais aidez-moi à le mettre à l'abri, je vous en prie. »

Asher posa sa lampe. « Est-il capable de marcher ? »

Le bey fit un pas vers lui. La terrible tension qui l'habitait avait un peu cédé, cela se voyait au port de ses épaules, de sa tête rasée. Son regard orangé de reptile semblait vieux soudain, et infiniment las d'innombrables années de solitude.

« Je pense que oui, répondit-il, si on le soutient. Notre chair ne pèse pas aussi lourd que celle des vivants. »

Asher maintint son bras tandis qu'ils se faufilaient vers la crypte dans l'espace du couloir laissé libre par la glace. La dernière fois qu'ils s'étaient trouvés face à face, c'était ici même, alors que le bey lui enfonçait ses griffes dans la gorge. Ses blessures le lui rappelaient douloureusement sous leurs pansements chaque fois qu'il parlait.

« Vous savez que cela ne va pas régler votre problème », fit-il observer sans esprit de triomphe, mais avec une sorte de compassion pragmatique pour la créature qui était si visiblement au-delà de tout espoir même au cas où, par quelque miracle, on pourrait amener Ernchester ou un autre vampire à tenter d'achever la transformation.

Un accès de fureur semblable à celui qui avait failli le tuer ne l'aurait pas surpris de la part du bey, mais ce dernier se contenta de faire un geste fataliste.

« Qu'il passe encore la nuit, murmura-t-il, et encore une autre journée, et... la... transformation de la chair, quand elle intervient, est proprement miraculeuse. J'ai vu des vieillards décrépits retrouver la beauté de leur jeunesse, quand ils ont reçu le pouvoir de l'esprit du vampire. Mais quoi qu'il en soit, ajouta-t-il plus bas, même dans le cas où vous auriez raison, je ne peux pas l'abandonner. Il est... cher à mon cœur.«

Le corps que le bey sortit de la crypte était enveloppé d'une sorte de linceul de soie recouvert d'une toile cirée. Malgré cela il dégageait une odeur infecte, chose molle et répugnante dans les grands bras du vampire. Des boucles noires mouillées luisaient entre ses bandages, et de ses doigts ballottants suintait un fluide brunâtre. Asher eut un mouvement de recul ; il se rappelait le contact des lèvres gluantes bredouillant sur son bras. Le bey déposa près de lui son fardeau, passa un bras flasque autour des épaules d'Asher qui se contractèrent de dégoût. La tête bandée roula comme celle d'un homme ivre, les paupières livides, presque noires dans la pénombre, se soulevèrent sur des prunelles d'ébène qui exprimaient un paroxysme de souffrance et d'horreur, et une supplication muette.

La créature vivait.

« Il était beau », chuchota le Bey Olumsiz. Il se pencha pour réunir autour du tas de glace les coins de la toile cirée, les noua et glissa par-dessous sa hallebarde, qu'il avait laissée le temps de transporter la créature —

c'était la première fois qu'Asher le voyait sans son arme — en mettant le manche à portée immédiate de sa main. Le tout devait peser plusieurs centaines de livres, mais il le souleva facilement. Ce n'était pas le poids qui l'avait fait hésiter à transporter ensemble le garçon qu'il voulait sauver et la réserve de glace, mais plutôt l'incommodité de la manœuvre. Asher passa devant avec la lampe. Le garçon affalé sur son épaule tanguait comme un ivrogne. De près l'odeur était suffocante. Il essaya de ne pas penser à la consistance du bras qui s'accrochait si désespérément à son cou. Lui-même, avec ses côtes cassées qui lui meurtrissaient le thorax, tenait à peine debout.

« Il était beau physiquement, dit le bey, et plus beau encore moralement. Il avait l'ardeur du feu, mon Kahlil. C'était un jeune guerrier, loyal envers moi jusqu'au fond de l'âme. »

Et c'est ainsi que vous l'avez récompensé? pensa Asher. Pensée informulée, qui ne suscita donc pas la colère du bey, qui pourtant l'avait apparemment perçue.

« Je voulais le prendre ici à mon service, expliqua ce dernier. C'était du moins ce que j'avais prévu. »

Les cris de la foule résonnaient distinctement ; pardessus le toit de la maison turque, le ciel habituellement si sombre resplendissait de l'éclat des torches. L'atmosphère était lourde de fureur et de fumée.

« C'était infiniment douloureux. Je voulais faire de lui ce que je suis, le garder éternellement près de moi dans la splendeur de sa jeunesse. Mais je savais que cela ne m'était plus possible. Quand mon ami Tinnin fut tué sous le règne d'Abdul Mezid, il y a cinquante ou soixante ans, j'ai essayé d'en faire un novice. L'esprit du jeune homme est resté en vie, flamme brûlante en moi au moment du passage de sa mort, mais quand j'ai rendu cette flamme à sa chair, la mutation ne s'est pas faite, la chair ne s'est pas transformée. Le corps du novice est entré en putréfaction — jusqu'à ce que, par pitié, je le délivre en lui tranchant la tête. J'avais déjà eu un ou deux échecs semblables, il y a longtemps. Ils n'avaient pas eu de suite. Mais, après l'expérience qui suivit la mort de Tinnin, le pouvoir ne revint pas. »

Il eut un rire muet rempli d'amertume. La lumière mouvante marbrait sa haute silhouette drapée de longues robes, qui évoquait le tigre. Les joyaux qu'il portait reflétaient la rougeur du ciel, ainsi que le chargement de glace, monstrueux rocher de Sisyphe placé sur son dos par des dieux hilares.

« Depuis j'ai essayé à trois reprises, peut-être quatre. Je savais que j'avais peu de chances de faire passer Kahlil à l'état de vampire. J'y vois la dérision de Dieu à mon égard : j'avais trouvé le seul être en qui je pouvais mettre ma confiance, le seul qui pouvait m'aider, et j'avais déjà dilapidé ma faculté de donner l'immortalité pour des gens comme Zardalu, la kadine Baykus et cette vieille sorcière de Zenaïda qui se cache dans le vieux harem, uniquement parce que j'avais besoin d'individus auxquels je pouvais dicter mes volontés.

— C'est alors que l'intrus est arrivé. »

La montée des escaliers donnant sur la cour de l'ancien *han* était la plus dure. Là où régnait le silence, on entendait maintenant des hurlements, et une fumée âcre flottait dans l'atmosphère. Asher replaça la lampe dans sa niche. Soutenir son fardeau dans cette longue ascension lui demandait un effort considérable, car ses blessures le faisaient souffrir à chaque pas. Sur ses talons, le bey portait toujours son énorme et peu maniable ballot de glace qui gouttait.

« Gölge Kurt », acquiesça-t-il d'une voix douce dont Asher avait l'impression qu'elle résonnait dans son oreille même, tandis que sous ses bandages Kahlil émettait des vagissements rauques de douleur. « Le Loup de l'ombre. Dieu sait d'où il vient, et par qui il est devenu vampire. Une sorcière grecque, sans doute, qu'il a fuie ensuite... C'est un Turc de la race des Jeunes-Turcs, de ces paysans des plateaux à qui on a donné des fusils et des fantasmes de règlement. Je l'ai vu pour la première fois juste après le coup d'État, quand toute la ville était plongée dans le désordre. Il avait déjà fait un novice — aussi facilement qu'il aurait craché — pour provoquer mon pouvoir. J'ai tué le novice, mais lui, je n'ai pas pu le tuer. Ensuite, je n'avais plus le choix. »

Ils étaient arrivés dans la chambre en longueur. Asher, la main pressée sur le flanc, se laissa tomber sur le divan avec le cadavre vivant emmailloté de linges et de toiles. Le bey dénoua la toile cirée pour laisser la glace se répandre bruyamment dans le fond carrelé du bassin ; Kahlil, au lieu de s'étendre sur le divan, resta à côté d'Asher, agrippé à lui de toutes ses forces, comme si le contact d'un vivant le réconfortait. Et malgré sa puanteur, sa chair en décomposition, son aspect horrible sous ses bandages, Asher n'eut pas la force de repousser cet être qui souffrait.

Le bey s'approcha, souleva tendrement le corps du garçon, le transporta jusqu'à la glace. En les contemplant dans la lumière dansante des lampes fixées aux murs, Asher se demanda avec amertume par quel mystère tant d'hommes s'abritaient derrière ces mêmes mots : *Je n'avais pas le choix*, quand il s'agissait de ce qu'ils voulaient, et même de ce qu'ils aimaient.

Ernchester, quand il avait tué Cramer.

Karolyi certainement, s'il lui arrivait de penser.

Et lui aussi.

Le Bey Olumsiz s'agenouilla sur les marches du bassin, et prit entre ses mains le moignon putréfié qui avait été la main d'un jeune homme.

« Alors vous avez tenté de faire de lui un vampire, dit calmement Asher. Malgré ce que vous saviez. »

Le bey hocha une seule fois la tête.

« Et quand vous avez constaté que, si son esprit vivait, son corps commençait à se décomposer, vous avez mandé Ernchester.

— Lui, je pouvais le dominer, avoua le bey avec simplicité. Je le connaissais, je savais qu'il était faible. Il pouvait engendrer des novices mais n'aurait pas la force de leur commander. Dès qu'il serait loin de la femme qui est la sienne...

— Et qui l'aime, interrompit Asher. Qui s'occupe de lui comme vous vous occupez de Kahlil. »

Le bey ne daigna pas lever les yeux, qu'il garda fixés sur son ami. Il se contenta de secouer la tête lourdement pour signifier son désaccord, en un geste animal impatienté et obtus, comme s'il ne comprenait pas les paroles d'Asher. « Les femmes n'aiment pas. Pas comme les hommes. Pas comme un homme aime celui qu'il s'est choisi pour fils, entre tous les êtres de l'univers. Aucun amour ne peut se comparer à celui-là. »

Sans doute, pensa Asher. Vampire jusqu'à la fin, même quant à la nature de son amour. Le bey ne prenait pas le temps de réfléchir, ni de se justifier. Son amour était unique, et parce qu'il l'était — et que c'était le sien — cela justifiait tout le reste.

« Mais sans le pouvoir du sultan, poursuivait-il, j'en étais réduit à me faire aider par qui je pouvais. J'ai trouvé Karolyi. Un sauvage, en dépit de ses bonnes manières. Un Hun Magyar. Je crois qu'il avait déjà une idée de ma situation avant que je l'aie fait venir pour lui demander son aide. Il avait dû s'interroger déjà sur l'usage qu'il pourrait faire des morts vivants — au nom de son pays, bien sûr. »

Il se pencha pour toucher le front du garçon qui gisait immobile sur son lit de glace. Les blocs inégaux, transparents et luisants, captaient la faible lumière ambrée, tels des diamants monstrueux, et la renvoyaient sur les murs en arcs-en-ciel un peu fous.

« J'ai pu tenir Gölge Kurt à distance un temps.

Je pense que tout se serait arrangé si Karolyi n'avait pas choisi de tirer parti de l'occasion, en essayant d'obliger Ernchester à entrer au service de son pays. » Ses yeux, dans leurs orbites noires, brûlèrent d'une fureur ancienne. « Son *pays* ! Nous, les morts vivants, avons du moins été des humains jadis. Nos péchés sont humains. Exagérément grossis, certes, mais humains. Mais ces pays, ces nations ne sont pas humains. Ils se soucient peu des moyens qu'ils prennent, pourvu qu'ils servent leurs intérêts. Ils se soucient peu de leurs actes, et leurs péchés vont bien au-delà des nôtres, ils sont d'une autre nature, au sens propre. Vous avez servi de cette façon-là, Karolyi me l'a révélé, lui qui est creux intérieurement, lui qui n'est rien parce que son "pays" l'exige ainsi. Vous pouvez donc comprendre.

— Oui, dit Asher qui se souvenait, je comprends.

— Karolyi m'a donc fait attendre. Et Gölge Kurt a mis ce retard à profit pour conquérir du territoire, et apprendre un peu mieux la ville. Quand Ernchester a tenté d'y entrer pour répondre à ma convocation, je crains qu'il n'ait été intercepté par Gölge Kurt, fait prisonnier et réduit en esclavage. J'ai cru qu'en prenant sa femme au piège à travers vous, je pourrais attirer à moi Ernchester... Ou, au pire, me servir d'elle pour rendre à Kahlil son intégrité. Mais rien ne s'est produit, et maintenant c'est la fin. »

Des cris éclatèrent dans la cour, auxquels répondaient d'autres cris en différents points de la maison. Aux fenêtres qui entouraient chacune des coupoles, le ciel était rouge comme un linge qui a épongé du sang. Le bey fouilla sa tunique, lança à Asher un objet qui en volant jeta une étincelle. C'était une clef.

« Fuyez, dit-il. La première lueur du jour n'est plus très loin. Ils seront partis d'ici là, et ne viendront pas ici. Ils ne remarqueront pas l'escalier, même s'ils se trouvent à son pied et qu'ils lèvent les yeux. Tel est encore mon pouvoir. »

Il réfléchit un instant, puis il prit sa hallebarde et la fit glisser sur le sol en direction d'Asher.

« Vous pourriez faire une mauvaise rencontre, dit-il. Si c'est Gölge Kurt, tuez-le. Oh! pas pour moi. C'est un homme de la nouvelle génération, qui essaiera d'acheter le pouvoir de quelque pays qu'il vienne, s'il pense qu'il peut le lui procurer. Et à toutes les conditions demandées. Il est de la même espèce que votre Karolyi. Je n'ai voulu qu'un seul novice. Ils en voudront des centaines à leur service. Je préfère ne pas penser à ce qui en résultera. »

Il secoua sa lourde tête, revint au garçon couché sur la glace. D'une voix si basse qu'elle en était presque inaudible, murmure d'un esprit qui s'efface, il ajouta :

« Et puis... je vous remercie, Schéhérazade. Merci de m'avoir aidé. »

Asher s'attarda un moment sur le seuil, appuyé sur la hallebarde d'argent. Il frissonnait, car il avait arraché son manteau imprégné d'une odeur de mort — et seul le froid glacial l'avait retenu de se dépouiller aussi de sa chemise.

Combien d'hommes le bey avait-il tués, médita Asher avec un dernier regard à la silhouette drapée de robes dorées, courbée vers la figure pathétique du garçon dans son linceul, sur son lit funéraire de joyaux de glace étincelants. Autant qu'une guerre, certainement. Karolyi se justifierait de la même façon — ainsi qu'il l'avait fait lui-même, à diverses reprises. A l'époque, il était même possible qu'il n'ait pas eu tort.

Péniblement, en s'appuyant sur la hallebarde, il descendit le long escalier. Dans la cour le bruit était plus fort. Il provenait du passage voûté qui menait à la maison byzantine. Des cris, des bruits d'objets précieux qu'on cassait, le martèlement sourd de pas précipités. La fumée qui sortait de l'arcade brûlait les yeux et masquait la lumière. Trop de fumée, et trop dense, pour des torches. Quelque part la maison flambait.

Jambes tremblantes, il s'adossa à la colonne du pied de l'escalier. Aurait-il encore la force de suivre la colonnade, traverser la cour, puis les cryptes... ?

Ensuite... il pensa à sa maison.

Si Gölge Kurt devenait Maître de Constantinople — et Asher savait qu'à présent, il n'avait pas l'énergie de l'en empêcher — il ne faudrait qu'un peu de temps pour que Karolyi, ou quelque autre ambitieux tout aussi fanatique du triomphe de son pays, sache le convaincre de devenir une arme aux mains de son État.

Ce serait alors l'avènement d'un âge nouveau.

Il en informerait Clapham, mais Clapham ne le croirait pas, c'était évident. Même la redoutable Lady Clapham le penserait en proie au délire. Il fallait être né et avoir été élevé dans ce contexte, comme Karolyi, pour croire à ces choses, et y croire suffisamment vite. Razumovsky le croirait, et l'aiderait à rentrer chez lui... mais Razumovsky négocierait avec Karolyi en vue d'obtenir ce qu'il pourrait. La Bulgarie pour vous — l'Inde pour nous.

Et l'infection s'étendrait.

Une silhouette sombre jaillit du passage voûté dans la cour, et se dirigea droit vers l'escalier. L'homme marqua un temps d'arrêt en le voyant, le regard noir flamboyant, et Asher comprit tardivement qui il était. Grand pour un Turc, les cheveux noirs, le nez recourbé en forme de cimeterre, la moustache féroce en brosse drue, il avait réellement les yeux d'un loup. L'examen d'Asher ne dura qu'une fraction de seconde ; il n'eut pas le temps de lever la hallebarde qui lui servait de béquille pour la rendre à sa fonction d'arme que le vampire l'avait balayé d'un coup qui le plaqua au mur. La respiration coupée, il eut l'impression qu'une épée lui avait traversé le flanc. Le temps de retrouver son souffle, il rouvrit les yeux pour voir le vampire à mi-chemin de l'escalier, souple et silencieux comme un lion dans ses vêtements kaki tout déchirés.

Il faut que je le poursuive..., se dit Asher, mécontent, mais il se savait incapable de l'attraper, incapable même de monter plus d'une marche sans souffrir le martyre...

Gölge Kurt n'était pas seul. Pour avoir déjà vu des vampires courir — sans aucun bruit et dans un état inquiétant d'apesanteur — Asher savait que la forme sombre irréelle de fragilité qui débouchait à son tour dans la cour appartenait aussi à un vampire. Avant même qu'il comprenne que c'était Ysidro — *Ysidro ?* mais amaigri, émacié, spectral —, le vampire de Londres fondit sur Gölge Kurt sans un son, à la manière d'un faucon, avec un coup meurtrier de ses griffes qui l'aurait égorgé si l'autre, par impossible, ne l'avait entendu et n'avait esquivé l'attaque au tout dernier moment.

Ils entamèrent une lutte corps à corps et tombèrent enlacés sur les marches en se déchirant de leurs griffes ; et voici qu'un troisième vampire émergé de l'obscurité bondit dans l'escalier. Celui-là, Asher le reconnut immédiatement, bien que de manière indéfinissable il parût avoir changé plus encore qu'Ysidro. La dernière fois qu'ils s'étaient parlé, à la lumière de l'incendie ravageant le sanatorium de la forêt de Vienne, au moins Ernchester, même déchiré par l'indécision et le chagrin, s'appartenait encore. Il avait maintenant le visage vide, aussi fané, aussi passé que les guenilles de son vieux manteau noir et de son pantalon terreux ; ses yeux bleus n'étaient plus que des fragments de verre terni. Il saisit Ysidro par les bras, le tira hors de la silencieuse mêlée de griffes et de dents, puis le maintint immobile tandis que Gölge Kurt arrachait de sa ceinture un long couteau de soldat. Le poignard eut le temps d'entailler la poitrine d'Ysidro comme celui-ci détournait la lame d'un coup de pied, puis son visage, alors qu'il se libérait souplement de la poigne d'Ernchester...

Un coup de feu claqua entre les murs de la cour intérieure. Ysidro se plia, s'affala sur les marches comme un objet cassé entre Ernchester et Gölge Kurt surpris par la détonation.

Ignace Karolyi sortit alors de la colonnade, de l'autre côté de la cour. Il avait en main un pistolet de l'armée dont le canon fumait.

« Allez-y, je vais l'achever. » Il s'exprimait en allemand.

Gölge Kurt considéra la forme noire et blanche effondrée au pied de l'escalier. Du sang luisait sombrement sur sa face et sa gorge là où les griffes d'Ysidro avaient éraflé la chair, mais pas une goutte de sueur ne perlait. Il ne haletait pas non plus — en fait, il ne respirait pas du tout.

« Il fait semblant, dit-il. Je n'ai jamais vu une balle arrêter l'un de nous.

— C'est que vous n'avez jamais entendu parler des balles à tête d'argent, mon cher Kurt, sourit Karolyi. C'est un remède souverain contre le Mal. Il faudra vous en méfier, quand vous travaillerez pour nous. »

A cette dernière phrase, une lueur de circonspection brilla dans l'œil sombre de Gölge Kurt. Il sourit néanmoins, sourire de démon fabriqué à l'usage de l'homme.

« Quand bien même. Sharl... »

Charles Farren, troisième comte d'Ernchester, était descendu s'agenouiller près du corps d'Ysidro, main pressée sur la bouche.

« Simon... » chuchota-t-il, mi-incrédule ; Asher, toujours appuyé dans l'obscurité au fond de la travée d'une boutique, sut alors qu'il ne s'était pas trompé. C'était bien Ysidro, mais dans quel état... « *Simon...* insistait Ernchester.

— Viens », ordonna Gölge Kurt qui remontait déjà l'escalier. Le ton rappela à Asher celui du bey envers Zardalu une nuit, dans le jardin.

Ernchester leva des yeux hagards, visiblement en proie à une lutte intérieure pour recouvrer un semblant d'existence. L'air était saturé jusqu'à la nausée de l'odeur du sang.

« Cet homme..., commença-t-il timidement.

— *Viens.* »

Ernchester tressaillit. L'autre pourtant ne l'avait pas touché, n'avait pas esquissé un geste. Les vampires n'accusaient généralement pas leur âge. Ernchester, lui, montrait un visage égaré, marqué par ces siècles d'immortalité où il n'avait jamais eu un seul instant de liberté.

Il se leva et suivit Gölge Kurt. Les deux vampires grimpèrent les escaliers comme des ombres.

Karolyi traversa la cour en armant son pistolet. Du fond de la travée jusqu'au bas de l'escalier, Asher avait trois grandes enjambées à couvrir : trop pour éviter de prendre lui aussi une balle dans la poitrine. Il s'apprêtait à lancer la clef qu'il n'avait pas lâchée, pour créer une diversion et se donner le temps de bondir, quand une voix appela depuis la voûte :

« Mr. Karolyi ! »

Karolyi se retourna, surpris.

Si Asher n'avait pas passé au service de Sa Majesté dix-sept années à s'accommoder de l'imprévu total, la voix de Lydia l'aurait dérouté au point de le mettre dans un état de choc horrifié... en lui faisant perdre le bénéfice de ce très bref instant de distraction. *C'était* la voix de Lydia, il le sut en prenant son élan. Deux enjambées rapides, et la lame de sa hallebarde vola vers le cou de Karolyi. L'Autrichien se retourna vivement, et tira. La balle fit sauter un morceau du plâtre rose de l'arcade où se tenait Asher, qui retourna son arme et en assena le manche sur la tempe de son adversaire.

Karolyi tomba en arrière ; son pistolet lui échappa des mains, mais il se saisit du manche de la hallebarde. Les deux hommes s'empoignèrent. Quelqu'un fit alors irruption du salon — quelqu'un qui était Lydia, indubitablement et sans discussion possible — avec un grand chandelier de bronze qui s'abattit sur le dos de Karolyi. La bouche grande ouverte, celui-ci tituba. Asher le frappa fort au ventre, puis le poussa violemment, se baissa et saisit le pistolet tombé à terre — tandis que Lydia reculait hors de portée et attendait, haletante, sa chevelure rousse répandue en désordre sur ses épaules comme celle d'une sirène, en robe verte déchirée et longs gants du soir, le cou ruisselant de perles et d'argent.

Karolyi recula, mains levées, pantelant. La lueur de l'incendie aux fenêtres de la maison byzantine éclairait la scène de façon effrayante.

« Mon cher docteur Asher, souffla-t-il, vous ne pouvez pas me tuer, vous le savez. » Il y avait dans son regard et dans sa voix une ironie désabusée proche de l'amusement, la même lueur qu'Asher lui avait vue à Vienne, quand Karolyi l'avait salué alors qu'on le conduisait en prison.

C'était un jeu. Le Grand Jeu.

Il portait les vêtements grossiers d'un travailleur, maculés de sang et de boue. Ses cheveux noirs lui tombaient dans les yeux. Mais son apparence, qu'il se présente ainsi ou sous le splendide uniforme des Hussards, n'avait jamais été qu'un déguisement.

Creux intérieurement, comme l'avait dit le bey.

« Ces crétins de métèques ont crevé les conduites de réfrigération dans la crypte, dit-il. Je les ai entendus suffoquer dans mon dos. L'endroit est bourré de gaz ammoniac qui se répand partout. Je connais une autre issue.

— C'est vrai ? » demanda Asher.

Lydia acquiesça. Elle se tenait un peu à l'écart, au centre de la cour ; la lumière du brasier, reflétée par les ronds de ses lunettes, mettait dans ses cheveux un festival de reflets allant du cuivre au cinabre.

« Nous étions juste derrière eux, Ysidro et moi. Il m'a couvert la figure de sa cape... » Elle jeta un regard vers la forme silencieuse recroquevillée dans son sang au pied de l'escalier, mais n'ajouta rien.

« Vous ne pourrez jamais sortir d'ici sans moi, insista Karolyi en baissant un peu les mains. A vrai dire vous avez l'air à peine capable d'aller où que ce soit, si vous me permettez. Ils ont déjà tué deux des serviteurs du bey. Nous ne tarderons pas à tomber sur eux. Ils vont vous croire exactement dans le même cas.

— Et pas vous ?

— Moi ? (Il écarquilla les yeux, amusé.) Vous devriez me connaître mieux que ça, je trouve !

— C'est lui qui est à l'origine de l'émeute, dit tranquillement Lydia. Lui et Gölge Kurt.

— C'est inexact, madame. Depuis des jours les Arméniens ne rêvaient que de recommencer à se battre. » Il revint à Asher avec un sourire pitoyable. « Le résultat, c'est que nous sommes dans l'impasse, voyez-vous. Et vous feriez bien de vous décider vite, parce que vous n'êtes pas loin de vous évanouir, ce qui dans l'immédiat serait sans doute de mauvaise politique. Je peux au moins vous sortir d'ici vivant, vous et votre femme — et c'est là le plus important. »

Il avait raison, réfléchit Asher. Chacun de ses mouvements lui donnait la sensation d'un coup de poignard dans les côtes, et il sentait se refroidir ses extrémités. Quant à Lydia, Dieu seul savait comment cette foule pouvait la traiter...

« Venez donc, dit Karolyi en tendant la main. Concluons une alliance temporaire, offensive et défensive, comme les nations en font sans cesse. Vous ne pouvez pas me reprocher d'avoir fait quoi que ce soit que vous n'auriez fait vous-même. Vous auriez agi exactement comme moi, et exactement pour les mêmes raisons.

— C'est possible », dit Asher qui revoyait la prostituée à Paris, et le mendiant dans la ruelle, à qui il n'avait pas porté secours. Cramer qui riait en suggérant d'aller à Notre-Dame chercher un crucifix. Le cadavre de son guide tchèque, tant d'années auparavant, dans les Alpes dinariques. Fairport agonisant à la lumière du sanatorium en flammes. Et le dernier regard de Jan van der Platz, un regard totalement dérouté, qui refusait de comprendre. Il ressentait vis-à-vis de lui-même une étrange distance. Le monde se résumait à ce visage très beau qu'il avait vu il y avait... combien de temps ? Presque trois semaines, à Charing Cross. « Oui, j'aurais agi comme vous. C'est pourquoi j'arrête. »

Et il abattit Karolyi d'un coup de feu en pleine tête.

Ensuite, sans transition lui sembla-t-il, il se trouva appuyé contre Lydia qui le soutenait en le maintenant sous les bras. C'était l'élancement de ses côtes qui l'avait sorti de son inconscience momentanée. Il la serra convulsivement contre lui, pressa son visage sur le sien.

« Lydia...

— Jamie... oh, Jamie... »

Il semblait dérisoire de lui demander comment elle avait retrouvé sa trace. Par Ysidro, pensa-t-il, et il se retourna au moment même où elle se détachait de lui pour courir vers celui qui gisait sur le pavé ensanglanté, comme un cerf-volant fracassé.

« Simon... »

La main squelettique remua, s'empara de la sienne.

« Suivez-les.

— Mais vous...

— J'irai bien dans un moment. »

Elle écartait précipitamment sa jaquette noire, révélait la chemise blanche presque aussi noire de sang.

« Ne soyez pas ridicule, vous ne pouvez pas...

— Elle m'a traversé... Cela va me rendre malade un moment... l'argent... brûle... »

Il souleva la tête, et ses longs cheveux tachés de sang quittèrent son visage. Asher le contempla avec consternation. Comme il avait changé depuis qu'il l'avait quitté, un an plus tôt...

« Partez », dit-il dans un souffle. Le sang sourdait entre les doigts décharnés qu'il pressait sur son flanc. « L'un et l'autre auront à mourir, le vivant et le mort vivant qui a accepté son marché. Ainsi le veut notre pacte, madame, ajouta-t-il encore plus doucement. C'est pour l'honorer que je suis venu ici avec vous. »

Asher se cala contre le mur le plus proche, et vérifia la chambre du revolver. Il restait quatre balles, toutes argentées. Il allait dire : *Reste avec lui*, quand un fracas éclata sous le passage voûté, accompagné d'un torrent de fumée et d'une bordée de jurons. La folie était dans l'air. Il dit : « Reste derrière moi », mais ce fut Lydia qui l'aida à gravir les escaliers.

De la galerie s'exhalait une odeur putride d'abattoir. La porte était ouverte. Asher s'y engouffra, l'arme pointée, en se soutenant de sa main libre sur l'épaule de Lydia.

Le silence régnait dans la longue pièce. Les quelques lampes portaient des ombres immenses. Çà et là luisaient des flaques poisseuses de sang sombre.

En fait l'endroit baignait dans le sang. Il imprégnait les tapis, coulait le long des marches carrelées du bassin où il se mêlait à la glace fondante, éclaboussait les murs, les colonnes, le divan. Asher s'avança d'un pas, l'estomac soulevé, le cœur battant à grands coups, et des formes lui apparurent, ruines lamentables d'un champ de bataille.

Cette grande silhouette de dragon assassiné, rutilante de sang et de joyaux, était le Bey Olumsiz. Dans l'obscurité, Asher crut voir qu'il avait la gorge en grande partie ouverte, les viscères répandus parmi la soie en lambeaux de ses robes. Était-ce un effet de la flamme d'une bougie ? il lui sembla que les yeux orange bougeaient. Sur la main ouverte reposait le poignard d'argent, dégainé et couvert de sang. A côté du bey gisait quelqu'un dont la redingote déchirée laissait voir la chair boursouflée et noircie par la blessure de l'argent, dont les courts cheveux blonds étaient englués d'une matière immonde.

Asher appela doucement : « Charles... »

Et Ernchester remua. Il n'était pas en état de parler, ni de se redresser, mais il agita la main en un geste spasmodique, désespéré, un geste d'avertissement. Asher se retourna en se jetant contre le mur, et tira en direction de l'ombre qui se précipitait sur lui depuis la porte. La balle se perdit ; il tira encore ; un voile noir lui enveloppa l'esprit, l'aveugla, et la douleur lui meurtrit le côté, l'épaule, le cou. Il roula contre l'un des piliers du fond dont quelqu'un — Lydia — vint le dégager. Il reprit ses esprits juste à temps pour voir Gölge Kurt s'approcher des corps ensanglantés et désarticulés d'Ernchester et du Bey Olumsiz.

Il se déplaçait lourdement, sans la promptitude aérienne, fantomatique, d'Ysidro. Asher devina qu'il n'était pas vampire depuis longtemps.

Lydia arracha l'un de ses longs gants, tâtonna parmi ses nombreux colliers de perles et d'argent. « Mets-les », dit-elle en tendant deux chaînes à Asher, qui s'aperçut que Gölge Kurt se tenait entre eux et la porte.

Il obéit, sachant que cela ne changerait pas grand-chose.

Le Bey Olumsiz remuait. Gölge Kurt le visa à la tête avec le pistolet de Karolyi et fit feu. La détonation résonna comme un coup de canon dans la pièce en longueur. Dans son trou de glace Kahlil poussa un cri insoutenable ; le Turc se tourna vers lui, et tira d'où il était. Le corps du garçon tressauta, puis demeura inerte.

Gölge Kurt souriait.

« Je ferais bien de vous donner en pâture à mon ami, je crois, dit-il en touchant Ernchester du pied. Nous sommes blessés, et le goût de la mort nous guérira. Mais, avec l'argent du poignard qui brûle au fond de ses plaies, il est probable qu'il est trop mal en point. Alors je pense que je vais vous garder tous les deux pour moi tout seul. »

Son sourire s'élargit ; il se mit à rire franchement, tête renversée et joues gluantes, du sang coulant des éraflures causées par Ysidro.

« Je vais le retenir, dit Asher très bas. Toi, cours à la porte. »

Elle dut savoir que c'était sans espoir, car elle obtempéra. Elle souleva ses jupes dans un murmure de soie. « Je t'aime, Jamie. »

A l'autre bout de la chambre, la porte se ferma comme se ferme le couvercle d'une tombe. L'ombre qui était là tourna la clef d'un type ancien. La redoutable lame courbe de la hallebarde jeta une étincelle.

Gölge Kurt tourna la tête.

Elle était là comme une apparition, une sorcière tout droit sortie d'une tombe anonyme, sale dans ses haillons d'un bleu lumineux, la mer d'ébène de sa chevelure bouclée souillée de sang. Ses yeux bruns avaient la mystérieuse justesse qu'on voit parfois aux confins de la folie : des yeux de démon emplis d'une calme certitude. Elle avait du sang sur la bouche, et sur les mains jusqu'au coude, mais l'or de son alliance brillait.

Gölge Kurt pointa sur elle le pistolet et tira. Elle s'était avancée sans attendre le déclic indiquant que le barillet était vide et, d'un violent coup de lame, lui trancha la main au poignet.

Le sang gicla des artères. Le vampire hurla, voulut se jeter sur elle mais dut reculer devant l'arme qui lui cingla la face et la poitrine, en pressant à pleines mains ses plaies que l'argent boursouflait d'ampoules.

« *Orospu* ! » brailla-t-il dans un accès de rage qui n'avait rien d'humain. « Putain d'infidèle ! »

Elle avança encore, lui taillada les jambes, les pieds, les cuisses. Il tenta de se hisser jusqu'à l'une des niches qui abritaient les lampes pour sauter de là vers les fenêtres cernant la coupole, elle lui sectionna les jarrets. Il retomba avec des cris affreux en agitant le moignon de main carbonisé qui lui restait, et ne put pas se relever. Elle avait gardé un visage impassible, où les larmes ne cessaient de couler de ses yeux vides de démon.

Elle ne cessa que lorsqu'elle l'eut acculé dans un coin, ruisselant de sang qui jaillissait en fontaine sur ses jupes, éclaboussait le sol et les murs. Elle le contempla alors avec un sentiment de paix intérieure bien au-delà de la haine ou de la compassion.

« Vous l'avez tué, dit-elle sans brusquerie. Vous l'avez laissé essuyer le plus fort du combat, et détruire le maître que vous espériez supplanter. Vous ne vous êtes pas plus soucié de son sort que ne l'avait fait ce bey, ce... ce maître. Le jour va se lever très bientôt. »

Gölge Kurt fit mine de s'élancer en avant, mais ses tendons coupés ne lui permettaient que de s'affaler sur les coudes et les genoux, dans une pluie de sang épaisse et fétide. Elle s'écarta hors de sa portée et, abaissant les yeux sur lui, elle appela sans tourner la tête :

« Charles ? »

La silhouette brisée qui gisait près du bey dans une mare de sang remua, et parvint à tendre une main vers elle. Asher crut entendre une voix murmurer, aussi faiblement qu'une feuille d'automne poussée par le vent gratte un sol de marbre : « Ma bien-aimée...

— Oui, mon amour, répondit-elle, la voix un peu tremblante, sans quitter des yeux Gölge Kurt. Tu n'as jamais voulu cette vie, n'est-ce pas ? demanda-t-elle avec douceur. Tu ne voulais pas poursuivre cette existence de mort vivant qui ne vivait pas...

— ... ne... sais pas. » Ernchester bougea encore la main, essaya de lever la tête. Les chandelles presque totalement fondues montrèrent sa gorge tranchée à moitié.

Asher ne comprit pas comment le mourant pouvait encore émettre un son. « Me... rappelle pas... ce que je voulais. Seulement que... je ne voulais pas te quitter.

— Ni moi quitter la vie si notre amour en faisait partie, quoi qu'il en pût coûter à mon âme. Tant de nuits, tant de nuits où il fallait tuer, pour pouvoir ne pas mourir... Et toi, qui tuais pour pouvoir rester ici avec moi... C'est cela ?

— J'avais choisi... »

Elle recula pour s'agenouiller près de lui, tout en surveillant celui qui perdait son sang sur le sol. Sa main tenait encore l'arme d'argent du Maître ; l'autre vint se poser sur les cheveux grisonnants d'Ernchester.

« Je comprends, dit-elle. Nous choisissons tous. Et sous peu il sera temps pour nous deux de partir. »

Le regard noir dilaté d'horreur à présent, Gölge Kurt libéra sa fureur en lui lançant une bordée d'insultes et d'imprécations en allemand, en turc et en mauvais français. Elle écouta, le visage imperturbable.

« Ce n'est pas moi qui l'ai amené ici, criait le vampire. Ce n'est pas moi qui l'ai mis dans cet état...

— C'est vous qui l'avez attendu parmi les tombes. Vous qui vous êtes servi de lui, qui avez pris barre sur lui parce qu'il est ce qu'il est, faible... Croyez-vous que j'ignorais, cachée dans les citernes et les catacombes de cette ville, que vous arpentiez ses rues avec lui pour faire la guerre au bey ? Croyez-vous qu'il m'a échappé dans mes rêves que vous avez occulté son esprit pour l'empêcher de s'apercevoir que je le suivais, que je le cherchais ? Vous tuer n'est rien. »

La lumière jaune effleura son visage comme elle effleurait la lame ruisselante de la hallebarde. Aucun son ne se faisait plus entendre à l'extérieur. Au-dessus, les carreaux des fenêtres se découpaient sur un ciel cendré.

« J'ai tué chaque nuit pour rester en vie. Je lui ai amené des victimes quand il était si las de cette vie qu'il n'avait plus la force de chercher sa proie. Grippen le voulait, le Bey Olumsiz le voulait, vous le vouliez pour le soustraire au bey. Et toi, Charles, tu ne voulais que le repos. »

Charles fit un signe de dénégation de la tête, sans déranger la main d'Anthea. « Non, chuchota-t-il. Je te voulais, toi. »

Gölge Kurt fut le premier dont la chair s'enflamma. L'épiderme commença à plisser, à se couvrir de cloques et à noircir. Il rampa vers la porte en hurlant, et Anthea taillada et taillada encore avec la hallebarde jusqu'à ce qu'il batte en retraite, en poussant des cris de terreur. C'est alors que le feu le prit de l'intérieur, une petite flamme d'abord qui grandit jusqu'à former un rideau dense de flammes bleues. Il s'affaissa sur le sol et cessa de bouger assez vite, mais continua de hurler un long moment.

Le Bey Olumsiz brûlait à son tour. Asher ne perçut

aucun son venant de lui. Peut-être était-il déjà mort, ou seulement évanoui dans le sommeil qui envahit les vampires aux heures du jour, inconscient par bonheur de la fin de sa longue non-vie.

Anthea, qui dodelinait un peu de la tête à la survenue de ce sommeil-là, posa son arme, s'agenouilla près de l'homme qu'elle aimait et le prit dans ses bras. Leurs bouches se joignirent, se pressèrent l'une contre l'autre, et le feu s'empara d'eux. Leur seul mouvement fut de s'enlacer plus étroitement jusqu'au bout, quand leurs os mêmes se soudèrent dans un voile de chaleur. Lydia regarda jusqu'à la fin, mais Asher enfouit son visage au creux de son épaule. La chaleur suffocante lui faisait battre le cœur violemment, la puanteur de la chair brûlée lui donnait la nausée, et l'aveuglait de larmes.

XXII

L'armée arriva peu après. Asher était en état de choc ; tandis que Lydia le soutenait dans les escaliers avec l'inquiétante habileté d'une personne accoutumée à manipuler des cadavres, il se sentait flotter entre la conscience et l'inconscience, avec des accès de douleur entrecoupés de rêves effrayants. Il redoutait de trouver au bas de l'escalier les restes carbonisés d'Ysidro, mais il n'y avait rien — ou alors, la réalité qu'il croyait vivre n'était évidemment qu'un rêve. Ils ne virent que le corps de Karolyi gisant dans une mare de sang, un trou dans le front, et une expression de stupéfaction dans les yeux.

« J'étais terrifiée à l'idée qu'il allait te convaincre de l'épargner, Jamie », expliqua Lydia en l'aidant à s'asseoir sur la dernière marche. Elle s'y laissa tomber à ses côtés dans un bruissement de jupons, arrima ses lunettes d'un doigt et regarda autour d'elle en clignant des paupières. Elle était très pâle et semblait secouée. « Tu comprends, il a essayé de m'enlever cet après-midi — enfin, hier après-midi. Si nous étions partis avec lui, nous ne serions jamais sortis vivants d'ici. »

Fie-toi à Lydia, pensa-t-il, et il se demanda qui l'avait avertie au sujet de Karolyi.

La maison était totalement silencieuse. Le bey avait raison : les émeutiers étaient partis avant l'aube. Comment se persuader qu'il n'avait pas vu cette femme depuis trois semaines, que, la dernière fois qu'ils s'étaient parlé, c'était sur le quai de la gare à Oxford ? Il s'adossa au mur et demanda, d'une voix qu'il pensait maîtriser : « Et qu'est-ce que tu fais à Constantinople ? » Mais il s'évanouit de nouveau avant qu'elle ait répondu.

Quand il revint à lui, la cour était occupée par deux escouades de l'armée turque agglutinées autour de la dépouille de Karolyi. Les hommes chuchotaient, marmonnaient. Leur capitaine était un montagnard d'Anatolie qui semblait tirer fierté de sa pratique imparfaite du français aussi bien que du grec.

Le turc n'étant pas une langue facile à manier même dans les circonstances les plus favorables, Asher ne sut que répéter « Bilmiyorum... bilmiyorum » — je ne sais pas — avec des hochements de tête, tandis que le capitaine et ses hommes considéraient d'un œil puritain et désapprobateur le visage non voilé de Lydia, ses épaules nues, sa chevelure découverte.

Comme Asher était manifestement blessé, on apporta un volet des décombres fumantes de la maison byzantine en guise de civière, et deux hommes le transportèrent par les rues tortueuses jusqu'à la préfecture de police située en face de Sainte-Sophie. Les muezzins lançaient leur appel du soleil levant. En exhibant son alliance et refusant de lâcher sa main, Lydia réussit à convaincre les soldats que cet homme était son mari ; arrivée au poste de police, elle persuada le sergent de garde de la laisser téléphoner à l'ambassade britannique. Mais, par suite de l'émeute, la communication ne put être établie.

On les relégua, non pas dans une cellule, mais dans une pièce mal aérée à l'étage, le temps de trouver un messager qui porterait un mot à Pera. Vers midi vint un médecin turc qui remit en place l'épaule droite d'Asher, refit les pansements de son bras blessé et sangla ses côtes de bandes adhésives. Il saupoudra d'un antiseptique toute surface découverte et lui administra du véronal et de la novocaïne ; le tout sans jamais cesser de grommeler. Sur le chemin de la porte, il s'arrêta, étudia avec une vive attention la physionomie de

Lydia, et rouvrit sa sacoche pour lui préparer un sédatif léger. Elle accepta avec reconnaissance, sachant que l'étrange sentiment de séparation qu'elle retirait des événements de la nuit n'était que le résultat du choc.

J'ai réussi, se disait-elle en contemplant l'homme qui dormait à ses côtés, meurtri, le cou strié de sparadrap et de sang séché, la chair livide sous la barbe naissante.

Je l'ai sauvé. Enfin, plus ou moins.
Je l'ai retrouvé. Il n'est pas mort.

Elle comprit qu'elle n'avait pas cru réellement à sa réussite, à sa capacité de mener une action efficace, particulièrement s'il s'agissait de ce qui était essentiel à son bonheur, d'un élément aussi imprévisible qu'un être vivant.

Le bonheur qui l'envahissait lui semblait plus fragile qu'une bulle de savon, prêt à s'envoler au moindre souffle imprudent. Pourtant il était là, avec elle... il respirait. Elle examina les entailles de son cou — il dormait si profondément sur le mince matelas posé à terre qu'il ne s'éveilla pas. Des marques de griffes, apparemment, comme les cicatrices rouges plus anciennes, mais celles-ci ne présentaient pas l'aspect bouffi et ravagé d'une plaie où un vampire a aspiré le sang.

Soulagée, elle caressa ses cheveux, sa moustache où se mêlait un peu de blanc. Puis elle se réadossa au mur et, sans savoir pourquoi, fondit en larmes. Le sommeil s'empara d'elle très vite.

Environ une heure plus tard, un caporal leur apporta du pain, du miel, du fromage blanc de chèvre et du thé. Il s'était muni d'un treillis de l'armée turque pour Asher toujours profondément endormi — empilés dans un coin, ses vêtements en lambeaux, pleins de sang, dégageaient une odeur propre à incommoder même la sensibilité de Lydia, pourtant endurcie par les dissections — et d'une tenue féminine, pantalons, tunique, veste, yashmak, voiles et babouches.

« Pour femme, expliqua-t-il avec un sourire timide. Femme dit moi... — Il désigna la robe déchirée de Lydia tout encroûtée de sang — ... pas bon. Ça mieux. » Il brandit les voiles avec un autre sourire rapide — il semblait trop jeune pour être marié, se dit Lydia — et sortit en hâte.

Elle masqua le judas de la porte avec l'un des voiles et la fenêtre avec l'autre avant de se changer, contente d'abandonner sa robe souillée de sang séché, qui gardait dans ses plis l'odeur de la chair brûlée. L'horreur des dernières heures la portait instinctivement à espérer ne jamais revoir cette robe verte, mais elle savait que sa répugnance passerait, et qu'elle apprécierait de récolter de copieux échantillons du sang de vampires. Elle se demanda en se réinstallant près d'Asher — la pièce ne contenait pour tout ameublement qu'une seule chaise et le matelas — si elle trouverait le moyen de convaincre les autorités de lui laisser voir les restes des corps carbonisés.

Probablement pas, estima-t-elle. Avoir dormi et mangé lui avait fait du bien. Malgré le cauchemar qu'elle gardait en mémoire — les flammes bleues, la chair qui brûlait, les cris qui n'avaient rien d'humain — elle se prit à souhaiter avoir un cahier, et une montre.

Ysidro...

Une sensation de froid lui serra la poitrine. Avait-il pu se mettre en sécurité ? La foule avait quitté les lieux avant l'aurore, mais il était incapable de se tenir debout. D'ailleurs, où serait-il allé dans cette ville ?

Certaines paroles de Gölge Kurt lui revinrent, à propos du goût de la mort qui provoquait la guérison. Dans les rues mises à sac par l'émeute, point n'était besoin de chercher trop loin une victime... Elle ferma les yeux, refusant d'admettre qu'elle était prête à excuser le meurtre d'une personne innocente.

Rétrospectivement, surtout si elle se rappelait Ysidro se jetant sur Gölge Kurt comme un loup enragé dans l'escalier, elle était absolument stupéfaite qu'il se soit abstenu complètement de chasser sur une simple promesse.

C'en était fini de leur pacte.

Ernchester était mort. Karolyi avait emporté avec lui

le secret des vampires dans la morgue de Constantinople.

Et Jamie était vivant.

Une voix lui revint en écho, qui murmura en elle :
Il est ardeur issue d'un autre rêve...

Avait-il réellement été attiré vers elle, comme vers une source de chaleur ? Ou ne s'agissait-il que d'une figure de style, une comparaison littéraire entre la rouge chaleur du feu et du sang, et la rousseur de ses cheveux ?

Elle ne le savait pas, et désirait-elle le savoir ? Elle ressentait une peine étrange quand elle pensait à lui, un manque obscur qui l'embarrassait singulièrement. Cela n'avait rien de commun avec l'amour et le besoin qui lui rendaient impossible d'envisager une vie dont seraient absents les bras de James autour d'elle quand elle se réveillait la nuit.

Quand Ysidro l'avait portée dans la maison après l'agression de Gölge Kurt...

Elle n'acheva pas sa pensée. Elle se blottit contre son mari, prit sa main comme par mesure de protection et se laissa glisser dans le sommeil.

Au crépuscule, les cris des muezzins de Sainte-Sophie appelant les fidèles à la prière éveillèrent Asher en sursaut. Il eut un instant de panique où il serra la main de Lydia à lui broyer les os, ce qui la réveilla aussi.

« Je ne pensais pas pouvoir te retrouver, dit-elle.

— Ah bon ? s'étonna Asher, la voix rauque. Et moi, si j'avais su que tu me cherchais, j'aurais les cheveux blancs à l'heure qu'il est ! »

Elle eut un rire un peu chevrotant, toucha les chaînes d'argent sur la toison brune de son torse, puis repoussa les lourdes torsades rousses de ses cheveux et chercha à tâtons ses lunettes, simplement pour vérifier leur présence à côté d'elle, car elle ne les mit pas.

« Désolée ! dit-elle. J'avais très peur de m'y prendre de travers, mais j'ai été très prudente, j'ai pris toutes les précautions possibles. Je n'ai jamais quitté les chaînes d'argent ni le pistolet et j'ai toujours veillé à ce qu'on sache où j'étais — enfin, presque toujours. Tout ça n'a pas toujours été très concluant, mais j'ai essayé.

— Tu as été parfaite. » Il prit son visage dans sa main valide. « De toute façon je n'ai jamais pensé qu'il puisse en être autrement, pour tout ce que tu entreprends. »

Elle fit mine de protester, et il la fit taire d'un baiser.

On frappa à la porte. Un homme appela en mauvais français : « Monsieur Asher ? Madame ? Il vient ici d'ambassade britannique Sir Burnwell Clapham et une dame chercher vous. »

La voiture de l'ambassade les déposa devant la maison de la rue Abydos, qui était entièrement sombre.

« J'imagine que cette pauvre Miss Potton est encore occupée à vous chercher, dit Lady Clapham alors que Lydia ouvrait le portail. Nous-mêmes ne sommes pas rentrés beaucoup avant l'aube : il a fallu vous chercher, et puis faire un détour, et des émeutiers ont attaqué la voiture. A neuf heures ce matin nous avons envoyé un homme ici, il nous a dit que la maison était fermée et silencieuse, alors nous avons pensé qu'elle devait faire, comme nous, le tour des hôpitaux de la ville. C'est seulement en fin d'après-midi que nous avons commencé à demander, dans les commissariats.

— Vous n'avez donc pas eu le message ? » demanda Lydia. Dans ses vêtements noirs très enveloppants, les cheveux relevés et le visage lavé, elle se faisait l'effet d'une écolière déguisée ; à côté d'elle Asher, avec son uniforme kaki et son bras en écharpe, avait l'air d'une victime de guerre.

« Grands dieux, vous en avez envoyé un ? s'écria l'épouse de l'attaché d'ambassade. Mais nous ne sommes pas retournés à la maison de toute la journée, ma pauvre enfant. Nous le trouverons sans doute sous la porte — si ces vauriens de la préfecture se sont vraiment donné la peine d'en expédier un. »

L'attelage repartit dans un bruit de ferraille. Lydia frissonna. Il régnait dans la maison un froid inhabituel.

Sa première pensée fut que Mme Potoneros et sa fille l'avaient quittée ce matin dès le départ de Margaret, mais dans la cuisine le feu n'avait pas été allumé. C'est qu'elles étaient parties la nuit précédente. En cherchant une allumette dans le tiroir de l'entrée pour allumer la lampe sur la petite table, Lydia se demanda avec malaise si la maîtresse de maison vivait à Pera ou de l'autre côté de la Corne d'Or, à Stamboul. L'émeute avait gagné le quartier de Galata, où l'armée avait tué une douzaine d'Arméniens. Des soldats s'étaient postés aux intersections tandis qu'ils gravissaient la colline.

L'entrée de derrière, sur la cuisine, n'était pas verrouillée. Elles pouvaient avoir fui par là dès que le bruit de la bagarre s'était fait entendre au pied de la colline.

« J'espère que Margaret n'aura pas eu d'ennuis, dit Lydia en revenant avec la lampe dans le hall. Elle n'est vraiment pas très maligne, et complètement perdue ici. Je préfère ne pas l'imaginer essayant de négocier avec un cocher turc, ou bien... »

Asher s'était penché pour examiner un tas sur la table. Des guirlandes d'ail et d'aubépine en tresses.

« Il y en a quatre ou cinq ici, dit-il. Et pas une seule aux fenêtres.

— Mme Potoneros les a peut-être enlevées, suggéra Lydia qui ressentit néanmoins une impression de froid intérieur.

— Peut-être. »

Ils échangèrent un regard, puis se retournèrent du même geste, et s'élancèrent ensemble dans l'escalier.

Sur le seuil, Lydia leva sa lampe et resta pétrifiée à la vue des volets fermés, des tresses protectrices jetées en tas dans un coin, et de la silhouette immobile sur le lit.

Asher ôta aussitôt le bras qu'il appuyait sur son épaule et alla droit au lit. Lydia posa sa lampe sur la coiffeuse avec des gestes d'automate, et au moyen d'une bougie fine alluma deux lampes plus petites. Leur lumière rendit un peu de couleur à la chambre, sans dissiper les ombres des encoignures.

La femme allongée sur le lit était Margaret. Sur ce point Lydia n'avait jamais eu aucun doute.

Asher lui palpait le cou. Il y avait un peu de sang séché autour des morsures aux bords déchiquetés — mais, sur ce point non plus, Lydia n'avait aucun doute.

L'aspect cireux de la peau, le bleuissement des lèvres, des doigts, des orteils visibles sous la flanelle blanche de la chemise de nuit, ne laissaient pas la moindre ambiguïté. Lydia reposa la lampe sur la table de nuit, à côté des lunettes de Margaret, et se pencha, comme Asher l'avait déjà fait, pour toucher le cou dévasté, la mâchoire disgracieuse.

Ils étaient encore durs comme de la pierre. Si Margaret était morte au début de la nuit dernière, et non juste avant l'aube, la rigidité cadavérique aurait disparu à présent.

« C'est elle qui a enlevé les herbes des fenêtres, dit-elle d'une voix blanche. Ysidro a dit que... qu'un vampire pouvait obtenir cela d'un mortel, s'il avait pu croiser une fois son regard. »

Quelque chose la fit regarder autour d'elle. Un son venu de la porte, qu'elle était incapable d'identifier.

Touché de lumière dorée contre l'obscurité du hall, Ysidro avait retrouvé quelque chose de son apparence première : le masque de mort de son visage s'était un peu rempli, les cernes noirs que creusaient autour de ses yeux la douleur et l'extrême fatigue étaient moins marqués. Mais une longue estafilade sèche lui balafrait le front, la pommette, et descendait jusqu'au menton ; deux autres entaillaient la chair fine de son cou. Ces balafres faisaient penser aux coups de ciseau qu'un sculpteur inflige à une cire qu'il a soudain prise en aversion : propres, nettes et atroces dans leur netteté. Ysidro paraissait s'être repris, aussi parfait qu'un ange d'ivoire, comme s'il n'avait jamais laissé tomber quoi que ce soit dans sa vie, ne s'était jamais appuyé sans force à un montant de porte, n'avait jamais écrit de poèmes évoquant le rêve d'une chaleur qui ne proviendrait pas de vies volées. Comme s'il n'avait jamais été que parfait, et totalement maître de lui-même.

Lydia pensa : *Il s'est nourri.* Et elle eut mal d'une douleur qui envahit son corps tout entier. *Il n'avait plus besoin de Margaret que pour cela.*

La fureur explosa en elle avec tout le reste : l'horreur ressentie devant la mort d'Anthea, l'amertume, la révolte que lui inspiraient l'arrogance d'Ysidro et les rêves grossièrement mélodramatiques qu'il suggérait à Margaret, l'amour qu'il attisait en elle comme les flammes s'attisent de la chair des vampires. Elle se jeta sur lui, lui gifla la face, lui frappa la poitrine, les épaules, de ses poings, avec toute sa haine, une haine qui la déchirait, qui la meurtrissait jusqu'à l'âme.

Au bout d'un moment il lui saisit les poignets et la maintint écartée de lui. Dans son visage qui gardait les stigmates des griffes de Gölge Kurt, ses yeux jaunes restaient distants. Ils soutinrent sans rien exprimer le regard de Lydia.

« Vous ne pouvez pas attendre de nous que nous soyons autres que ce que nous sommes, madame, prononça-t-il d'une voix dont Lydia savait qu'elle n'était destinée qu'à elle seule. Pas plus les vivants que les morts. »

Et il disparut. James fut près d'elle, l'entoura de son bras valide. Elle se noua à lui en pleurant, épuisée, bouleversée, aveuglée par le chagrin intense de ce qu'elle avait perdu.

Je saurai vous trouver, lui avait dit un jour Ysidro. *Pour nous qui hantons les nuits, ce ne sera pas une tâche trop difficile.*

Au-delà de la forêt des chaînes entrelacées, des contrepoids et des lampes suspendues en argent, en or et en œufs d'autruche, l'obscurité s'élançait, telle l'exultation des esprits anciens, vers les fresques fanées du dôme de Sainte-Sophie, près de soixante mètres plus haut. Tout en bas, les pas d'Asher arpentant la mosquée résonnaient à peine, comme pour raconter un secret minuscule. Seules quelques lampes brûlaient. L'haleine d'Asher formait de petits nuages.

Il était venu à pied depuis Pera, par la rue raide en

escaliers de Yüksek Kalderim et le Nouveau Pont, puis avait emprunté les rues étroites que dominait la mosquée Sultanahmet et les bâtiments de rude granite gris de la nouvelle administration, pour monter en pente douce vers ce lieu antique.

Un empereur romain — ou qui se croyait tel — avait construit cet édifice avec son épouse, belle, rousse et scandaleuse. Après tant d'événements passés ici, Asher entendait encore leurs noms dans la silencieuse musique des colonnes, dans les inaudibles vibrations basses des coupoles. Il arpentait le sanctuaire comme il avait arpenté cimetières et citernes sous les yeux des disciples du bey, quand il était l'appât du piège tendu.

Si Ysidro devait le trouver, il le trouverait ici.

Charles Farren, comte d'Ernchester, avait sans doute marché sous ces coupoles deux siècles et demi auparavant, lors de sa vie d'homme portant perruque et vêtement de cour à manchettes, rêvant à celle qui l'attendait en Angleterre. *Tout ce que j'ai désiré... et tout ce que j'ai obtenu.*

Si seulement vous aviez pu nous connaître comme nous étions.

Il ferma les yeux. Ce qu'il ressentait pour elle... Il ne fallait pas, il le savait bien.

Quand il rouvrit les yeux, quelque chose glissait comme un fantôme entre les colonnes de l'abside obscure, une lueur blême sur la pâleur d'une chevelure arachnéenne.

Asher ne bougea pas. Les pas du vampire ne produisaient aucun son sur l'immense tapis poussiéreux de la mosquée.

« Je n'étais pas sûr que ce soit le bon endroit pour vous trouver, dit-il, et ses mots résonnèrent comme des gouttes d'eau tombant une à une dans une cave gigantesque. Mais dans les rues je ne me sentais pas en sécurité, et j'avais une chance que les autres — les disciples — n'entrent pas dans un lieu qu'ils considèrent sacré.

— Je ne vois pas pourquoi ils ne le devraient pas. »

Il se déplaçait avec précaution, souffrant visiblement, bien que son visage n'exprimât rien ; Asher savait Ysidro plus endurci à l'argent que des vampires plus jeunes, mais il se doutait que la balle de Karolyi avait laissé des traces affreusement douloureuses de brûlures et de boursouflures.

Il se demanda qui avait pansé les blessures d'Ysidro.

« A moins qu'on n'y ait suspendu à l'entrée de l'ail, de l'argent ou une autre substance qui nous est défavorable, nous pouvons pénétrer dans tout édifice sans restriction. Les croix, les croissants ou les fers à cheval cloués à froid au-dessus de la porte ne nous interdisent rien de plus qu'aux vivants, et il n'est nullement obligatoire que nous attendions d'y être invités pour franchir un seuil que nous n'avons jamais franchi. »

Il eut un geste de sa main gantée de noir, excessivement fine sur la blancheur de sa chemise.

« Néanmoins nous avons tendance en effet à éviter les lieux sacrés. Non parce que Dieu y est présent — car je présume qu'il est présent partout, ce que certains hommes semblent oublier sur leurs champs de bataille, dans leurs salles de conférences et leurs chambres à coucher — mais parce que l'homme y est présent, et la femme, sans les défenses qu'ils élèvent pour se protéger l'esprit les uns des autres. Ils s'y abandonnent à leurs rêves les plus secrets — rêves d'amour ou de haine, selon leur nature, charité et violence confondues — qui composent une musique qui demeure en ces lieux, même quand ils sont vides. Les rêves pèsent lourd ici, ils imprègnent ce lieu comme la fumée de l'encens. L'odeur du sang qu'on y a versé continue à sourdre de ses pierres. Nombre d'entre nous le remarquent à peine ; pour ma part, je trouve cela... déplaisant. »

Le silence retomba, tel le voile dont se servent les vampires pour détourner l'attention, aveugler les humains. Pouvoirs que des gens de l'espèce d'Ignace Karolyi — et de Gölge Kurt — étaient prêts à vendre à des vivants se préparant à faire la guerre.

Ce qui restait possible, se dit Asher avec lassitude. Ce qui restait possible.

Mais, en fait, il n'y pouvait rien. Il aurait dû le comprendre, et c'était une pensée bien amère, avant de monter dans le train pour Paris. Il en avait eu connaissance *cette fois-ci*, il avait arrêté le processus *cette fois-ci*... Il avait extirpé une seule mauvaise herbe, en sachant déjà que les graines étaient partout dans l'air, et n'attendaient qu'un sol fertile.

« Je vous remercie d'avoir veillé sur elle. »

Ysidro détourna le visage.

« Vous avez épousé une femme très imprudente, James, dit-il doucement. J'aurais été mieux inspiré de lui casser les deux jambes pour lui apprendre à fuir les nids de vampires, et de la renvoyer à Oxford sous la garde d'une infirmière. J'ai agi comme un parfait imbécile, puisque nous rentrons tous à la maison en soignant nos blessures — et les siennes sont peut-être les plus graves. Et rien ici ne changera.

— Non, mais c'est préférable, sachant qu'un changement aurait amené Gölge Kurt à devenir Maître de Constantinople. Nous avons vraiment gagné, cette fois-ci, vous savez. »

Les yeux dépigmentés se posèrent sur Asher sans rien livrer de leur pensée, puis se détournèrent.

« Ce n'est pas mon affaire. Les morts sont les morts.

— Elle va vous manquer, n'est-ce pas ? Anthea. »

Ysidro regarda de côté sans répondre.

« Je pense, dit Asher, qu'elle ne regrettait rien. »

Il n'espérait pas obtenir de réponse. De fait, Ysidro resta silencieux un long moment avant de dire enfin : « Si, elle regrettait. Mais je crois qu'elle n'aurait pas vécu longtemps après le départ de Charles. »

Il l'avait fréquentée, se dit Asher, durant chacune de ces deux cent cinquante années. Des mondes se dissimulaient sous l'immobilité de ces traits d'albâtre, et ce regard pâle de couleur champagne. Des questions restées sans réponse à jamais.

« Vous n'avez pas tué cette jeune fille, n'est-ce pas ? »

Ysidro garda le silence.

« Je n'en parlerai pas à Lydia. Il y avait sans doute

d'autres vampires en ville, outre ceux que j'ai vus dans la maison des Lauriers-Roses. On peut imaginer... Si des ouvriers, des mécaniciens, des mendiants ont rapproché les questions de Lydia de la maison du Bey Olumsiz, il a dû se trouver des vampires qui ont pris conscience de sa présence. Qui ont attendu que les domestiques s'enfuient devant l'émeute. Qui ont pu croiser son regard un jour, quelque part, et lui ordonner dans ses rêves de leur ouvrir les fenêtres.

— Cette fille était une sotte, dit Ysidro, qui lança à Asher un regard oblique. Vous pouvez rapporter ce propos à Mrs. Asher.

— Il y a bien des années, à Vienne, j'ai aimé une femme qui m'aimait aussi. Elle était intelligente, et d'une grande honnêteté. J'ai été idiot de me déclarer après l'avoir vue deux fois, j'aurais dû savoir où cela nous mènerait. Mais, après notre seconde rencontre, c'était trop tard. Quand elle a commencé à soupçonner que j'étais un agent secret, avec pour mission la découverte de secrets militaires, dans le but de causer du tort à son pays et probablement de tuer ses amis et les membres de sa famille qui étaient dans l'armée, à ce moment-là... je l'ai trahie. J'ai volé son argent, et j'ai quitté la ville en me cachant... de façon ostentatoire, avec la plus écervelée et la plus jolie personne du demi-monde que j'aie pu convaincre de m'accompagner. Je savais que Françoise tirerait avantage, et plus encore, de sa colère et de sa peine, et n'accorderait plus un regard à rien de ce qui pouvait avoir un rapport avec moi. Elle était ainsi. J'ai fait ça non seulement pour me protéger et protéger mes contacts, mais aussi pour que la rupture soit très nette, qu'elle ne regrette jamais ni ne pense que ce qu'il y avait eu entre nous puisse un jour revivre. »

Ysidro resta silencieux un long moment, ses yeux de cristal froid fixés très loin. Contemplait-il à travers les murs la ville de son passé, ce Londres qui était sa ville et son terrain de chasse depuis sa vingt-cinquième et dernière année de vie humaine ?

« Il n'y a rien eu entre nous, vous savez.

— Je sais. » Lydia ne lui avait pas parlé des sonnets, mais il les avait trouvés, y compris celui qui était déchiré, dans le panier à crochet de Miss Potton. Il pensa à sa propre passion, aussi puissante qu'illogique, pour Anthea et pour la fille lunaire de la forêt de Vienne, qui un peu plus tard avait pris sa part du sang de Fairport. Il se rappelait la voix de Lydia qui s'écriait *Simon...* Il se rappelait aussi la douleur infinie de ses larmes de désillusion.

Elle guérirait, il le savait. Mais la blessure était profonde.

Le vampire eut un geste d'impuissance. « La vie est pour les vivants, James. La mort est pour les morts. Quant à son attirance pour moi... C'est notre leurre d'être attirants, et notre mode de chasse. Cela ne signifie rien. »

Asher pensa encore à Anthea, et sut qu'Ysidro mentait.

Ce dernier médita un moment, avant de poursuivre :

« En ce qui concerne Miss Potton, je ne peux pas jurer qu'à la fin je ne l'aurais pas tuée, comme Lydia le prévoyait ; et avec son accord, je le pense sincèrement. Selon moi c'est le fait d'une dénommée Zenaïda, une concubine qui hante l'espace du vieux sérail, à présent déserté même par les serviteurs du palais. Zenaïda l'y a vue une nuit, je ne serais d'ailleurs pas étonné qu'elle l'y ait fait venir, en jouant sur l'illusion d'un éventuel désir de ma part qu'elle me suive. Par la suite je crois l'avoir aperçue une ou deux fois autour de la maison de la rue Abydos, mais sans certitude, car mes perceptions avaient baissé. C'est une autre bonne raison de laisser Mrs. Asher dans l'ignorance de ce qui s'est passé, parce qu'elle se sentirait responsable. J'espère bien que vous ne l'avez pas laissée seule ?

— Non, elle est en compagnie de Lady Clapham et du prince Razumovsky. Je leur ai demandé de rester avec elle jusqu'à mon retour. Je leur ai raconté qu'elle avait des cauchemars — encore que Lydia n'ait jamais fait un cauchemar de sa vie. »

Le masque d'ivoire blessé se laissa aller fugitivement à sourire.

« Est-ce que tout ira bien, pour votre voyage de retour ? s'inquiéta Asher.

— Les morts trouvent toujours le moyen de se faire servir par les vivants. Certains, comme le bey, utilisent l'argent dans ce but, d'autres la haine, comme Gölge Kurt, d'autres l'amour. Parfois les vivants ne savent même pas ce qui les pousse à agir de la sorte. »

Asher considéra ce visage étroit aux traits énigmatiques tailladé de cicatrices fraîches et propres. Comme Anthea, comme Ernchester, Ysidro était un tueur et aurait mérité de partager leur sort, pris au piège de cette chambre où le soleil les avait consumés. Le fait qu'il ait risqué son immortalité étonnamment fragile pour lui venir en aide — pour sauver Lydia — ne devait pas remettre cela en cause. Le fait qu'il n'ait pas tué Margaret Potton ne devait pas faire oublier qu'il avait tué quelqu'un d'autre — et peut-être plusieurs autres, s'il avait jeûné aussi longtemps que Lydia l'avait dit — cette même nuit.

« Ils le savent parfois, dit-il en tendant la main au vampire. Ils le savent... mais du diable s'ils comprennent. »

Ysidro regarda la main tendue d'un air de surprise légèrement offensée, comme d'une familiarité. Puis il eut le sourire d'un homme qui se rappelle ses propres folies, et l'effleura très vite de deux doigts froids.

« En cela les vivants ne sont pas uniques », dit-il.

Asher ne le vit pas partir, de par cette brève et légère défaillance de l'attention protégeant sa retraite silencieuse. Il se trouva seul dans l'immense pénombre de l'antique lieu sacré. Seul un flottement infime sous les colonnes sombres de l'abside révélait qu'une âme, vivante ou morte, était passée par là.

> *Las de la nuit, j'ai voulu voir le jour.*
> *Jésus, pour rire, sur la hauteur d'un mont*
> *Me transporta, et je vis les yeux ronds*
> *La terre au matin vêtir ses atours.*

Je vis un homme trahir deux femmes encore,
Une mère écraser d'amour son fils,
Un diacre actif battre un Juif pour son vice,
Un frère vendre son frère qui s'endort,

L'homme lâcher l'enfant qu'il doit sauver,
La femme piétiner les plaies d'un gueux,
Le soldat mourir à la guerre pour ceux

Qui donnent l'or aux catins, il le sait.
Tous mouraient en pleurs, tremblants, sans espoir.
Je quittai le mont, et retrouvai le noir.

*Achevé d'imprimer en octobre 1996
sur les presses de l'Imprimerie Bussière
à Saint-Amand (Cher)*

POCKET - 12, avenue d'Italie - 75627 Paris Cedex 13
Tél. : 01-44-16-05-00

— N° d'imp. 2299. —
Dépôt légal : novembre 1996.
Imprimé en France